Stendel

Roland Kübler

# Die Sagen um Merlin, Artus und die Ritter der Tafelrunde

nach alten Quellen neu erzählt

Nachwort mit Gedanken
zur tiefenpsychologischen Bedeutung
des Gralsmythos von Horst Obleser

Ich danke Dagmar, Nimo, Annette, Herme, Nobbe,
Made, Bea, Tommy sowie Horst Obleser und Helmut Martin
für die zahlreichen Anregungen und ihre Unterstützung.



Titel und Illustrationen: Manfred Häusler
Satz und Druck: windhueter, Schorndorf
1. Auflage März 1988
2. Auflage Juni 1988
3. Auflage November 1989
4. Auflage März 1990
5. Auflage Mai 1991
ISBN 3-926789-01-8

**Inhalt**

Merlin

# 9

*Merlin hatte es mir prophezeit.*
*Damals glaubte ich ihm nicht, weil ich es einfach nicht wahrhaben wollte. Es schien mir, als sei es erst gestern gewesen, daß der alterslose Seher und Zauberer Merlin in meiner kargen Einsiedelei im Walde von Northumberland zum letzten Male erschienen war, um mir den Fortgang der Geschichten um König Artus, die Ritter der Tafelrunde und den Heiligen Gral zu erzählen.*
*Müde hatte er nach dem zweiten Krug Wein vor sich hin gelächelt: „Schreibe nur, Bleris, alter Freund. Übe dich! Bald schon werde ich dem Lärm der Welt den Rücken kehren. Wenn Viviane, die Fee, mich in der Weißdornhecke bannt und ich mir darin einen hohen Turm gebaut habe, wirst du dies hier alles nochmals schreiben. Auf eine ganz andere Art. Nicht, wie jetzt, für die tumben Geister der Klosterschüler und auch nicht für die nach Ruhm und Unvergänglichkeit dürstenden Seelen der Könige und Königinnen. Du wirst diese Geschichte nochmals schreiben, weil sie dein Vermächtnis an alle nachfolgenden Generationen sein wird!"*
*Gelacht hatte ich damals, laut gelacht, nicht aus Freude, nein, aus Wut: „Ich bin ein gewissenhafter Chronist der Ereignisse, Merlin", fuhr ich ihn an, „keine Kuh, die ihr Futter zweimal verdauen muß. Spotte meiner nicht!"*
*Und ich hatte es nicht unterlassen können, weiter zu sagen: „Wem hast du es denn zu verdanken, daß du überhaupt geboren wurdest? Wer hat dir denn ermöglicht, hier auf dieser Welt zu wirken?"*
*Merlin hatte sich damals nur den Wein aus dem Bart gewischt und gelassen erwidert: „Bleris, mein Freund, Merlin gab es schon immer und wird es ewig geben. Mit dir oder ohne dich!"*
*Nun ja, wenn er in diesem Ton zu mir sprach, war es für mich an der Zeit, meine Worte mit Bedacht zu wählen. Merlins Späße sind nicht jedermanns Geschmack. Als ich ihn irgendwann einmal absichtlich sehr verärgerte und wir uns wütend anbrüllten, verwandelte er sich vor meinen Augen in einen wild schnaubenden Bären, der mich in mein Bett trieb und die ganze Nacht seine krallenbewehrte Tatze neben meinem Herzen ruhen ließ. Natürlich wußte ich, daß der Geist*

*Merlins in diesem Ungetüm wohnte. Ich war mir nur nicht sicher, ob der Bär dies auch wußte.*
*Sicher, Merlin würde mir niemals Böses tun. Ein wenig achtsamer bin ich seitdem aber schon geworden.*
*„Wenn ich die Geschichten also nochmals schreiben muß", nahm ich bei diesem letzten Treffen, nach einer langen Pause, das Wort wieder auf, „dann behandle mich wenigstens mit mehr Ehrerbietung. Es könnte sonst wohl sein, daß ich dich in der neuen Geschichte mit weniger Hochachtung und Zurückhaltung beschreibe." Ich wollte mit dieser leisen Drohung ein wenig seine Eitelkeit herausfordern. Wie alle großen Männer, war auch Merlin nicht ganz frei von diesem Charakterzug. Er jedoch lachte darüber so herzhaft, daß das Käuzchenpaar, welches in meinem strohgedeckten Giebel haust, erschreckt aufflatterte und sich auf den nächsten Baum flüchtete. „Bleris, das wirst du nicht können. Denn um den Schluß der Geschichte zu erfahren, wirst du zu mir in die Weißdornhecke kommen müssen. Von vielen Ereignissen werde ich dir erst dort berichten können."*
*Ein Disput mit einem Druiden ist zwar reizvoll, ab einem gewissen Punkt jedoch müßig, bei Merlin gar völlig überflüssig. Was sollte ich auch noch sagen. So ließ ich ihn damals in seinem Glauben und dachte im stillen trotzig: „Du wirst schon sehen, alter Gaukler, du wirst schon sehen!"*
*Ja, so war es, als ich Merlin zum letzten Male sah und sprach. Und heute, heute beginne ich, meine vergilbten Aufzeichnungen zu ordnen, stelle Tinte und Wein bereit, spitze Kiele, sorge für genügend Öl in der Lampe.*
*Warum ich mich nun doch noch daran mache, die alten Schriften zu erneuern, zu überarbeiten und sie geduldig auf knisterndes Pergament zu bringen?*
*Seit ich Merlin zuletzt gesehen, sind viele Jahre ins Land gegangen. Mein Haar ist inzwischen dünn und durchsichtig wie die frühsommerlichen Morgen im Wald von Northumberland und weiß wie die Rinde der gewaltigen Birke vor meiner Hütte. Ob dies ein Grund ist, die ganze Arbeit nochmals auf sich zu nehmen?*

*Lange ist es her, seit die letzten Ritter auf ihren Hengsten durch meinen Wald sprengten und sich gegenseitig die Jungfrauen abspenstig machten, der höheren Ehren wegen – versteht sich. Lange ist es her, daß mich ein edler Ritter der Tafelrunde um Rat fragte. Die Wege zu meiner Hütte sind überwuchert und kaum mehr zu erkennen. Bevor ich mich den ganzen Tag mit den Tauben auf meinem Dach unterhalte oder mit den Ameisen in der Speisekammer streite, bevor ich mir selbst einen guten Morgen wünsche, nur um den Klang einer menschlichen Stimme zu hören, werde ich mich nochmals an die Arbeit machen, zu der ich geboren wurde. Die Arbeit, die mein Leben ist und war. Alles was Merlin mir auftrug festzuhalten für diejenigen, die nachkommen, werde ich nochmals schreiben. Mit der Last der Jahre auf dem gekrümmten Rücken, aber auch mit der Weitsicht des Alters im Blick. Dann, wenn dies getan, werde ich Merlin suchen. Manchmal ist mir, als würde ich in stillen, mondlosen Nächten ganz leise seine Stimme hören. Ein vertrautes, leises Rufen.*
*Merlin wird mir die Geschichten um König Artus, die Ritter der Tafelrunde und den Heiligen Gral zu Ende erzählen. Ich werde sie niederschreiben, so gut ich kann. Und dann werden wir sehen, wie der Wein in Merlins Weißdornhecke mundet, und in aller Ruhe beobachten, welchen Lauf die Welt noch nehmen wird.*
*Sagt selbst, gibt es einen besseren Grund, für einen in Einsamkeit ergrauten Einsiedel, sich nochmals an die Arbeit zu machen?*

*Geboren wurde ich in der Bretagne, dem wilden Land zwischen dem Ende der Welt und der fruchtbaren Erde Frankreichs. Dort, wo der Sturmwind den Lauf der Dinge regiert. Dort, wo die Wolken sich am Himmel schneller jagen als anderswo. Dort, wo die Luft nach Fisch und Gischt schmeckt und der Horizont endlos weit ist. Dort steht meine Burg, ist meine Heimat. Ich darf wohl mit Stolz behaupten, Mer-*

*lins Mutter wäre es übel ergangen, und vielleicht hätte Merlin schon vor seiner Geburt als schwimmender kleiner Balg im Bauche seiner Mutter auf dem Scheiterhaufen gebrannt, wäre nicht ich, Bleris, gewesen.*

*Doch laßt mich jetzt die Geschichte erzählen.*

*In jener schon fast verschwundenen Zeit, als wundersame Dinge nicht nur erzählt wurden, sondern tatsächlich geschahen, kam in einer dunklen, stürmischen Nacht eine junge Edelfrau in meine Burg ...*

*Zuerst klang das Pochen an der Tür wie ein loser Fensterladen, den der Sturmwind gegen Mauerwerk und Fenster schlägt. Doch das Klopfen wurde lauter, eindringlicher, verzweifelter. Es war schon weit nach Mitternacht. Alles schlief. Ich saß beim letzten Glimmen der Eichenscheite am Kamin und war mir nicht sicher, ob ich zu dieser Zeit die Tür öffnen wollte.*

*Dies hat nichts mit Mut zu tun. Tapferkeit ist stets auch ein Begleiter der Dummheit, denn wer sich die Folgen einer Handlung nicht vorstellen kann, stürzt sich fortwährend in neue Abenteuer und wird deshalb mutig genannt, obwohl er doch schlichtweg nur dumm ist.*

*Während ich also dasaß und mir die Gründe jenes Pochens an meiner Türe überlegte – es wurde viel gemunkelt und getuschelt über Mörderbanden, Nebelgeister, Werwölfe, teuflische Versucher – hörte ich eine Frauenstimme: „Bleris! Bitte! Laßt mich ein! Ich bin's, Clarisel, Eure Nachbarin!"*

*Tatsächlich wohnte ganz in der Nähe eine edle Dame dieses Namens. Ein gottesfürchtiges, tugendhaftes, schlankes, schönes Mädchen, dem ein kaum zu begreifendes Schicksal allzufrüh und auf tragische Weise Mutter, Vater und Schwester fortgerissen hatte. Aber woher sollte ich wissen, ob diese Stimme nicht Lug und Trug, List und Bosheit einer schwarzen Macht war?*

*„Bleris!" hörte ich es erneut rufen. Der Schrei gellte vor den festen Mauern wie der Todesruf der Wildgans, wenn die Habichtfänge sich in ihren Leib schlagen: „Im Namen der Heiligen Jungfrau! Helft mir! Laßt mich ein!"*

*Den Namen Unserer Heiligen Frau wird wohl keine böse Macht anrufen, überlegte ich mir und ging neugierig zum schweren, verschlossenen Portal.*

*Der Wind stieß die Tür auf und griff fauchend nach mir. Und mit ihm sank Clarisel, meine Nachbarin, über die Schwelle. Totenbleich, mit farblosen Lippen, lag sie auf dem kalten Stein. Ich zog sie herein. Wütend rüttelte der ausgesperrte Sturm an dem geschlossenen Portal. Dann trug ich die völlig erschöpfte Clarisel hinüber vor den Kamin. Sie atmete flach und in schnellen Stößen. Die Augen hatte sie geschlossen. Nachdem ich ihr aber etwas Wein eingeflößt hatte, ließ mich ein krampfhaftes Husten und Würgen wissen, daß Clarisel wohl bald wieder eine rosigere Gesichtsfarbe bekommen würde.*

*Ich fand gerade noch Zeit, das Feuer neu zu entfachen, da schlug sie die Augen auf und sah mich stumm an.*

*„Nun, mein Kind?" begann ich mit meiner sanftesten Stimme, um sie nicht zu erschrecken, „was ist mit Euch?"*

*„Bleris", flüsterte sie heiser, und dabei rollte sie die Augen, als ob der Leibhaftige vor ihr stünde, um ihre arme Seele mitzunehmen. „Bleris! Heute Nacht habe ich ein Kind empfangen, ich weiß es gewiß, und das, obwohl kein Mann bei mir lag."*

*Sie begann zu weinen, und die Tränen einer schönen Frau lassen jeden Redefluß bei mir versiegen. So saß ich schweigend und in mich gekehrt. Schließlich sah sie schluchzend und hilfesuchend auf: „Ihr glaubt mir nicht! Ich sehe es wohl. Und trotzdem, es ist, wie ich sagte. Allein ging ich zu Bett und schloß die Kammer wie jede Nacht. Aber als ich erwachte, weil mich ein schlimmer Traum heimgesucht, war das Bett zerwühlt, und das Blut meiner Jungfernschaft hatte ein schreckliches Mal auf das weiße Linnen gezeichnet. Jemand ist bei mir gelegen heute Nacht. Doch das Zimmer war leer, die Türe fest verschlossen."*

*Ich muß gestehen, dies war einer der wenigen Momente in meinem Leben, in denen ich nicht wußte, was ich sagen sollte. Clarisel hätte mich sicherlich nie belogen. Aber, wie konnte ich ihr diese Geschichte glauben?*

*„Kann ich Euch helfen?" fragte ich nach geraumer Zeit recht verwirrt.*

*„Laßt mich in Eurer Burg wohnen. Ich will mit den Ordensschwestern unten am Fluß beten und fasten. Vielleicht werde ich dadurch von dieser Last befreit."*

*Diese Bitte erfüllte ich leichten Herzens. Kein Richter im Umkreis vieler Meilen würde zögern, die unverheiratete Clarisel auf den Scheiterhaufen binden zu lassen, wenn ihm zu Ohren kommen würde, was ihr widerfahren war.*

*So wies ich ihr eine kleine Kemenate zu, und sie ging jeden Tag, noch ehe der Morgen graute, hinunter in das Kloster und kehrte erst spät in der Nacht wieder zurück.*

*Es währte nicht lange, und ich konnte mich mit eigenen Augen davon überzeugen, daß sie nicht gelogen hatte, als sie mir erzählte, in jener Nacht sei ihr jemand beigewohnt. Ihr Bauch wölbte sich unter der weiten Kutte, und immer häufiger verzog sie das Gesicht, wenn die Frucht ihres Leibes sie ein wenig stieß.*

*Leider vernahmen die Richter, auf welchen Umwegen auch immer, diesen Tatbestand ebenfalls.*

*Eines Tages standen sie vor mir. Drei ehrwürdige, alte Herren, deren Gesichter das Lachen schon lange verlernt haben mußten. Sie wollten die verzweifelte Clarisel holen, um sie der weltlichen Gerechtigkeit zuzuführen. Und was sie darunter verstanden, konnte ich wohl sehen. Brannte in ihren Augen doch schon das heiße, lodernde Feuer des Scheiterhaufens. Es kostete mich mehrere Krüge meines besten Weines, einen halben gebratenen Ochsen und meine ganze Überzeugungskraft, ihnen verständlich zu machen, daß die junge Frau möglicherweise bestraft gehöre, das Kind jedoch als unschuldiges Gottesgeschöpf mit den Sünden der Mutter nichts zu tun habe und daher auf die Welt gebracht werden müsse.*

*Trotzdem konnte ich nicht verhindern, daß die weinende Clarisel mit in die Stadt genommen und dort in den Schuldturm gebracht wurde. Vier Lanzenträger hielten ununterbrochen Wache, und zwei Zofen leisteten ihr Gesellschaft, um bei der Entbindung zu helfen.*

*Von Clarisel hörte ich erst wieder, als das Kind schon auf der Welt war. Und wieder waren es so wundersame Dinge, daß ich sofort mein Pferd satteln ließ und losritt.*

*Vor dem Schuldturm drängten sich dicht an dicht die Menschen und starrten hinauf zu einem kleinen, vergitterten Fenster. Ich kannte diesen Menschenschlag wohl und war immer darauf bedacht gewesen, ihm aus dem Weg zu gehen. Mir bereitet es, im Gegensatz zu diesen gaffenden Toren, keine Freude, mich begierig auf die Sünden und Fehler anderer zu stürzen und mir das Maul darüber zu zerfleddern, nur um nicht über mich selbst nachdenken zu müssen.*

*Die Lanzenträger gaben den Weg frei, denn ich war wohlbekannt in der Stadt. So konnte ich hinaufsteigen in den beklemmend düsteren Turm. Mit aufgerissenen Augen und verschreckten Gesichtern nahmen mir die Zofen den Umhang ab: „Das Kind spricht“, flüsterten sie hinter vorgehaltener Hand. „Noch keine zwei Tage ist es alt und dennoch, es spricht!“*

*Aufgeregt stürzte ich in den Raum, wo Frau und Kind gefangen gehalten wurden.*

*„Bleris“, erleichtert wandte sich Clarisel mir zu, „endlich kommt Ihr. Ich dachte schon, Ihr hättet mich vergessen!“*

*„Wo ist das Kind?“ Ich war so aufgeregt, daß ich eine höfliche Begrüßung vergaß.*

*Sie deutete auf ein kleines Bündel, welches auf einer Strohmatte auf dem Lehmboden lag. Als ich die groben Linnen zurückschlug, packte mich kaltes Entsetzen. Der kleine Wurm vor mir war völlig behaart. Sein zappelnder Körper wirkte so fremd wie ein fehlgeborenes Schaf in einer völlig weißen Herde. Mein eigener Bart konnte keine solch dunkle Dichte aufweisen. Und dann sah das Kind mich an. Es war nicht der verschwommene, nach groben Konturen tastende Blick des Neugeborenen. Die Augen leuchteten groß und blau aus dem klei-*

*nen, noch runzeligen Gesicht. Der Blick krallte sich in meine Augen, tastete sich in meinen Kopf, wie die emsigen Beine einer fleißigen, kleinen Spinne. Mir wurde heiß und kalt zugleich. Doch, obwohl es mich schreckte, konnte ich mich nicht abwenden. Endlich schien es dem kleinen Fratz zu genügen. Offensichtlich zufriedengestellt, schloß er die Augen.*
*„Er hat gesagt, ich würde nicht auf dem Scheiterhaufen sterben. Niemand würde mir ein Leid antun, weder jetzt noch in Zukunft", riß mich die Stimme Clarisels aus der tiefen Verwirrung in die Wirklichkeit des Schuldturms zurück.*
*Irgend etwas muß ich wohl erwidert haben. Was, weiß ich nicht mehr. Aber als das Kind mit seinem Blick in mich drang, war ich mir sicher, Clarisel hatte die Wahrheit gesprochen. Dies Kind war von keinem sterblichen Manne zwischen ihre Lenden gepflanzt worden.*
*„Morgen werde ich ihn taufen lassen", fuhr Clarisel seltsam bestimmt fort. „Würdet Ihr, Bleris, ihn bei der Taufe halten? Er soll den Namen meines Vaters tragen, und der wurde Merlin genannt."*
*Immer noch verwirrt, muß ich wohl zugestimmt haben, denn sie bedankte sich aufs herzlichste bei mir.*
*„Hat er noch mehr gesprochen?" stammelte ich schließlich und riß mich vom Anblick des schlafenden Knaben los.*
*„Nein", erfuhr ich, „seither war er still, obwohl ich so oft zu ihm sprach."*
*Nun denn, am nächsten Morgen hielt ich den quäkenden und strampelnden Knaben im Arm, während der ehrwürdige Pater Aurelius mit wütendem Gesicht die Taufzeremonie vollzog. Er wußte wohl von der Geschichte um die Geburt des Knaben, konnte sich aber von der Pflicht der Heiligen Taufe nicht entbinden. Fast hätte er den schreienden Balg im Taufbecken ersäuft. Allzu inbrünstig und lange deklamierte er die Tauformel und hielt das Kind dabei fest und tief ins Bekken gepreßt. Wenn ich nicht Pater Aurelius' Arm gepackt und ihn mit festem Griff gezwungen hätte, das Kind wieder aus dem geweihten Wasser zu nehmen, wer weiß, was geschehen wäre!*
*So aber erhielt das Kind, während es prustete, keuchte, hustete und schrie, den Namen Merlin.*

*Drei Jahre mußte Clarisel im Schuldturm mit ihrem Sohne Merlin ausharren, denn keine Amme der Stadt wollte etwas mit diesem Bastard zu tun haben. Die Richter hatten beschlossen, das Kind nicht unter der Schuld der Mutter leiden zu lassen. Sicher, die verderbte Frau sollte brennen. Je eher, desto besser. Aber bis es soweit war, daß Merlin in einem Waisenhaus der Stadt aufgenommen werden konnte, durfte ihr kein Leid geschehen.*
*Schließlich jedoch wurde Clarisel von den Lanzenträgern in den großen Ratssaal der Stadt geführt. Die Richter saßen stumm und grimmigen Gesichtes, als sie mit Merlin an der Hand hereintrat. Die Menschen im Saal tuschelten und flüsterten. An der Seite der Mutter trat Merlin vor die Richter und sah zu ihnen empor.*
*„Nun", fragte drohend einer der Herren, „sagt Ihr uns jetzt, wer der Vater dieses Kindes ist? Nur eine ehrliche Auskunft kann Euch vor dem Scheiterhaufen retten!"*
*„So wahr mir Gott helfe", erwiderte Clarisel, und dabei wirkte sie ruhig und gelassen, „ich weiß es nicht. Alles war so, wie ich es erzählte. Wenn ich es besser wüßte und jetzt verschwiege, soll mich Gottes furchtbarer Zorn treffen."*
*„Noch immer ist sie verstockt und in tiefer Sünde verhaftet", murmelte einer der Richter und wiegte bedeutungsvoll und schicksalsschwanger sein schweres Haupt. „So sind die Sünder", meinte selbstgefällig ein anderer und grinste dabei hämisch. „Nur das lodernde Feuer kann ihnen helfen, sich zu heilen und zu läutern."*
*„So soll sie also brennen, so sie sich keines Besseren besinnt?" Nochmals sah der erste Richter Clarisel fragend an, und als er keine Antwort bekam, ließ er seine Faust schwer auf den Tisch fallen. „Das Urteil ist verkündet!" hallte seine Stimme laut und bestimmt im stillen Ratssaal. „Morgen bei Sonnenuntergang soll der Scheiterhaufen angezündet werden. Wir haben, weiß Gott, alles versucht, ihr zu helfen, sie zur Einsicht und Buße zu bewegen. Aber bei manchen Sündern ist alle Mühe auf dieser Welt hier vergebens. Der Herr möge ihrer armen, verwirrten Seele gnädig sein." Damit wollte er aufstehen und den Raum verlassen, doch die Stimme Merlins ließ ihn innehalten.*

*„Hoher Richter", sagte er klar und höflich, „ich kenne meinen Vater besser als Ihr den Eurigen. Und Eure Mutter, hoher Herr, weiß besser, wer in jener Nacht, als Ihr gezeugt wurdet, bei ihr lag, als daß meine Mutter wissen könnte, wer mich in ihren unschuldigen Leib gelegt hat."*
*Erstaunt fuhr der Richter zurück und starrte auf den Knaben hinunter. Dann holte er tief Luft: „Noch nie hörte ich ein Kind solche Worte sprechen. Und noch nie wurde meine Ehre in dieser Art beschmutzt. Ich warne dich! Wenn du etwas über meine Mutter zu sagen hast, dann werde ich dir zuhören. Aber sei achtsam. Meine Mutter ist eine ehrbare Frau. Jeder hier im Saal weiß dies wohl. Wer sie beleidigt und verhöhnt, wird von mir bestraft."*
*„Laßt Eure Mutter holen, hoher Richter, und schickt die Menschen nach Hause. Es ist nicht gut, wenn viele Ohren hören, was noch niemand erfuhr. Wenn Eure Mutter hier ist, werde ich Euch beweisen, daß die Frau, in deren Leib ich wuchs, nicht zu tadeln und nicht zu verurteilen ist."*
*Der Richter befahl einem Lanzenträger, seine Mutter zu holen und wies die Menschen aus dem Saale. Als seine Mutter in den Raum geführt wurde, stellte er sie Merlin gegenüber: „Nun sag, was du zu sagen hast!" herrschte er den Knaben an.*
*Merlin ließ sich durch den schroffen Ton des Richters nicht einschüchtern. Er sah die alte, gebeugte Frau fest an: „Liebe Frau, meine Mutter soll auf den Scheiterhaufen gebunden werden, wenn es nach dem Willen dieser Herren hier geht, weil sie nicht weiß, wer mich ihr in den Leib legte. Doch sie spricht die Wahrheit. Ihr aber sollt nun sagen, wer der Vater Eures Sohnes, dieses hohen Richters hier ist. Und ich bitte Euch, sprecht wahr."*
*Erbost funkelte die Alte Merlin an: „Was wagst du zu behaupten, du nichtsnutziger Bastard? Dieser Mann hier ist der Sohn meines rechtmäßigen Ehegatten!"*
*„Gute Frau", der kleine Merlin ließ sich nicht aus der Fassung bringen, „Ihr wißt genau, daß dem nicht so ist. Ich bitte Euch nochmals, sprecht die Wahrheit, und Euch wird nichts geschehen. Schweigt Ihr jedoch, werde ich alles berichten."*

*Herausfordernd, im Blick die Verschlagenheit eines jagenden Fuchses, beugte sich die Frau zu Merlin hinunter: „So, so! Wer ist denn deiner Ansicht nach der Vater meines Sohnes?"*
*Merlins Augen schienen sich ein wenig zu verschleiern. Dann sprach er: „Zu jener Zeit lebtet Ihr von Eurem angetrauten Manne getrennt. Der Vater dieses Richters hier ist Euer Priester, mit dem Ihr zu jener Zeit zusammenlagt. Und dies ist der Beweis: Jener Priester notierte sich gewissenhaft Tag und Stunde Eurer Besuche und Eurer Liebelei. Er hatte Angst, Ihr könntet auch noch anderen Männern schöntun. Falls Ihr empfangen solltet, wollte er nachweisen können, daß er nicht der Vater sein kann. Als Ihr jedoch schwanger wurdet, wußte der Priester wohl, daß er das Kind gezeugt und setzte sich bei Eurem Manne dafür ein, daß er Euch wieder bei sich aufnähme. So konntet Ihr das Kind rechtmäßig zur Welt bringen."*
*„Mein Sohn", rief die alte Frau und wandte sich an den Richter, der steinernen Gesichtes zugehört hatte, „glaubt dieser Ausgeburt eines Teufels nicht. Er will mich verderben!"*
*„Hoher Herr" auch Merlin sprach jetzt zu dem Richter, „wenn Ihr die Tür zum Ratssaal öffnen laßt, werdet Ihr davor jenen Priester finden. Sein schlechtes Gewissen trieb ihn her. Er wird fliehen, wenn er Euch sieht, aber ich weiß, noch vor dem Abend wird er tot sein."*
*Mit schnellen Schritten hastete der Richter zur Tür und riß sie auf. Draußen stand tatsächlich ein Priester. Als er den Richter sah, stieß er einen Schrei aus, raffte sein schwarzes Gewand und floh, so schnell er konnte. Der Richter kam langsam, mit unsicheren Schritten zurück. Er hatte den Kopf geneigt, und seine Schultern hingen schwer herab. Er sah seiner Mutter in die Augen. Diese fiel auf die Knie und gestand weinend, alles sei wahr, was der Knabe erzählt. Der Richter stand lange Zeit schweigend. Dann nahm er seine Mutter in den Arm: „Ich bin Euer Sohn, wer auch immer mein Vater ist. Und als Sohn werde ich Euch behandeln und Euch freisprechen. Da ich aber Euch nicht richte, ist es wohl rechtens, wenn die Dame Clarisel ebenso behandelt wird."*
*Erleichtert drückte diese ihren Sohn an sich. Der Richter führte seine*

*Mutter aus dem Saal, schloß die Tür und kam wieder zurück. „Nun Merlin, Du scheinst eine seltsame Begabung zu haben. Sag mir jetzt, wer dich gezeugt hat. Fürchte nichts mehr und sprich die Wahrheit!"*
*„Ich spreche immer wahr", begann der Knabe. „Meine Mutter wurde in jener Nacht von einem bösen Dämon überlistet. Er lag bei ihr, während sie schlief. Dieser Dämon gab mir die Begabung, alles, was jemals geschah auf dieser Welt, zu wissen. Er wollte mich zu seinem Werkzeug hier auf Erden machen. Die Reinheit und der Glaube meiner Mutter jedoch haben mich gerettet. So bekam ich von den guten Mächten zusätzlich die Gabe, alle Dinge, welche in der Zukunft liegen, zu sehen. Ich sollte mich selbst entscheiden können zwischen der Kraft des Dämons und der Macht des Guten. Und wie Ihr seht, hoher Herr, habe ich mich für das Gute entschieden."*
*„Wahrlich, Merlin", ratlos sah sich der Richter im menschenleeren Saal um, „wenn dies die Wahrheit ist, bist du zu großen Dingen auserkoren."*
*„Laßt nach dem Priester suchen", schlug Merlin vor. „Ihr findet ihn unten am Fluß. Aus Angst vor Eurer Strafe hat er sich ertränkt."*
*Die Lanzenträger fanden den Priester. Er lag tot im Fluß. Das Erstaunen der Richter über Merlins Fähigkeiten kannte keine Grenzen. Aber sie hatten auch Angst vor ihm. Erleichterung spiegelte sich in ihren Augen, als Merlin mit seiner Mutter und mir zurück auf meine Burg ritt. Ich muß gestehen, auch mir waren die Fähigkeiten Merlins nicht recht geheuer, obwohl ich nach reiflicher Überlegung zu dem Schluß gelangte, daß das Böse wie das Gute wohl in jeden Menschen seinen Samen legt und sich Merlin insofern nur dadurch von anderen unterschied, daß dieser Keim schon in frühester Kindheit mächtige Bäume getrieben hatte. Immer wieder prüfte ich Merlins Fähigkeit, wenngleich es oftmals so nebensächliche Fragen waren wie, was es denn wohl heute Abend zu essen gäbe.*
*„Sauerampfersuppe, Forellen, Lauchgemüse und Brot."*
*„Wo ist deine Mutter jetzt?"*
*„Sie betet unten bei den Ordensschwestern. Diese aber mißtrauen ihr, da sie mich geboren hat."*

*Jede meiner Fragen beantwortete Merlin, ohne zu zögern, und in allen Dingen behielt er recht. Als ich jedoch den ganzen Abend immerzu weitere Fragen stellte, trat er vor mich hin: „Bleris, warum prüft Ihr mich noch immer? Habe ich Euch denn jemals eine falsche Antwort gegeben?"*
*Ich mußte ihm zustimmen: „Du hast wirklich in allem die Wahrheit gesprochen. Aber es ängstigt mich, daß du von einem bösen Dämon gezeugt wurdest. Deshalb prüfe ich dich immer wieder."*
*„Ach, Bleris", lächelte Merlin, „es ist wohl eine Gewohnheit kleiner Herzen, in allen Dingen das Böse viel mehr zu sehen und daran festzuhalten. Habe ich nicht auch gesagt, daß die gute Macht mir die Begabung gab, in die Zukunft zu blicken? Habe ich mich nicht entschieden für das Gute? Hört also auf, mich mit unnützen Fragen zu ermüden. Eines jedoch will ich Euch noch sagen: In zwei Wochen werden Reiter von Westen kommen, um mich zu holen. Sie haben ihrem Herrn und König geschworen, ihm mein Blut zu bringen. Denn er braucht das Blut eines Kindes, welches von keinem sterblichen Manne gezeugt wurde. Die Reiter werden mich mitnehmen, und Ihr werdet mich begleiten. Ihr würdet deshalb gut daran tun, alles Notwendige vorzubereiten."*
*Obwohl ich an diesem Abend noch öfter in ihn drang und ihn mit Fragen bestürmte, wollte Merlin mir keine Auskunft darüber geben, aus welchem Grund ich meine Burg und meine Güter verlassen sollte. Als die Reiter nach zwei Wochen jedoch tatsächlich auf meine Burg kamen, hatte ich alles geregelt, einen Verwalter bestellt und meine Bündel gepackt. Am Tage zuvor hatte Merlin mir eröffnet, ich müsse mitgehen, um im Wald von Northumberland, jenseits des Meeres, eine Einsiedelei zu errichten. Dort sollte ich in einem großen Buch alles aufschreiben, was er mir erzählen würde. Dies und nichts anderes sei meine Aufgabe hier in dieser Welt. Großen Lohn würde ich dafür ernten, nicht nur in dieser, sondern auch in kommenden Zeiten. Aber ich gestehe, mein Herz trauerte, als wir davonritten. Ich hatte bis zu jenem Tage mein Leben ohne große Aufregung und Abenteuer gelebt.*

*Und ich war zufrieden gewesen.*
*Nun war ich also unterwegs über das Meer, zusammen mit Merlin und zwei bewaffneten Reitern.*
*Clarisel war in ein Kloster eingetreten, um für ihre Seele zu beten.*
*Im Wald von Northumberland wies mir Merlin eine Stelle und hieß mich dort eine Einsiedelei zu errichten.*
*Alles, was hernach geschah, hörte ich entweder von Merlin selbst, der mich oft besuchte, oder von fahrenden Rittern und Sängern, die bei mir rasteten. Ich verließ meine Einsiedelei nie, bis zu jenem Tage, als ich aufbrach, um Merlin zu suchen.*
*Hört nun also, wie die Geschichte weiterging. Lest die wundersamen Erzählungen von König Artus, den Rittern der Tafelrunde und dem Heiligen Gral. Sie sollen Euch zu großer Weisheit führen, denn niemand, der den Heiligen Gral je sah, in Wirklichkeit oder in seinem Herzen, niemand, der ihn berührte oder von ihm berührt wurde, kann danach noch sein, wie er zuvor gewesen.*

Es war ein milchig weißer Frühjahrsmorgen, als sich Merlin, geführt von den beiden bewaffneten Reitern, von Bleris verabschiedete. Ein unwirsch böiger Wind sträubte die Blätter der Bäume und drang trotz dicker Decken bis auf die Knochen. Die beiden Reiter vor Merlin schwiegen. Manchmal sahen sie sich aus den Augenwinkeln verstohlen an. Merlin ritt hinter ihnen auf einem kleinen Maultier. Er war es, der schließlich das Wort ergriff: „Ihr werdet mich nicht töten, meine Herren!" sagte er deutlich und in sehr bestimmtem Ton. Die beiden Reiter fuhren herum und sahen den Knaben mit aufgerissenen Augen an. „Wie... woher...?"
Merlin lächelte über die Sprachlosigkeit der beiden. „Euer König Vortiger hat doch befohlen, mich zu töten, denn er will mein Blut und nichts anderes. Jetzt, nachdem Bleris nicht mehr bei uns ist, überlegt ihr, wo und wann ihr eure Tat ausführen wollt."
„Woher weißt du das", stammelte einer der beiden, „wer hat dir das verraten?"
„Mir muß niemand etwas verraten! Ich weiß alle Dinge, die auf der Welt jemals geschehen sind, und auch die meisten, die sich ereignen werden."
Merlin sah die beiden verblüfften Reiter aufmerksam an. Dann fuhr er fort: „Ihr sucht nach einem Beweis? Keine Sorge, ich will ihn euch nicht vorenthalten. Euer König Vortiger will sich einen wehrhaften Turm bauen lassen, da er Angst hat, die rechtmäßigen Erben des Reiches Logries könnten zurückkommen und ihr Erbe bei ihm einfordern. Doch dieser Turm will nicht halten. Jedesmal, wenn er kaum zwanzig Fuß hoch ist, stürzt er wieder zusammen. Vortiger hat die Weisen seines Reiches beauftragt, einen Rat zu finden. Sie konnten ihm jedoch keine Antwort geben. Auch die heiligen Männer waren hilflos. Schließlich versammelte er Wahrsager und Sterndeuter um sich. Diese berichteten ihm nach langen Beratungen, daß der Turm halten würde, wenn die Grundmauern mit dem Blut eines Kindes benetzt würden, welches nicht von einem sterblichen Manne gezeugt

wurde. Deshalb ließ König Vortiger Boten in alle Himmelsrichtungen senden, die jenes Kind suchen sollten. Ihr, meine Herren, habt mich gefunden. Doch ich will euch eines sagen: Die Sterndeuter und Wahrsager haben König Vortiger belogen. Sie hatten in den Sternen gelesen, daß dieses Kind ohne Vater ihnen gefährlich werden könnte. Und nur aus diesem Grunde sollt ihr mich töten, noch bevor ihr nach Logries kommt."

Sprachlos verharrten die Reiter auf ihren leise schnaubenden Pferden und sahen Merlin an. Der Knabe hatte recht. Ratlos starrten sie sich an. Ausdrücklich hatten die Wahrsager und Sterndeuter das Blut des Kindes gefordert, noch bevor die Grenze des Reiches erreicht sei. Der Knabe schien außergewöhnliche Fähigkeiten zu besitzen. Wenn der König davon erführe, wäre dies sicherlich wertvoll für ihn und sein Reich. Schließlich kamen sie überein, Merlin am Leben zu lassen und den König selbst um Rat zu fragen.

Auf der Reise nach Logries verblüffte Merlin die beiden Reiter noch manches Mal mit seinen Prophezeiungen. So ließ er sie wissen, daß ein Bauer, der in einem kleinen Dorf Leder für neue Stiefel gekauft hatte, sterben werde, noch ehe er seine Hütte erreicht habe. Ungläubig folgten die Reiter daraufhin dem Mann und mußten mitansehen, wie dieser über einen Ast stolperte, den Kopf gegen einen Stein schlug und auf der Stelle tot war.

Als sie endlich Logries erreichten, hießen die Reiter den Knaben vor den Stadtmauern warten. Sie ritten zu König Vortiger und erzählten ihm von Merlin, seiner erstaunlichen Gabe und auch davon, daß die Sterndeuter und Wahrsager seinen Tod wünschten, da sie ihre Macht nicht an ihn abgeben wollten.

Da wurde Vortiger rasend vor Wut. Sofort wollte er das wundersame Kind mit eigenen Augen sehen und mit ihm reden.

In einer geheimen Kammer des Schlosses empfing er Merlin, der sich durch das grimmige Gesicht des Königs nicht einschüchtern ließ. „Hoher Herr", sprach er unbefangen, „ich werde Euch zeigen, wie Ihr Euren Turm bauen könnt. Und wenn ich nur im geringsten die

Unwahrheit sage, sollt Ihr mich zum Tode verurteilen. Behalte ich aber recht, so sollt Ihr Euren Sterndeutern und Wahrsagern das antun, was mir geschehen sollte."
Vortiger überlegte nur kurz. Falls dieser Knabe da vor ihm recht hätte, würde er seinen Turm bekommen. Wenn nicht, hätte er immer noch dessen Blut, um es auf die Grundmauern zu spritzen. Er willigte ein und führte Merlin zu dem Ort, wo der Turm aufgerichtet werden sollte.
„Nun, sprich! Weshalb stürzt der Turm immer wieder ein?"
„Unter diesem Bauwerk, hoher Herr", führte Merlin aus, „befindet sich ein großer See. Darin leben zwei alte Drachen. Der eine ist weiß, der andere rot, und beide sind sie blind. Jedesmal wenn Euer Turm zu schwer auf ihnen lastet, werden sie unruhig und wollen die Last abschütteln. Dadurch bewegt sich die Erde, und alles stürzt wieder ein."
„Und was soll ich nun tun?" verlangte Vortiger zu wissen.
„Laßt die Erde über dem unterirdischen See abtragen und fortschaffen. Achtet aber darauf, daß niemand sie auf seine Felder wirft, denn sie ist vergiftet durch den Atem der Drachen."
Viele Leibeigene und Bauern der Stadt hielten dies für einen törichten Rat und warfen die feuchte, dunkle Erde auf ihr eigenes Land. Aber über Jahre hinaus sollte auf diesen Feldern kein Korn, keine Frucht, kein Baum, nicht einmal mehr eine Distel gedeihen.
Als die Erde abgetragen war, kam ein großer See zum Vorschein. Still und unergründlich tief lag das Wasser.
Auf Merlins Rat hin ließ König Vortiger einen tiefen Graben ausheben, der das Wasser bis an die Steinwüste dicht an der Grenze des Landes Logries führte. Denjenigen aber, die den Rat Merlins nicht befolgten und das Wasser auf ihre Äcker lenkten, verfaulten die Pflanzen, die zarten Keime verkümmerten, und die Erde wurde unfruchtbar. Der Atem der beiden Drachen hatte auch das Wasser des Sees vergiftet.
Als der See endlich trockengelegt war, wurden auf dem Grund zwei große Felsen sichtbar: „Darunter", behauptete Merlin, „liegen die

beiden Drachen. Wenn Ihr die Steine anheben laßt, werden sie einander wittern und sich bis auf den Tod bekämpfen. Laßt alle Edelleute Eures Reiches kommen, denn in diesem fürchterlichen Kampf und seinem Ausgang wird eine tiefe Bedeutung liegen."

Vortiger führte aus, was Merlin ihn angewiesen, und nach wenigen Tagén wurden die zwei großen Felsen mittels langer Stricke vorsichtig angehoben. Zunächst geschah nichts, und einige der Edelleute begannen schon, Merlin zu verspotten. Doch dann brach unter einem der Felsen ein furchterregender roter Drache hervor, und als er brüllend und wutschnaubend vor dem Felsen stand und sein schuppiges, blindes Haupt schüttelte, drängte sich unter dem anderen Felsen ein gräßlicher weißer Drache hervor und bleckte die gewaltigen Reißzähne.

Merlin hatte prophezeit, der weiße Drache würde den roten besiegen. Als das gemeine Volk, die Edelleute und Vortiger jedoch die beiden Ungeheuer sahen, widersprachen sie Merlin: „Es kann nicht sein, daß der weiße Drache siegt. Er ist viel kleiner und schwächer als der rote."

Merlin erwiderte darauf nichts.

Als sich die beiden Drachen witterten, ließ ihr Brüllen die Luft erzittern. Sie schlugen mit den mächtigen, spitzhackig bewehrten Schwänzen auf die Erde, daß der Boden bebte und verbissen sich ineinander. Die Menschen schauderten.

Bald schon wälzten sich die beiden Ungetüme im Blut, und dennoch, der erbitterte Kampf ließ nicht nach. Oftmals wurde der kleinere weiße Drache durch die Kraft und Wucht seines roten Gegners zurückgedrängt. Aber nach der ersten Nacht, als die beiden Drachen für kurze Zeit schwer atmend auf der Erde lagen und ihre Wunden leckten, war noch nichts entschieden. Den ganzen Tag und die darauffolgende Nacht kämpften die beiden Drachen erbittert gegeneinander. Und immer noch hatte der mächtige rote Drache seinen Gegner nicht besiegen können. Am Mittag des dritten Kampftages schließlich quoll aus dem gequälten und zerschundenen Körper des weißen Drachen eine giftig-gelbe Feuerwolke und traf den roten

Drachen, gerade als sich dieser wieder in seinen Gegner verbeißen wollte. Hilflos schnappten die gewaltigen Kiefer nach Luft, und das Haupt bog sich, um dem Feuersturm zu entgehen. Aber es half nichts. Der Feuerschwall des weißen Drachen vernichtete das furchterregende rote Ungeheuer. Es wand sich noch einige Zeit hilflos zuckend auf der Erde, dann schlug das Haupt mit einem Donnerschlag auf den Felsboden und regte sich nicht mehr. Langsam und zitternd schleppte sich der weiße Drache unter seinen Felsen zurück, eine breite Blutspur hinter sich herziehend. Nach drei Tagen, in denen er oftmals die stille Nacht mit einem schmerzerfüllten Gebrüll erschütterte, das in die Herzen der schlafenden Menschen wie ein scharfes Messer schnitt, starb auch der weiße Drache.
In der Burg zu Logries hatten sich inzwischen die Edelleute um König Vortiger und Merlin versammelt. Dieser erklärte den stumm wartenden Männern die Bedeutung des seltsamen Drachenkampfes: „Der rote Drache, König Vortiger, das seid Ihr selbst. Ihr seid mächtig und gewaltig. Der weiße Drache hingegen ist noch klein und schwach. Er stellt die rechtmäßigen Erben des Reiches Logries dar, die Brüder Uther und Pentragon. Schon bald werden sie über das Meer kommen und von Euch ihr Recht fordern. Bei dem schrecklichen Kampf werdet Ihr, König Vortiger, durch Feuer sterben."
Lange Zeit war es bedrückend still in der Runde der Männer. Dann begann einer der Edelleute hilflos zu lachen. Andere stimmten ein, und bald bebte der Rittersaal von dröhnendem Gelächter.
Nur König Vortiger stand stumm vor Merlin und sah auf ihn hinunter: „Gibt es keinen Weg, das Schicksal aufzuhalten, Merlin?"
Der Knabe schüttelte sachte den Kopf: „Das Leben ist uns vorgezeichnet. Ihr werdet den Weg gehen, der Euch vorbestimmt, vom Anbeginn der Zeiten. Geradeso, wie ich meinen Weg gehen muß."
„Ich werde den Turm trotzdem bauen lassen", seufzte Vortiger, wandte sich ab und ging aus dem Raum, da er das Lachen seiner Edelleute nicht mehr ertragen konnte.
In der folgenden Zeit ließ König Vortiger einen Turm bauen, wie ihn die Welt noch nicht gesehen hatte. Über dreihundert Fuß hoch ragte

er in den Himmel, und das Rund der Grundmauern konnten zweihundert Männer nicht umspannen. Wie Merlin es vorausgesagt, stürzte der Turm nicht mehr ein. Aber, wie er auch prophezeit hatte, kurz nachdem das Bauwerk vollendet war, kamen die Brüder Uther und Pentragon mit einem großen Heer über das Meer.

Sie schickten Boten zu König Vortiger und forderten ihr rechtmäßiges Erbe. Dieser jedoch hieß seine Ritter und Lehensmänner sich rüsten, und so begann der Krieg zwischen Vortiger und den Brüdern Uther und Pentragon. Der kampf- und kriegserfahrene Vortiger errang zu Beginn einige Erfolge, konnte Schlachten für sich entscheiden und seinen Gegnern empfindliche Verluste zufügen. Doch gegen die Wut des gerechten Willens von Uther, Pentragon und ihren Männern kam er nicht an. Schließlich mußte er sich auf seinen großen Turm zurückziehen.

Lange Zeit lagerte das gegnerische Heer davor, um Vortiger auszuhungern. Doch die Belagerten waren gut vorbereitet. Der Herbst zog ins Land und färbte die Wälder um Logries rostrot und sonnengelb. Uther und Pentragon wußten, daß sie die Belagerung des Turmes noch vor den einbrechenden Winterstürmen beenden mußten. Insgeheim ließen sie Pech- und Schwefelfässer herankarren, und eines Nachts setzten sie den großen Turm in Brand. Lange Zeit sah es so aus, als ob Vortiger und seine Männer das Feuer löschen könnten, doch schließlich fand das Wasser keine Macht mehr über das Flammenmeer. Krachend barsten die ersten Balken. Die Nacht war in ein gespenstisch zuckendes Rot getaucht, als Vortigers Männer die Tore öffneten und mit dem Schwert in der Hand den Kampf suchten. Sie wurden alle überwältigt und getötet. König Vortiger jedoch verbrannte in seinem Turm, so wie Merlin es vorausgesagt hatte.

Die Brüder Uther und Pentragon hatten zwar Vortiger besiegt und viele Edelleute hatten sich inzwischen auf ihre Seite geschlagen, Friede jedoch war noch nicht eingekehrt in das Land Logries. Die Nordmänner, von Vortiger ins Land geholt, um gegen Uther und Pentragon zu helfen, hatten sich mit ihren Fürsten Hengist und Horsa in einer mächtigen Burg verschanzt und das umliegende Land geplündert.

Pentragon, inzwischen vom Volke zum König gewählt, sammelte seine Krieger und belagerte die Burg der Nordmänner. Die Monate zogen ins Land, doch König Pentragon fand kein Mittel, die Burg einzunehmen. Zu mächtig standen die Mauern, zu tapfer wehrten sich die Verteidiger und zu verlustreich verliefen die Scharmützel am Burggraben.

Schließlich berief Pentragon seinen Rat nach Logries ein. Darunter waren auch einige Edelleute, die Merlin bei Vortiger erlebt hatten. Verwirrt stellten sie fest, daß der Knabe auf wundersame Weise verschwunden war. Seit langer Zeit hatte niemand mehr etwas von ihm gehört. Als Pentragon und Uther von den Fähigkeiten Merlins erfuhren, schickten diese sofort Boten aus, die überall im Lande Logries nach ihm suchen sollten.

Merlin weilte zu dieser Zeit bei Bleris und erzählte ihm gewissenhaft, was sich zugetragen hatte. Natürlich wußte er, daß die Brüder Pentragon und Uther nach ihm suchen ließen und beschloß, die Boten auf seine Art zu empfangen. Er verwandelte sich in einen grobschlächtigen Holzfäller. Mit einer gewaltigen Axt auf der Schulter, derben Stiefeln und verfilztem, langem schwarzen Haar erwartete er die Boten der Brüder in einer verruchten Herberge, nahe dem Wald von Northumberland.

Stickig war es in der Spelunke. Ein schlecht brennendes Feuer verbreitete seinen üblen Atem, und die Suppe, die in dem Kessel brodelte, roch faul und alt. Die beiden Boten hätten den riesigen Holzfäller, der in einer Ecke des Raumes saß, fast nicht bemerkt. Doch der stand auf und stapfte auf sie zu. Seine massige Gestalt verdunkelte das ohnehin recht kümmerliche Licht in der Kaschemme völlig.

„Wenn ihr immer nur in üblen Spelunken sitzt, werdet ihr euren Auftrag nie erfolgreich beenden!" grinste die häßliche Gestalt hämisch.
Die Boten fuhren zusammen. Woher wußte dieser ungehobelte Riese von ihrem Befehl?
„Richtet König Pentragon aus, ihr hättet jemanden getroffen, der Merlin gut kennt. Sagt ihm, die Nordmänner wird er erst besiegen, wenn Hengist, ihr Anführer, tot ist. Merlin jedoch wird sich von keinem Boten finden lassen. Der König muß schon selbst aufbrechen und sich auf die Suche nach dem Wahrsager machen."
Noch ehe die Boten ihre Verblüffung mit einem großen Schluck schlechten Weines hinuntergespült hatten, war der Holzfäller verschwunden.
Aufgeregt jagten sie zu König Pentragon zurück. Ihre Pferde stießen weißen Schaum aus den Nüstern, und die Flanken zitterten schweißnaß, als sie vor der immer noch belagerten Burg der Nordmänner ankamen. Im Zelte Pentragons berichteten sie, was geschehen. Ohne Zögern übertrug Pentragon den Befehl über das Heer seinem Bruder Uther und machte sich mit einigen Reitern auf, Merlin zu suchen.
Tagelang saß der König in der stinkenden Spelunke nahe dem Wald von Northumberland. Doch der Holzfäller, den auch niemand im Dorf kannte, ward nicht mehr gesehen. Schließlich durchstreifte König Pentragon mit seinen Männern den Wald von Northumberland, um nach Merlin zu suchen. Es gab nur wenige Wege in diesem wild verwachsenen Wald.
Eines Abends trafen sie auf eine kleine Einsiedelei. Versteckt unter einigen Birken drückte sich die kleine Hütte schutzsuchend an einen moosbewachsenen Felsen. Und hätte die Tür nicht einladend offengestanden, die Männer wären wohl weitergeritten. So aber stiegen sie von ihren Pferden und wurden von dem Einsiedel Bleris willkommen geheißen.
Als König Pentragon nach dem seltsamen Holzfäller zu fragen begann, wurde er unterbrochen.
„Ihr wollt doch wissen, wo Merlin ist, hoher Herr", sagte Bleris und

lächelte in das verblüffte Gesicht des Königs. „Aber ja“, stieß dieser hervor, „guter Mann, könnt Ihr mir sagen, wo ich ihn finde?“
„Er wird Euch finden, König Pentragon, wenn es an der Zeit ist“, erwiderte Bleris.
„Er ließ doch durch den Holzfäller ausrichten, ich solle ihn suchen.“ Pentragon war verwirrt. „Ihr aber sagt, Merlin wird sich mir zeigen, wann er es für richtig hält. Soll ich meine Suche nicht fortsetzen?“
„Doch, doch, hoher Herr.“ Bleris schmunzelte. „Wißt, es ist eine seltsame Sache mit Merlin. Wohl will er gesucht werden, aber er zeigt sich nur jenen, mit denen er reden will. Seid beruhigt, König Pentragon, Merlin läßt Euch nicht im Stich.“
„Woher wißt Ihr das?“ wollte der König wissen, und Bleris erzählte ihm, wie er in den Wald von Northumberland gekommen und daß Merlin vor nicht allzu langer Zeit bei ihm gewesen sei. Er zeigte ihm das große Buch, welches er begonnen, und der König las all die Ereignisse nach. Aus diesem Buch erfuhr er auch, daß der Holzfäller kein anderer als Merlin selbst gewesen, der sich verwandelt hatte, um die Boten des Königs zu narren.
Als Pentragon und seine Männer die Einsiedelei wieder verließen, waren sie kaum klüger als zuvor. Daher beschlossen sie, in jenes kleine Dorf am Rande des Waldes zurückzukehren. Kurz vor den ersten Hütten trafen sie einen schrecklich anzuschauenden Hirten. Seine Zähne waren gelbe Hauer, so groß, daß er den Mund nicht schließen konnte. Die Augen starrten blutunterlaufen. Er hatte einen häßlich verwachsenen, buckligen Rücken, und die Ohren hingen ihm fast bis auf die Schultern. An einer Hand besaß er sieben Finger, an der anderen jedoch nur drei. Sein Hirtenstab ähnelte einer gewaltigen Kampflanze und sein Jagdmesser einem schartigen Kurzschwert. Von weitem rief ihm Pentragon zu, ob er etwas über Merlin wisse. Brüllend erwiderte der Hirte: „Wenn Ihr etwas von mir wollt, hoher Herr, dann müßt Ihr Euch schon herbemühen zu mir.“
Obwohl Pentragon abgestoßen war vom Anblick des Hirten, trieb er sein Pferd auf ihn zu. „Hirte, kannst du mir etwas sagen über Merlin, den Zauberer und Seher?“

Der häßliche Mann schneuzte laut und wischte sich mit der verwachsenen Hand die Nase. Dann sah er den König an: „Ich rate Euch, geht zurück ins Dorf und lagert dort. Merlin wird sich Euch schon zeigen, wenn er es für richtig hält!"
„Woher soll ich wissen, ob du die Wahrheit sprichst?"
Der Hirte zuckte die schiefen Schultern und brummte: „Wenn Ihr mir nicht glauben wollt, dann laßt es eben. Aber Ihr könnt sicher sein, daß ich Euch bessere Ratschläge geben kann, als irgend jemand sonst in Eurem ganzen Reich." Damit drehte er sich um und ging langsam auf die blökende Herde zu. Er war in den abendlichen Schatten verschwunden, noch ehe König Pentragon weitere Fragen an ihn hätte richten können.
Am nächsten Morgen wurde der König von seinen Männern geweckt. Ein fremder Ritter war gekommen, und Pentragon lud ihn höflich zu Rast und Speise ein. Doch der Fremde lehnte dankend ab: „König Pentragon", führte er aus, „der Hirte, den Ihr gestern getroffen habt, das war Merlin. Von ihm soll ich Euch ausrichten, daß Euer Bruder Uther den Nordmann Hengist erschlagen hat."
Ohne ein weiteres Wort gab der Ritter seinem Pferd die Sporen und sprengte in den Wald hinein.
Kaum zwei Stunden später wurde ein stattlicher Edelmann vor Pentragons Zelt geführt. Er war reich gekleidet und lachte den König aus gutmütigen Augen freundlich an: „Hoher Herr", begann der Edelmann. „Was führt Euch in diese öde Gegend?"
Höflich gab König Pentragon Auskunft. Da begann der Edelmann lauthals zu lachen. „Ich will Euch sagen, König Pentragon", stieß er schließlich hervor, „wenn Merlin es nicht will, wird ihn niemand erkennen, auch nicht die Edelleute hier, die ihn bei König Vortiger schon gesehen haben."
Fragend sah Pentragon in die Runde der Männer, die mit ihm geritten waren. „Ist dies Merlin?" fragte er und deutete auf den fremden Edelmann. Die wenigen Männer, die Merlin früher schon gesehen hatten, schüttelten die Köpfe: „Nein, Merlin sah ganz anders aus."

Wieder lachte der Edelmann: „Ihr Herren, wie kann derjenige jemanden erkennen, der sich selbst nicht kennt? Nur wer das innere Wesen eines Menschen sieht, kann ihn auch erkennen!"
Dann ging der Fremde, ohne um Erlaubnis zu fragen, in das Zelt des Königs. Noch bevor sich Pentragon aufmachen konnte, um ihn wegen dieser Unverfrorenheit zur Rede zu stellen, teilte sich der Eingang des Zeltes; heraus kam der häßliche, verwachsene Hirte, den Pentragon gestern getroffen hatte.
„Nun, ihr Herren", knurrte das schauerliche Wesen und sah in die Runde, „wie wollt ihr einen Menschen erkennen?"
„Das ist ein böser Zauber", murmelten einige der Männer und bekreuzigten sich hastig. Pentragon jedoch begann zu begreifen. Aber schon war der Hirte wieder im Zelt verschwunden. Nach kurzer Zeit trat ein älterer, weißhaariger Mann, dessen strahlend blaue Augen ein jugendliches Feuer versprühten, heraus. „Das ist Merlin", riefen die Männer Pentragons. „Nur ist er viel älter, als wir ihn in Erinnerung haben."
Merlin lachte sie an: „Auch der Hirte war ich und ebenso der Edelmann, der Ritter und der Holzfäller. Was ist die äußere Gestalt eines Menschen? Hättet ihr mir offen in die Augen gesehen und mein Herz gespürt, dann hättet ihr mich erkannt. Euer Blick jedoch läßt sich täuschen durch eine krumme Nase und verwachsene Schultern, durch edle Kleidung und glänzende Waffen!" Verächtlich warf Merlin den Arm in die Luft. Dann nahm er Pentragons Hand, und sie gingen gemeinsam in das Zelt des Königs. Dort, im kühlen, halbdunklen Rund, erzählte Merlin, wie er bei Pentragons Bruder Uther vor der Burg der Nordmänner gewesen war.

Es ging schon auf den Abend zu. Die Belagerer der Burg richteten sich auf eine weitere Nacht ein. Einige verzogen mißmutig die

Gesichter, andere murrten halblaut vor sich hin. Schon über ein halbes Jahr lagen sie erfolglos vor der mächtigen Festung, während drinnen Hengist und Horsa, die Führer der Nordmänner, ihrer spotteten. Auch Uther selbst war nicht bester Laune. Weder Rammbock noch Brandfackeln, weder Teer und Pech, nicht einmal Steinschleudern hatten etwas genutzt. Die Burg war zu stark befestigt. Und allein Gott konnte wissen, für welche Zeit diese Barbaren noch Nahrung in der Burg gehortet hatten. Als Uther das Tuch zu seinem Zelt zurückschlug und eintrat, schrak er zurück. Neben seinem Lager saß ein ehrwürdiger, alter Mann und erwartete ihn. Uthers Hand fuhr zum Schwert. „Aber Uther", der Mann erhob sich ächzend, „ich bin ohne Waffen, alt und gebrechlich. Wie könnte ich Euch zur Gefahr werden? Kommt her, ich muß mit Euch reden!"
Uthers Spannung löste sich ein wenig. Trotzdem war er wachsam und auf der Hut. „Wer seid Ihr, Fremder, und wie seid Ihr in mein Zelt gelangt?"
„Das ist unwichtig", erwiderte der geheimnisvolle Alte. „Aber jetzt hört mir genau zu. Heute Nacht, wenn Euer ganzes Heer schläft, wird sich Hengist hier in dieses Zelt schleichen. Er will Euch im Schlafe töten, denn die Nordmänner in der Burg werden langsam hungrig. Ihre Nahrung schwindet wie Schnee in der Märzsonne."
„Ich werde sofort meine Wachen benachrichtigen", sagte Uther und wollte aus dem Zelt eilen.
„Uther", die Stimme des Alten hielt ihn zurück. „Wenn Ihr dies tut, wird sich Hengist nicht in das Lager wagen. Alles muß so sein wie in den Tagen und Wochen zuvor. Ihr aber bleibt wach und rüstet Euch gut unter Eurem Gewand."
Uther versprach dem Alten, gemäß diesen Worten zu handeln, und der Fremde verließ lautlos wie ein Schatten das Zelt. Keine Wache bemerkte ihn.
Uther ging zu seinen Männern ans Feuer. Als die Zeit zum Schlafen kam, rüstete er sich gut unter seinem Gewand und verbarg sein Schwert griffbereit neben sich.
Dann wartete er.

Das rauhe Lachen an den nächtlichen Feuern verstummte mit der Zeit, das halblaute Gemurmel ging in schweres Atmen und Schnarchen über. Der Schlaf legte seine weiche Hand über das Lager und die Männer. Nur wenige Wachen beobachteten das Portal der Burg, um bei einem überraschenden Ausfall der Nordmänner das Heer zu warnen.
Hengist aber, der Führer der Nordmänner, kam nicht durch dieses Tor. Er ließ sich an einem langen Seil im Schatten eines Wehrturmes von den Zinnen herabgleiten. Dann schlich er, vorsichtig um sich spähend, in das Lager Uthers. Leicht fand er dessen Zelt. Es trug den Wimpel König Pentragons und stand ein wenig abseits. Lange Zeit lauschte Hengist davor, und erst als er sicher war, daß darin nur ein Schlafender sein konnte, kroch er, einer großen Schlange gleich, unter den schweren Tüchern hindurch. Wieder verharrte er regungslos. Der letzte Rest des Feuers und ein aufgehender Mond zeichneten die Gestalt Uthers an die Zeltwand. Ruhig atmend lag er auf dem Lager. Lautlos triumphierte Hengist. Er war am Ziel. Ein Heer ohne Führer ist ebenso hilflos wie ein Bienenschwarm ohne Königin. Er huschte hinüber zu Uther und zog sein langes Messer. Dann stieß er zu. Doch die scharfe Klinge, die ihn noch nie im Stich gelassen hatte, prallte auf einen schweren Panzer, glitt ab und brach entzwei. Entsetzt nahm Hengist noch wahr, wie sich Uther erhob und in seiner rechten Hand ein Schwert schwang, in welchem kaltes Licht tödlich glänzte. Dann fuhr dem Nordmann die Klinge in den Hals, er stürzte zu Boden und nicht einmal ein Schrei kam ihm über die Lippen.
Uther stand schweigend über ihm. Dann trat er vors Zelt, ging zum verglimmenden Feuer und schlug dort mit dem Schwert auf den schweren Kessel, der neben der Feuerstelle lag. Im Nu war der Platz gefüllt mit verschlafenen, verwirrten Männern. Uther hieß zwei in sein Zelt gehen und den toten Hengist holen. Im Schein vieler Fackeln trugen sie den toten Fürsten vor das Portal der belagerten Burg. Oben auf den Zinnen warteten schon die Nordmänner. Als sie erkannten, daß Hengist, ihr Führer tot war, heulten sie voller Wut und Verzweiflung auf.

Der Plan war fehlgeschlagen, ihre letzte Hoffnung vernichtet.

Dies alles berichtete Merlin König Pentragon und sagte voraus, daß am nächsten Morgen ein Bote kommen würde, um ihm die Nachricht von Uther selbst zu bringen.
All dies sollte Pentragon zum Beweis nehmen, daß er, Merlin, immer die Wahrheit spreche. Falls aber Pentragon oder Uther einmal seine Worte bezweifelten, würde er gehen und nie mehr wiederkommen.
„Bei allem, was mir heilig ist, Merlin, ich werde Euren Rat immer anerkennen und befolgen. Bleibt bei mir und seid mein erster und einziger Ratgeber!" flehte Pentragon.
Doch Merlin schüttelte den Kopf: „Das kann ich nicht. Mein Herz erträgt die Gesellschaft der Menschen selten für lange Zeit. Oft werde ich hier bei Euch sein. Dann wieder muß ich Bleris besuchen. Andere Zeiten wird es geben, da wird mich niemand finden, außer er nimmt es auf sich, in den Wald von Broceliante zu gehen, um mich zu suchen. Aber dieser Wald ist nicht ohne Gefahren. Oft wird er der Wald der Abenteuer genannt, oft aber auch Wald ohne Wiederkehr. Für heute will ich gehen. Reitet Ihr zurück zu Eurem Bruder Uther, denn noch sind die Nordmänner nicht besiegt. In elf Tagen werde ich bei Euch erscheinen."
Als Merlin aus dem Zelt des Königs trat, standen davor immer noch wartend und unsicher die Edelleute und Reiter. Ehrfürchtig gaben sie dem Zauberer eine Gasse frei, und dieser schritt, ohne sich von ihnen zu verabschieden aus dem Lager, auf die dichten Büsche und dunklen Schatten der großen Bäume des Waldes von Northumberland zu.

*Als Merlin wieder in meiner Einsiedelei auftauchte, hatten wir viel zu lachen über die Possen, welche er mit König Pentragon, seinem Bruder Uther, den Edelleuten und Rittern getrieben hatte. Aber damit nicht genug. Merlin wollte das Spiel fortführen. „Bleris", sagte er am Abend und schmunzelte in sich hinein, „Uther liebt eine junge Frau namens Eyrine. Diese ist recht züchtig und wehrt den armen Uther ständig ab, obwohl sich ihr Herzschlag beschleunigt, kaum daß sie an ihn denkt. Setz du dich hin und verfasse einen glühenden Liebesbrief im Namen jener Eyrine. Ich werde mir die Gestalt eines ihrer Junker geben und den Brief Uther gerade an jenem Tag überreichen, an dem ich mich mit ihm und Pentragon vor der Burg der Nordmänner treffen will."*

*Ich gebe zu, meine anfänglichen Bedenken zerstreuten sich gerade so schnell wie die Spreu des geschlagenen Korns beim ersten kräftigen Blasen der Herbstwinde. Es fiel mir zwar zunächst schwer, mich in die Seele einer jungen, verliebten Edelfrau zu versetzen, mit dem Ergebnis waren dann aber sowohl Merlin als auch ich durchaus zufrieden.*

*„Mein Geliebter", schrieb ich in liebevoll verschnörkelter Schrift, „heute endlich wage ich zu sagen, was bislang fest verschlossen und verborgen in meinem Herzen lag. Niemals zuvor gebrauchte ich solche Worte, und mir scheint, einer Edelfrau ziemen sie sich auch nicht. Und doch, der süße Schmerz meiner Seele will sich Euch, geliebter Uther, endlich offenbaren. Ach, wärt Ihr nur hier und würdet meine zitternde Hand halten, mein pochendes Herz beruhigen. Mein ganzes Sehnen ist auf jenen Tag gerichtet, an dem Ihr, mein Geliebter, wieder auf der Burg erscheint und mich endlich in Eure starken Arme schließt. Wie lange warte ich schon auf diesen Augenblick. Ihr aber ließet Euch immer von mir abwehren. Wißt Ihr denn nicht, daß gerade darin die Lust der höfischen Liebe liegt? Kommt rasch, geliebter Uther! Ich sehne Euch mehr herbei als eine dürstende Rose den Morgentau.*

*Eure auf Euch in inniglicher Liebe und verzehrender Sehnsucht hoffende Eyrine."*

*Wie gesagt, Merlin und ich waren mit dem Ergebnis zufrieden, obwohl mir manche Worte doch ein wenig übertrieben schienen. Doch meine eigenen Erfahrungen im Schreiben von Liebesbriefen lagen schon lange zurück. Die Zeiten ändern sich mit dem Lauf der Jahre, und Merlin ließ mich wissen, daß die Briefe, die heute unter den Edelleuten und Jungfrauen die Runde machten, eben einen anderen Charakter hätten als diejenigen meiner Jugendjahre.*
*Der Wahrsager und Zauberer war Merlin. Und da zunächst niemand erfahren sollte, daß dieser Brief aus meiner Hand stammte, war ich schließlich ruhig und ließ mir erzählen, was bisher vorgefallen war. Fünf volle Tage zeichnete ich auf, was mir Merlin zur Niederschrift vorsprach.*
*Abends saßen wir gemeinsam auf der kleinen Bank vor meiner Hütte und genossen die letzten lauen Spätherbstnächte. Die Vögel ließen schon ihren Reiseruf erklingen. Sie sammelten sich hoch in den Bäumen der Lichtung und warteten auf den richtigen Morgen. Nicht mehr lange, und der Winter würde sich übers Land legen: eine stille Zeit für mich hier allein in der Wildnis.*
*Merlin wollte wiederkommen und mich besuchen, noch bevor das neue Jahr anbrechen würde. So hatte er es versprochen, als er sich aufmachte, um, in Gestalt eines Junkers, Uther den Liebesbrief zu überbringen.*
*Und als er wenige Tage nach dem Heiligen Fest bei dichtem Schneegestöber an meine Tür klopfte, das Eis als Wasser aus seinem Bart getropft war und er gegessen hatte, da legte er die Beine dicht an den warmen Kamin, griff sich den Krug Wein und erzählte folgende Geschichte.*

Pendragon
Uther

Es war schon spät am Abend, als Merlin das Lager König Pentragons erreichte. Noch immer hielten sich die Nordmänner verbissen in der Burg. Der grimmige Horsa war inzwischen ihr Anführer geworden. Weder Pentragon noch Uther und auch keiner ihrer Berater wußten, wie diese Belagerung siegreich beendet werden könnte. Die Herbststürme jagten schon die Wolken flach übers Land. Längst hatten die Bäume ihre Blätter verloren, und in der Luft hing eine Ahnung von Schnee und eisklirrender Kälte.
König Pentragon und sein Bruder Uther wurden von den Wachen aus ihren Beratungen gerissen. Ein Junker der Edelfrau Eyrine sei hier und wolle eine Botschaft abgeben. Schnell befahl Uther, den Boten zu ihm zu bringen. Dieser reichte ihm den Brief, und Uther setzte sich auf das reich mit Fellen gepolsterte Lager und las ihn. Und dann las er ihn nochmals und auch noch ein drittes Mal. Er seufzte tief.
„Ist es eine schlechte Nachricht, Bruder?" wollte Pentragon besorgt wissen.
„Aber nein. Nein! Eyrine liebt mich und erwartet mich! Ich bitte dich, laß mich zu ihr gehen. Ich will sie nicht warten lassen."
„Merlin wollte heute kommen", erinnerte Pentragon seinen Bruder. „Es ist zwar schon spät am Abend, doch ich vertraue ihm. Du kannst jetzt nicht gehen!"
„Was ist Merlin gegen die Liebe von Eyrine", seufzte Uther. Der Junker runzelte erbost die Stirn. Dann verließ er ohne ein Wort das Zelt.
„So warte doch Junker! Ich will dir wenigstens eine Antwort für deine Herrin mitgeben!" rief Uther ihm nach. Aber als er aus dem Zelt trat, konnte er den Junker nirgends entdecken. Er sah jedoch einen alten Mann auf sich zukommen.
„Erinnert Ihr Euch an mich, Uther?" begrüßte ihn dieser. Uther wischte sich über die Augen. Dann antwortete er verwirrt: „Aber ja doch. Ihr habt mich in jener Nacht vor Hengist gewarnt. Wartet, ich will meinen Bruder holen."

Hastig ging er zurück ins Zelt. Aber als er mit Pentragon wieder heraustrat, war der alte Mann verschwunden. Dafür stand der Junker wieder vor ihnen: „Ihr habt eine Botschaft für meine Herrin?" fragte er Uther. „Ich will sie ihr gerne überbringen."
„Hast du hier einen alten Mann gesehen?" fuhr ihn stattdessen Uther an und drückte ihn ärgerlich zur Seite.
„Nein, Herr", sagte der Junker, „seit ich hier stehe, habe ich niemanden gesehen."
„Geh ins Zelt und warte dort auf mich!" Aufgeregt lief Uther durch das Lager, um den alten Mann zu suchen. Aber wen er auch fragte, wohin er sich auch wandte, niemand konnte ihm Auskunft geben. Als er mit Pentragon wieder in das königliche Zelt zurückkehrte, saß darin Merlin, so wie ihn der König kannte. Da wußte Pentragon, daß der Seher wieder einen seiner Späße mit ihnen getrieben hatte. Lachend begrüßte er ihn: „Merlin, ich freue mich, daß Ihr hier seid. Fast hatte ich ein wenig gezweifelt, ob Ihr heute wirklich noch kommt."
„Wenn ich sage, daß ich komme, dann erscheine ich auch. Man muß mich nur erkennen!" Dabei sah er Uther fest an.
Dieser setzte sich niedergeschlagen auf das Lager: „Dann wart also Ihr der Junker, der mir den Brief von Eyrine gebracht hat?" fragte er. „Merlin, solche Späße können die Herzen der Menschen brechen."
„Seid ohne Sorge, Uther." Merlin lächelte verständnisvoll. „Zwar hat Eyrine den Brief nicht geschrieben und doch, alles was darin steht, ist wahr. Geht nur zu ihr, sobald die Nordmänner das Land Logries verlassen haben. Ihr werdet sehen, ich behalte recht."
Uther war so erleichtert, daß er aufsprang und Merlin umarmte. „Oh ja", murmelte dieser, und er sah sein eigenes Schicksal voraus, „es ist ein seltsam Ding mit der Liebe!"
Schon früh am Morgen versammelte König Pentragon seine Ratgeber um sich. Merlin sprach zu ihnen: „Zwar drohen die Barbaren immer noch jeden Tag von den Zinnen und verhöhnen euch. Aber seid gewiß, sie leiden Hunger, schon seit langem. Ich rate euch, bietet ihnen einen Waffenstillstand an. Sie werden sich darauf nicht einlassen können, da ihre Vorratskammern leer sind und sie jetzt schon

hungern müssen. Horsa, ihr Anführer, wird Euch, König Pentragon, antragen, Ihr sollt ihn zum Lehensmann dieser Burg machen. Aber hütet Euch davor. Die Nordmänner sind grausam, und ihr einziges Ziel ist reiche Beute. Niemals wären sie treue Lehensmänner. Bietet ihnen dafür an, daß Ihr sie zu ihren Schiffen führt, damit sie heimsegeln können."

Wie Merlin es geraten und vorhergesagt, geschah es.

Froh über den glimpflichen Ausgang, zogen die Nordmänner hungrig auf ihre Schiffe und segelten davon. Land und Stadt Logries konnten befreit aufatmen. Merlin begleitete Pentragon und Uther auf das Schloß in Logries, und gemeinsam verbrachten sie dort mit vielen Edelleuten den Winter.

Einer von ihnen, ein kleiner mißmutiger Fürst, hatte Merlin noch nie getraut, und er beschloß, ihn auf die Probe zu stellen. Er täuschte eine Krankheit vor und lag laut hustend im Bett. So ließ er nach Merlin schicken. Dieser sollte ihm sagen, welchen Tod er dereinst sterben müsse. Merlin kam und sah sich den Fürsten an: „An dieser Krankheit", sagte er schließlich, „werdet Ihr nicht sterben. Aber Ihr werdet vom Pferd stürzen und Euch den Hals brechen."

Einige Tage später verkleidete sich der Fürst und stellte sich erneut krank. Merlin erkannte ihn wohl und verkündete, daß er an dieser Krankheit nicht umkomme. Am Tage seines Todes jedoch werde man ihn aufgehängt finden.

Hinterhältig lächelnd erzählte der Fürst König Pentragon davon und endete mit den Worten: „Merlin ist ein Scharlatan, ein nichtsnutziger Wichtigtuer. Sonst nichts! Zum Beweis werde ich mich als Mönch verkleidet nochmals auf das Krankenlager legen und Merlin zu mir rufen. Kommt selbst mit, mein König, und hört, was er mir dieses Mal voraussagen wird."

Pentragon ging also mit Merlin zum Krankenbett des Fürsten, der wie ein Mönch gekleidet darin lag. Wieder stellte der Kranke die Frage, ob er wohl bald gesunden würde und wie er, wenn seine Zeit abgelaufen, sterben werde.

Aufgebracht und wütend rief Merlin: „Glaubt Ihr vielleicht, ich hätte

Euer Spiel nicht längst durchschaut. Und trotzdem will ich Euch sagen, woran Ihr sterben werdet. Zwei Tode habe ich Euch schon verkündet, und Ihr sollt wissen, daß Ihr, nachdem Ihr Euch den Hals gebrochen und aufgehängt seid, auch noch ertrinken werdet!"

Während der falsche Mönch, ratlos zwischen Lachen und Entsetzen hin- und herschwankend, in seinem Bette lag, schritt Merlin davon und ließ sich viele Wochen nicht mehr in Logries sehen.

Der Fürst jedoch prangerte die Torheit Merlins überall an. Er prahlte so lange mit seiner Tat, den falschen Wahrsager und Zauberer entlarvt zu haben, bis eines Tages sein Pferd auf einer Brücke strauchelte. Der Fürst fiel herunter und brach sich den Hals. Ein Brükkenpfosten durchbohrte sein Gewand, und so hing er kopfunter im Fluß, als man ihn fand. Die Nachricht verbreitete sich wie ein Steppenbrand im Lande Logries. Merlin hatte recht behalten. Der Fürst war tatsächlich drei Tode gestorben. Aber wo der Zauberer auch gesucht wurde, niemand konnte ihn finden. Nicht einmal in der Einsiedelei von Bleris war er zu Besuch gewesen.

Nachdem Merlin voller Zorn aus Logries aufgebrochen war, wanderte er lange, bis er in den Wald von Broceliante kam. Dort, tief versteckt in dem geheimnisvollen Wald, wo die Wunder hinter jedem Gebüsch verborgen liegen und den noch nie ein Mensch ohne die Erlaubnis von Merlin wieder verlassen hatte, zauberte er sich in sieben Tagen ein wundersames Schloß. Es hatte unzählige Eingänge und Ausgänge. Die Zinnen waren aus edlem Silber, und die Kuppeln der Türme leuchteten in reinem Gold. Dort schwor er, niemals wieder in der Öffentlichkeit so deutlich zu sprechen wie zu jenem mißgünstigen Fürsten. Denn die Menschen fordern ihr Schicksal immer wieder heraus. Daher ist es besser, die Zukunft bleibt für sie im Dunkel.

Erst als Merlin wußte, König Pentragon und das Land brauchten seine Hilfe, machte er sich wieder auf den Weg zurück nach Logries.

Mit wilden Schlägen donnerten Hufe über die hölzerne Zugbrücke. Noch ehe der Reiter das Pferd zum Stehen gebracht hatte, gellte sein Schrei hinein in den großen Saal: „Die Nordmänner kommen zurück! Eine große Flotte liegt vor der Küste. Niemals zuvor habe ich so viele Schiffe gesehen!"

„Und wir können Merlin nicht finden", murmelte König Pentragon bedrückt. Doch dann richtete er sich auf: „Laßt Boten ausreiten zu allen meinen Lehensmännern, zu den Fürsten und Baronen. Sie sollen ihre Männer rüsten und so schnell wie möglich hierher nach Logries kommen!"

Danach schickte er Späher, um die Nordmänner zu beobachten, und ging mit Uther in eine stille Kammer, um sich zu beraten. Kaum waren sie eingetreten und hatten die Fackel entzündet, vernahmen sie eine wohlbekannte Stimme: „Seid gegrüßt König Pentragon, und auch Ihr, Uther. Wahrlich, es wird Zeit, daß wir uns beraten, um das Land Logries zu retten!"

„Merlin!" riefen die Brüder wie aus einem Mund. „Dem Himmel sei Dank! Wir brauchen Euren Rat. Die Nordmänner ..."

Merlin winkte ab: „Ich weiß. Sie werden am elften Tage dieses Monats landen und sich sammeln. Ich rate euch, laßt sie an Land, stellt eure Streitmacht in der Ebene von Salisbury auf, und zwar so, daß die Nordmänner keinen Zugang zum Fluß haben und ohne Wasser sind."

„Warum sollen wir sie erst an Land lassen?" wollte Uther wissen. „Ist es nicht besser, sie sofort wieder ins Meer zurückzutreiben?"

„Dann werden sie fliehen, und noch vor Jahresfrist liegen ihre Schiffe wieder vor Logries", erwiderte Merlin. „Lockt sie in die Ebene von Salisbury und führt einen Teil des Heeres währenddessen zu ihren Schiffen. Dort befindet sich nur eine kleine Nachhut. Überwältigt sie und verbrennt die Schiffe. Obwohl das Heer der Nordmänner größer ist als das eurige, werdet ihr sie in dieser Schlacht vernichten. Ich werde euch ein Zeichen von mir schicken. Während der Schlacht wird ein roter Drache am Himmel erscheinen, und mit ihm werdet ihr siegen!"

„Sagt uns noch eines, Merlin!" König Pentragon hielt den Zauberer, der sich schon erhoben hatte, zurück. „Werden mein Bruder und ich in dieser Schlacht zu Schaden kommen?"
Merlin seufzte: „Alles, was einen Anfang hat, strebt einem Ende zu, und jeder der geboren, muß auch wissen, daß er sterben wird. Einer von euch wird die Siegesfeier hier in Logries nicht mehr erleben."
Als Merlin sich verabschiedet hatte, sahen sich die Brüder Pentragon und Uther lange in die Augen und schworen sich ewige Treue.
Am Morgen des vorhergesagten Tages landete die Flotte der Nordmänner. Sie waren sehr überrascht, denn kein feindlicher Krieger stellte sich ihnen entgegen. Ohne Widerstand drangen sie in das Landesinnere, plünderten und verwüsteten leerstehende Dörfer und steckten sie in Brand.
Erst auf der weiten Ebene von Salisbury entdeckten sie die Vorboten der Streitmacht König Pentragons. Und als sie sich dem Fluße Quimber nähern wollten, um an ihm zu lagern, stellten sie fest, daß zwischen ihnen und dem Fluß die Hauptmacht des feindlichen Heeres lag. So mußten die Nordmänner ohne Wasser lagern.
Währenddessen hatte ein Teil der Ritter Logries' unter Führung Uthers die Nachhut der Nordmänner überwältigt und die Schiffe verbrannt. Sie näherten sich jetzt, so schnell sie konnten, dem Rükken des gewaltigen Heeres der Feinde. Als sie so nahe waren, daß sie nachts aus sicherem Versteck den Schein ihrer Lagerfeuer wahrnehmen konnten, bereiteten sie alles zum Kampfe vor.
Noch wallten die Morgennebel unberührt und dicht vom Fluß herauf und bedeckten die Ebene von Salisbury mit einem undurchdringlichen Tuch. Nichts störte den Frieden dieses frühsommerlichen Tages. Verschlafen putzten sich die Finken die Federn, und hoch über dem Nebel kreisten einige Störche. Nahe der Ebene aber sammelten sich die Krähen mit funkelnden Augen und schärften die Schnäbel an der rauhen Rinde der Eichen. Nur zögernd lichteten sich die Nebel, wichen den Strahlen der aufsteigenden Sonne und wurden endlich von einem leichten, warmen Wind auseinandergeblasen.

Aufgeregte Schreie hallten durch das erwachende Lager König Pentragons. Gerüstet, in vielen waffenstarrenden Reihen, stand das Heer der Nordmänner, bereit zum Kampf.
„Oh Himmel", stöhnte Pentragon, „wo sind Uther und seine Männer, und wo ist der Drache, den Merlin schicken wollte?"
Die einzige Antwort, die er bekam, war das wilde Trommeln und Hämmern der Nordmänner auf ihre Schilde. Dann ertönte ihr markdurchdringender Kampfschrei und das Donnern vieler Pferdehufe.
Die Nordmänner griffen an.
Noch ehe die meisten von Pentragons Männern gerüstet und gewappnet waren, brach die Streitmacht der Nordmänner in ihre Reihen, wie die Sturmflut durch eine schwache Düne. Die schweren Kriegsäxte der Barbaren ließen die Krieger Pentragons niedersinken. Eine breite, blutige Spur des Todes zog sich durch das Lager. Pentragon trieb sein Pferd hierhin und dorthin, und wo er kämpfte, konnten seine Krieger wieder Atem holen, sich sammeln und die Rüstungen anlegen. Und endlich sprengten von jenseits der Ebene die Männer Uthers auf das Schlachtfeld. Die Nordmänner, plötzlich aus dem Hinterhalt angegriffen, waren verwirrt und richteten sich gegen den neuen Feind. Die Luft barst vor Lärm, als die Reiter Uthers mit dem Heer der Nordmänner zusammenstießen. Kampf- und Todesschreie waren nicht mehr zu unterscheiden. Die Schwerter sprühten Funken, und die Schilde waren bald zerbeult und zerhauen.
Unterdessen sammelte Pentragon wieder seine Krieger und griff in den Kampf ein. Bald war jegliche Schlachtordnung vergessen. Pentragon wütete im Heer der Nordmänner wie ein Wolf zwischen einer Meute bissiger Hunde. Aber schließlich sind zuviele Hunde eines jeden Wolfes Tod. „Uther", brüllte Pentragon, wild um sich schlagend in blutüberströmter Rüstung. „Uther! Hilf!" Und dieser hörte den Schrei des Bruders. Er warf seinen Schild beiseite und umklammerte das Schwert mit beiden Händen. Jeder und alles, was sich ihm in den Weg stellte, wurde erbarmungslos niedergemetzelt. Eine

breite Gasse sterbender und verletzter Nordmänner hinter sich lassend, kämpfte sich Uther bis zu seinem Bruder. Aber er erreichte ihn zu spät. Pentragon lag auf der Erde. Eine Lanze stak in seiner Brust und hob und senkte sich mit seinem keuchenden Atem. „Uther", flüsterte Pentragon, und das Blut quoll ihm aus dem Mund. „Ich bin es, der die Siegesfeier nicht erlebt. Wir sind zu wenige. Rufe Merlin. Rufe den Drachen und vernichte die Nordmänner."

Während um die beiden Brüder die Schlacht tobte, nahm Uther Pentragon in den Arm und richtete ihn ein wenig auf, damit er in die Runde sehen konnte. Dann brüllte er, daß seine Stimme sogar den Schlachtlärm übertönte und die kämpfenden Männer verstummen und die Schwerter senken ließ: „Merlin! Wo ist der Drache? Merlin! Hilf!" Und während er noch schrie, lächelte der dem Tod geweihte Pentragon in seinem Arm und flüsterte: „Es ist gut, Uther. Der Drache kommt. Ich spüre es." Dann schlug er die Augen auf und sah hinüber zum Horizont. Dort zogen böse, hochgetürmte, schwarzgelbe Wolken auf und jagten über das Land auf die Ebene von Salisbury zu. Weiße Blitze schlugen daraus hervor, und flammendrotes Feuer stieß zur Erde. Aus diesen Wolken stürzte sich ein mächtiger roter Drache auf das Heer der Nordmänner. Sein Atem verbrannte die Erde und wütete fürchterlich unter den Kriegern der Barbaren. Uther sah hinunter zu seinem Bruder. Pentragon war in seinen Armen gestorben. Weinend ließ er ihn zur Erde gleiten und bedeckte ihn mit dem roten Samt der Könige von Logries. Dann stieg er auf sein Pferd. Das Schwert hoch in den Himmel gerichtet, stand er in den Steigbügeln: „Vernichtet sie!" feuerte er seine Männer an. „Laßt keinen entkommen!"

Von neuem Mut beseelt folgte das Heer Uther, sie jagten die Nordmänner über die Ebene in den Feueratem des Drachens und verfolgten die Flüchtenden über den Fluß, bis hinein in den nahen Wald. Und es wurde keine Gnade gewährt. Das Gemetzel hätte wohl angedauert, bis sich keiner der Nordmänner mehr gerührt und den Atem im eigenen Blut ausgehaucht hätte, wäre nicht Merlin erschienen. Hoch aufgerichtet stand er plötzlich auf einem kleinen Hügel. Sein

weiter Umhang flatterte im Wind, und aus dem langen Wanderstab krachten Blitz und Donner: „Es ist genug!" sagte er.
Obwohl er nicht schrie und seine Stimme kaum erhoben hatte, hörten ihn alle Männer und ließen ab vom Töten. „Die Erde kann kein Blut mehr aufnehmen. Zu viele gute Männer sind heute gestorben. Haltet ein und zieht zurück nach Logries. Ich werde dort sein, wenn ihr kommt."
Dann ging Merlin über die Ebene von Salisbury, vorbei an all den Toten und vorbei an jenen, die eben noch gekämpft hatten.
Keiner der Krieger wagte, nochmals die Waffe zu erheben.

Es war nicht nur ein Siegeszug, der nach Logries zurückkehrte. Viele Freunde mußten auf einer Bahre, tot oder verwundet, mitgeführt werden. Und an der Spitze des Zuges, gezogen vom Pferde Uthers, ruhte, auf einem einfachen Geflecht aus Ästen und Zweigen, der tote König Pentragon. Im großen Saal der Burg wurde er aufgebahrt, und drei Tage trauerten das Land und die Stadt Logries. Dann wurde Uther an seiner Stelle zum König gekrönt. Zur Erinnerung und aus Liebe zu seinem Bruder ließ er sich den Namen Uther-Pentragon geben.
Nach der Krönung nahm Merlin Uther-Pentragon zur Seite: „Ich werde Euch jetzt einige Zeit verlassen. Ihr aber sollt eine große runde Tafel fertigen lassen. So groß, daß fünfzig Ritter an ihr Platz finden. Und diesen Tisch laßt in Carduel in Wales aufstellen. Dorthin ladet zu Pfingsten all Eure Ritter. Ich werde auch kommen und Euch das Geheimnis dieser Tafelrunde erklären. Auch werde ich die Ritter auswählen, die an diesem Tisch Platz nehmen sollen. Zu Ehren und zum Gedenken an die Schlacht von Salisbury habe ich dort auf der Ebene, durch die Macht meines Zaubers, einen heiligen Steinkreis errichtet. Wann immer Ihr mich braucht, Uther-Pentragon, sucht

mich dort. Doch kommt alleine. Wenn ich es für richtig befinde, werde ich dort zu Euch sprechen. Und nun, seid Eurem Volk und Reich ein edler König. Wir sehen uns wieder in Carduel."

Uther-Pentragon führte alles so aus, wie es ihm Merlin aufgetragen hatte.

Merlin zog sich zurück in den Wald von Broceliante und wohnte dort in seinem Schloß mit den vielen Türen und Fenstern. Dort traf er sich mit den geheimnisvollen Damen vom See, sprach mit ihnen über die Zukunft des Reiches und der Welt. Was ihm aber selbst eines Tages widerfahren sollte, davon hörte ihn zu dieser Zeit nie jemand reden, obwohl er, der um alles wußte, was die Zukunft in ihrem unergründlichen Schoße birgt, auch sein Schicksal so deutlich und klar sehen konnte wie jeder sterbliche Mensch die Sonne am wolkenlosen Himmel eines blauen Sommertages.

ARTUS

Alles war zum Pfingstfest gerichtet. Die geschlachteten Ochsen erwarteten das Feuer, die Suppen köchelten vor sich hin, das Brot war knusprig gebacken, der Wein hing in prallen Schläuchen im tiefen Keller. Die Stadt Carduel war geschmückt wie noch nie. König Uther-Pentragon hatte alle Ritter, Edelleute und Fürsten gerufen. Und alle waren sie gekommen.
Im großen Saal der Burg stand die große runde Tafel, die am morgigen Tage zum ersten Male besetzt werden sollte. Fünfzig fein verzierte Stühle standen daran. Niemand wußte, welchen Rittern die Ehre zuteil würde, sich daran niederlassen zu dürfen.
Dann, endlich, einen Tag vor Pfingsten, die Luft flimmerte hell und blau, erschien Merlin in Carduel. Alle verstummten, als sein Wanderstab auf den glatten Stein des Fußbodens im großen Saal stieß. Dann wisperte es durch den Raum: „Merlin ist gekommen. Holt den König. Schnell!" Noch ehe Merlin den Umhang abstreifen und den Staub aus der Kleidung klopfen konnte, stand Uther-Pentragon vor ihm und umarmte den langersehnten Seher.
„Merlin", sagte er, und die Freude lachte ihm aus dem Gesicht wie einem durchnäßten Wanderer, der sich einer guten Herberge nahe weiß. „Wie bin ich froh, daß Ihr endlich gekommen seid. Seht, hier ist der runde Tisch, den ich auf Euer Geheiß habe fertigen lassen. Morgen wird ein großes Festmahl stattfinden. Ich hoffe, Ihr werdet uns dabei Gesellschaft leisten."
„Aber sicher", schmunzelte Merlin, „wie könnte ich mir so etwas entgehen lassen?" Aufmerksam musterte er die Tafel. Als er feststellte, daß alles zu seiner Zufriedenheit gefertigt worden war, nickte er anerkennend. „Morgen werden die Ritter bestimmt, die an diesem Tisch, der von nun an Tafelrunde heißen soll, ihren Platz finden. Ihr, Uther-Pentragon, sollt sie reich beschenken und so gut bewirten, daß sie Verwalter für ihre Güter bestellen und diesen Platz hier nur verlassen, wenn sie auf Abenteuer ausziehen."
Uther-Pentragon nickte. Er würde alles so ausführen, wie Merlin es

verlangte. Sein Vertrauen zu dem Wahrsager und Zauberer war grenzenlos.
Nach der Morgenandacht im Münster von Carduel versammelten sich die geladenen Gäste im großen Saal der Burg. Merlin hatte sich seinen prächtigsten Umhang übergeworfen und glänzte in Brokat, Silber und Gold. Geduldig wartete er, bis alle Gespräche verstummt waren.
„Mein König", er neigte sich Uther-Pentragon zu, „ihr hohen Herren", mit einer vagen Kopfbewegung begrüßte er die anwesenden Ritter, „und ihr holden, ehrwürdigen Edelfrauen", Merlins Kopf neigte sich mit einem Lächeln in Richtung der Frauen. „Heute ist ein großer Tag für das Reich Logries und für alle Reiche, die nach Logries hier entstehen werden."
Ein Raunen ging durch den großen Saal, und Merlin wartete, bis es sich wieder gelegt hatte. „Dieser Tisch, den ihr hier seht", er schritt zu ihm und legte seine Hand auf das schwere Holz der Tafelrunde, „wird dereinst der Mittelpunkt der Welt sein. An ihm werden die tapfersten Ritter der Erde sitzen, und ihr Ruhm wird nie vergehen. Noch heute werden neunundvierzig Ritter an ihm Platz nehmen. Auf dem letzten Stuhl jedoch darf niemand sitzen. Lange Zeit wird er der 'Gefährliche Sitz' genannt werden, denn er ist für einen bestimmt, der erst noch geboren werden wird. Jeder andere, der sich darauf niederläßt, wird es bitter bereuen müssen. Aber nun", er schaute aufmerksam in den Kreis der Gäste, bis er sicher war, daß alle Augen auf ihn gerichtet waren, „laßt mich erzählen, was es mit diesem Tisch auf sich hat."
Langsam schritt Merlin um die noch leere Tafelrunde. Eine Hand strich dabei über den Tisch, und er murmelte dazu Worte in einer fremden Sprache. Dann ließ er sich auf einem Stuhl nieder. „Dies wird der Sitz des Königs sein. Uther-Pentragon wird ihn heute einnehmen, und nach ihm wird einer kommen, der noch größer und mächtiger ist als er." Merlin erhob sich wieder. Und alle Menschen im Saal konnten sehen, daß auf der Lehne des Stuhls, auf dem Merlin gesessen, in goldenen Lettern der Name UTHER-PENTRAGON geschrieben stand. Wieder ging Merlin um die Tafelrunde. Aber jetzt

berührte seine Hand die Lehnen der Stühle, während er weitererzählte: „Vor langer Zeit wurde im Heiligen Land ein Tisch erbaut, der diesem hier in Form und Aussehen glich. Gottes Sohn ließ sich daran nieder, um mit seinen Schülern das Abendmahl zu halten. Ein zweiter Tisch gleich diesem wurde erbaut von Bran, dem Reichen Fischerkönig. Er hütet auch heute noch den Heiligen Gral. Und diese Tafelrunde hier ist der dritte Tisch dieser Art. Er wird einst erfüllen, was ihm aufgetragen. Die Ritter dieser Tafelrunde werden losziehen, um das Geheimnis des Heiligen Grales zu erkunden und seinen Weg hier auf Erden vollenden."
Merlin hatte jetzt das Rund des Tisches umschritten. Auf jeder Lehne prangte in reinem Gold ein Name. Nur ein Stuhl blieb unbeschriftet. „Ihr könnt nun die Namen der Ritter lesen, die den Platz an der Tafelrunde des Königs Uther-Pentragon einnehmen sollen. Hütet euch vor dem 'Gefährlichen Sitz'. Er ist alleine demjenigen vorbehalten, der dafür auserwählt ist."
Merlin ließ sich wieder am Kamin nieder und beobachtete, wie die vielen Ritter sich um die Sitze der Tafelrunde drängten. Neben den erfreuten und stolzen Gesichtern derer, die ihren Namen auf einem der Stühle lasen, gab es auch viele mürrische und verstimmte Mienen. Es waren Hunderte von Rittern im Saale, und neben König Uther-Pentragon konnten nur achtundvierzig Ritter an dem Tisch Platz nehmen. Dies aber waren die edelsten und tapfersten im ganzen Reiche Logries.
Als alle ihren Platz eingenommen, kam Uther-Pentragon zu Merlin. „Wer wird es sein, der nach mir kommt und mächtiger ist als ich? Seht doch, ich habe die edelsten Ritter der Welt bei mir versammelt, und alle, die an der Tafelrunde ihren Platz gefunden, wollen hier bei mir bleiben."
Merlin lächelte müde und warf ein weiteres Scheit ins Feuer. „Uther-Pentragon, Ihr bereitet den Weg. Ein anderer, jemand aus Eurem Fleisch und Blut, wird ihn gehen und vollenden. Seid es zufrieden. Ihr werdet Eure Aufgabe erfüllen in dieser Welt, und welcher Mensch könnte mehr verlangen? Haltet das Reich in Frieden und ladet Eure

Lehensmänner, die Fürsten und alle Ritter des Landes jedes Jahr zu Pfingsten hierher nach Carduel. Es wird die Zeit kommen, da werdet Ihr mich rufen zwischen den Steinen in der Ebene von Salisbury, dem Ort, der jetzt Stonehenge genannt wird. Und ich werde kommen. Verzagt nicht."

Uther-Pentragon verstand. Er drückte Merlin beide Hände und ging zurück zu den Rittern seiner Tafelrunde. Die Becher wurden gefüllt, und das Fest begann.

Leise und heimlich verließ Merlin das lärmende Rund der Ritter und Edelfrauen im großen Saal der Burg von Carduel. Während drinnen Barden die längst vergessenen Heldentaten und großen Kämpfe besangen, wußte Merlin, was auf die Ritter der Tafelrunde zukommen würde.

Er verweilte kurz, als der Nachtwind ihm das ausgelassene Lärmen und Lachen der Menschen auf der Burg nachtrug, schritt dann hinunter zum Fluß und machte sich auf den Weg, der ihn in den Wald von Northumberland zu Bleris führte.

Zwei lange Jahre wurde Merlin weder am Hofe zu Carduel in Wales noch sonst irgendwo im Lande Logries gesehen. Niemand wußte, ob er bei Bleris im Wald von Northumberland weilte oder in seinem Schloß im Walde Broceliante.

Uther-Pentragon regierte und verwaltete das Reich, so daß es blühte und wuchs. Seine Rechtsprechung war gütig und weise. Auch wenn sich die Edelleute bei ihm beklagten, er würde dem einfachen Volke zu viele Rechte einräumen, ließ er sich nicht beirren. Vor seinem Richtertisch gab es keinen Unterschied zwischen Edelleuten, Rittern oder einfachem Volk. Es waren nur Menschen, die sich gegenüberstanden und die er wieder versöhnen wollte.

Die Ritter der Tafelrunde waren das ganze Jahr beim König, und oft-

mals hallten die Säle der Burg vor Lachen, wenn sich die Männer ihre Abenteuer erzählten.
Freilich gab es auch mißgünstige und neidvolle Ritter, die sich selbst so hoch einschätzten, daß sie es den anderen nicht gönnten, an der großen Tafelrunde zu sitzen, während sie abseits Platz nehmen mußten. Ritter Cran war einer ihrer Wortführer. Er war ein hochgewachsener, breitschultriger, jähzorniger Ritter, einer jener Männer, die mit dem helmbewehrten Kopf durch die Wand brechen, nur weil sie es sich so vorgenommen, obwohl die Türe dicht daneben nicht verschlossen ist. Und Ritter Cran konnte und wollte nicht einsehen, daß der 'Gefährliche Sitz' an der Tafelrunde freibleiben sollte. Vor allem, da es doch ihn gab, den gewaltigen, gefürchteten, schrecklichen Ritter Cran. Andere Ritter stachelten ihn noch an, reizten ihn mit Worten wie: „Vielleicht wartet der 'Gefährliche Sitz' ja auf Euch, Ritter Cran. Und Ihr habt nur keinen Mut!"
Eines Abends, die Tafelrunde war ausgelassen und fröhlich, alle lachten über die Liebesabenteuer mancher Ritter und über die vergebliche Suche Ritter Ulfiens nach Merlin im Walde von Broceliante, brach der Neid aus Ritter Cran heraus. Mit einem Ruck stand er auf, fegte den Weinbecher vom Tisch und warf seinen Stuhl zur Seite. Grobschlächtig stand er vor Uther-Pentragon: „Es ist nicht gerecht, daß Ritter wie ich keinen Platz an dieser Tafel finden!" schrie er. „Dieser Stuhl dort", er deutete auf den 'Gefährlichen Sitz', „wartet auf mich! Heute abend werde ich auf ihm Platz nehmen!"
Obwohl von Uther-Pentragon und anderen Rittern gewarnt und an die Worte Merlins erinnert, hieß er seinen Knappen die Rüstung holen. Dann wappnete und gürtete er sich, als gelte es einen großen Kampf zu bestehen. Mit geschlossenem Visier, das gezogene Schwert in der Hand, ging er auf den 'Gefährlichen Sitz' zu. Lange stand er hinter ihm, ohne ihn zu berühren. Im Saal war es so still, daß man draußen das Knattern der Fahnen im böigen Wind hören konnte. Dann griff Ritter Cran nach der Lehne des Stuhles. Es geschah nichts. Wie jeden anderen Stuhl rückte er den 'Gefährlichen Sitz' zur Seite, sah sich triumphierend um und ließ sich schwer darauf niederfallen.

Mit Donnergetöse brach die Erde entzwei. Dichte schwarze Schwaden stiegen empor. Die Männer begannen zu husten. Der Rauch brannte in Augen und Kehlen. Feuer flammte auf und verbarg Ritter Cran vor den Augen der anderen. Dann schloß sich die Erde wieder mit einem lauten Krachen. Die Grundmauern der Burg erzitterten. Nur zögernd lichteten sich die Rauchwolken. Als sich Ritter und Edelfrauen im Saal die Tränen aus den Augen gewischt hatten und wieder etwas erkennen konnten, war Ritter Cran verschwunden. Der 'Gefährliche Sitz' jedoch stand, als ob nichts geschehen sei, unversehrt an seinem Platz. Nur der Steinboden unter ihm war ein wenig schwarz verfärbt von der Hitze des Feuers. Die Fröhlichkeit der Menschen war verflogen. Still und nachdenklich gingen sie an diesem Abend auseinander. Niemals mehr wagte irgend jemand den 'Gefährlichen Sitz' einzunehmen. Niemals, bis zu jenem Tag, als jener kam, dem dieser Platz zugedacht war seit Anbeginn der Tafelrunde.

Seine Liebe zu Igraine, der Frau des Herzogs von Cornwall, war es, die den König Uther-Pentragon schließlich dazu trieb, allein in der Nacht hinabzureiten in die Ebene von Salisbury. An dem heiligen Ort, den Merlin Stonehenge genannt hatte, stieg er ab und trat in den Kreis der mächtigen Steine. Der blasse runde Mond warf ein fahles Licht auf das ausgezehrte Gesicht des Königs. Die Schatten der Steine lagen wie dunkle Höhlen auf der Erde.
„Merlin“, flüsterte Uther-Pentragon so leise, daß selbst das Zirpen der Grillen seine Stimme übertönte. „Ich brauche Eure Hilfe.“ Ein Kauz huschte durch den Steinkreis und ließ Uther-Pentragon zusammenzucken. Er drehte sich langsam im Kreis: „Merlin? Hört Ihr mich? Ihr, der Ihr alle Dinge wißt, Vergangenheit und Zukunft kennt, könnt Ihr mir helfen? Seit einem halben Jahr liege ich im

Krieg mit dem Herzog von Cornwall. Ich selbst habe zum Krieg aufgerufen, ich, der König des Landes Logries, führe einen ungerechten Krieg gegen einen meiner Lehensmänner. Der Herzog hat mir immer treu gedient. Bei vielen Festlichkeiten war er ein gerngesehener Gast in Carduel, und seine Frau, Igraine, die liebreizendste, ehrwürdigste Edelfrau im ganzen Reich durfte ich auch oft begrüßen. Ich habe mich in sie verliebt, aber sie wies mich zurück und berichtete alles ihrem Mann. Und der Herzog verließ den Hof in Carduel, ohne Abschied zu nehmen. Die Ritter und das Volk auf der Straße und in den Dörfern begannen darüber zu flüstern. Erst hinter vorgehaltener Hand und im geheimen, dann aber immer offener und lauter. Ich mußte den Herzog auffordern, sofort wieder an den Hof zurückzukehren, um meine Schmach zu tilgen. Er jedoch warf meine Boten aus seiner Burg Terrabil und rüstete alles für eine Belagerung. Sein Weib Igraine ließ er nach Tintagil bringen, in jene Burg am Meer, die nur über einen schmalen Grat zu erreichen ist und von einem tapferen Ritter allein gegen ein großes Heer verteidigt werden kann. Seit Monaten liege ich mit meinen Männern vor Terrabil und kann die Burg nicht erstürmen. Nachts verzehre ich mich nach Igraine, die in Tintagil ist. Tagsüber bin ich ärgerlich und wütend, weil ich diesen nutzlosen Krieg angefangen habe. Merlin?“ Immer noch drehte sich Uther-Pentragon im Kreise der mächtigen, stummen Steine, „Merlin, wo seid Ihr? Ich brauche Euren Rat und Eure Hilfe!“
Als der blasse Mond endgültig hinter einer dicken Wolke verschwunden und die Nacht so finster war, als wäre sie mit Pech gefüllt, sah Uther-Pentragon in einem der Steine ein kleines, blaues Licht glühen. Langsam tastete er sich darauf zu. Und als er dicht davorstand, hörte er die Stimme Merlins: „Geht zurück in Euer Zelt vor der Burg Terrabil. Ich werde kommen und Euch helfen.“
Dankbar wollte Uther-Pentragon etwas erwidern. Aber das blaue Licht erlosch, und außer dem leisen Seufzen des Windes zwischen den Steinen war die Nacht still und schwarz.
Eilig ritt der König zurück in das Lager. Während seine Männer die Belagerung fortsetzten, Brandfackeln schleuderten und Ramm-

böcke anfertigten, saß er in seinem Zelt und wartete auf Merlin. Ulfien, sein Freund und Berater, versuchte ihn zu trösten: „Wenn Merlin gesagt hat, daß er kommt und Euch hilft, dann kann es nicht mehr lange dauern, bis er hier ist."

Uther-Pentragon aber konnte nicht mehr schlafen und nicht mehr essen. Nur ein Gedanke beherrschte ihn: Igraine, die Frau des Herzogs von Cornwall.

Endlich, am Mittag des nächsten Tages, erschien Merlin im Zelt des Königs. Er grüßte Uther-Pentragon ernst, und als dieser ihm die Geschichte nochmals erzählen wollte, winkte er ab. „So soll sich das Schicksal also erfüllen", seufzte Merlin und sprach: „Ich werde Euch helfen, Uther-Pentragon. Ihr könnt, wenn Ihr wollt, diese Nacht bei Igraine verbringen, und sie wird sich freuen, das Lager mit Euch zu teilen."

„Merlin", mit glühenden Augen fuhr der König fassungslos auf, „sie hat mich immer zurückgewiesen. Wie wollt Ihr erreichen, daß sie mir diese Nacht ihren Körper schenkt?"

„Sie wird Euch nicht nur ihren Leib geben, sondern wirklich ihre Liebe. Ich werde Euch die Gestalt des Herzogs von Cornwall geben. Igraine wird denken, sie liege bei ihrem Mann. Aber ich verlange auch etwas von Euch, König Uther-Pentragon."

Merlin war ernst und in sich gekehrt, wie ihn der König selten gesehen hatte.

„Alles was Ihr wollt, Merlin, werde ich Euch geben!"

Merlin nickte. „Heute Nacht werdet Ihr mit Igraine ein Kind zeugen. Dieses Kind sollt Ihr am Tage seiner Geburt dem ausliefern, der zu Euch kommt und es mitnehmen will!"

Uther-Pentragon überlegte nicht lange: „Ich schwöre es, bei allem, was mir heilig ist!"

„Dann soll es geschehen", sagte Merlin, und am Abend gab er Uther-Pentragon die Gestalt des Herzogs von Cornwall, und der König ritt unerkannt nach Tintagil. Vor der hochgezogenen Zugbrücke öffnete er das Visier seines Helmes und schrie: „Öffnet das Tor. Euer Herr ist hier. Benachrichtigt die Herzogin. Sie soll mich empfangen!"

Die Wachen erkannten ihren Herrn, ließen rasch die Brücke herunter, öffneten die Tore, hielten ihm die Steigbügel und nahmen ihm die Waffen ab. Dann führten sie ihn zu Igraine, die ihn glücklich umarmte: „Mein Herr", flüsterte sie, „ich sterbe noch vor Sorge, Euch könne etwas geschehen."
„Und ich vergehe vor Sehnsucht nach Euch, geliebte Igraine", erwiderte Uther-Pentragon in der Gestalt des Herzogs. Dann nahm er sie auf seine Arme und trug sie zu ihrem Lager.
Zur selben Zeit als Igraine und Uther-Pentragon beieinander lagen, ließ der Herzog von Cornwall seine Männer antreten und bereitete einen Ausfall aus der Burg Terrabil vor. Und als Igraine dem Manne, der sie zärtlich berührte, süße Worte ins Ohr flüsterte, griff der Herzog von Cornwall das Lager Uther-Pentragons an. Und als der König in Igraines Schoß den Samen für ein Kind stieß, traf die Lanze Ulfiens den Herzog von Cornwall ins Herz, und er sank tödlich verwundet vom Pferd. Und als das Herz des Herzogs zu schlagen aufhörte, löste sich Igraine von dem Manne der bei ihr lag, strich ihm über die Schläfen und wußte, daß sie empfangen hatte. Und im Nebenzimmer schreckte Morgana, Igraines und des Herzogs Tochter, aus einem unruhigen Schlaf und schrie mit geschlossenen Augen: „Mein Vater ist tot!" Und Igraine ging zu ihr und wiegte sie wieder in den Schlaf.
Uther-Pentragon jedoch kleidete sich an, denn er wußte, der Zauber, den Merlin über ihn gesprochen hatte, würde beim ersten Strahl der Morgensonne wieder von ihm abfallen.
Es war noch dunkel, als er Tintagil und Igraine verließ. Die Hufe seines Pferdes schleuderten die Steine auf der verlassenen Straße auf. Boten aus der Burg Terrabil jedoch erreichten Tintagil, kurz nachdem Uther-Pentragon wieder weggeritten war. Sie berichteten der verwirrten, ungläubigen Igraine vom mißglückten Ausfall des Herzogs und von seinem Tod in dieser Nacht. Und die Herzogin murmelte immer wieder: „Nein, das ist nicht wahr. Er war doch bei mir. Die ganze Nacht. Ich hielt ihn fest. Es kann nicht sein!"
Die Boten ließen Igraine alleine, und diese ging in die Kammer ihrer

Tochter Morgana. Im düsteren Schein einer kleinen Fackel trat sie an deren Bett. Morgana lag darin, wach. Mit weit aufgerissenen Augen sah sie ihre Mutter an: „Vater ist tot!“ flüsterte sie. „Vater ist tot!“ Und dann rannen die Tränen über ihre Wangen, und sie vergrub den Kopf in dem zerwühlten Kissen.

Als Uther-Pentragon das Lager vor Terrabil erreichte, war der Morgen bereits angebrochen, und mit dem Tageslicht hatte er auch seine alte Gestalt wiedererlangt. Ratlos sah er zunächst die Zerstörungen und die Spuren eines gewaltigen Kampfes. Dann jedoch ritt Ulfien an seine Seite. „Wir haben sie besiegt!“ schrie er triumphierend. „Heute nacht versuchte der Herzog uns zu überfallen. Aber wir waren wachsam. Der Herzog ist tot! Terrabil gehört uns! Und bald wird Euch Igraine gehören!“

Ohne ein Wort zog sich Uther-Pentragon in sein Zelt zurück und wollte von niemandem gestört werden.

Schon wenige Tage später ergaben sich die Ritter, die bei Igraine auf Tintagil geblieben waren. Und auch die Herzogin selbst mußte auf die Gnade des Königs vertrauen. Auf Drängen ihrer Ratgeber und der Ritter des Landes Cornwall verweigerte sie sich Uther-Pentragon nicht länger, und am darauffolgenden Pfingstfest wurde die Hochzeit zwischen Uther-Pentragon und Igraine in Carduel gefeiert. Nie erzählte der König seiner Frau etwas von jener Nacht, als er in Gestalt des Herzogs bei ihr gelegen hatte. Igraine jedoch konnte die Frucht, welche in ihrem Leib heranwuchs, nicht lange verheimlichen, und so mußte sie Uther-Pentragon gestehen, daß in der Nacht, als der Herzog vor Terrabil umgekommen war, jemand mit ihr zusammengelegen und sie davon empfangen hätte.

Wer dies gewesen sei, könne sie nicht sagen, denn sie war der Überzeugung, es sei der Herzog selbst, ihr Mann, gewesen. Dies aber könne nicht sein, da er doch gekämpft hatte zu jener Zeit und den Tod fand.

Großmütig verzieh ihr Uther-Pentragon, nahm ihr jedoch das Versprechen ab, das Kind am Tage der Geburt wegzugeben. Es sollte nicht an seinem Hofe aufwachsen und erzogen werden.
Dankbar neigte sich Igraine unter der Milde und dem Großmut ihres Mannes und versprach, diesem Befehl nachzukommen.

Es war eine düstere Herbstnacht, als Igraine fühlte, die Frucht ihres Leibes wolle die Welt begrüßen. Außer einer alten Frau und Uther-Pentragon selbst war niemand zugegen, als ihr nach langen Wehen und vielen Schmerzen ein kräftiger Sohn auf den Bauch gelegt wurde. Als die Nabelschnur durchtrennt und die Alte den Raum verlassen, nahm der König den noch verklebten, runzeligen Knaben auf den Arm und sah ihn an. Dies ist mein Sohn, dachte er sich. Mein Sohn, mein Erbe, der Hüter dieses Reiches. Es darf nicht sein, daß er mir weggenommen wird. Doch, noch ehe er mit Igraine sprechen, ihr alles erzählen und gestehen konnte, wurde die Türe aufgestoßen. Niemand war zu sehen und doch wußte Uther-Pentragon, Merlin war gekommen, um sein Recht zu fordern.
Vorsichtig und unsicher zeigte er den Knaben nochmals Igraine, die erschöpft lächelte. Dann drehte er sich um und ging, das quäkende Kind an sich gedrückt, zur Tür.
„Uther-Pentragon“, hörte er hinter sich die verzweifelte Stimme seiner Frau, „bitte, tut es nicht. Laßt mir meinen Sohn. Gebt ihn nicht weg. Ich flehe Euch an!“
Aber der König ging weiter. Draußen im dunklen Gang stand Merlin, und während die Tränen Uther-Pentragons das Gesicht seines Sohnes näßten, nahm sich Merlin den schreienden Knaben.
„So will es das Schicksal“, murmelte er. Dann legte er den Knaben zärtlich an seine Wange, schlang seinen Umhang schützend um ihn und ging, eine fremde Melodie summend, aus der Burg. Das Kind

wurde ruhig und schlief ein, sobald es in des Sehers Arm ruhte. Merlin brachte den Knaben noch in dieser Nacht dem ehrwürdigen Edelmann Ector. Dessen Frau hatte zur selben Zeit auch einem Knaben das Leben geschenkt. Kay hieß dieser Neugeborene. Merlin wies Ector an, niemandem zu erzählen, wer ihm dieses Kind gebracht hatte. Dafür werde er einst reich belohnt. Er solle ihn aufziehen wie seinen eigenen Sohn und ihn auf den Namen Artus taufen lassen. Ector gelobte, alles so auszuführen, wie Merlin es verlangt hatte. Und so wuchsen Kay, der leibliche Sohn Ectors, und Artus auf wie Brüder.

Niemand außer Merlin wußte, wer der Knabe Artus wirklich war.

König Uther-Pentragon und Igraine lebten in Frieden lange Zeit. Zu Pfingsten hielten sie Hof in Carduel, und die Ritter der Tafelrunde saßen meist bei ihnen im großen Saal. Die Grenzen des Reiches waren sicher, und die Feinde scheuten den Zwist mit dem mächtigen König. Nur eine Sorge beugte die Schultern Uther-Pentragons: Igraine und ihm war die Gnade eines weiteren Kindes nicht beschieden. Verbittert lag der König oft alleine in seiner Kammer und haderte mit dem Schicksal. Dies mußte die Vergeltung für seinen Frevel sein. Er war sich sicher. Oft quälte ihn der Gedanke, ob wohl die Edelleute und Ritter insgeheim das Reich schon unter sich aufzuteilen begannen.

König Uther-Pentragon wurde mißmutig und griesgrämig. Und wer diese Gefühle in seine Seele einziehen läßt, wird eine leichte Beute für die Gicht. Bald mußte der König bettlägrig Hof halten und Recht sprechen. Und, als ob die Nordmänner davon Nachricht bekommen hätten, tauchte eines Tages erneut eine gewaltige Flotte dickbauchiger Schiffe am Horizont vor der Küste Logries' auf. Sie kamen, um

sich beim zweiten Male zu holen, was der Drache einmal verhindert hatte.
Wieder stürzte der Schreckensschrei „Die Nordmänner kommen!" die Menschen in Angst und Furcht. Wieder flüchtete, wer flüchten konnte, in die Nähe des Königs. Denn von ihm erwarteten sie Hilfe. Hatte er nicht schon einmal, damals in der Ebene von Salisbury, gemeinsam mit seinem Bruder und einem großen Drachen die Nordmänner vernichtend geschlagen? Wohl war dies lange her, aber die Menschen hatten es nicht vergessen.
Uther-Pentragon lag auf einem dichtgepolsterten, weichen Lager aus Fellen und beriet sich mit seinen Rittern. Alle Männer waren in Waffen, und das Reich Logries konnte den Nordmännern ein großes Heer entgegenstellen.
In einem Tal nahe der Küste kam es zur ersten Schlacht. Obwohl sich die Ritter Uther-Pentragons schlugen wie wilde Eber und viele Feinde töteten, mußten sie am Abend vor der Übermacht fliehen. Erschöpft kamen sie zurück nach Carduel, um dem König zu berichten.
Doch Uther-Pentragon war nirgendwo zu finden. Mägde erzählten den Rittern, der König habe am Nachmittag, als die ersten Boten von der Schlacht zum Bericht kamen, seinen Freund Ulfien angewiesen, eine Bahre für ihn hinter ein Pferd zu spannen. Dann seien die beiden aus Carduel verschwunden. Nicht einmal der Königin hätten sie gesagt, wohin sie gingen und wann sie wiederkommen wollten. Niedergeschlagen und enttäuscht nahmen die Ritter an der Tafelrunde Platz. Sie wußten keinen Rat mehr.
Der gichtgeplagte Uther-Pentragon hatte sich von Ulfien nach Stonehenge bringen lassen. Dort lag er jetzt alleine auf seiner Bahre, die schmerzenden Glieder in dicke Decken gehüllt, und rief nach Merlin. „Diesmal", flehte er, „sollt Ihr nicht mir helfen. Das Reich, Merlin, das Reich ist in Gefahr. Die Tafelrunde droht zu zerbrechen unter den schweren Hieben der Nordmänner. Steht dem Reich Logries bei und helft."
Stunde um Stunde lag der König inmitten des heiligen Kreises der

gewaltigen Steine, die allein durch die Kraft Merlins aus dem fernen Irland hierher gekommen waren. Als der Mond hoch am Himmel stand und die Schatten der Steine klein waren wie neugeborene Kinder, hörte Uther-Pentragon endlich die ersehnte Stimme: „Seid ohne Sorge. Ich habe Euch gehört. Reitet zurück nach Carduel. Ich werde Euch dort erwarten!"
Erschöpft rief Uther-Pentragon seinen Freund Ulfien herbei und berichtete ihm. So schnell es ging, führte dieser den sich vor Schmerzen auf der Bahre windenden König nach Carduel zurück.
Als sie die Brücke zum Burghof überquert hatten, wurde ihnen entgegengerufen, Merlin sei gekommen. Uther-Pentragon stöhnte erleichtert auf.
Ulfien trug ihn in den Saal. Es herrschte Totenstille. Einige Stühle der Tafelrunde standen verwaist. Die Ritter lagen tot auf dem Schlachtfeld. Merlin saß nahe dem Feuer und sah Uther-Pentragon besorgt an.
„Merlin", flehte der König und richtete sich unter Schmerzen auf, „macht mich gesund, damit ich in die Schlacht reiten kann. Ich werde die Nordmänner zurücktreiben und vernichten!"
„Ich kann Euch nicht heilen. Gegen den Lauf der Welt darf nicht einmal ich mich stemmen. Aber Ihr werdet die Nordmänner trotzdem aus dem Lande jagen. Rüstet ein Heer und reitet zur Stadt St. Albans. Dort werdet Ihr auf die Streitmacht der Nordmänner stoßen. Sie werden Euch nicht erwarten. Ihr, König Uther-Pentragon, werdet an der Spitze Eurer Männer auf einer Bahre in die Schlacht ziehen. Und dieses Banner sollt Ihr dabei schwingen." Merlin entfaltete eine Fahne, auf der ein gewaltiger roter Drache sein feuerspeiendes Haupt zu schütteln schien. „Ihr werdet siegen, wenn Ihr meinen Rat befolgt." Merlin erhob sich. „Nach der Schlacht kommt nicht hierher zurück. Reitet alle nach Logries. An keinem anderen Ort soll der Sieg gefeiert werden. Ich werde euch dort erwarten."
Niemand sprach ein Wort, als Merlin sich in seinen Umhang hüllte und in die dunkle Nacht hinausschritt.
Das Heer Uther-Pentragons war zwar nicht mehr sehr groß, aber

alle Ritter, alle Lanzenträger und Bogenschützen, alle Knappen, jeder Mann wußte, dies würde die entscheidende Schlacht um das Reich Logries und England werden. Und Merlin hatte vorhergesagt, daß sie die Nordmänner schlagen würden.
Uther-Pentragons Heer überraschte die Steitmacht der Nordmänner bei St. Albans. Diese waren, wie Merlin es vorhergesagt, völlig unvorbereitet. Im Morgengrauen sprengten die Männer des kranken Königs aus einem lichten Wald, schrien sich die Kehlen heiser, schlugen auf ihre Schilde und schossen Brandpfeile auf die Zelte der Barbaren. Noch vor der ersten Kampfreihe ritt Ulfien, und auf der Bahre hinter seinem Pferd lag Uther-Pentragon, das Drachenbanner in den Händen schwenkend. Die Nordmänner wußten in ihrer Verwirrung nicht, wohin sie sich wenden sollten. Ihre Anführer waren schon beim ersten Angriff erschlagen worden. Und als sie Uther-Pentragon und die Drachenfahne sahen, hasteten sie schreiend auseinander, eine leichte Beute für die Ritter des Reiches. Kaum einen halben Tag dauerte es, dann war die einstmals stolze Streitmacht der Nordmänner aufgerieben und verstreut in alle Winde.
Als Sieger zogen Uther-Pentragon, der immer noch auf der Bahre hinter Ulfiens Pferd lag, und seine Männer in Logries ein.
Die Krankheit des Königs verschlimmerte sich von Tag zu Tag. Es blieb keine Hoffnung mehr. Sieben Tage nach der Schlacht von St. Albans starb Uther-Pentragon. Der Erzbischof von Canterbury las die Heilige Messe und ließ den König beerdigen.
Fürsten, Ritter, Edelleute und das ganze Volk trauerten aufrichtig um Uther-Pentragon. Er war bis zuletzt ein guter und großer König gewesen. Aber er hatte keinen rechtmäßigen Erben hinterlassen. Das Reich drohte zu zerfallen.
Wer würde wagen, nach der Krone zu greifen? Schon stellten einige Edelleute kleine Streitmächte auf, um sich die Krone notfalls mit Gewalt zu holen.
Da griff Merlin ein. Er ging zum Erzbischof von Canterbury und riet ihm, die Fürsten und Edelleute, die Lords und Ritter, bei Androhung des Bannfluches der Heiligen Kirche an Weihnachten nach Logries

zu laden. In der geheiligten Nacht des Jahres solle er, der Erzbischof selbst, eine Messe lesen und ein Zeichen des Himmels erbitten, um so das Reich einig und stark zu halten.

Der Erzbischof war ein kluger Mann, und daher führte er aus, was Merlin ihm geraten hatte. Keiner der edlen Herren wagte, sich der Einladung zu widersetzen. Alle fürchteten sie den Bannfluch der Kirche. Wie brave Lämmer erschienen sie zu Weihnachten, um auf ein Zeichen des Himmels zu warten, das den neuen König des Reiches bestimmen sollte.

Die große Kirche St. Paul war bis auf den letzten Platz gefüllt. König Loth von Orcanien, einst ein Lehensmann Uther-Pentragons, war gekommen, Urien von Gorre und Anguiseauxl von Schottland. Den jungen Ritter Gawein konnte man sehen und Bors, den edlen Kämpfer. König Leodagan aus Thamelide war da und sogar der fahrende Ritter Sagremor. Auch Herr Ector mit Kay seinem Sohn, der an diesem Morgen zum Ritter geschlagen worden war, und Artus saßen in der Kirche. Weit hinten, dort wo die hohen Bogen der Mauern in einem dichten Gewirr starker Stränge zusammenlaufen, in einer Ecke, in die keine Kerze, keine Fackel ihr Licht verschwendet, stand Merlin und betrachtete voller Wohlgefallen den jungen Artus. Am Altar kniete der Erzbischof und erflehte ein himmlisches Zeichen, um den Frieden im Reich zu retten. Aber manch einer der hohen Herren in der Kathedrale hörte nur mit halbem Ohr zu. Einige waren entschlossen, das himmlische Zeichen selbst zu geben, falls es ihnen nicht zufallen würde. Draußen in den Herbergen warteten die Kriegsleute mancher Fürsten und Ritter, putzten die Rüstungen und schärften ihre Lanzen und Schwerter.

Der Erzbischof hatte die Messe beendet. Hilflos sah er sich um. Kein Blitz war vom Himmel gefahren und hatte auf denjenigen gedeutet, der König über ganz Logries sein sollte. Keine Stimme tönte auf geheimnisvolle Weise aus der Kuppel der Kathedrale, um jenen beim Namen zu rufen, der herrschen sollte. Mit gesenktem Haupt und gefalteten Händen schritt der Erzbischof den langen Gang zwischen den Reihen auf das Portal zu. Ab und zu schielte er vorsichtig nach links und rechts und betete leise dazu: „Beschütze uns, Herr, vor solchen Herren!"

Dann stieß er die Flügeltore der Kathedrale auf. Ein kalter Winterwind umtoste brausend die Kirche. Im dichten Schneegestöber war der Erzbischof kaum mehr als ein Schemen in einer weißumwirbelten Öffnung. Und dann sank der Geistliche in die Knie und bekreuzigte sich. Seine kräftigen Arme stießen in den Himmel, die purpurne Samtrobe glitt über die Ellbogen: „Herr, Du hast uns ein Wunder geschenkt!" rief er in den Himmel. Dann hastete er zurück in die Kirche. „Ihr hohen Herren, kommt und seht!"

So schnell es statthaft war, ohne die Würde dieses heiligen Ortes zu verletzen, drängten sich die Ritter und Edelleute zum Portal.

Merlin stand still und unerkannt in seiner dunklen Ecke und lächelte zufrieden vor sich hin. Dann ging auch er aus der Kathedrale. Die Menge war stumm, und selbst der Wind hatte nachgelassen. Auf dem Vorplatz, gerade am Fuße der Stufen zur Kathedrale, lag ein großer roter Marmorblock. Auf diesem stand ein schwerer schmiedeeiserner Amboß, und in ihn war bis zum Schaft ein Schwert gestoßen, wie es noch nie jemand, weder in Logries noch sonst in einem Land der Erde, gesehen hatte. Es schien zu glühen und war doch blendend weiß. Selbst jetzt in der Nacht, wo der Mond hinter dichten Schneewolken verborgen war, leuchtete das Schwert und strahlte heller als hundert Fackeln. Langsam ging der Erzbischof von Canterbury zu dem Marmorblock, dessen Wärme die Schneeflocken tauen ließ. Er breitete beschwörend seine Arme aus, um die Menge zum Schweigen zu bringen, denn ein verworrenes Gemurmel und Geraune lag über dem Platz.

„Wer das Schwert Excalibur aus dem Amboß zieht, soll König über

Logries und ganz England sein!" mit zitternder Stimme verlas der Bischof die Inschrift auf dem Amboß.
Oben auf der Treppe der Kathedrale nickte Merlin schmunzelnd vor sich hin.
„Wohlan, ich will es versuchen", sagte Loth von Orcanien in die gebannte Stille. Merlin wandte sich ab und lachte still in sich hinein.
„Warum Ihr", schrie ein anderer Fürst, „wer gibt Euch das Recht, es als erster zu versuchen?"
„Genau", der grimmige Ither drängte sich durch die dichte Menschenmenge nach vorne. „Wenn einer das Recht dazu hat, dann ich, denn ich werde es mir nehmen!"
Merlin war schon jenseits des Platzes und sah nochmals angewidert zurück, bevor er in eine dunkle Gasse einbog: „Ihr törichten Tölpel! Ihr rüpelhaften, machtgierigen Herren! Ihr, die ihr nur an der Spitze eines Volkes stehen wollt, um alle Menschen des Landes auf euer Mittelmaß herunterzuziehen! Ihr, die ihr Verantwortung mit grenzenloser Macht verwechselt und Recht mit Gewalt! Ihr guten Mächte, bewahrt dieses Reich und alle anderen Länder, jetzt und in allen Zeiten, vor solchen Herrschern!"
Aber da Merlin dies nur in seinen Bart murmelte, konnte ihn niemand hören, und das Gezeter und Gebrüll auf dem Platz vor der Kathedrale schwoll an.
Der Erzbischof von Canterbury hatte sich schützend vor den Marmorblock und das Schwert gestellt. In einer Hand hielt er sein kleines Kruzifix, mit der anderen wehrte er immer wieder einen Ritter oder Edelmann ab, der sich das Schwert greifen wollte. Endlich fand seine Stimme Gehör: „Gedenkt des Friedens und der Heiligkeit dieser Nacht!" donnerte er über den Platz. „Weicht zurück, ihr Frevler! Niemand wird heute oder morgen seine Hand an dieses Schwert legen. Am Tage nach Neujahr werde ich mit Gottes Hilfe diejenigen auffordern, die zuerst versuchen sollen, das Schwert zu ziehen. Gebe Gott, es ist der Richtige darunter. Jeder Fürst und Lord, jeder Herzog und Edelmann möge mir einen seiner Ritter schicken, damit wir das Schwert bis zu jenem Tag bewachen lassen."

Obwohl längst nicht alle mit dem Vorschlag des Erzbischofs einverstanden waren, fügten sie sich schließlich doch. Tag und Nacht wurde nun der Marmorblock von vier Rittern verschiedener Herren bewacht. Argwöhnisch beobachteten sich die edlen Herren, und die Zeit bis zum Neujahrsfest währte vielen fast endlos.
Der Erzbischof arbeitete unterdessen an einer Liste, welche die dreihundert edelsten, berühmtesten, tapfersten, reichsten und einflußreichsten Männer des Landes umfaßte. Er mühte sich sehr, keinen zu vergessen und jeden der Namen auf seiner Liste säuberlich auf ein kleines Stück Pergament zu übertragen. Am Tage nach dem Neujahrsfest versammelten sich wieder alle vor der Kathedrale. Unendlich schön und mächtig glänzte Excalibur im Amboß. Der Erzbischof verkündete, welche Namen er mit Gottes Hilfe gefunden habe, und las alle dreihundert vor. Er hatte wirklich niemanden vergessen, denn es erhob sich kein Murren. Wer nicht auf der Liste stand, war nicht so mächtig, sich Widerrede erlauben zu können.
Weiterhin verkündete der Erzbischof, ein jeder dieser Namen würde auf einem kleinen Stück Pergament im Taufbecken der Kathedrale liegen und Selma, die Äbtissin des Klosters von Logries, sei dazu bestimmt, aus dem Taufbecken die Namen zu ziehen. Gemäß dieser Reihenfolge dürften die Herren sich dann an das Schwert wagen.
Selma schritt stolz erhobenen Hauptes zum Portal der Kathedrale. Sie trat zum silbernen Taufbecken und griff hinein: „Ritter Leodagan“, verkündete sie dann mit klarer Stimme. Der edle und ehrwürdige Leodagan ging zum Schwert. Kurz kniete er nieder, dann bekreuzigte er sich und zog mit aller Kraft an Excalibur. Das Schwert jedoch rührte sich um keine Haaresbreite. Nicht anders erging es sämtlichen zweihundertneunundneunzig edlen und weniger edlen Herren, die sich daran machten, Excalibur aus dem Amboß ziehen zu wollen. Als das Taufbecken leer, der letzte Name verkündet war, hob der Erzbischof hilflos sein Haupt zum schneeverhangenen Himmel. „Oh Gott“, seufzte er, „und was jetzt?“ Laut jedoch verkündete er: „Ich werde noch eine Liste anfertigen. Am Tage der Heiligen Drei Könige soll die nächste Probe stattfinden. Gott wird mir beistehen.“

Wieder verstrich eine lange Woche, in der abwechselnd jeweils vier Ritter das Schwert Excalibur bewachten. Der Erzbischof grübelte in seiner Kammer. Er schrieb auf seine Liste die vierhundert edelsten, erfolgreichsten, gläubigsten, spendefreudigsten Kaufleute, Seefahrer, Baumeister und Künstler. Wieder war Selma auserwählt, die Namen vorzulesen. Wieder versuchte es einer nach dem anderen. Und wieder bewegte sich Excalibur keinen Zoll im Amboß. Verzweifelt reckte der Erzbischof die Arme in den Himmel und erflehte den Segen des Mächtigen. Aber nichts rührte sich. Das Schwert stak fest im Amboß, und dieser stand unerschütterlich auf dem Marmorblock.
„Dann werden wir den neuen König eben auf unsere Art ermitteln", riefen die Ritter und schlugen die geharnischten Fäuste auf die Schilde, daß der Hof vor der Kathedrale dröhnte. „Wir wollen ein Turnier ausrichten. Ein Turnier, zu dem die Edlen und Ritter des ganzen Landes eingeladen werden. An Ostern soll es stattfinden. Der Preis des Turniers ist die Krone von Logries und England!"
Der Erzbischof konnte die aufgebrachten, wütend über den Platz sprengenden Ritter nicht mehr beschwichtigen. „Nun gut", rief er endlich, „dann soll es wohl so sein. Reitet in Frieden nach Hause. An Ostern soll das Turnier stattfinden."
Unter Johlen und lautem Gebrüll gaben die Ritter ihren Pferden die Sporen und preschten zu ihren Herbergen, um alles für die Heimreise vorzubereiten.

An Ostern war die Luft noch dünn vom vergangenen Winter. Der Atem von Pferd und Mensch zitterte eine Zeitlang als feiner Nebel in der Luft, bevor er sich feucht und kalt auf Bart oder Kleidung, Roßhaar oder Erde niederließ. Die Ritter des Landes hatten sich wieder versammelt. Alle waren sie gewappnet und gut gerüstet, hatten starke Lanzen aus Eschenholz in Hülle und Fülle bei sich, und ihre Schwerter glänzten und blitzten. Dem einfachen Volk blieb oftmals der Mund vor Staunen offenstehen. Solch eine Pracht und Verschwendung auf den Straßen ihrer Stadt! Sie flüchteten in die engen Seitengassen, wenn die Ritter durch die breiten Straßen galoppierten und mit ihren Rüstungen und Waffen protzten.

Auch Ector war mit seinem Sohn Kay und Artus zu dem Turnier erschienen. Der junge Ritter Kay sollte hier zum ersten Mal seine Waffenkunst in einem ritterlichen Turnier versuchen. Artus, der den Ritterschlag noch nicht erhalten hatte, würde sein Knappe sein. Vor dem Turnier las der Erzbischof eine Heilige Messe und ermahnte alle Teilnehmer, die Gebote der Ritterlichkeit und der christlichen Nächstenliebe zu wahren, sich nicht von Gier, Neid oder Haß hinreißen zu lassen und immer daran zu denken, daß der edelste und höchste Ritter der Welt Gottes Sohn sei – und sonst niemand. Als aber das Turnier begann, erinnerte sich keiner der Ritter mehr an diese Worte. Voller Wut rammten sie einander die Lanzen auf den Schild oder in den Leib und stießen sich gnadenlos vom Pferd. Dann hieben sie einander die Schwerter auf die Rüstung, daß es Funken sprühte und große Stücke des Harnischs weggeschlagen wurden. Kay sah mit Begeisterung den Kämpfen zu. „Meint Ihr, ich werde mich behaupten können, Vater?“ wollte er von Ector wissen. Der sah sich stirnrunzelnd die Ritter auf dem Turnierfeld an und sagte: „Ich glaube, das wirst du wohl bald erfahren, mein Sohn.“

„Schnell, Artus!“ Kay war schon voller Aufregung auf das Pferd gesprungen. „Hol mir mein Schwert. Es muß im Zelt liegen.“ Als getreuer Knappe lief Artus sofort los. Doch so sehr er auch suchte, er konnte Kays Schwert nicht finden. Aber wie sollte Kay ohne Waffe ins Turnier reiten können? Artus wäre vor Scham am liebsten in den Boden versunken. Er als Knappe hatte die Pflicht, die Waffen seines Ritters zu pflegen, darauf zu achten und sie zu hüten. Und jetzt war das Schwert Kays verschwunden. Auf dem Rückweg zum Turnierfeld rannte er keuchend über den Platz vor der Kathedrale. Das

Schwert Excalibur leuchtete im Amboß und blendete Artus. Die Wachen waren nicht mehr da. Auch sie kämpften im Turnier um den Preis der Krone. Ohne etwas dabei zu denken, sprang Artus auf den Marmorblock. Seine Rechte umklammerte den Griff von Excalibur, und so, als ob es nie anders gewesen wäre, glitt das Schwert aus dem festen Eisen, und Artus hielt es in der Hand. Er kam nicht einmal dazu, sich zu wundern. Vom Turnierfeld her hörte er die wütende Stimme seines Bruders den Kampflärm übertönen: „Artus? Artus! Wo bleibst du? Ich brauche mein Schwert!"

So schnell er konnte, rannte Artus zu Kay. Das Schwert hielt er dabei unter seinem Mantel verborgen, denn es leuchtete und strahlte, daß es wohl jeder erkannt hätte. „Hier, Kay", sagte er, als er atemlos ankam. „Ich habe deines nicht gleich gefunden, deshalb habe ich dir dieses hier mitgebracht."

Kays Hand zitterte, als seine Finger Excaliburs Griff umschlossen. „Das Schwert", murmelte er, „das Schwert aus dem Amboß. Das Schwert des Königs!"

„Bist du fertig, mein Sohn?" Die liebevolle Stimme Ectors brachte Kay wieder dazu, klar zu denken. „Vater", stammelte er, „seht doch. Ich habe das Schwert aus dem Amboß in der Hand!"

Ector trat einen Schritt zurück. Mit aufgerissenen Augen betrachtete er zuerst das Schwert, dann seinen Sohn. „Hast du das Schwert aus dem Amboß gezogen?"

„Ja, Vater." Kay sah zur Seite.

„Du? Mein Sohn." Es war kein Ärger und keine Wut in seiner Stimme. „Dann komm jetzt mit, nimm das Schwert, ich will sehen, wie du es wieder hineinstößt."

„Vater", Kay schluckte mehrmals heftig, „Artus hat mir das Schwert gebracht." „Artus?" Der verwirrte Ausdruck auf Ectors Gesicht wich allmählich einem vagen Verstehen. „Artus", murmelte er nochmals. „Ja, Artus."

Er packte Artus, der stumm neben ihnen gestanden hatte, am Arm. „Komm mit!"

Ector verbarg Excalibur unter einem Tuch. Dann gingen sie zurück auf den menschenleeren Platz vor der Kathedrale. Beim Marmorblock reichte er Artus das Schwert. „Stoße es wieder in den Amboß."

Artus gehorchte. Leicht und ohne einen Laut glitt das Schwert in den schmiedeeisernen Amboß, und dort steckte es so fest, daß kein Lebewesen es herausziehen konnte.

„Nimm es dir wieder!" befahl Ector mit belegter Stimme. Artus tat, wie ihm geheißen, und ohne Anstrengung zog er Excalibur heraus.

Als sich Artus wieder umwandte, wäre er vor Erstaunen fast vom Marmorblock gestürzt. Sein Vater und sein Bruder knieten vor ihm im Staub des Platzes und sahen ihn an.

„Vater!" rief Artus, „Kay, mein Bruder! Was soll das? Ich will nicht, daß ihr vor mir niederkniet."

Ector erhob sich langsam: „Höre zu, Artus. Du bist nicht mein Sohn."

Und er erzählte Artus, wie in jener Nacht Merlin zu ihm gekommen und einen neugeborenen Knaben gebracht hatte, dem er Großes prophezeite. Als er mit der Geschichte fertig war, wollte er wieder niederknien. Aber Artus hielt ihn zurück. „Für mich werdet Ihr immer mein Vater sein", sprach er. „Ihr habt mich wie Euren Sohn erzogen, und deshalb wird auch Kay immer mein Bruder bleiben."

„Wir müssen den Erzbischof und die anderen Ritter benachrichtigen", sagte Ector, während er sich schwerfällig erhob. „Das Turnier ist zu Ende. Der König von Logries und England ist gefunden."

Gemeinsam gingen sie zurück zum Turnierplatz, wo die Ritter in unverminderter Heftigkeit einander die Rüstungen auseinanderhieben. Auf der Ehrentribüne saß, inmitten der edlen Jungfrauen, der Erzbischof von Canterbury und sah interessiert den Kämpfen zu. Ector setzte sich neben ihn: „Eminenz", begann er, „laßt das Zeichen geben. Ihr könnt das Turnier beenden."

„Aber weshalb denn, Herr Ector? Bis jetzt wurde noch keiner gefunden, der über alle anderen triumphierte."

„Aber es wurde einer gefunden, der Excalibur aus dem Amboß zieht!" entgegnete Ector bestimmt.
Der ehrwürdige Erzbischof bekam vor Schreck und Überraschung einen Hustenanfall. „Was sagt Ihr? Jemand hat das Schwert aus dem Amboß gezogen? Aber wo waren denn die Wachen? Ich habe doch bei Strafe verboten ..."
„Eure Eminenz", unterbrach Ector den anschwellenden Redefluß des Erzbischofs, noch bevor dessen reißende Flut niemanden mehr zu Wort kommen lassen würde, „Artus hat das Schwert aus dem Amboß gezogen und es wieder hineingesteckt. Er hat das himmlische Zeichen erfüllt."
„Euer Sohn?" Der Erzbischof rieb sich das Kinn. „Aber der ist ja noch nicht einmal zum Ritter geschlagen!"
„Dennoch, Artus allein hat das Schwert in der Hand gehalten. Laßt das Zeichen geben, damit sich die Ritter vor der Kathedrale versammeln."
Verwirrt hob der Erzbischof die Hand und winkte einen der Fanfarenbläser zu sich. Er flüsterte ihm einige Sätze ins Ohr, und dieser hastete zurück zu den anderen. Gleich darauf ertönte das Zeichen, welches dem Turnier ein Ende setzte.
Mißmutig ließen die Ritter ihre Waffen sinken und starrten auf den Erzbischof. Dieser hatte sich erhoben und breitete die Arme aus: „Das Turnier ist zu Ende", rief er über das zerstampfte und zerwühlte Feld. „Kommt alle zur Kathedrale. Derjenige, der Excalibur aus dem Amboß ziehen kann, wurde gefunden!"
Entäuscht und neugierig, aber auch wütend, ließen die Ritter die Waffen sinken und folgten dem Erzbischof.
Als sich alle vor der Kathedrale versammelt hatten und das Geflüster verstummt war, gab Ector Artus einen Stoß in den Rücken. „Nun mach schon. Zeig ihnen, wer König ist!"
Artus stieg auf den Marmorblock, griff nach dem Schwert und zog es heraus. Hell leuchtete es über seinem Kopf. Mächtig strahlte die unvergleichliche Klinge, als er sich langsam im Kreise drehte.
Die Menge stand stumm. Kein Laut war zu hören. Endlich brach der

grimmige Ither das Schweigen: „Ein bartloser Knabe soll unser König sein? Niemals wird dies geschehen! Ich werde ihm das Schwert entreißen!“ Er gab seinem Pferd die Sporen und preschte rücksichtslos durch die dicht gedrängt stehenden Menschen auf Artus zu. Dieser sah ihn kommen und stieß das Schwert wieder in den Amboß. „Holt es Euch, Herr Ither“, bot er an, „wenn es auf Euch wartet, soll es Euch gehören.“

Mit wütendem Schrei stieß der gewappnete Ritter Artus vom Marmorblock. Dann stand er gebeugt über Excalibur. Seine schwieligen Finger legten sich um den Schwertgriff. Mit aller Kraft zog er daran. Aber, obwohl die Adern an seinen Muskeln hervorsprangen wie Schiffstaue, das Schwert rührte sich nicht. Mit einem Fluch stieg Ither wieder aufs Pferd.

„Wärst du nicht der Sohn Ectors“, schrie er, „ich würde dich auf der Stelle erschlagen.“

„Er ist nicht mein leiblicher Sohn, Ither“, Herr Ector trat neben Artus. Einen Arm legte er schützend um seine Schulter. „In der Nacht seiner Geburt brachte ihn Merlin in mein Haus. Ich zog ihn groß wie meinen eigenen Sohn. Aber nur Merlin weiß, wer ihn gezeugt hat.“

„Da hört ihr es“, brüllte Ither über die Menge hinweg. „Bartlos und ein Bastard. Und dies soll der König von Logries und England sein? Niemals, sage ich!“

Beschwörend hob der Erzbischof die Arme: „Haltet ein. Es steht uns Menschen nicht an, Gottes Wege zu erforschen. Laßt uns jetzt in Frieden auseinandergehen. Wir wollen uns zu Pfingsten wieder treffen und dann aufs neue beraten.“

„Ein bartloser Bastard“, schrie Ither nochmals, dann jagte er wütend über den Platz und verschwand in einer der Gassen.

Über dem Pfingstfest in Logries lag eine eigentümliche Spannung. Die Edlen waren mit dem Erzbischof übereingekommen, daß alle Barone, Fürsten, Lords und Ritter nochmals versuchen sollten, das Schwert aus dem Amboß zu ziehen. Am Pfingstmorgen prozessierte eine nahezu endlose Schlange von Menschen an Excalibur vorbei, und jeder versuchte, das Schwert dem Eisen zu entreißen. Keinem gelang es. Artus stand mit Ector, Kay und dem Erzbischof oben auf der Treppe und beobachtete schweigend die vergeblichen Versuche der Männer. Als niemand mehr darauf wartete, das Schwert zu ziehen und alle auf Artus starrten, schritt dieser die Treppen hinunter zum Marmorblock. Er sprang hinauf, und mit einer Hand, so leicht, als würde er eine Blume pflücken, zog er Excalibur aus dem Amboß. Die Edelleute murrten, aber das Volk jubelte. Zu lange schon waren sie ohne König und hatten auf eine weise Rechtsprechung verzichten müssen. „Artus ist König von Logries und England!" jubelten sie und klatschten in die Hände. „Gebt Artus die Krone!"
Der Erzbischof bat Artus wieder zu sich. Das Schwert in der Hand, stand dieser neben ihm.
„Am nächsten Sonntag soll Artus hier in dieser Kathedrale zum König über Logries und England gekrönt werden." Die Stimme des Erzbischofs klang laut über den Platz. Er hielt seine Hand über den Kopf von Artus: „Die Heilige Kirche hält ihre schützende Hand über den jungen König. Wer seine Herrschaft anzweifelt, den soll der Bannfluch der Kirche treffen!"
Der grimmige Ither zuckte mit den Schultern. „Na, wenn schon!" grummelte er. „Niemals werde ich der Lehensmann eines bartlosen Bastards sein. Warte nur, ich werde kommen zu deiner Krönung!"
Und so wie er dachten noch andere Edelleute.

In der Nacht vor der Krönung hielt Artus einsam Wache in der kleinen Kapelle neben der Kathedrale. Das Schwert Excalibur lag vor ihm und war das einzige Licht in der Dunkelheit. Es war schon weit nach Mitternacht, doch Artus spürte keine Müdigkeit. Morgen würde er zum König gekrönt. Die Stadt war voller fremder Ritter. Auch Ither war da mit großer Gefolgschaft, Loth von Orcanien, Uter von Gallot und andere, die ihm sicherlich nichts Gutes wünschten. Artus wußte nicht, wie er sich verhalten sollte.
Plötzlich vernahm er hinter sich ein Geräusch. Er horchte auf. Leise Schritte kamen auf ihn zu. Er fuhr herum, seine Hand umklammerte Excalibur. Vor ihm stand ein grauhaariger, alter Mann, aus dessen zerfurchtem Gesicht jugendlich blaue Augen strahlten. „Ich bin Merlin", sagte der Mann. „Leg das Schwert beiseite, ich muß mit dir sprechen."
Ohne Widerspruch befolgte Artus die Worte Merlins. Schon viel hatte er von dem Seher und Zauberer gehört. Doch noch nie war er ihm selbst gegenüber gestanden: „Wer ist mein Vater, Merlin, und wer meine Mutter?" Nur diese Fragen schienen Artus wichtig.
„Langsam Artus, langsam." Merlin sah den jungen Mann freundlich und offen an. „Es gibt immer viel zu viele Fragen und viel zu wenige Antworten auf der Welt. Aber diese Auskunft kann ich dir geben. Dein Vater war Uther-Pentragon, der letzte König von Logries, und deine Mutter ist Igraine, seine rechtmäßige Frau, die Königin."
Und dann erzählte er Artus, wie er gezeugt und geboren worden war. Staunend lauschte der junge Mann. „Aber dies ist jetzt nicht wichtig, Artus", schloß Merlin seinen Bericht. „Morgen sollst du zum König gekrönt werden. Viele Edelleute, darunter so mächtige wie Ither und Loth, wollen dies verhindern. Während der Begrüßung auf dem Turnierfeld soll dich ein Bogenschütze erschießen. Trage deshalb dies hier unter deinem Gewand."
Merlin zog ein wundervoll gearbeitetes Kettenhemd unter seinem Umhang hervor. „Es schützt dich vor dem heimtückischen Angriff. Danach wirst du wohl mit Ither kämpfen müssen. Ector war ein guter Lehrmeister, er hat dir alles beigebracht, was du morgen wissen

mußt, und Excalibur wird dich nicht im Stich lassen. Die Damen vom See haben es geschmiedet und einen Zauber darüber gesprochen. Solange kein Haß in deinem Herzen wohnt und dein Kampf gerecht ist, wirst du mit ihm niemals unterliegen. Sei ein König morgen früh, Artus. Nimm diese Fahne hier, sie half einst deinem Vater Uther-Pentragon in der letzten Schlacht gegen die Nordmänner. Enthülle sie nach der Krönung. Dann werde ich zu den Edelleuten sprechen. Und nun schlafe, Artus. Du wirst kämpfen müssen morgen, bevor du König sein kannst. Ich werde für dich wachen."
Merlin strich Artus sacht über die Augen. Dieser lehnte sich gegen den alten Wahrsager und schlief ein.
Am Morgen erwachte Artus und war allein. „Es war ein Traum", dachte er, „nichts weiter als ein Traum." Doch als er sich umsah, entdeckte er Merlins Kettenhemd und das weiße Banner mit dem blutroten Drachen. Hastig zog er sich das schützende Hemd an und verdeckte es gut. Das Banner faltete er sorgfältig und barg es in der Tasche des Umhangs. Dann ging er zur Morgenandacht.
Vor der Krönung war es an ihm, die Fürsten, Barone, Lords und Ritter zu begrüßen und ihnen Geschenke zu überreichen, denn nach der Krönung würden sie seine Lehensmänner werden. Mit Ector und Kay an der Seite, schritt er hinunter zum Turnierfeld, wo die Gäste schon auf ihn warteten. Artus' Geschenke waren großzügig und erlesen. Für jeden hatte er etwas Besonderes gefunden. Aber immerzu hallten die Worte Merlins in ihm. „Ein Bogenschütze wird auf dich schießen!" Artus' Muskeln krampften sich zusammen. Als er Ritter Leodagan begrüßt und ihm ein reich verziertes Schwertgehänge als Geschenk überreicht hatte, wandte er sich Ither zu. Da hörte er das Zischen des Pfeiles hinter sich. Aber noch bevor er sich zur Seite werfen konnte, prallte der Pfeil zwischen seine Schulterblätter. Ohne das schützende Kettenhemd Merlins würde er jetzt tot auf der Erde liegen. So aber spürte er nur den Schmerz. Der Pfeil war an dem dicht gearbeiteten Hemd abgeprallt.
Artus stand vor Ritter Ither und sah ihn herausfordernd an: „War das Euer Willkommensgruß für mich, edler Ritter Ither?" fragte er so

laut, daß alle es hören konnten. „Habt Ihr etwa Angst, gegen einen bartlosen Bastard in offenem Kampfe anzutreten?“

Knurrend vor Wut biß sich Ither auf die Lippen. „Ein Ritter kämpft nicht mit einem Knappen“, sagte er dann und wollte sich umdrehen und davonreiten. „Oh nein“, schrie Artus und riß Ither vom Pferd, „ein Ritter wie Ihr läßt einen Knappen lieber hinterrücks ermorden, weil er zu feige ist, selbst sein Schwert zu ziehen!“

„Warte, du Bastard!“ keuchte Ither und richtete sich auf. „Ich werde dir zeigen, wie ein Ritter kämpft!“

Er riß das Schwert aus der Scheide, packte seinen Schild und griff Artus an. Dieser erwartete ihn, Excalibur in der rechten Hand. Einen Schild, um sich zu schützen, hatte er nicht. Wie ein rasender Eber tobte Ither auf Artus zu, doch dieser sprang zur Seite und gab Ither mit der Breitseite seines Schwertes einen Schlag auf den Rücken. Der Schwung seines wütenden Angriffes und die Wucht des Hiebes ließen Ither stolpern. Nur mühsam konnte er das Gleichgewicht bewahren. Langsam kam er zurück und schwang sein Schwert. Artus parierte, und Excalibur schlug eine tiefe Scharte in die Waffe Ithers. Und dann griff Artus an. Mit wilden Schlägen jagte er Ither über das Feld. Jeder Schlag Excaliburs hieb Fetzen aus dem Schild Ithers. Den fassungslosen Zuschauern schien es, als würde Excalibur von alleine in der Hand Artus' gegen Ither wüten. Schon nach kurzer Zeit hing Ithers Schild nutzlos an den Riemen der linken Hand. Und jetzt traf das Schwert des jungen Artus' die Rüstung des Ritters. Jeder Schlag ließ Panzerringe bersten, und bald blutete Ither aus vielen Wunden. Schließlich sank er in die Knie und hielt sein Schwert an der Spitze. Er reichte den Griff Artus und bat um Gnade.

„Ich werde Euch Gnade gewähren,“ sprach Artus, „wenn Ihr bei Eurer Ritterehre schwört, daß Ihr meine Befehle befolgen werdet.“

„Mein Leben ist in Eurer Hand, Artus“, sagte Ither schweren Herzens, „ich gelobe bei meiner Ritterehre, mich Eurem Willen zu fügen.“

Artus griff sich Ithers Schwert und half dem Verwundeten auf die Beine. Dann reichte er ihm das Schwert Excalibur und sank vor Ither

auf die Knie: „Schlagt mich zum Ritter, Herr Ither. Ihr habt recht. Der König von Logries und England darf kein Knappe sein."
Artus beugte den Kopf und legte vor Ither den Nacken bloß. Und Ither stand über ihm, Excalibur, das Schwert der Macht, in der Hand. Und alle Edelleute des Reiches hielten den Atem an.
Aber Ithers Hand zitterte nicht, als er Artus zum Ritter schlug.

Neben dem Erzbischof von Canterbury schritt Artus aus der Kathedrale. Das Blut pochte ihm in den Schläfen, und sein Herz raste noch von den Anstrengungen des Kampfes und der Aufregung der Krönungszeremonie. Er, Artus, war König von Logries und England. Der Erzbischof schwenkte die Weihrauchschalen, als sie auf das Portal zugingen, und die Edelleute und ihre Frauen beugten die Knie, als der junge König an ihnen vorbeischritt. Vor der Kathedrale drängten sich die Menschen Schulter an Schulter, und sie begrüßten den neuen König auf ihre Weise. Jubelnd und stampfend klatschten sie in die Hände und wünschten Artus Glück und Segen. Auch die Edelleute aus der Kirche hatten sich inzwischen auf der breitgeschwungenen Treppe versammelt. Artus griff in seinen Umhang und zog das Banner hervor, welches ihm Merlin in der vergangenen Nacht gebracht hatte. Als der rote Drache im Wind flatterte, legte sich für einen Moment eine atemlose Stille über den Platz. Dann brach ein Sturm der Begeisterung und des Jubels los. Jeder hier kannte das Siegeszeichen des unvergessenen Königs Uther-Pentragon. Plötzlich verstummten die Menschen wieder. Merlin war wie aus dem Nichts aufgetaucht und neben Artus getreten. Er sah über die Köpfe der Menge hinweg, streifte die Edelleute mit ernstem Blick und sagte dann laut und bestimmt: „Nur einer hier darf wagen, das Banner des großen Uther-Pentragon wieder zu tragen. Artus, sein rechtmäßiger Sohn."

Ein erregtes Flüstern zitterte durch die Menge. Artus sollte der Sohn des großen Königs sein? Merlin erzählte den staunenden Menschen, wie er selbst Artus nach seiner Geburt aus dem Schloß in Carduel geholt hatte, denn er sollte nicht aufwachsen wie der sichere Erbe eines großen Reiches.
„Er hat seine Königswürde nicht durch die Geburt erworben. Eine höhere Macht", er blickte lächelnd zum Erzbischof, der sich hastig bekreuzigte, „verlieh ihm die Krone. Ich, Merlin aber, prophezeie euch, Artus wird das Reich Logries und England dereinst zu mächtigem Ruhme führen. Sein Name wird alle Könige, die vor ihm waren, und auch die, welche nach ihm kommen werden, überragen. Und noch in undenkbar fernen Zeiten werden die Menschen voller Bewunderung von ihm sprechen."
Dann umarmte Merlin den jungen König und überließ ihn dem Jubel der Menge.
Sieben Tage und sieben lange Nächte feierten Logries und das ganze Land die Wahl des neuen Königs.
In einer stillen, abgelegenen Kammer des Schlosses überreichte Merlin Artus ein wertvolles Gehänge für das Schwert Excalibur. Die Damen des Sees grüßten damit den jungen König. Das Gehänge war mit einem Zauber umgeben. Im Kampfe getragen, bewahrte es vor jedem Blutverlust, so schwer die Wunden auch sein mochten.
Dann bereitete Merlin Artus auf seine Pflichten als König vor. Er erzählte ihm die Geschichte des Heiligen Grals und erklärte ihm, welche Aufgaben den Rittern der Tafelrunde bevorstanden. Er riet ihm, mit seinen Rittern nach Camelot zu ziehen und dort seinen Hof einzurichten. An diesen Ort sollte er alle seine Lehensmänner und Ritter einladen, damit in einem großen Turnier die große Tafel, die seit Uther-Pentragons Tod verwaist in Carduel stand, wieder besetzt werden könnte.
Artus hörte Merlin aufmerksam zu und befolgte seine Ratschläge.
Zu Pfingsten hielt Artus zum ersten Male Hof in Camelot. Aus Wales, von der Burg Carduel, war die große Tafelrunde gebracht worden, und die starke Feste Camelot war auf das schönste

geschmückt. Die Vorratskammern waren gefüllt, die Kessel dampften, die Erde des Turnierfeldes war gestampft, und jeden Tag trafen neue Gäste ein. Am Schluß fehlte nur noch Ritter Loth von Orcanien, der Lehensmann, dessen Land weit in das wilde Meer hineinragte. Schließlich kam eine reich gekleidete und geschmückte Edelfrau, welche bei ihm am Hofe lebte. Sie brachte die vier Söhne Loths mit sich und entschuldigte den Lehensmann, den eine schlimme Krankheit ans Lager gefesselt hatte. Die Edelfrau jedoch war Morgana la Fay, die Tochter Igraines und somit die Halbschwester von Artus. Sie hatte ihr Leben seit dem Tode ihres Vaters der schwarzen Magie geweiht und haßte Artus, da er aus den Lenden Uther-Pentragons gekommen war. Sie ließ sich aber nichts davon anmerken.
In höflichster Art führte sie Artus die vier jungen Männer vor, die sie im Auftrag Loths nach Camelot gebracht hatte. Es waren Gawein, Gaheris, Agrawein und Gareth, und alle vier fanden nach dem Turnier einen Platz an der Tafelrunde, und sie sollten einst gewaltige Rittertaten vollbringen.
Doch davon erzählt die Geschichte später.
Artus, der junge König, entbrannte in hitziger Liebe zu Morgana. Diese jedoch spielte nur mit ihm. Sie schien ihm ihre Gunst zu schenken, doch immer wenn Artus glaubte, er würde nun bekommen, was er sich so sehnlich wünschte, entzog sie sich ihm lachend. Während des ganzen gewaltigen Turniers, in dem sich die Ritter an Wagemut und Geschicklichkeit oftmals selbst übertrafen, um einen Platz an der Tafelrunde zu erhalten, hatte der König nur Augen für Morgana, die mit ihm scherzte, ihn mit Andeutungen und geflüsterten Liebkosungen lockte. Am dritten Tage endete das Turnier, und an der Tafelrunde waren wieder die edelsten Ritter des Landes versammelt. Ritter Kay war darunter und Sagremor, Herr Dinadan und die Söhne Loths von Orcanien. Natürlich fehlten auch der grimmige Ither nicht, noch Urien von Gorre und Uter von Gallot. Alle hatte König Artus mit dem Schwert Excalibur eigenhändig zu Rittern der Tafelrunde geschlagen. Und als Merlin, bevor sich die Ritter zum ersten Mal an der Tafelrunde niederließen, über die Lehnen der Stühle strich,

prangten, durch seine Zauberkunst bewirkt, die Namen der Ritter darauf. Nur der 'Gefährliche Sitz' blieb leer.
Unterdessen wartete Morgana auf die Nacht, die sie gewählt und die sie brauchte; diese eine Nacht, in der ihr Artus ein Kind zeugen sollte. Merlin saß oft an seinem kleinen Tisch nahe des Feuers im großen Saal von Camelot und beobachtete ernst und mißmutig, wie Morgana Artus anlächelte. Er wußte wohl, welchen Weg das Schicksal nehmen würde. Er wußte aber auch, daß er sich nicht erkühnen durfte, sich gegen dieses Schicksal zu stemmen. Dies mußte Artus entscheiden, und was danach kommen sollte, war vorbestimmt und nicht aufzuhalten.
Es war eine sternenhelle, mondlose Nacht, als Morgana zu Artus in die Kammer kam. Der König lag in tiefem, traumlosen Schlaf, während Morgana um sein Bett schritt und dabei beschwörende Worte murmelte. Schließlich ließ sie ihr Gewand fallen und schlüpfte unter die Decke des Königs. Als sie ihre Hand auf seine Brust legte und sich mit dem Mund seinem Ohr näherte, zuckte er zusammen und wollte aufschrecken. Doch die Stimme Morganas hielt ihn in ihrem Bann. „Es ist nichts, mein König", flüsterte sie, „nur ich bin es, Morgana la Fay. Ich werde mir freiwillig holen, was dein Vater meiner Mutter in fremder Gestalt in den Leib legte."
Artus hörte die Worte nicht, aber als er die Augen aufschlug und Morgana neben sich liegen sah, glänzten seine Augen vor Verlangen.
Am nächsten Morgen war Morgana la Fay abgereist. Verwirrt und wütend eilte Artus zu Merlin: „Warum hat sie mich verlassen?" fragte er. „Ich bin der König, sie muß doch wissen, daß sie nur mit meiner Erlaubnis abreisen darf. Ich werde sie mit Gewalt zurückholen und sie zu meiner Frau machen!"
„Gar nichts wirst du, du Grünschnabel!" Merlin sah Artus böse an. „Glaubst du, eine Krone als Kopfschmuck genügt schon, einen König aus dir zu machen?"
Vor Zorn zerknüllte Merlin seinen langen Wollschal in den Händen. „Weißt du denn überhaupt, mit wem du heute nacht zusammengelegen hast?"

„Nun, mit Morgana la Fay". Artus schwankte zwischen königlichem Hochmut und vertrauensvoller Hochachtung vor dem Alten. Aber Grünschnabel, nein, das mußte er sich als König von Logries und England wirklich nicht bieten lassen. Er holte tief Atem, um Merlin gehörig zurechtzuweisen, aber dieser war schneller.
„Mit Morgana la Fay", lachte er zynisch auf. „Ja sicher. Und wer bitte ist Morgana la Fay?" Merlin zog die Augenbrauen in die Höhe und sah Artus an. „Nun? Darauf hat der große König von Logries und England wohl keine Antwort. Wie?"
Artus zog es vor zu schweigen. Er dachte an die vergangene Nacht, und noch bereute er keinen Atemzug davon.
„Ich will es dir sagen, König Artus." Merlins Stimme zerbrach unerbittlich die sehnsuchtsvollen Träume des Königs. „Morgana la Fay ist die Tochter von Igraine, deiner Mutter. Sie ist deine Halbschwester, und in der Nacht, als du gezeugt wurdest, lag sie im Nebenzimmer. Sie hat Rache geschworen für die Schmach ihrer Mutter und für den Tod ihres Vaters. Und Morgana la Fay ist mächtig. Seit ihrer Kindheit hat sie sich der schwarzen Magie verschrieben. Du hast ihr den Samen deines eigenen Unterganges in den Leib gelegt, Artus!"
Merlins Stimme klang wieder ein wenig weicher. Seine nutzlose Wut war verraucht. Die ganze Nacht hatte er gehofft, daß Artus Morgana widerstehen könnte, obwohl er wußte, daß dies nicht geschehen würde. Artus sank auf einen Stuhl. „Morgana, die Tochter von Igraine, sagst du? Aber das darf nicht sein. Das ist Sünde!"
Merlin lachte kurz und trocken auf: „Glaubst du vielleicht, Morgana la Fay kümmert sich um solchen Firlefanz? Deine Liebe wollte sie und, um ihre Rache zu vollenden, einen Sohn, den du ihr letzte Nacht gezeugt hast."
„Einen Sohn, ich?" Artus stammelte hilflos. „Aber ..."
„Nichts aber", unterbrach ihn Merlin. „Im nächsten Jahr, am ersten Tag des dritten Monates, wird Morgana einen Knaben zur Welt bringen, und dieser Junge wird Mordred heißen."
„Aber, Merlin", Artus war aufgesprungen und kniete nun vor dem Alten, „sag, was soll ich tun?"

„Ein König sollst du endlich werden, du Grünschnabel. Ein König, der mehr sieht als nur die schönen Augen einer verführerischen Frau. Hinter die Augen mußt du blicken, dorthin, wo das Herz die Farben der Seele spiegelt."
Merlin schöpfte tief Atem. „Das Schicksal, Artus, können wir nicht aufhalten. Es geschieht, was geschehen muß. Auch ich werde dir nicht mehr lange zur Seite stehen können. Darum nutze meinen Rat, solange du kannst."
„Was soll das heißen, Merlin?" Fragend starrte Artus Merlin an.
„Auch meine Tage, hier in dieser Welt der Wirklichkeit, sind gezählt. Aber sei ohne Sorge. Noch bin ich hier, und bis dein Reich gefestigt und ich einen König aus dir gemacht, werde ich immer wieder zu dir kommen. Sei unbesorgt. Ganz ohne Abschied verschwindet Merlin nicht."
Eine Zeitlang schauten die beiden betreten aneinander vorbei. Dann legte Merlin Artus eine Hand auf die Schulter: „Geh jetzt und bereite deinen Gästen einen schönen Tag. Die Luft ist warm, und der Wind streichelt sanft die Bäume und Wiesen. Vergiß nicht, du hast zur Jagd gerufen heute."
Artus konnte nichts sagen. Er schlug die Augen nieder und ging, um sich für die Jagd vorzubereiten.
Noch lange quälten Artus die Erinnerungen an Morgana la Fay und den Knaben aus seinem Fleisch und Blut.
Aber mit der Zeit wurden die Träume blasser, und die Pflichten des Alltags nahmen den jungen König gefangen.

Eines Tages erreichte ihn der Hilferuf seines Lehensmannes Leodagan von Thamelide. Dessen Nachbar war der grausame König Rion, der sich geschworen hatte, einen Umhang zu fertigen, an den die Bärte von dreißig Königen angenäht sein sollten. Seine Streitmacht

war gewaltig, und auf dem Umhang, den Rion bei jeder festlichen Gelegenheit trug, konnten alle schon die ausgerissenen Bärte von zwanzig Königen bestaunen.
Mit den besten Rittern seiner Tafelrunde und einer großen Zahl weiterer Kämpfer machte sich Artus sofort auf, seinem Lehensmann zur Seite zu stehen. In Thamelide angekommen, wurden sie freudig begrüßt. Am Abend berichtete Leodagan von König Rion. „Er ist von riesenhafter Gestalt. Statt eines Schwertes führt er eine gewaltige zweischneidige Streitaxt, deren Hieb jeden Ritter wie einen morschen Baum fällt. Und seine Krieger sind ebenso gefürchtet wie er. Nächste Woche will er kommen, um meinen Bart zu holen. Danach will er meine Tochter Ginevra auf seine Burg entführen. Denn sie ist der Grund für unseren Streit. Seit Jahren schon will er sie heiraten, ich aber verweigere meine Einwilligung, und auch Ginevra würde sich wohl lieber von den Klippen stürzen, als die Frau eines solchen Unholdes zu werden."
„Ich wußte gar nicht, daß Ihr eine Tochter habt", bemerkte Artus ein wenig verstimmt, denn er war zwar von den Söhnen Leodagans standesgemäß begrüßt worden, nicht jedoch von der Tochter des Hausherrn.
„Ich habe sie auf eine kleine Burg am Meer geschickt", erklärte Leodagan. „Dort ist sie sicher, falls Rion uns hier überfällt." Nach genau sieben Tagen versammelte sich am frühen Mittag das Heer König Rions vor den Mauern von Thamelide. Die Burg selbst war wohlgerüstet und hätte einer Belagerung wohl lange standgehalten. König Artus jedoch war außer sich vor Zorn über die Anmaßung Rions. Und als dieser vor das Schloßtor ritt, um den Bart Leodagans zu fordern, trat Artus auf die Zinnen und schrie hinunter: „Falls Ihr Mut genug habt, in ritterlichem Kampfe Euren Bart gegen den des Königs von Logries und England einzusetzen, dann kommt morgen früh wieder vors Tor. Ich werde Euch erwarten und Euch ritterliche Tugenden beizubringen wissen!"
Der riesenhafte Rion lachte dröhnend: „Ich werde da sein und mir Euren jungen Bart holen, König Artus!"

Als Artus von den Zinnen trat, bestürmten ihn Gawein und Sagremor und all die anderen Ritter der Tafelrunde, er dürfe nicht in den Kampf gehen. Er solle einen der ihren an seiner Stelle schicken. Doch Artus winkte ab: „Dies wird mein Kampf sein. Ich habe Rion gefordert, und niemand soll mir nachsagen, ich hätte einen meiner Ritter vorgeschickt."
Früh am nächsten Morgen ließ sich Artus rüsten. Das Schwert Excalibur ruhte in der Scheide, welche ihm Merlin mit den Grüßen der Damen vom See geschenkt hatte. Sein Panzer war fest geschmiedet und die Lanze aus starkem Eschenholz. Als Artus über die Zugbrücke ritt, die Ritter der Tafelrunde hinter sich, erwartete ihn Rion schon. Er war wahrlich ein Riese von Gestalt.
„Bringt Ihr Eure Ritter mit, damit sie Euch helfen, König Artus?" fragte er spottend. Artus sah sich die finsteren Ritter Rions an. „Nein", sagte er dann, „aber mir wurde gesagt, Euch sei nicht zu trauen. Solange unser Kampf nach ritterlichen Regeln geführt wird, Mann gegen Mann, wird keiner meiner Ritter seine Waffe erheben."
„So werden es auch meine Begleiter halten", erwiderte Rion, ritt zum anderen Ende des Feldes, wandte dort sein Pferd und klappte das Visier seines Helmes herunter.
Artus umklammerte den Schild. In der anderen Hand hielt er die Lanze. Mit aller Kraft stemmte er sich in die Steigbügel, dann preßte er die Schenkel zusammen, und sein kampferprobtes Pferd galoppierte auf Rion zu. Auch dieser hatte seinem Pferd die Sporen gegeben, und seine mächtige Lanze zielte auf den roten Drachen in Artus' Schild. Krachend prallten die Lanzen auf die Schilde. Artus traf Rion gut, aber unter der Wucht des Stoßes von Rion begann Artus' Pferd zu wanken und stürzte. Hastig löste sich Artus vom Sattel des Pferdes und zog sein Schwert.
„Steigt ab, Rion", brüllte er aufgebracht, „noch ist der Kampf nicht zu Ende."
Höhnisch lachte Rion auf. Dann sprang er vom Pferd und griff sich seine riesige Streitaxt. Mit wilden Schreien schlugen Artus und Rion aufeinander ein. Die Wucht der riesenhaften Streitaxt war gewaltig,

doch Excalibur durchdrang das Eisen der Axt, und schon nach kurzer Zeit stand Rion waffenlos hinter seinem Schild und versuchte die Schläge Artus' abzuwehren. „Ergebt Euch, Rion!" schrie Artus ihn an und ließ sein Schwert sinken. „Niemals", sagte der Riese und schlug mit seinem Schild auf Artus ein. Dieser ließ Excalibur auf dem Schild wüten, bis er zerfetzte und die Trümmer auf die Erde fielen. „Begebt Euch in meine Gnade, Rion, oder ich werde Euch töten!" forderte Artus nochmals.

„Eher werde ich mir die Zunge abbeißen und sie hinunterschlucken!" schrie dieser mit zorngerötetem Gesicht.

Und Rion griff Artus mit bloßen Händen an, um ihn zu erwürgen. Da schwang Artus Excalibur ein letztes Mal, und mit einem Schlag trennte er den Kopf Rions von dessen Leib.

Die Ritter der Tafelrunde schlugen vor Begeisterung mit ihren Schwertern auf die Schilde. Die Krieger Rions ritten, den gefallenen Heerführer auf sein Pferd gebunden, bedrückt zurück in ihr Lager.

Voller Freude empfing Leodagan Artus und seine Ritter wieder auf der Burg. „Ihr habt das Land hier und auch alle anderen Länder von einem schlimmen Fluch befreit", sagte er und drückte König Artus dankbar die Hand.

Noch in der selben Stunde schickte der Herr der Burg nach seiner Tochter Ginevra, und als sie am nächsten Tag auf Thamelide eintraf, schien es Artus, als habe er noch nie eine anmutigere, schönere, edlere Frau in seinem Leben gesehen.

*Als Merlin mich wieder besuchen kam, war ich gerade dabei, die getrockneten Kräuter meines Gartens zu zerstoßen. Wichtig dabei ist, sie so fein zu zerreiben, daß sie ihre Würze an die Speise weitergeben können, sie aber nicht so zu zermahlen, daß ihre ganze Kraft an den Steinen hängenbleibt. Noch bevor Merlin auf der Lichtung erschien, hörte ich sein Rufen: „Bleris, alter Freund, öffne deine Hütte. Komm heraus und begrüße mich."*
*Ich legte also die Mahlsteine zur Seite, klopfte mir sorgfältig die Hände ab und trat vor die Tür. Es tat gut, wieder einmal mit einem Menschen zu sprechen. Lange Zeit war niemand in meiner Einsiedelei zu Besuch gewesen, und ich war mir schon recht einsam vorgekommen.*
*Merlin trat auf die Lichtung und blieb stehen. „Ah", rief er, „hier ist es fast so schön wie im Wald von Broceliante. Haben dich die Waldgeister noch nicht zu sich geholt, Bleris? Und was ist mit den Nymphen und Feen hier? Besuchen sie dich manchmal, wenn du gar zu alleine bist?" Verschmitzt lachend kam er auf mich zu.*
*„Ich würde es durchaus schätzen, Merlin, wenn du mir ab und an eine gute Fee vorbeischicken würdest", erwiderte ich förmlich.*
*Dann umarmten wir uns herzlich.*
*Da Merlin meine Art der Speisezubereitung über alles liebte, die Küche der Burgen und Schlösser von Logries und England war ihm zu fad und eintönig, speisten wir ausgiebig.*
*Meine verschiedenen Gemüse und vor allem meine Pasteten mundeten ihm offensichtlich köstlich. Er lobte mich ein ums andere Mal: „Bleris, du bist ein ebenso großer Zauberer wie ich, nur eben auf einem anderen Gebiet!"*
*Ich wußte diese Reden wohl zu schätzen, denn wie Merlin war auch ich ein wenig anfällig für Lob, um die winzige Spur von Eitelkeit zu befriedigen, die in mir wohnt.*
*Merlin berichtete von den Ereignissen in London und Camelot, von Artus' Kampf gegen Rion und von der schönen Ginevra. „Wird er sie zur Königin machen?" fragte ich neugierig.*
*„Ja, sicher", meinte Merlin, „aber die Welt nähme einen leichteren Gang, wenn er eine andere erwählen würde."*

*„Weshalb, Merlin? Er wird sie doch wohl lieben und sie ihn auch. Warum also sollte er nicht mit ihr zusammenleben und sie heiraten?"*
*„Darüber Bleris, werde ich dir beim nächsten Mal mehr berichten", wehrte Merlin ab, und dann räkelte er sich vor dem Feuer und schwieg lange Zeit.*
*„Du hast nun gehört und aufgeschrieben, wie Artus zum König von Logries und England gekrönt wurde", meinte er schließlich, „was hältst du davon?"*
*„Mich beschäftigt viel mehr, weshalb er in jener Nacht mit Morgana seinen eigenen Untergang heraufbeschworen hat", sagte ich und sah ihn erwartungsvoll an.*
*„Weil er durch die Hand des Kindes, welches in jener Nacht gezeugt wurde, dereinst sterben wird", erwiderte Merlin düster.*
*„Du meinst, Mordred wird Artus, seinen Vater, töten?" Erschrocken sah ich auf.*
*„Ja, nachdem die Gralssuche beendet ist, wird es zu einer großen Schlacht kommen. In dieser Schlacht wird der Vater den Sohn und der Sohn den Vater töten. Und dies wird das Ende der Tafelrunde sein." Merlin seufzte. „Aber lange vorher werde ich mich von dieser Welt verabschieden. Meine Zeit rückt näher. Es ist die Last des Sehers, daß er sein eigenes Schicksal kennt und es nicht wenden kann."*
*„Ich werde zu dir kommen, Merlin", versuchte ich ihn zu trösten. Er aber lachte: „Bleris, mein Freund, nicht Trost suche ich, sondern Ruhe. Nichts mehr wissen will ich. Vergessen ist die einzige Gnade, die ein Wissender erbitten kann. Vergessen."*
*„Aber Merlin, weshalb soll ich dann die ganze Geschichte aufschreiben?"*
*Er sah mich mit mißmutigem Blick an: „Weil nicht jeder Merlin heißt, weil nicht jeder ein Seher ist und weil die Menschen dieser Welt das Vergessen üben von klein auf. Weil sie viel zuviel und viel zu leicht vergessen. Sie vergaßen schon die Sprache des Waldes und der Pflanzen. Sie hören weder den Gesang der Sterne noch die Worte, welche ihnen der Wind zuflüstert, und auch das Rauschen der Wellen bleibt ihnen unverständlich. Ich sage dir, Bleris, die Menschen dieser Welt*

*werden so lange vergessen, bis sie sich selbst nicht mehr kennen, weil sie vergessen haben, woher sie kommen und wohin sie gehen. Und dies wird dann die Zeit sein, in der sie auch die Erde vergessen haben. Ihnen bleibt nur ein schwacher Trost: Sie werden ohne Erinnerung sterben."*

*„Du bist verbittert, Merlin, und müde", beschwichtigte ich ihn. „Komm, laß uns nach draußen gehen. Noch glüht der Himmel von der Abendsonne."*

*Ächzend erhob sich Merlin, obwohl mir wohlbekannt war, daß ihn keine Knochen schmerzten und er sich in Windesschnelle vor meinen Augen in einen jungen, starken Mann würde verwandeln können.*

*Das ruhige Atmen des abendlichen Waldes gab Merlin wieder seinen Frieden. Er schloß die Augen und hob die Nase in den leisen Wind.*

*„Riechst du es auch?" fragte er mit geschlossenen Augen. Ich drehte mich in den Wind und schnupperte. Es roch nach Wald, und vielleicht lag ein vager Hauch von Regen in der Luft. Sonst fiel mir nichts auf.*

*„Was ist, Bleris?" Merlin stupste mich mit dem Ellbogen.*

*„Ich rieche eigentlich nichts", erwiderte ich achselzuckend.*

*„Ach, Bleris", Merlin hielt die Augen immer noch geschlossen und atmete leicht durch die Nase. „Du wartest auf etwas Besonderes, nicht wahr? Du riechst es wohl. Weil du aber immer nur Großes willst, übersiehst du das, was den Gang der Welt wirklich bewirkt. Wenn ich dir jetzt sagen würde, für morgen ist in Logries ein großes Turnier geplant, welches aber ausfallen wird, wärst du erstaunt über meine Macht, Dinge zu sehen. Das wäre etwas, was dich beeindrucken würde, nicht wahr? Du könntest schreiben: Der große Zauberer und Seher Merlin verkündete am Tage des Herrn anno domini, daß ein großes Turnier in Logries nicht ausgeführt werden würde. Und tatsächlich, so geschah es." Er schwieg. Dann sah er mich an: „Na?"*

*„Vielleicht hast du recht", wollte ich mich herausreden.*

*„Natürlich habe ich recht", bekräftigte Merlin gutgelaunt. Er sah mich mit lachenden Augen an. „Morgen soll tatsächlich ein Turnier in Logries ausgetragen werden. Und ich sage dir, es wird nicht stattfinden. Weißt du auch weshalb?"*

*Ich mußte zugeben, daß mir der Grund nicht bekannt war.*
*„Ich rieche es, Bleris", bedeutete mir Merlin geheimnisvoll. „Weißt du, was ich rieche?"*
*„Wie sollte ich das wissen, Merlin", sagte ich leicht verärgert. „Ich bin nur ein Chronist und Schreiber, kein Seher!"*
*„Du riechst dasselbe wie ich, Bleris", erklärte er. „Wald und eine leise Ahnung von kommendem Regen. Und du weißt, wie heftig die Regenfälle zu dieser Jahreszeit sind. Sie machen den Boden schwer und tief. Kein Turnier kann auf einem solchen Boden ausgeführt werden. Die Pferde würden sich die Hälse brechen."*
*Er lächelte mich verschmitzt an: „Siehst du, so wird man Wahrsager und Seher. Es sind die kleinen Dinge, die den Gang der Welt besorgen, alles Große ist zusammengesetzt aus den vielen, vielen kleinen Dingen. Auf diese mußt du achten, Bleris. Auf den Geruch des abendlichen Waldes und den zarten Hauch im Wind, der von Regen kündet."*
*Er stand noch einige Zeit, sichtlich zufrieden, mit geschlossenen Augen da. Dann legte er seinen Arm um meine Schulter. „Komm, laß uns in deine Hütte gehen. Nirgendwo in ganz Logries und England gibt es einen Wein, der deinem gleicht."*
*Bis lange nach Mitternacht erzählte er mir dann von den Rittern der Tafelrunde, und auch noch die nächsten sieben Tage verbrachten wir mit nichts anderem, als das große Buch fortzusetzen.*
*Merlin erzählte, und ich schrieb und schrieb…*

Parzival

„Mein junger Herr“, rief der in ein derbes Wams gekleidete Diener laut, „kommt bitte mit. So kommt doch! Eure Frau Mutter wird schon auf uns warten!“
Hinter der dicken Eiche am Rande der Lichtung ließ ein junger Mann enttäuscht seinen Jagdspeer sinken. Der Ruf des Dieners hatte das äsende Reh verscheucht. Mißmutig schüttelte er den Kopf und verzog die Lippen. Dann jedoch schulterte er die leichten Speere und stapfte widerwillig hinter dem Diener drein.
Mitten im dichten, einsamen Wald von Solitude lag das Gehöft der edlen Frau Herzeloyde. Hierher hatte sie sich mit ihrem Gesinde zurückgezogen, um ihren Sohn in aller Abgeschiedenheit und ohne fremden Einfluß erziehen zu können. Er sollte nicht so enden wie sein Vater, der tapfere Ritter Gahmuret, den die Abenteuerlust immer wieder hinausgezogen hatte in die Welt der Kämpfe und Turniere. Nein, ihr Sohn sollte nichts wissen von der Welt außerhalb der Abgeschiedenheit von Solitude. Den Dienern und Mägden hatte Herzeloyde bei Strafe verboten, ihrem Sohn auch nur das geringste von Rittern, Rüstungen, Waffen, Turnieren, Minne, Kampf und ähnlichem zu erzählen. Nicht einmal seinen eigenen Namen durfte der junge Mann erfahren.
So wuchs er auf als ein unwissender Tor, der von der Mutter behandelt wurde wie ein übermäßig großes Kind. So wurde er älter und zu einem jungen Mann mit den Kräften eines wilden Braunbären, mit einem Blick, der keine Furcht oder Angst kannte. Er wußte nichts von Gefahren und Kämpfen, und deshalb trübten keine abwägenden Überlegungen seine kindlichen Entscheidungen. In seinem starken Körper wohnte der Verstand eines unwissenden Tölpels, aber da er nichts anderes hatte erfahren dürfen, wußte er nicht um seine Unwissenheit und fand seine kleine Welt schön und aufregend.
Und doch, irgendwann einmal war er heimgekehrt vom Wald und hatte seiner Mutter voller Stolz einen selbstgefertigten leichten Speer aus dem Holz einer biegsamen Birke gezeigt.

Wortlos hatte Herzeloyde die Waffe in jener Nacht versteckt. Aber dies hatte nichts genutzt. So oft die Mutter die Speere auch verbarg oder zerbrach, ihr Sohn fertigte immer wieder neue, traf damit die schnellsten Vögel im Fluge und brachte mit der Zeit willkommenes Wildbret ins Gehöft. Auch Pfeil und Bogen waren ihm inzwischen nicht mehr fremd. Beim alten Schmied hatte er sich sogar eiserne Spitzen für seine Waffen anfertigen lassen.
So streifte der junge Parzival, das war der Name von Herzeloydes einzigem Sohn, unwissend durch den Wald von Solitude und wußte nichts von der Welt, die rings umher pulsierte. Wenn er ein Reh, einen Hirsch oder ein Wildschwein erlegte, trug er es stets alleine nach Hause. Oftmals wäre sogar ein Maultier unter der schweren Last des Wildes keuchend zusammengebrochen. Parzival schien die Bürde jedoch kaum zu spüren.
Manchmal seufzte Herzeloyde, wenn sie ihren Sohn ansah, und weinte lautlos in der Nacht. Zu sehr ähnelte er seinem Vater, ihrem geliebten Gahmuret, der in jedem ritterlichen Kampfe unbesiegt geblieben war und nur durch hinterlistigen Verrat und Zauberei erschlagen werden konnte.
„Nein“, schwor sie sich immer wieder, „niemals soll mein Sohn ein ähnliches Schicksal erleiden müssen. Solange er nichts weiß von dieser Welt, kann ihm auch nichts geschehen.“
Von all diesen Überlegungen wußte der junge Parzival nichts. Seine Welt war der Wald von Solitude, die Lust an der Jagd, die wenigen Häuser und Hütten des Gehöftes und die Liebe seiner Mutter Herzeloyde.

Nach einem langen, bitterkalten Winter, in dem sich das Wild nur spärlich gezeigt hatte und die Vorratskammern der wenigen Bewohner leer waren, streifte Parzival eines Morgens wieder einmal durch den Wald, um sein Glück bei der Jagd zu versuchen. Auf einer kleinen Lichtung ließen ihn ferne ungewohnte Geräusche erstaunt innehalten und aufhorchen. Was war das? Es klang ähnlich wie beim alten Schmied, wenn dieser auf dem Amboß das Eisen härtete und der schwere Hammer klingend auf das rotglühende Metall schlug. Dann glaubte er Leder knirschen zu hören. Schließlich fühlte er auch eine Erschütterung, die den weichen Waldboden erzittern ließ. Verwundert, aber ohne Angst, verbarg sich Parzival hinter einem dichten Gebüsch und spähte aufmerksam um sich. „Und wenn es der Teufel selbst ist", überlegte er, „ich werde ihn stellen. Mein Speer wird ihn durchbohren!"

Nein, Furcht kannte der junge Mann wahrlich keine. Als aber fünf schwer gerüstete Ritter, deren Pferde schäumende Schweißflocken warfen, plötzlich auf die Lichtung preschten, zuckte er doch zusammen. Diese Pracht, diese Herrlichkeit! Ein gleißendes Blitzen brach durch die Bäume, die polierten Rüstungen, die schimmernden Waffen, Parzival verschlug es den Atem. Nein, das konnte nicht das leibhaftig Böse sein. Im Gegenteil, solch einen Glanz konnten nur Gesandte des Himmels verbreiten.

„Das müssen Engel sein!" Parzival war sich sicher. Hatte seine Mutter ihm die himmlischen Wächter nicht gerade so beschrieben; Lichtgestalten, deren blendender Glanz jedem menschlichen Auge zuviel sein mußte. Parzival stürzte hinter seinem Gebüsch hervor und fiel auf die Knie. Die fünf Reiter zügelten ihren Galopp.

„Haltet ein, Gesandte Gottes", rief Parzival und hielt dabei den Blick fest auf die Erde gesenkt. „Gebt mir Euren Segen, bevor Ihr weiterzieht!"

Ungläubig verharrten die fünf Ritter. Dann fragte einer erstaunt: „Habe ich recht vernommen? Dieser tumbe Waliser will von uns gesegnet werden?"

„Das sagte er tatsächlich, Karnants", bestätigte ein anderer.

Die Stimme des ersten Ritters klang ein wenig milder, als er den knienden Parzival ansprach: „Steh auf, mein Junge. Sag mir deinen Namen."

„Lieber Sohn werde ich genannt oder auch junger Herr“, erwiderte Parzival und richtete sich langsam auf. „Gebt mir Euren Segen, hoher Herr, ich bitte Euch darum.“
„Niemand hier wird dich segnen können, mein Junge“, sagte Karnants ernst. „Diesen Dienst können dir nur die Männer Gottes erweisen. Wir jedoch sind Ritter der Tafelrunde. Das Segnen steht uns nicht zu.“
„Was ist das, Ritter der Tafelrunde?“ Bewundernd bestaunte Parzival die feingearbeiteten Rüstungen, die kostbaren Kettenhemden, die harten Schilde und die Schwerter, welche in wertvollen Gehängen steckten.
„Die Ritter der Tafelrunde dienen ihrem Herrn, dem König Artus, und bekämpfen das Böse hier auf dieser Welt, wo immer sie es treffen“, erklärte Karnants dem unwissenden jungen Mann. „Aber nun sag mir, mein Junge, ist hier vor kurzem ein Ritter mit einer Frau vorbeigeritten? Wir müssen ihn finden! Er hat die edle Jungfrau mit Gewalt entführt, und diese Schmach werden wir rächen!“
Als ob er nichts gehört hätte, trat Parzival mit leuchtenden Augen näher an den Ritter. „Was ist dies hier?“ fragte er leise und strich mit seiner Hand vorsichtig über die gehärtete Oberfläche des Schildes.
„Dies ist mein Schild, Junge!“
„Und wozu braucht Ihr einen Schild, edler Herr?“
„Er bewahrt mich vor Stößen und Hieben, so daß mich Lanzen und Schwerter meiner Gegner nicht verwunden können! Aber nun gib mir Antwort auf meine Frage!“
Doch längst lag Parzivals Hand auf dem kunstvoll gearbeiteten Schwertgriff, der aus dem Gehänge ragte. „Und dies, mein Herr, was macht Ihr mit dem Ding da?“
Karnants zog das Schwert, und Parzival stolperte erschrocken einige Schritte zurück. Das Schwert blinkte kalt und gefährlich in der blassen Frühjahrssonne, die Schneide zischte durch die Luft. „Dies ist mein gutes Schwert!“ rief Karnants. „Diese Klinge soll das Blut jedes unaufrichtigen, ehrlosen Ritters kosten, sobald er sich mir zum Kampfe stellt!“

„Und was tragt Ihr für eine seltsame Kleidung?“ Parzivals Neugierde war nicht zu stillen. Obwohl Karnants und seine Begleiter schon ungeduldig wurden, bekam Parzival Antwort auf seine Frage.
„Dies ist eine Rüstung. Sie schützt mich vor den Waffen meiner Feinde. Nun aber antworte mir! Hast du einen Ritter und eine Frau hier vorbeireiten sehen?“
„Wo kann man eine Rüstung, einen Schild, solch ein Schwert und eine Lanze bekommen, hoher Herr? Wie wird man Ritter?“ Als träume er, schritt Parzival um die fünf Reiter und konnte nicht aufhören zu staunen.
„Laßt ihn, Karnants“, rief einer der Reiter. „Ihr seht doch, er ist nur ein walisischer Tor, ein unwissender Bauernlümmel, sonst nichts. Er kann uns keine Auskunft geben!“
„Vielleicht habt Ihr recht“, erwiderte Karnants und wandte sein Pferd. „Kommt weiter. Er muß in diese Richtung geflüchtet sein.“
Aber noch bevor er seinem Pferd die Sporen geben konnte, fiel ihm Parzival in die Zügel. „Hoher Herr! Bitte, sagt mir, wo kann ich eine solche Rüstung und solche Waffen bekommen? Wo kann ich ein Ritter werden?“
Lachend schüttelte Karnants die Hand Parzivals ab. Während er davonsprengte rief er ihm zu: „Am Hofe von König Artus natürlich. Er schlägt die jungen Männer zu Rittern, wenn sie es verdienen, und er rüstet und kleidet sie auch!“
Dann lachte er nochmals aus voller Brust und verschwand mit seinen Gefährten zwischen den Bäumen des Waldes von Solitude.
Wie betäubt und atemlos vor Aufregung blieb Parzival zurück. Rasch verklang das Trommeln der Hufe, und die Luft füllte sich wieder mit dem Zirpen und Zwitschern der Vögel. Parzival jedoch hörte davon nichts. Ein einziger Gedanke beherrschte ihn: Zu König Artus! Ich will, ich muß ein Ritter werden!
So schnell er konnte, hastete er zurück zu Herzeloyde.
„Mutter“, schrie er schon von weitem. „Mutter, richte meine Kleidung und auch Proviant! Ich muß zu König Artus. Er soll einen Ritter aus mir machen!“

Alle Farbe wich aus Herzeloydes Gesicht, als sie ihren Sohn hörte. Fassungslos stand sie an der Tür ihres Hauses und klammerte sich an einen Pfosten. Hatte sie nicht ausdrücklich verboten, ihrem Sohn irgend etwas von der Welt außerhalb des Waldes zu erzählen? Woher wußte er um König Artus? Und wer hatte ihm etwas von Rittern gesagt?

Inzwischen stand Parzival keuchend vor ihr. Seine Wangen glühten, und die Augen glänzten wie im Fieber. Er sah nicht die Blässe der Mutter, er bemerkte nicht, wie sie nur mit Mühe die Tränen zurückhalten konnte.

„Mutter", stammelte er, „auf der Lichtung habe ich Reiter getroffen. Wunderschön sahen sie aus. Sie erzählten mir, wie auch ich ein Ritter werden kann. Schnell, ich muß weg! König Artus wird mich ebensogut rüsten wie diese Reiter. Ich werde das Böse bekämpfen auf der Welt, wo immer ich es antreffe!"

Herzeloyde konnte die Trauer nicht länger zurückhalten. Tränen rannen über ihre Wangen, als sie ihren Sohn heftig umarmte. „Warte noch", flüsterte sie, „bevor du gehst, muß ich dir noch einiges erzählen, sonst wirst du niemals zu König Artus gelangen."

Am Abend, während sie ihm ein Hemd aus derbem Hanf und eine Hose aus demselben Material fertigte, bereitete Herzeloyde ihren Sohn auf die Reise vor. „Hör gut zu", begann sie, „denn diese Ratschläge werden dir vieles einfacher machen."

Parzival nickte wißbegierig.

„Triffst du eine junge Edelfrau, so sollst du ihr Ehre erweisen und sie küssen. Denn dies haben sie gerne. Wenn sie dir einen Ring oder ein Armband für deine Dienste anbieten, nimm es als Lohn und verweigere es nicht. Auch sollst du alle Menschen gottesfürchtig grüßen und sie nach ihrem Namen fragen, denn dies gehört sich in der Welt. Jeden Sonntag mußt du in die Kirche gehen, um dein Seelenheil nicht zu verlieren, und den Rat ehrwürdiger, grauer Edelmänner sollst du immer befolgen. So kann dir nichts geschehen, mein lieber Sohn."

Insgeheim jedoch dachte sie, Ich will ihn ausstattieren wie einen Nar-

ren. Sicherlich wird er so enttäuscht sein von den Menschen, die ihn verlachen, und der Welt, daß er gerne wieder zu mir zurückkommt und niemals mehr das Verlangen verspürt, ein Ritter zu werden.
Früh am nächsten Morgen verabschiedete sich Parzival von seiner Mutter. Herzeloyde hatte ihm ein schäbiges Maultier aufzäumen lassen. Kein Sattel lag auf dessen Rücken, nur eine löchrige Flickendecke. Einen Kittel und Stiefel aus ungegerbtem Hirschleder reichte sie ihrem Sohn und hieß ihn, sich damit einzukleiden. So saß der junge Parzival auf dem Rücken des Maultiers wie ein armer Tor. Nur die vielen kleinen Jagdspeere sowie Pfeil und Bogen paßten nicht zu seinem närrischen Aufzug. Obwohl seine Mutter versucht hatte, ihm die Waffen auszureden, hatte er sich durchgesetzt und darauf bestanden, sie mitzunehmen. Solange er keine Rüstung, kein Schwert und keine Lanze besaß, wollte er wenigstens seine selbstgefertigen Waffen bei sich führen.
Nun saß er voller Hoffnung und Freude auf dem altersschwachen Tier und ritt langsam davon. In der Tür stand Herzeloyde. Die Furcht umklammerte ihr Herz wie eine kalte Faust, drückte es zusammen und ließ sie aufstöhnen. Als Parzival sich ein letztes Mal umwandte, um seiner Mutter zuzuwinken, sah er, wie Herzeloyde in der Tür zusammengebrochen war und ohnmächtig auf der Erde lag. Die Diener und Mägde rannten schon, um ihr zu Hilfe zu kommen.
Der junge Parzival jedoch kümmerte sich nicht darum. Eine überschäumende Freude und eine unbekannte, wilde Sehnsucht im Herzen drängten ihn vorwärts, weg von Herzeloyde, hin zu König Artus und seinen Rittern.
So trabte er weiter durch den Wald von Solitude. Wie gerne hätte er dem Maultier die Sporen gegeben und es zu einem schnellen Galopp angetrieben! Zu mehr als einem leichten Trab war das abgemagerte Tier jedoch nicht zu bewegen.
Endlich, nach langen einsamen Stunden, begann sich der dunkle Wald zu lichten. Die Bäume traten zurück, und Parzival erreichte eine weite Heide, die dösend unter der lauen Frühlingsluft lag.
Nicht weit entfernt entdeckte er ein prachtvolles Zelt. Das Tuch war

feinster Brokat und die Nähte und Borten reich verziert mit Stickereien. Neugierig ritt Parzival näher und stieg von seinem Maultier. Niemand war zu sehen.
Unbefangen schlug er die schweren Eingangstücher zurück und trat ein. Auf kostbaren Kissen und dichten Fellen lag eine wunderschöne junge Frau und schlief. Ihre Lippen leuchteten rot, und die Haut strahlte weiß wie Elfenbein. An ihrer rechten Hand glänzte ein wundervoll gearbeiteter Ring, von dem Parzival magisch angezogen wurde. Er erinnerte sich an die Worte seiner Mutter, und so legte er sich auf das Lager neben die unbekannte Schöne und küßte sie auf den Mund. Erschrocken fuhr die Edelfrau hoch: „Wer seid Ihr? Weshalb entehrt Ihr mich?"
„Edle Frauen soll ich küssen", erwiderte Parzival. „So hat es mich meine Mutter gelehrt. Und ich muß sagen, dieser Rat war gut. Eure Lippen schmecken süßer als die der Mägde unseres Gehöftes. Gebt mir jetzt Euren Ring als Lohn für meine Liebestat. Ich werde ihn gerne an mich nehmen."
Jeschute, dies war der Name der jungen Frau, wehrte sich verzweifelt. Aber gegen Parzivals Kraft konnte sie sich nicht durchsetzen. Voller Leidenschaft preßte dieser seine Lippen auf den Mund Jeschutes und entriß ihr gleichzeitig den Ring an ihrem Finger sowie eine kostbare Spange, die das Gewand der Frau zusammenhielt.
Dann ließ er von ihr ab und musterte das Innere des Zeltes. In der Nähe des Eingangs war ein großer Tisch mit feinsten Speisen hergerichtet. „Seit heute morgen", sagte er und stand auf, „habe ich nichts mehr gegessen. Gott allein weiß, wie hungrig ich bin."
Ohne sich um das Flehen Jeschutes zu kümmern, griff er sich Pasteten und gebratenes Wild, trank den guten Wein und verschonte auch die Früchte nicht. Jeschute war still geworden. Sie hoffte auf die Rückkehr ihres Mannes, der diesen walisischen Bauernlümmel sicher schnell für seine Untaten bestrafen würde.
Als Parzival satt war, wischte er sich mit der Hand über den Mund. „Wahrlich, edle Frau, dies soll Euch Gott lohnen."
Dann drückte er Jeschute nochmals einen Kuß auf die erstarrten

Lippen und zog weiter, sichtlich zufrieden mit sich und seiner Beute, ohne sich um die verzweifelt weinende Frau zu kümmern.
Noch nicht einmal eine Stunde war vergangen, da kehrte Herzog Orilus, der Mann Jeschutes, von der Jagd zurück. Mit einem Blick bemerkte er, daß während seiner Abwesenheit jemand hier gewesen sein mußte. Als er ins Zelt stürmte, saß Jeschute weinend am Boden, das Lager war zerwühlt, und Ring sowie Spange seiner Frau fehlten.
„Ich habe Euch immer gedient", brüllte er los, „wie es sich für einen Edelmann und Ritter ziemt! Doch Ihr betrügt mich. Meine Ehre als Ritter verwandelt Ihr in bittere Schmach!"
Obwohl Jeschute schluchzend ihre Unschuld beteuerte, glaubte ihr Orilus kein Wort.
„Nie mehr werde ich mit Euch essen und trinken", fuhr er wütend fort, „geschweige denn mein Lager mit Euch teilen. Selbst Euer Pferd soll Hunger leiden, und bevor ich diesen Frevel nicht gerächt habe, sollt Ihr kein anderes Kleid mehr tragen als jenes, welches Ihr jetzt auf dem Leibe habt!"
So geschah es. Orilus und Jeschute brachen auf, um die Spur Parzivals zu verfolgen.
Dieser wußte von all dem nichts und ritt unbekümmert seiner Wege. Allen, denen er begegnete, gab er Gottes Gruß und fragte sie nach dem Weg zu König Artus.
Als er an einem schroffen Felsabbruch keinen Pfad finden konnte und sein Maultier anhielt, hörte er von fern eine klagende Frauenstimme. Ohne lange zu überlegen, ritt Parzival in diese Richtung. Schon bald sah er eine im Gras sitzende Frau, die laut weinte. Auf ihrem Schoß lag blutüberströmt ein toter Ritter.
„Gott mit Euch", grüßte Parzival, als er vor der Frau stand. „Meine Mutter sagte mir, ich solle jeden grüßen, ganz gleich, ob traurig oder fröhlich. Wer hat diesen Ritter getötet? Sagt es mir. Wenn ich kann, will ich seinen Tod für Euch rächen."
Weinend sah die edle Frau Sigune auf. Dann schluckte sie hastig, und ihr Tränenfluß versiegte. Aufmerksam musterte sie den jungen Mann, der da vor ihr stand. „Ich danke Euch", antwortete sie dann. „Wer seid Ihr?"

„Lieber Sohn werde ich gerufen oder auch junger Herr."
Da wußte Sigune, daß kein anderer als Herzeloydes Sohn vor ihr stehen konnte. „Ihr seid wohl im Wald von Solitude aufgewachsen?" vergewisserte sich die Edelfrau. Der junge Mann nickte. „Mein Name ist Sigune", fuhr sie dann fort. „Ich kenne Euch wohl aus früherer Zeit. Ich bin Eure leibliche Cousine, und Euer richtiger Name lautet Parzival. Euer Vater wurde Gahmuret genannt. Er war der König von Anjou, ein großer Kämpfer und tapferer Ritter. Eure Mutter stammt aus Wales, und sie zog Euch auf im tiefen Wald von Solitude, damit Ihr nicht dasselbe Ende nehmt wie Euer Vater, der auf dem Schlachtfeld starb. Ihr solltet kein Ritter werden, das weiß ich. Deshalb sagt mir, weshalb seid Ihr nicht bei Eurer Mutter?"
„Ich bin unterwegs zum Hofe des König Artus", verkündete Parzival stolz. „Er soll aus mir einen Ritter machen."
„So hat Euch Eure Mutter nicht halten können", murmelte Sigune gedankenverloren. „Seht her, Parzival. Dieser Tote hier ist mein Mann Schionatulander. Er starb seiner Ritterehre wegen. So geht es vielen, die eine Rüstung tragen, stolz zu Pferde sitzen und mit ihren Schwertern und Lanzen prahlen. Nehmt Abstand von Eurem Vorhaben und reitet heim zu Eurer Mutter."
Parzival schüttelte verneinend den Kopf: „Erst wenn ich ein richtiger Ritter bin, werde ich wieder zu ihr gehen. Keinen Tag früher!"
Sigune mußte einsehen, daß sie den jungen Mann nicht würde umstimmen können.
Aber um ihm Gutes zu tun, wies sie ihm den falschen Weg, als er sich aufmachte, um denjenigen zu stellen, der Schionatulander getötet hatte.

Den ganzen weiteren Tag ritt Parzival, ohne auf jemanden zu treffen, den er nach dem Weg hätte fragen können. Endlich kam er am

Abend an eine ärmliche Köhlerhütte, vor der ein Mann sein Tagewerk verrichtete. Höflich grüßte Parzival und bat um ein Nachtlager und ein wenig zu essen. Der Mann musterte Parzival und vor allem dessen seltsamen Aufzug mißtrauisch.

„Könnt Ihr bezahlen?" brummte er dann und kümmerte sich weiter um seine Arbeit.

„Geld habe ich keines", sprach Parzival, „aber ich will Euch gerne diesen Ring hier geben, wenn Ihr mir außer Nachtlager und Essen auch noch den Weg zu König Artus zeigen könnt."

Der Köhler wurde aufmerksam. Dieser walisische Bursche in den Kleidern eines Narren wollte zu König Artus? Er prüfte den Ring und schaute dann Parzival voll Ehrerbietung an: „Ihr sollt es gut haben heute nacht in meiner ärmlichen Hütte, junger Herr. Und für diesen Ring will ich Euch gerne morgen in der Frühe bis nach Camelot geleiten. Dort könnt Ihr König Artus selbst antreffen."

Hocherfreut sprang Parzival von seinem Maultier und ließ sich in die Hütte führen.

Schon vor dem ersten Hahnenschrei wurde er vom Köhler geweckt. Die Nacht war noch schwarz und kühl. Doch Parzival spürte weder die Kälte noch die feuchten Nebelfinger, die nach ihm griffen. Die Vorfreude wärmte ihn.

Noch vor der Mittagstunde sahen sie in der Ferne die festen Mauern Camelots aufragen. Der Köhler wies hinüber. „Ihr habt noch eine Stunde zu reiten, junger Herr, dann seid Ihr am Schloß des Königs. Reitet zur großen Halle. Jedermann kann Euch dort Auskunft geben."

Dankbar verabschiedete sich Parzival von dem Köhler und trieb sein schäbiges Maultier zu größter Eile an. Je näher er Camelot kam, um so mehr Menschen tummelten sich auf der breiten Straße. Parzival grüßte alle höflich, und viele blieben stehen und sahen dem sonderbar gekleideten jungen Mann kopfschüttelnd und oft auch mitleidig lächelnd nach.

Gerade als er durch das weitgeöffnete Stadttor reiten wollte, sprengte ihm ein gewaltiger Ritter in blutroter Rüstung auf einem

rostroten Streitpferd entgegen. In seiner Hand hielt er einen goldenen Becher, den er lachend hin- und herschwenkte.
„He, Junker", brüllte er Parzival an und zügelte sein Pferd. „Reite hinein zu König Artus und richte ihm aus, Akon ist kein Dieb! Er soll einen seiner Ritter aus der tapferen Tafelrunde schicken. Dieser kann sich den Becher zurückerobern!"
Parzival war geblendet von der Pracht der Rüstung, vom Glanz der Waffen und dem stolzen Stampfen des edlen Streitrosses. Genau solche Waffen wollte er auch für sich haben. Solch ein Ritter wollte er, nein, würde er werden.
„Nun mach schon, Junker", schrie Akon und schlug mit seiner bewehrten Faust auf Parzivals Maultier, daß dieses erschrocken ausschlug und vorwärts sprang. „Ich werde hier warten. Bring mir den Ritter, der mit mir kämpfen will!"
Gehorsam trabte Parzival los und ritt geradewegs auf die große Halle zu. Er ließ sich von den Türposten nicht abhalten und trieb sein mageres, abgehalftertes Tier in die Halle hinein. Mit einem Schlag verstummten alle Gespräche. Die Ritter an der großen, runden Tafelrunde wandten sich ihm ungläubig zu. Welche Unverfrorenheit! Was suchte dieser Bauernlümmel im Aufzug eines tumben Narren auf seinem schäbigen Maultier hier in diesem Raum?
Mit fester Stimme sprach Parzival: „Ich suche König Artus. Wer kann mir sagen, wo ich ihn finden kann?"
„Ich bin Artus!" antwortete eine kraftvolle Stimme.
Ohne auf die Anwesenden zu achten, trieb Parzival sein Maultier vor den König. „Gott zum Gruß, Herr König. Ich bitte Euch, macht mich zum Ritter! Eine Rüstung wie die des Ritters Akon, würde mir wohl gefallen!"
„Was sagt Ihr da von Ritter Akon?" Artus schaute Parzival verblüfft an.
„Ich soll Euch ausrichten, er wartet vor dem Tor. Den goldenen Becher hat er nicht gestohlen. In ritterlichem Kampfe kann er zurückerobert werden. Aber nun macht einen Ritter aus mir, Herr König, und gebt mir Rüstung, Waffen und ein gutes Pferd."

Artus schüttelte den Kopf. „So einfach geht dies nicht, Junker. Ich sehe wohl, Ihr seid von edler Gestalt, doch weiß ich weder Euren Namen noch woher Ihr kommt."
Bevor Parzival die gewünschte Auskunft geben konnte, schlug ihm Kay, Seneschall des Reiches, hart auf die Schulter. „Geht doch hinaus vor das Stadttor und holt Euch die Rüstung des Roten Ritters. Kämpft mit ihm. Wenn Ihr ihn besiegt, gehören Euch die Rüstung, die Waffen und das Pferd." Dazu lachte er spöttisch, denn Akon war als ein gewaltiger Kämpfer gefürchtet.
„Ist dies wahr, Herr König?" begehrte Parzival zu wissen und ließ Artus nicht aus den Augen. Dieser nickte: „So sagt es das Gesetz. Aber Ihr solltet dies nicht tun, Junker. Ritter Akon ist zu stark für Euch, und Ihr seid wahrlich nicht sehr gut gerüstet für einen Kampf mit ihm."
Zuversichtlich schlug Parzival auf den Köcher mit den spitzen, leichten Jagdspeeren: „Noch haben mich meine Speere nie im Stich gelassen, und ich traf damit jedes Ziel."
Ohne auf eine Antwort zu warten, wandte Parzival sein Maultier und wollte aus der großen Halle reiten. Da trat ihm eine junge, schöne Dame in den Weg und lachte ihn freundlich an. „Bei Gott", rief sie, „ich weiß, wir werden noch große Taten von Euch vernehmen. Ich wünsche Euch alles Gute."
Erbost trat Kay an ihre Seite, denn er liebte diese Dame mit Namen Cunneware schon seit langem. Und niemals hatte sie gelacht. Ein Zauber lag auf ihr, der ihr das Lachen erst erlaubte, wenn sie den Ritter träfe, der einmal der größte Held werden würde. Ohne richtig zu wissen, was er da tat, schlug Kay ihr heftig auf den Mund. „Was lacht Ihr, beim Anblick dieses Baunernlümmels?" schrie er außer sich.
Parzivals Augen sprühten Funken. Ein gefährliches Feuer glänzte darin. Wenn er es nicht so eilig gehabt hätte, hinaus vor die Stadt zu Ritter Akon zu kommen, wer weiß, was geschehen wäre? So aber begnügte er sich mit einem warnenden Schrei, der Kay zusammenzukken ließ. „Diesen Schlag, mein Herr", sagte Parzival dann ruhig, „werdet Ihr büßen, so wahr mir Gott helfe!"

Dann ritt er aus der großen Halle und ließ die Ritter staunend und verwundert zurück.
Draußen vor dem Tor wartete ungeduldig der Rote Ritter. Neugierig sah er Parzival entgegen: „Nun, hast du ausgerichtet, was ich dir aufgetragen habe?“ wollte er wissen.
„Ja, Herr“, antwortete Parzival. „König Artus hat mir erlaubt, Eure Rüstung zu nehmen, wenn ich Euch besiege. Seid also bereit, mit mir zu kämpfen!“
Lachend schüttelte Akon den Kopf: „Das ist also der vielgerühmte Mut der Ritter der Tafelrunde. Einen unerfahrenen, fremden Junker schicken sie vor, der noch nicht einmal ein Schwert halten kann, geschweige denn eine Lanze!“
Mit der flachen Seite seines Schwertes schlug er nach Parzivals Maultier, so daß es mit einem erschrockenen Satz zur Seite sprang. Parzival selbst wurde durch diesen unvermuteten Sprung aus dem Sattel geschleudert und lag für eine kurze Zeit benommen auf der Erde. Dann jedoch rappelte er sich auf, und eine kalte Wut verdunkelte seine Augen. Mit einer schnellen Bewegung griff er sich einen seiner Jagdspeere und ohne lange zu zielen, schleuderte er die schlanke, spitze Waffe gegen den auf dem Pferde sitzenden Akon. Der Speer fand die einzig ungeschützte Stelle des gewappneten Ritters. Zwischen den Sehschlitzen bohrte er sich durch Akons Auge in den Kopf. Blutüberströmt, doch ohne einen Laut, sackte der Rote Ritter vornüber. Er war tot, noch ehe er mit einem schweren Schlag auf die Erde fiel.
Heftig atmend beugte sich Parzival über ihn. Noch immer hatte ein unbändiger Zorn sein Gesicht gerötet. Doch allmählich wich die Wut einer stolzen Freude. Er hatte den Roten Ritter besiegt. Nun würde er sich die versprochene Rüstung nehmen. Aber so sehr er sich auch mühte, das Kettenhemd, die Beinschienen, den Helm zu lösen – es wollte ihm nicht gelingen. Yonet, der Knappe der Königin Ginevra, kam ihm zu Hilfe. Er war Parzival heimlich nachgeritten. Es dauerte lange, bis Yonet den jungen Parzival gerüstet und gewappnet hatte, denn der stellte sich oftmals sehr unbeholfen an. Doch Yonet hatte

viel Erfahrung in diesen Dingen, und so stand Parzival schließlich in der Rüstung des Roten Ritters vor ihm.
„Ich danke Euch, edler Herr", begann Parzival. „Ohne Eure Hilfe hätte ich nicht gewußt, wie ich mir diese Rüstung anlegen soll. Bitte, nehmt jetzt den goldenen Becher und bringt ihn zurück zu König Artus."
„Wollt Ihr dies nicht selber tun?" wollte Yonet erstaunt wissen.
„Nein", gab Parzival bestimmt zurück. „Ich weiß, noch bin ich kein wirklicher Ritter, trotz dieser Rüstung hier. Ich werde ausreiten und nicht vorher an den Hof des Königs zurückkehren, bis ich mir die Ritterschaft durch Abenteuer verdient habe. Richtet dies bitte Eurem Herrn aus!"
Dann sprang er, obwohl er die schwere Rüstung nicht gewohnt war, ohne die Steigbügel zu gebrauchen, in den Sattel des mächtigen Streitrosses und galoppierte davon.
Yonet kehrte zurück und berichtete König Artus, der Königin und allen Rittern, die sich in der großen Halle zu Camelot befanden, was geschehen war.
„Das kann nicht gutgehen", murmelte Artus in das bedrückte Schweigen der Ritter. „Dieser junge Waliser wird von den ersten Strauchdieben, die ihm auflauern, vom Pferd geschlagen werden. Wir hätten ihn freundlicher aufnehmen müssen. Sicher wäre ein tapferer Ritter aus ihm geworden."
„Ich werde losziehen und ihn suchen." Ritter Gawein hatte sich bei diesen Worten erhoben. Mit ihm zogen noch einige Ritter, um den jungen, unbekannten Waliser zu suchen. Doch es sollte eine lange Zeit vergehen, bis die Ritter der Tafelrunde Parzival wiedersahen.
Dieser preschte ohne Plan und Ziel durch Wälder, über Heiden und karstiges Felsgestein. Schnell, nur schnell sollte es vorangehen. Er gönnte weder sich noch seinem Pferd eine Rast. Und als es Abend wurde, hatte er eine Strecke zurückgelegt, die selbst die schnellsten Botenreiter nicht in zwei Tagen bewältigt hätten.
Beim letzten Licht des verglühenden Tages bemerkte Parzival eine kleine, feste Burg, deren Zugbrücke herabgelassen war. Unter einer

weitausladenden Buche saß ein ergrauter Edelmann und sah ihm aufmerksam entgegen. Mißbilligend strich sein Blick über das dampfende, mit flockigem Schaum bedeckte Pferd. Doch Parzival bemerkte dies nicht.

Höflich grüßte er den Mann, gerade so, wie es ihn seine Mutter geheißen hatte. Der Mann erhob sich und ergriff die Zügel von Parzivals Pferd.

„Mir scheint, Euer Pferd und auch Ihr selbst, edler Ritter, benötigt dringend eine Rast. Gerne will ich Euch Quartier und alles, was Ihr braucht, auf meiner Burg bieten."

Dankbar nahm Parzival die Einladung an und ließ sich von dem ehrwürdigen Edelmann in die Burg führen.

Im Kamin des Saales prasselte ein wärmendes Feuer. Eine große Tafel stand in der Mitte, Bedienstete umschwärmten eifrig den Tisch und richteten alles für ein festliches Abendmahl. Die Mägde und Diener verbeugten sich respektvoll, als Parzival und Gournemans, der Herr der Burg, eintraten.

„Nehmt unserem Gast die Rüstung ab und bereitet ihm ein heißes Bad. Gebt ihm die beste Pflege, und laßt es an nichts fehlen, er ist erschöpft von einem langen Ritt."

Zwei Knappen eilten herbei und führten Parzival in sein Gemach. Dort schnallten sie die Beinschienen los, lösten Helm, Brust- und Rückenpanzer. Höflich verbargen sie Erstaunen und ihre Verwunderung über den seltsamen Aufzug des fremden Ritters. Sah er nicht aus wie ein bäuerlicher Narr in seinen unbearbeiteten, grob zusammengenähten Hirschlederhosen, dem lieblos gefertigten Hemd aus Hanf? Inzwischen hatten die Mägde einen Holzzuber mit heißem Wasser gefüllt und verlangten die übrigen Kleidungsstücke von Parzival. Verlegen stand dieser vor ihnen und wehrte ab: „Niemals will ich diese Kleider aus den Händen geben. Meine Mutter selbst hat sie mir gemacht. Ich will sie immer in Ehren halten, das habe ich geschworen."

Erst als die Mägde versicherten, er würde Hemd und Hose nach dem Bade wieder zurückbekommen, entkleidete sich Parzival zögernd,

um in den großen Zuber mit dem dampfenden Wasser zu steigen. Nach dem Bad würdigte Parzival die von den Knappen bereitgelegten, reichgeschmückten Kleidungsstücke keines Blickes. Wortlos streifte er sich sein grobes Hemd und die ungegerbte Hose über. Dann verlangte er laut nach seiner Rüstung und den Waffen.
Einer der Knappen erklärte ihm höflich, daß jetzt die Zeit des Essens gekommen und es in dieser Burg nicht üblich sei, sich in voller Rüstung an den Abendtisch zu setzen. Unsicher sah sich Parzival um, da er aber weder seine Waffen noch die Rüstung im Raume entdecken konnte, folgte er schließlich dem Knappen, der ihn in den großen Saal führte.
Die Gespräche verstummten, als er eintrat. Auch Gournemans selbst sah ihn verwundert an. Doch dann erinnerte er sich seiner Pflicht als Gastgeber und erhob sich rasch, um Parzival an den Platz zu seiner Rechten zu führen. Unter den anwesenden Rittern und Edelfrauen wurde leise geflüstert. Sicher, die schöne, starke Erscheinung des jungen fremden Ritters ließ keine Zweifel an einer edlen Herkunft. Doch wie konnte jemand von hoher Herkunft Kleidung tragen, die selbst ein Mistbauer aus Cornwall verschmähen würde?
Gournemans' Gesicht zeigte jedoch keine Regung, und nur seine beiden Söhne, die mit an der Tafel saßen, konnten an den spärlichen Worten des Vaters dessen Ratlosigkeit erkennen. Höflich zerteilte Gournemans die Speisen auf Parzivals Teller und reichte diesen dann dem jungen Ritter. Erst als sich alle sattgegessen hatten und die Reste in der Küche unter Dienern und Mägden aufgeteilt wurden, wagte der Gastgeber die Frage, die ihn die ganze Zeit beschäftigt hatte. „Fremder Ritter", begann er, „ich hoffe, das Essen war nach Eurem Geschmack, und auch an Eurem Gemach gibt es nichts, was Euch mißfällt. Doch nun sagt mir Euren Namen, woher Ihr kommt und wohin Ihr wollt."
Gebannt warteten alle Anwesenden auf die Antwort.
„Parzival ist mein Name, edler Herr, Herzeloydes und Gahmurets Sohn. Und ein Ritter will ich werden, darum zog ich aus an König

Artus' Hof. Dort besiegte ich den Ritter, dessen Rüstung ich jetzt trage. Bevor ich zurückkehre zu König Artus, will ich noch viele Abenteuer bestehen, damit er mich mit Recht zum Ritter schlägt. Ich bitte Euch, Herr Gournemans, nehmt mich bei Euch auf und laßt mich Euch dienen. Lehrt mich, was Ihr wißt, denn meine gute Mutter gab mir den Rat, das Wort ergrauter Edelmänner wohl zu schätzen, es zu achten und immer danach zu handeln."

„Das will ich gerne tun", rief Gournemans, überrascht von der edlen Herkunft seines Gastes. „Bleibt bei mir, solange Ihr wollt. Gleich morgen will ich beginnen, Euch in den ritterlichen Gebrauch der Waffen einzuweisen. Mir scheint, Ihr werdet ein tapferer Kämpfer werden!"

Erst spät in der Nacht wurde die Tafel aufgehoben. Immer wieder mußte Parzival den anwesenden Rittern von seinem Kampf gegen Ritter Akon erzählen und vom Hofe in Camelot. Ob er Herr Gawein gesehen habe, wurde er gefragt, oder Merlin den Seher.

Doch Parzival konnte nicht viel berichten, kannte er doch keinen der genannten Ritter, und auch Merlin war ihm fremd. Nur von König Artus und Ginevra, der Königin, schwärmte er und von der unbekannten jungen Frau, die ihn angelacht und dafür von Seneschall Kay geschlagen worden war.

Früh am nächsten Morgen rüsteten die Knappen Parzival. Gournemans selbst, seine zwei Söhne und mit ihnen fünf Knappen ritten mit Parzival hinunter zum Turnierfeld. „Ihr müßt den Schild dicht vor Euch halten", belehrte Gournemans seinen Gast. „Das Schwert laßt in der Scheide. Der erste Gang gehört der Lanze." Er reichte Parzival eine schlanke, starke Lanze aus hartem Eschenholz. „Versucht nachher Eure Gegner vom Pferd zu werfen; Ihr selbst achtet darauf, Euch fest im Sattel zu halten."

Zunächst blieb Parzival nichts übrig, als den Knappen und den Söhnen Gournemans' bei ihren Übungskämpfen zuzuschauen. Dann jedoch kam auch für ihn der ersehnte Augenblick. Mit der Lanze im Arm, dem Schild in der anderen Hand, galoppierte er über den Turnierplatz. Einer der Knappen, gerüstet wie er selbst, kam ihm entge-

gengeprescht. Parzival stemmte seine Füße in die Steigbügel, daß das Leder knirschte. Mit einem gewaltigen Stoß traf seine Lanze den Schild des Knappen. Die Wucht des Aufpralls war so groß, daß das Pferd des Knappen taumelte und Mühe hatte, sich aufrecht zu halten. Den anderen Knappen erging es nicht anders. Einer nach dem anderen wurde von Parzival auf die Erde geworfen. Er selbst hielt die Lanze und saß auf dem Pferd, als hätte er sein ganzes Leben nichts anderes getan. Gournemans hatte zwar nicht daran gezweifelt, aus Parzival einen guten Ritter machen zu können. Der Eifer und die Selbstverständlichkeit jedoch, mit der Parzival sich in die Kämpfe stürzte, überraschten ihn. Als alle fünf Knappen schließlich über Prellungen und Blutergüsse klagten und sich vor Erschöpfung kaum noch auf den Pferden halten konnten, rief Gournemans Parzival zu sich. Unter dem geöffneten Visier glänzte dessen Gesicht zwar schweißnaß, doch wirkliche Erschöpfung konnte Gournemans darin nicht sehen.
„Wollt Ihr mit dem Schwert auch noch kämpfen?“ fragte er vorsichtig. Parzival nickte eifrig und sprang vom Pferd.
„Ich will alles lernen, was ein Ritter braucht, Herr Gournemans.“
„Ihr sollt alles lernen, was ich Euch lehren kann“, erwiderte dieser lächelnd. „Aber glaubt mir, Ihr müßt nicht alles an einem einzigen Tag erlernen.“
Dann gab er seinem ältesten Sohn, einem erfahrenen Schwertkämpfer, einen Wink. Dieser sprang vom Pferd und zog das Schwert. Ohne zu zögern, warf Parzival seine Lanze auf die Erde, stieg aus dem Sattel und riß seine Waffe aus dem Gehänge. Dann stürmte er, noch ehe Gournemans etwas sagen konnte, wie ein tollwütiger Eber auf dessen Sohn ein. Mit harten Schlägen wurde er von Parzival über das Turnierfeld getrieben. Schon war der starke Schild nur noch ein zerschlagener Trümmerhaufen und konnte nur mühsam die Wucht der Schwerthiebe mindern. Schon waren viele Panzerringe an Schulter und Leib zerbrochen. Da trieb Gournemans das Pferd zwischen Parzival und seinen erschöpften Sohn.
„Es ist genug für heute, Parzival“, sagte er und verhinderte so, daß seinem geliebten Sohn Schlimmes hätte widerfahren können.

„Erfrischt Euch jetzt in der Burg und kommt danach zu mir. Ein Ritter muß nicht nur mit Waffen umgehen können. Es gibt noch vieles, was Ihr wissen und beachten müßt, wenn Ihr wirklich ein Ritter werden wollt!"
Gehorsam beendete Parzival den Kampf, obwohl er ihn noch gerne weitergeführt hätte.
Später klopfte er leise an Gournemans' Gemach und wartete auf den Ruf, der ihn aufforderte hereinzukommen.
Gournemans saß auf weichen Fellen und Polstern an einem niedrigen Holztisch, vor sich eine Karaffe mit Wein. Ernst sah er Parzival entgegen und bedeutete ihm, sich zu setzen.
Dann reichte er ihm einen Becher und begann: „Ihr seid recht ungestüm, Herr Parzival. Wäre ich nicht gewesen, hättet Ihr meinen Sohn wohl erschlagen. Dies ist nicht der Zweck der ritterlichen Übung."
Beschämt senkte Parzival den Blick. „Ich habe längst nicht mit aller Kraft zugeschlagen, Herr Gournemans. Bitte entschuldigt, wenn ich Euren Sohn zu hart traf."
„Ein Ritter muß lernen, sich zu zügeln", Gournemans drehte den Becher langsam in seinen Händen, „sonst ist er nur ein übler Raufbold. Darum merkt Euch, ein wahrer Ritter ist zurückhaltend, auch im Kampfe. Niemals wird er jemanden töten, der um Gnade bittet. Achtet Eure Feinde nicht gering und seid Euren Freunden gegenüber zurückhaltend bei ritterlichen Übungen. Dies sollt Ihr nicht nur beherzigen, wenn Ihr die Waffen gebraucht, sondern auch in Eurem sonstigen Leben. Worte sind wie Waffen. Daher übt Euch in der Tugend, nicht zuviel zu sprechen und vermeidet überflüssige Fragen!"
In den folgenden Tagen und Wochen lernte Parzival bei Gournemans alles, was einen guten Ritter auszeichnet im Kampf und auch was er wissen muß von höfischen Sitten und Gebräuchen. Vieles war ihm neu und fremd. Im Walde von Solitude hatte er von all dem nie etwas gehört.
Der edle Ritter Gournemans lehrte ihn auch, daß er seine Mutter ehren solle. Dies sei nicht nur ein christliches, sondern auch ein ritter-

liches Gebot. Und daher beschloß Parzival eines Tages, als er das Gefühl hatte, hier nichts mehr lernen zu können, seinen Gastgeber und Lehrmeister zu verlassen, um zurück zu Herzeloyde zu reiten. Gournemans schien dies ein sehr kluger Entschluß, und so ließ er Parzival ziehen.

Wie ein stolzer Ritter verabschiedete sich Parzival von seinem edlen Lehrmeister. Dieser stand noch lange vor dem geöffneten Burgtor und sah ihm nach.
Parzival wußte selbst nicht, was ihn vorwärtstrieb. Ritt er durch ein Tal, war ihm alles zu eng, und er spornte sein Pferd zu einem schnellen Galopp an, um wieder den Horizont sehen zu können. Bewegte er sich endlich auf einer ebenen Heide, schien es ihn innerlich auseinanderzureißen, und er mußte schnell den Blick senken, um sich in dieser Weite nicht zu verlieren. Irgend etwas trieb den jungen, unerfahrenen Ritter ständig vorwärts. Eine Macht, ein Geist, den er nicht ergründen konnte. Schließlich ließ er die Zügel hängen und überließ es seinem Pferd, den rechten Weg zu finden.
Am späten Nachmittag verlangsamte es seinen Schritt. Parzival sah auf. Vor ihm schäumte ein tosender Fluß. Er ritt so lange am Ufer entlang, bis er auf der gegenüberliegenden Seite ein großes Schloß bemerkte. Eine schmale Brücke, fast nur ein Steg aus brüchigem Holz, führte über den Fluß. Parzival stieg vom Pferd. In diesem Moment öffnete sich knarrend die mächtige Zugbrücke des Schlosses, und zwanzig bewaffnete Ritter mit geschlossenen Visieren stürmten heraus.
Parzival konnte nicht wissen, daß er sich im Königreich Brobarce befand, welches sich schon seit langem gegen König Clamide und sein Heer verteidigen mußte.
Ohne den Schatten einer Furcht betrat Parzival die gefährlich

schwankende Brücke. Sein Pferd wieherte auf vor Angst, mußte aber Parzivals starker Hand folgen.

Dumpfes Rufen drang an Parzivals Ohr. Aber er konnte nicht verstehen, was die Ritter ihm zuschrien.

Endlich hatte er den Fluß überquert und stand wieder auf fester, sicherer Erde. Wie auf einen geheimen Befehl rissen die fremden Ritter ihre Pferde herum und stürmten zurück in das Schloß. Hinter ihnen rasselte das eiserne Fallgitter herab, und langsam hob sich die Zugbrücke. Als Parzival vor dem Burggraben stand, konnte er keine Menschenseele entdecken. Eine unheimliche Stille lastete über dem Schloß.

„Ich bitte um Einlaß und Quartier für diese Nacht!" brüllte Parzival, so laut er konnte. Nur das Echo seines eigenen Rufes bekam er zur Antwort. Sonst war alles still. Nochmals schrie er: „Im heiligen Namen der Gastfreundschaft, ich bitte um Herberge!"

Weit oben in einem der mächtigen Ecktürme wurde vorsichtig ein Fenster geöffnet. Eine junge Frau sah zu Parzival herunter. „Wer seid Ihr, fremder Ritter?" wollte sie wissen. „Kommt Ihr in Feindschaft?"

„Edle Frau", antwortete Parzival, „ich suche nur eine Unterkunft für diese Nacht. Ich will Euch nichts Böses. Aber sagt, wovor fürchtet Ihr Euch?"

„Seit über einem Jahr werden wir von König Clamide und seinen Männern belagert", antwortete die Frau. „Er begehrt unsere Herrin, die edle Königin Blanchefleur, zur Frau und hat geschworen, daß er nicht von uns ablassen wird, bis er sie in seine Burg geführt hat."

Parzival richtete sich stolz im Sattel auf: „Richtet Eurer Herrin aus, daß ich ihr gerne dienen will. Ich bin ein Ritter auf der Suche nach Abenteuern, und mir scheint nicht gerecht und gut, was Clamide macht."

„Gerne will ich ausrichten, was Ihr mir aufgetragen! Bitte habt ein wenig Geduld!"

Das Fenster schloß sich, und Parzival war wieder allein. Er mußte nicht lange warten. Nach kurzer Zeit begann sich die schwere Zugbrücke zu senken.

Parzival ritt durch das große, kunstvoll geschmiedete Tor in das Schloß.
Viele Menschen standen auf dem großen Platz und sahen ihm schweigend entgegen. Parzival bemerkte, daß alle Männer bewaffnet waren. Steinschleuderer sah er und Armbrustschützen, Männer mit scharfgeschliffenen Lanzen und kleinen Jagdspeeren. Sogar einige Händler entdeckte er, die mit kleinen Äxten ausgerüstet waren. Hunger und Elend spiegelten sich in den Augen der vielen Männer, Frauen und Kinder. Fahl wie Asche oder gelb wie ausgetrockneter Lehm starrten ihm die ausgemergelten Gesichter mit den viel zu großen, dunkel umrandeten Augenhöhlen nach, als er zum großen Saal des Schlosses ritt. Dort wurde er schon von einigen Rittern in kostbaren Mänteln und Umhängen erwartet, deren Blicke auch von Kampf, Leid und Entbehrung gezeichnet waren.
Trotzdem halfen sie Parzival höflich aus dem Sattel und geleiteten ihn in das Schloß. Kein freudiges Lächeln konnte Parzival entdekken, als er in die Runde schaute. Aber er sah die Königin Blanchefleur. Ihre Haut leuchtete weiß wie die reinsten Lilien. Ihre Lippen glänzten rot wie satter Klatschmohn, und ihre Augen versprühten ein grünes Feuer wie das sturmgepeitschte wilde Nordmeer. Parzival erstarrte. Er hatte keine Augen mehr für die Ritter und Herren im Saal. Er tauchte ein in dieses Gesicht, er glaubte, den Lilienduft ihrer Haut zu kosten und das verzehrende Feuer ihrer Lippen.
„Edler Ritter, hört Ihr mich nicht?" Blanchefleurs Stimme riß Parzival aus seinen Träumen. „Ich bitte Euch, setzt Euch zu mir."
Verlegen zuckte Parzival zusammen, murmelte eine Entschuldigung und ging auf Blanchefleur zu, die ihm würdevoll den Begrüßungskuß gab. Magere Mägde huschten durch den Saal und brachten kärgliche Speisen auf den Tisch.
„Ihr müßt entschuldigen, Herr Ritter", Blanchefleur vermied es, Parzival anzusehen. „Wir können Euch nicht sehr gut bewirten. Schon zu lange werden wir von König Clamide belagert. Schon zu lange können die Bauern nicht mehr auf ihre Felder, und unsere Vorratskammern sind leer. Selbst die Mäuse hier im Schloß haben nichts mehr zu lachen."

Schweigend nickte Parzival, denn er erinnerte sich an die Worte seines Lehrmeisters Gournemans, nicht zuviel zu fragen und lieber zu schweigen als zu reden.
Nach der spärlichen Mahlzeit, bei der sich alle Ritter und Herren am Tisch sichtlich zurückhielten, damit der Gast seinen Hunger stillen konnte, wurde Parzival in eine Kammer geleitet. Das Bett war reich mit Fellen belegt, und sogar ein seidener Teppich war davor ausgebreitet. Dieses Land und dieses Schloß mußten sehr reich sein, überlegte Parzival, ehe er sich zur Ruhe legte. Und doch, was nützte ihnen der ganze Reichtum, Gold, Silber, Brokat und Edelsteine; lange würden sie der Belagerung nicht mehr standhalten können. Über diesen Gedanken fiel er in einen unruhigen Schlaf.
Mitten in der Nacht schreckte er hoch. Ganz deutlich war ein Laut in seinen Schlaf gedrungen, der keinen Platz in seinem Traum finden konnte. Er tastete nach dem Schwert, das wie immer neben ihm lag. Dann sah er sich vorsichtig um. An seinem Bett kniete die Königin Blanchefleur und weinte leise.
„Ihr dürft nicht vor mir knien", sprach Parzival und reichte Blanchefleur die Hand. „Setzt Euch her zu mir aufs Bett! Bei meiner Ehre, ich werde Euch nicht berühren."
Dankbar nahm Blanchefleur die dargebotene Hand und setzte sich auf Parzivals Lagerstätte. Dann erzählte sie von der langen Belagerung und dem schrecklichen Ritter Kingrun, dem Seneschall König Clamides. „Jeden Morgen erscheint Kingrun vor dem Schloß und fordert meine Ritter zum Kampfe. Bisher hat er alle Kämpfe für sich entschieden und die tapfersten Ritter des Schlosses verwundet, getötet oder gefangengenommen. Ich weiß nicht mehr aus noch ein!"
Wie selten zuvor in der langen Zeit der Belagerung strömten Sorgen und Nöte aus ihrem Inneren. Es war, als hätte sich eine innere Pforte geöffnet. Blanchefleur war nicht mehr Königin. Sie war einzig eine Frau, die sich endlich jemandem anvertrauen konnte. Sie erzählte, bis die ersten Hähne das Dämmerlicht des anbrechenden Tages begrüßten. Dann schrak sie zusammen. „Ich muß gehen! Bald werden meine Zofen kommen, um mich zu wecken."

Parzival erhob sich auch. „Ich werde für Euch und Eure Ehre gegen Kingrun kämpfen", sagte er. „Seid ohne Furcht."
Dankbar drückte Blanchefleur Parzivals Hand, gab ihm einen Kuß auf die Wange und huschte aus dem Zimmer.
Aufgewühlt schritt Parzival durch den Raum. Seit die Königin ihn verlassen hatte, fand er keine Ruhe mehr. Er wünschte, daß die Sonne schneller aufgehen würde, er sehnte es herbei, sich rüsten zu können, um gegen Kingrun zu kämpfen.
Endlich erschienen die Diener und Knappen. Sie bereiteten ihm ein duftendes Bad und brachten ihm zu essen. Dann geleiteten sie Parzival in die Kapelle, in welcher der Hofkaplan bereits die Frühmesse las. Danach verlangte Parzival nach seiner Rüstung und sattelte eigenhändig sein Pferd. Noch bevor er im Sattel saß, tönte vor den starken Mauern der Ruf des Seneschalls: „Welcher Ritter hier im Schloß wagt es, für die Ehre seiner Königin mit mir, Kingrun, seine Kräfte in ritterlichem Kampfe zu messen? Gibt es noch einen, der den Mut aufbringt, oder finden sich nur noch ängstliche Hasen hinter den Mauern des Schlosses?"
Kalte Wut verfinsterte die Augen Parzivals, als er den fremden Ritter rufen hörte. „Die Lanze, schnell!" herrschte er einen Knappen an, der ihm erschrocken die starke Eschenholzlanze reichte. „Laßt sofort die Zugbrücke herunter!"
Hastig beeilten sich die Diener, seinem Befehl nachzukommen. Parzival stieß seinem Pferd die Hacken in die Seiten und preschte hinaus. Die Bewohner der belagerten Burg stiegen auf die Brüstung, um zu sehen, was weiter geschehen würde.
Unruhig tänzelnd und vor Kampfeslust schnaubend standen sich auf dem Feld vor dem Schloß die Pferde Parzivals und Kingruns gegenüber. Ohne sich eines Wortes zu würdigen, schlossen die beiden Ritter ihre Helme und legten die Lanzen ein. Fast gleichzeitig gaben sie den Pferden die Sporen und galoppierten aufeinander zu. Mit aller Kraft stemmten sie sich in die Steigbügel, während sie ihre Pferde zu einem noch schnelleren Galopp antrieben. Dann krachten die Lanzen auf die Schilde und mit einem entsetzten Wiehern brachen die

Pferde auf den Hinterhufen ein. Parzival sprang vom Pferd und zog sein Schwert. Aber auch Kingrun war ein geübter Kämpfer. Das Schwert in der einen, den Schild in der anderen Hand, drang er auf Parzival ein und versuchte eine Blöße seines Gegners zu finden. Dieser wich zurück, und ein triumphierendes Gelächter dröhnte hohl unter dem Helm Kingruns: „Habt Ihr schon genug, Herr Ritter?" höhnte er und holte zu einem gewaltigen Schlag aus. „Ich werde Euch um das Schloß treiben, bevor ich Euch töte!"
Doch als er zuschlug, traf seine Waffe kein Ziel. Parzival war zur Seite gesprungen und fand nun seinerseits den Weg hinter Kingruns Schild. Die gehärteten Panzerplatten an Kingruns Schwertarm platzten mit singendem Klingen. Vor Überraschung und Schmerz stöhnte der Seneschall laut auf. Dann warf er den Schild zur Seite und packte sein Schwert mit beiden Händen. Wie die Sense eines Schnitters zischte die Waffe durch die Luft, und Parzival hatte Mühe, sich mit dem Schild zu decken. Dicht auf dicht prasselten die Schläge Kingruns auf Parzivals Schild und zerhieben es schließlich in große Stücke. Parzival schleuderte den nutzlosen Schutz in den Burggraben und wehrte Kingruns Schläge nun mit dem Schwert ab. Funken sprühten von den Klingen, wenn sie hart aufeinandertrafen. Zwei Stunden kämpften Parzival und Kingrun und trieben sich rund um das Schloß. Schon bluteten sie beide aus vielen kleinen Wunden, und noch immer war keine Entscheidung gefallen. Brüllend und klatschend verfolgten alle Schloßbewohner den Kampfverlauf. Sie feuerten Parzival an und warnten ihn vor versteckten Attacken und Finten seines Gegners.
Endlich ermatteten die wütenden Schläge Kingruns. Zu viele Wunden hatte ihm Parzival zugefügt. Rüstung, Kettenhemd und Helm waren blutüberströmt. Er mußte unter den schweren Hieben Parzivals zurückweichen. Und dann, Kingrun wankte bereits, schlug ihm Parzival das Schwert aus der Hand. Kingrun stolperte beim Zurückweichen und fiel hart zu Boden. Parzivals schwerer Fuß preßte seinen Gegner auf die Erde. Das Schwert hatte er zum Schlag erhoben. „Ergebt Euch, bei Eurer Ritterehre, und es soll Euch nichts gesche-

hen. Sonst aber werde ich Euch töten!" Auch Parzival atmete schwer, als er dies ausstieß.
Kingrun hob müde das Visier und sah seinen Bezwinger an. „Ich ergebe mich Eurer Gnade, Herr Ritter", stöhnte er und sank zurück.
„Dann befehle ich Euch, geht in das Schloß zu Königin Blanchefleur und seid ihr Gefangener."
„Nicht das, edler Ritter", Kingrun erhob sich mühsam und schwankend. „Ich habe zu viele ihrer Ritter getötet. Dies wäre keine ehrenvolle Gefangenschaft für mich. Sicher würde sie mich töten lassen, um dem gemeinen Volk ein Schauspiel zu geben."
Parzival überlegte. Vielleicht hatte der Ritter recht. „Gut, dann nehmt Euer Pferd und reitet, ohne zu zögern, an den Hof zu König Artus. Richtet der Königin aus, Parzival hätte Euch als Gefangenen geschickt. Und sagt dem König, noch wäre ich nicht würdig, von ihm den Ritterschlag zu erhalten. Doch zur rechten Zeit würde ich wieder bei ihm erscheinen und darum bitten."
Kingrun gelobte bei seiner Ritterehre zu handeln, wie es Parzival ihn geheißen hatte. Dann wankte er zu seinem Pferd und ritt langsam davon, während Parzival unter dem Jubel der Schloßbewohner triumphierend über die Zugbrücke schritt.
Mit offenen Armen und Freudentränen in den Augen wurde der siegreiche Parzival von Blanchefleur empfangen. Sie schloß ihn fest in ihre Arme und ließ es sich nicht nehmen, ihm eigenhändig aus der Rüstung zu helfen. Draußen vor dem Schloß nahm der Jubel der Menschen kein Ende, und im großen Saal schworen alle anwesenden Ritter, Parzival Gefolgschaft zu leisten, wohin er sie auch führen würde. Blanchefleur, die Königin, bat Parzival mit niedergeschlagenen Augen, aber flammendroten Wangen, ihr Ritter zu werden. Freudestrahlend willigte Parzival ein und nahm das seidene Halstuch der schönen Königin, welches er bei jedem Kampfe tragen wollte.
Inzwischen war König Clamide von der Niederlage des Seneschalls unterrichtet. Aufgebracht und zornig wies er seine Ritter an, sich zu rüsten und das Schloß zu stürmen. Rammböcke wurden vorbereitet und Steinkatapulte, mit Teer getränkte Strohballen und Wurfleitern.

Noch freuten sich Frauen, Männer und Kinder auf den Straßen vor dem Schloß Brobarce, und drinnen im Rittersaal mußte Parzival immer wieder in allen Einzelheiten von seinem Kampf berichten. Da tönte der Schreckensruf der Wachen von der Brüstung: „Das Heer Clamides stürmt das Schloß!"
Bevor die Ritter Zeit fanden, sich zu rüsten, hatten die Männer Clamides aus großen Baumstämmen eine Brücke über den breiten Wehrgraben gelegt. Die donnernden Schläge der Rammböcke trieben die Verteidiger zu größter Eile an. Pech wurde in großen Zubern erhitzt und auf die Männer an den Rammböcken geschüttet. Manch einen trieb die verzehrende Glut in das Wasser des Wehrgrabens. Aber auch die Steinkatapulte der Belagerer waren nicht untätig. Mit lautem Getöse krachten große Steine auf die Plätze und durch die Dächer der Häuser. Die Menschen flohen entsetzt. Endlich vertrieben heißes Pech und die vielen Armbrustschützen des Schlosses die Belagerer vor dem Tor. Auf ein Zeichen Parzivals fiel die Zugbrücke krachend herunter, und das schwere Fallgitter wurde hinaufgezogen. Dann sprengte er an der Spitze der wenigen Ritter hinaus vor das Schloß, um in offener Schlacht gegen Clamide und seine Männer zu kämpfen.
Niemand vor dem Schloß hatte mit diesem schnellen Ausfall gerechnet, und so konnten die Männer um Parzival viele Gegner töten oder verwunden, noch ehe sich diese gesammelt hatten.
Doch immer noch war das Heer Clamides in der Überzahl, und so schien es nur eine Frage der Zeit, bis die Belagerer die wenigen Ritter überwältigen konnten. Parzival hatte schon lange seinen Schild weggeworfen. Mit beiden Händen umklammerte er sein Schwert, und keiner konnte ihn aufhalten. Sein Ziel war die Fahne des Gegners. Dort mußte auch König Clamide sein, und ihn wollte Parzival stellen.
„Haltet den Ritter in der roten Rüstung auf", feuerte Clamide seine Männer an. „Wenn er fällt, ist der Sieg unser!"
Doch Parzival war nicht aufzuhalten. Wie ein verwundeter Eber, blind vor Schmerz und rasender Wut, bahnte er sich seinen Weg.

Dann hatte er endlich den Fahnenträger und den König erreicht. Mit einem einzigen Schlag zertrümmerte er Clamides festen Schild. Wie einen unerfahrenen Knappen jagte Parzival den König über das Schlachtfeld. Als dessen Pferd zusammenbrach, sprang auch Parzival aus dem Sattel. Ohne Unterlaß prasselten seine Schläge auf die Rüstung Clamides, und schließlich brach der König blutend auf die Knie. Mit einem Ruck riß ihm Parzival den Helm vom Kopf und hob sein von Blut gefärbtes Schwert.

„Ergebt Euch, König Clamide, und Ihr sollt am Leben bleiben“, keuchte er. Clamide sah sich um. Keiner der Ritter kämpfte mehr. Alle blickten sie zu ihm und Parzival.

„Ich ergebe mich Eurer ritterlichen Gnade“, murmelte er und beugte das Haupt. Dann nahm er sein Schwert und reichte es seinem Bezwinger. Die Ritter des Schlosses Brobarce trommelten mit den Fäusten auf ihre Schilde, öffneten die Visiere der Helme und brachen in Jubel aus. König Clamide mußte geloben, sich als Gefangener Parzivals an den Hof zu König Artus zu begeben. Als die Ritter, an ihrer Spitze Parzival, zurück zum Schloß ritten, jubelten die Menschen nicht nur über den Sieg. Viel wichtiger waren die vielen Speisen, das Schlachtvieh, Mehl, Gemüse und der Wein, die bei Clamides Heer erbeutet worden waren. Drei Tage und drei Nächte wurde in der Festung Brobarce gefeiert, gegessen, gesungen, getrunken und getanzt. Mit jedem Tag wurden die Heldentaten Parzivals, welche sich die Menschen erzählten, größer, gewaltiger und ruhmreicher.

Parzival wurde König über Schloß und Land Brobarce. Hunger und Elend gerieten schon bald in Vergessenheit. Die Grenzen des Landes waren sicher, kein Feind wollte sich mit diesem mächtigen Ritter in der roten Rüstung anlegen. In vielen Turnieren stellte Parzival seine Kraft, seinen Mut und seine Geschicklichkeit unter Beweis. Doch eines Tages nahm er seine geliebte Königin in den Arm und sagte: „Liebe Frau, laßt mich ziehen. Ich muß nach meiner Mutter forschen und sehen, ob es ihr gutgeht. Danach will ich nach Abenteuern suchen, bevor ich wieder zu Euch komme.“

Schweren Herzens willigte Blanchefleur ein. Sie wußte, daß sie ihren

Mann nicht hätte halten können. Und so ritt Parzival an einem dunstigen Herbstmorgen ohne einen Knappen oder Ritter an seiner Seite aus dem Schloß Brobarce. Einsam zog er seinen Weg, und schon kurze Zeit später war das Schloß, welches so lange seine Heimat gewesen war, im frühmorgendlichen Nebel verschwunden.
Parzivals Herz war schwer. Er liebte seine Frau Blanchefleur; und doch, wäre er nicht fortgeritten, hätte ihm eine unbekannte, nicht gestillte Sehnsucht das Herz gebrochen.
So ritt er, tief in Gedanken versunken, ohne auf den Weg zu achten. Er ließ die Zügel hängen und stützte sich auf den Sattelknauf. Den ganzen Tag saß er so auf seinem Pferd. Am Abend fand er ein weiches Lager im niedrigen Geflecht der Heidesträucher, und früh am Morgen stieg er in den Sattel und überließ es wieder seinem Pferd, sich einen Weg zu suchen. Die zweite Nacht verbrachte er in einem unwirtlichen Wald. Kein Vogel krächzte oder zwitscherte, als die Sonne unterging. Die Bäume ließen die Zweige hängen, und die Blätter daran hatten sich zusammengerollt und gelb gefärbt. Den ganzen nächsten Tag ritt Parzival durch ödes Land. Die Felder waren unbestellt und steinig. Die Flüsse wälzten sich schlammig durch die Täler und viele Bäche waren vertrocknet oder voller stinkendem Morast. Am Abend erreichte er einen großen See, auf dem ein kleines Boot trieb. Parzival ritt näher und erkannte drei Männer darin. Zwei davon warfen die Netze aus, während der dritte, welcher reich gekleidet war, auf dicke Kissen und Felle gebettet, dabei zusah.
„Edler Herr“, rief Parzival ihm zu, „ich suche eine Herberge. Könnt Ihr mir sagen, wo ich heute Nacht ein Quartier finden kann?“
„Im Umkreis von mehr als dreißig Meilen werdet Ihr nichts finden, außer einer Burg“, erwiderte der reichgekleidete Mann und musterte Parzival aufmerksam. „Reitet über diesen kleinen Hügel dort“, er deutete mit der Hand in die Richtung der untergehenden Sonne, „und haltet Euch dann an die Felsflanke, die Ihr sehen werdet. Dann findet Ihr die Burg bestimmt. Aber habt acht auf den Weg. Schon mancher hat sich auf jenem Hügel dort verirrt.“

Parzival dankte höflich, obwohl ihm die Worte des Mannes ein wenig seltsam vorkamen, und ritt in die angegebene Richtung. Wie sollte sich jemand auf diesem kleinen Hügel verirren können?
Schon bald hatte er den Hügel hinter sich gelassen und sah die schroffe Felswand, die der reichgekleidete Fischer erwähnt hatte. Und dann tauchte plötzlich, wie aus dem Nichts, eine prächtige Burg vor ihm auf. Die Brücke war hinaufgezogen. Parzival zügelte sein Pferd. Eine solche Pracht hätte er in dieser öden Wildnis nicht erwartet. Die Zinnen waren reich verziert, mancher Erker schaute hoheitsvoll hinab auf den einsamen Reiter, und viele kleine und große Türme schmückten die Dächer.
Auf der Brüstung erschien ein Knappe und sah ihn neugierig an.
„Ein Fischer hat mir den Weg zu dieser Burg gewiesen," rief Parzival, „er sicherte mir zu, ich würde hier Quartier und Herberge finden."
„Wenn Euch der Fischer geschickt hat, sollt Ihr hier willkommen sein", entgegnete der Knappe freundlich und verschwand von den Zinnen. Schon bald knarrte die Zugbrücke und legte sich über den tiefen Wehrgraben. Das Tor wurde aufgestoßen, und Parzival konnte hineinreiten. Knechte führten sein Pferd in einen Stall. Reichgekleidete Männer halfen ihm aus der Rüstung und geleiteten ihn in einen großen Saal, in welchem drei gewaltige Kaminfeuer loderten. Heißes Wasser wurde ihm gereicht, so daß er sich den Schweiß und die Schmiere der Rüstung von der Haut waschen konnte. Mägde standen bei ihm und warteten mit weißen, weichen Tüchern, um ihn trockenzureiben. Stumm ließ Parzival dies alles über sich ergehen. Solch eine Herberge hätte er sich heute morgen noch nicht einmal erträumen können.
Dann wurde er an eine reichgedeckte Tafel geführt. An der Stirnseite saß der Fischer, der ihm den Weg gewiesen hatte, und winkte ihn lächelnd zu sich. Als Parzival verwundert nähertrat, sagte der Mann: „Entschuldigt bitte, edler Ritter, daß ich mich nicht erhebe, um Euch in aller Form zu begrüßen. Doch meine Wunden lassen dies nicht zu."
Parzival neigte leicht den Kopf und nahm Platz. Er erinnerte sich an

die Worte seines Lehrmeisters Gournemans, der ihm geraten hatte, lieber zu schweigen, als unhöflich und neugierig zu erscheinen. Deshalb fragte er nicht nach der Art der Wunden. Viele andere Ritter, die bis jetzt höflich und schweigend neben ihren Stühlen gewartet hatten, nahmen nun auch ihre Plätze ein.

Der Fischer klatschte laut in die Hände, und eine Tür am anderen Ende des Saales öffnete sich. Ein junger Knappe trat in den Saal. In seinen Händen lag eine Lanze, aus deren scharfer Schneide Blut quoll, das den Schaft entlanglief. Ohne ein Wort und ohne den Blick zu heben, schritt der Knappe rund um die Tafel, an welcher die Ritter voller Trauer die Augen schlossen und weinten. Dann verschwand der Knappe wieder durch die Tür. Parzival saß wie erstarrt. Er wagte kaum Atem zu holen. Schon traten vier schöne Frauen mit gelöstem Haar in den Saal. Jede von ihnen trug einen schweren, goldenen Kerzenleuchter. Die vier verneigten sich vor dem kranken Fischer und vor Parzival, stellten die Leuchter auf die Tafel und verließen ohne einen Laut den Raum. Wieder erinnerte sich Parzival an die Worte seines Lehrmeisters. Er platzte zwar fast vor Neugierde und Wissensdurst, schluckte die schon fast gestellte Frage jedoch wieder hinunter und saß schweigend neben dem kranken Fischer. Aus der geöffneten Tür am anderen Ende des Saales kamen drei weitere Frauen. Die erste trug eine große weiße Kerze in den Händen, die zweite einen seltsamen Stein, der einer großen, tiefen Schale ähnelte, und die dritte wiederum eine brennende Kerze. Langsam und gemessen schritten sie um den Tisch, bis sie vor Parzival und dem Fischer standen. Dort stellten sie Kerzen und Schale auf den Tisch, wandten sich ab und verließen den Saal. Parzival traute kaum seinen Augen, als sich der kranke Fischer nach vorne beugte und aus der wundersamen Schale die herrlichsten Speisen hervorholte. Jeder Ritter im Saale wurde aus der Schale gespeist. Deren Kraft schien unermeßlich. Niemals zuvor hatte Parzival solches gesehen oder von dergleichem gehört. Er konnte kaum essen, so aufgeregt und erstaunt war er. Immer wieder drängte es ihn, nach einer Erklärung all dieser Dinge zu forschen. Dann aber verkniff er sich all die Fragen, die ihn beschäftigten, und er dachte: Vielleicht bleibe ich noch länger hier und kann den seltsamen Fischer morgen um eine Auskunft bitten. Das Mahl war zu Ende. Die Frauen kamen, trugen die Schale wieder fort, und alle Ritter sahen Parzival erwartungsvoll an. Dieser senkte den Blick, und das Blut schoß ihm in den Kopf. Was sollte er tun? Er räusperte sich, atmete tief und blieb doch still. Es war der Fischer an seiner Seite, der schließlich das Wort ergriff.

„Ich hoffe, edler Ritter", begann er, „daß Euch das Essen gemundet hat und daß alles zu Eurer Zufriedenheit war."

Mit einem Wink bedeutete er einem Diener, etwas zu holen.

„Ich will Euch ein Geschenk überreichen, bevor Ihr in Euer Schlafgemach geführt werdet", fuhr er fort.

Der Dienstbote war zurück und kniete vor dem Fischer. In seinen Händen hielt er ein Schwert. „Nehmt es", sagte der Fischer und reichte es Parzival. „Es soll unser Dank sein an Euch. Ich trug es oft im Kampfe, und niemals hat es mich im Stich gelassen. Es soll Euch entschädigen, falls es an etwas gefehlt hat heute abend."

Schweigend nahm Parzival das reiche Geschenk entgegen. Der Fischer sah ihn aufmerksam an. Doch außer einem ehrlichen und tiefen Dank sprach Parzival kein Wort, obwohl ihm tausend Fragen auf der Zunge brannten.

Hätte er nur gefragt! Wie viel Leid und Kummer wäre ihm erspart geblieben und auch dem Fischer, der an seiner Seite saß und wartete. Lange währte das Schweigen, und wieder war es der Fischer, der es unterbrach: „Euer Bett ist gerichtet", wandte er sich an Parzival. „Ihr werdet müde sein vom langen Ritt. Folgt den Knappen. Ich wünsche Euch eine angenehme, ruhige Nacht."

Wieder bedankte sich Parzival bei dem kranken Fischer. Mit einem Kopfnicken verabschiedete er sich von all den anderen Rittern und ging, während ein eisiges Schweigen den großen Saal beherrschte, geführt von den Knappen, aus dem Raum.

Alleingelassen in der mit Teppichen reich ausgelegten Kammer, wälzte sich Parzival unruhig auf seinem Lager hin und her. Was er gesehen hatte, ließ ihm keinen Frieden. Morgen in der Frühe, gelobte er, würde er den höflichen Hausherrn nach der Bedeutung all der Dinge hier fragen. Er hoffte, damit seinem Lehrmeister Gournemans keine Schande zu bereiten. Sein Verhalten heute abend schien ihm sehr ritterlich gewesen.
Müde schloß Parzival die Augen und überließ sich den rätselhaften Wegen des Schlafes. Er fand jedoch keine Ruhe. Böse Traumgestalten stellten sich ihm in den Weg, kämpften mit ihm, trieben ihn hierhin und dorthin. Wohin er sich auch wandte in seinem Traum, überall lauerten neue Schrecken.
Niemand weiß, wieviele Tode der junge Parzival in dieser einen Nacht sterben mußte, nur um hernach feststellen zu müssen, daß es keine Erlösung für ihn geben konnte in diesem Traum. Schweißgebadet und schwer atmend erwachte er, noch bevor die ersten Hunde schnüffelnd über den Hof liefen. Die Burg war in tiefes Schweigen gehüllt. Lange lag Parzival so wach und lauschte in den beginnenden Tag hinein. Endlich, es war schon zur späten Morgenstunde, und er vernahm immer noch kein Lebenszeichen in der Burg, rief er gebieterisch nach Dienstboten und Knappen, um sich Wasser bringen zu lassen. Doch so lautstark er auch danach verlangte, niemand klopfte an seine Tür oder antwortete dem Rufen.
Unruhig und mißmutig erhob er sich, kleidete sich an, rüstete sich unter Mühen und gürtete die beiden Schwerter. Dann ging er durch die verlassenen Gänge zum Rittersaal. Seine Schritte und das Klirren der Rüstung waren die einzigen Geräusche in der unheimlichen Stille. Parzival spähte in Zimmer und aus Fenstern, aber er konnte nichts und niemanden entdeckten. Selbst der große Rittersaal lag einsam und verwaist. Nicht einmal die geringste Spur der gestrigen Betriebsamkeit war noch zu sehen.
Er trat ins Freie. Beim Eingang stand sein Pferd, seine Lanze lehnte daneben an der Mauer. Das Burgtor stand weit offen, und Parzival sah viele Pferdespuren im taufeuchten Gras.

Offensichtlich war der Burgherr mit allen Rittern und Knappen ausgeritten. Parzivals Zorn wuchs. Bran, der Reiche Fischerkönig, wußte wahrlich nicht, was ritterliche Gastfreundschaft bedeutete. Wütend schwang er sich in den Sattel und griff sich die Lanze. Er würde den Spuren folgen, um dem Burgherrn zu sagen, was er von dieser Art der Höflichkeit hielt. Als er die Zugbrücke überquerte, fiel hinter ihm mit lautem Rasseln das Fallgitter herunter. Erschrocken sah Parzival zurück. Oben auf den Zinnen stand mit finsterer Miene ein Knappe. „Fluch über Euch!" brüllte er hinunter. „Nie mehr soll Euch die Sonne glücklich scheinen. Nur eine Frage hättet Ihr stellen müssen. Ein Wort von Euch, und Friede wäre eingekehrt in Montsalvage und auf der ganzen Welt. Ihr hattet es in Eurer Hand. Fluch auf Euren Wegen!"
Noch bevor Parzival etwas hätte fragen können, war der Knappe hinter den Mauern verschwunden und erschien nicht mehr, so laut und zornig Parzival auch nach ihm rief.
Aufgebracht gab er seinem Pferd die Sporen und folgte der breiten Spur im Gras. Doch schon nach kurzer Zeit hatte sich die Reiterschar offensichtlich getrennt, die Spuren verloren sich, Parzival zügelte sein Pferd und wußte nicht weiter.
Sollte er umkehren, um bei der Burg auf den seltsamen Fischer zu warten? Parzival wankte noch, als er nicht weit vor sich eine klagende Frauenstimme vernahm. Er lenkte sein Pferd in die Richtung, aus der das Weinen kam, und entdeckte unter einer alten Linde eine tief verschleierte Frau, die einen balsamierten Ritter in den Armen hielt.
„Edle Frau", begann Parzival und stieg vom Pferd. „Wenn es etwas gibt, worin ich Euch helfen kann, so sagt es."
Langsam hob die Frau den Kopf. Dann sagte sie: „Ihr seid es, Parzival, was führt Euch in diese unwirtliche Wildnis, in der schon viele umgekommen sind?"
„Woher kennt Ihr meinen Namen?"
Die Frau hob den dichten Schleier, und Parzival sah in die verweinten Augen seiner Cousine Sigune, und jetzt erkannte er auch in dem

einbalsamierten Ritter niemand anderen als Schionatulander.
„Ich fand Herberge auf einer Burg ganz in der Nähe. Doch der Herr dieser Burg ist heute morgen schon sehr früh ausgeritten, ohne mich zu wecken oder zu bitten, mit ihm zu kommen. Jetzt bin ich auf der Suche nach ihm. Habt Ihr hier vielleicht einige Ritter gesehen, Sigune?"
Diese schüttelte langsam und nachdenklich den Kopf. Dann sagte sie erstaunt: „Hier gibt es im weiten Umkreis nur eine einzige Burg, und die findet keiner, der dort nicht ankommen soll. Mag er sie auch noch so verzweifelt suchen. Sie trägt den Namen Montsalvage und gehört dem Reichen Fischerkönig. Sagt wirklich, Parzival, wart Ihr auf dieser Burg?"
Der junge Ritter nickte schweigend.
„Dann habt Ihr Bran erlöst von seinen Qualen?"
Parzival verstand den Sinn dieser Worte nicht. Zögernd erzählte er von den vielen unerklärlichen und wundersamen Dingen, die er gesehen hatte, und von seiner Nacht auf der Burg.
„Ihr tragt sein Zauberschwert, wie ich sehe. Aber habt Ihr auch gefragt, was es mit den Wunden und dem Leiden des edlen Fischerkönigs auf sich hat? So sprecht doch!"
Parzival stand vor Sigune und ließ den Kopf gesenkt. „Ich habe nicht gefragt", murmelte er schließlich.
„Aber", Sigune starrte Parzival erschüttert an, „das kann doch nicht sein! Bei all dem Leid? Bei all den Wundern, die Ihr dort gesehen? Ihr habt nichts gefragt?"
Stumm schüttelte Parzival den Kopf.
„Oh Schande, welch ein Jammer", schluchzte Sigune. „Ihr habt den Gral gesehen, die Lanze, aus welcher unablässig Blut tropft, die Leiden des Fischerkönigs; und Ihr hattet nicht die Kraft für die eine kleine Frage? Geht!" fuhr sie Parzival an. „Geht Eures Weges, Ihr müßt verflucht sein! Ich will Euch nicht mehr sehen und nicht mehr mit Euch sprechen!"
„Sigune, ich ..., bitte hört mich an!"
Doch diese hatte sich schon wieder den dichten Schleier übergewor-

fen und hielt ihren toten Geliebten, Schionatulander, fest umschlungen. Sie schluchzte laut, gab aber keine Antwort.
Verwirrt ritt Parzival weiter. Sollte wirklich wahr sein, was Sigune ihm erzählt hatte, wollte er nicht rasten und ruhen, bis er wieder zu der geheimnisvollen Burg Montsalvage gefunden hätte.
Gegen Mittag lichtete sich der dichte Wald. Parzival fand einen breiten Pfad, dem er ohne Mühe folgen konnte. Er ließ die Zügel hängen und dachte über die Worte Sigunes nach. Noch während er sich selbst einen Narren schalt, weil er den Mut zu fragen nicht aufgebracht hatte, sah er vor sich auf einem klapperdürren Maultier eine verhärmte junge Frau reiten. Sie saß auf dem ungesattelten Rücken des Tieres. Nur ein zerfranstes Hanfseil bot ihr ein wenig Halt. Äste und Dornenzweige mußten ihr übel mitgespielt haben, denn ihr Kleid war an vielen Stellen zerrissen und über und über mit Schmutz bedeckt. Als sie Parzival hörte, senkte sie beschämt die Augen und versuchte die vielen Löcher im Gewand mit den Händen zu bedecken. Erst als sie höflich gegrüßt wurde, hob sie den Blick. Dann erstarrte sie, sah nochmals genauer hin und sagte schließlich bitter: „Herr Ritter, ich habe Euch schon einmal gesehen, und dies hat mir sehr viel Kummer gebracht."
„Das kann nicht sein, edle Frau", erwiderte Parzival. „Seit ich diese Rüstung trage, habe ich weder Euch noch irgendeiner anderen Dame etwas getan, was meiner Ehre und Würde als Ritter schaden könnte oder dessen ich mich schämen müßte."
Die junge Frau saß auf ihrem schäbigen Maultier und weinte jämmerlich.
Verlegen reichte ihr Parzival seinen wertvollen Umhang, den sie um sich legte. Dann blickte sie Parzival wieder an: „Erkennt Ihr mich denn nicht, Herr Ritter? Mein Name ist Jeschute. Ihr habt mir mehr geraubt als Küsse, Spange und Ring, als Ihr damals in mein Zelt eindrangt. Furchtbar hat mein Mann, Herzog Orilus, mich gestraft. Ihr könnt es ja sehen. Und Euch hat er den Tod geschworen. Daher rate ich Euch, flieht, bevor er zurückkommt. Denn er wird Euch ohne Zweifel töten!"

Da erinnerte sich Parzival, und die Schamröte färbte sein Gesicht. „Gerne würde ich Euch alles zurückgeben, edle Jeschute", sagte er, „aber den Ring gab ich als Bezahlung weg. Nehmt die Spange. Ich führe sie noch immer bei mir."
Schweigend nahm Jeschute die kostbare Spange und barg sie in ihrer Hand.
„Ich werde tun, was in meiner Macht steht, um Euch von diesem elenden, unwürdigen Leben zu erlösen", versicherte Parzival. Er stülpte sich seinen Helm über und zog den Kinngurt fest. Stumm wartete er, bis er den trommelnden Galopp eines herannahenden Pferdes vernahm.
Herzog Orilus brach in voller Rüstung durch die Büsche und zögerte nur einen kurzen Moment. Als er sah, daß Jeschute in den Umhang des fremden Ritters gehüllt war, schloß er das Visier seines Helmes, legte die Lanze ein, gab seinem Pferd die Sporen und jagte auf Parzival zu. Auch dieser feuerte sein starkes Pferd an. Die geschmiedete Spitze der Lanze Parzivals zielte auf das Herz des großen Drachens, auf Orilus' Schild. Als die Ritter in vollem Galopp aufeinanderprallten, splitterten die Lanzen, das geborstene Holz wurde hoch in die Luft geschleudert. Ohne sich darum zu kümmern, zogen die beiden ihre Schwerter und begannen wild aufeinander einzuhauen. Doch schon beim zweiten Schlag zerbrach das Schwert Parzivals, welches er auf Montsalvage als Geschenk erhalten hatte. „Das war ein schlechter Dienst, der mir da erwiesen wurde", zischte Parzival zwischen halbgeschlossenen Lippen hervor, warf die zerbrochene Klinge zur Seite und zog sein altes Schwert. Funken sprühten, als die Schwerter auf die Rüstungen trafen, und der stille Wald hallte wider vom Kampfeslärm, wie die große Schmiede in Camelot beim Getöse der Hämmer.
Herzog Orilus war ein erfahrener und tapferer Kämpfer, und lange Zeit konnte ihm Parzival keine Wunde zufügen. Doch schließlich fand sein Schwert einen Weg hinter den Drachenschild des Herzogs, und mit einem gezielten Streich durchtrennte Parzival die Riemen des Helmes. Orilus fiel vom Pferd und lag benommen auf dem wei-

chen Waldboden. Mit einem Satz stand Parzival bei ihm und legte seine scharfe Klinge drohend an den Hals des Herzogs. „Gebt mir Euer Ritterwort, daß Ihr erfüllt, was ich von Euch fordere."
„Mir bleibt keine andere Wahl", murmelte der geschlagene Ritter und wischte sich das Blut aus dem Gesicht.
„Ich werde Euch leben lassen", fuhr Parzival fort, „wenn Ihr Eurer Frau, der edlen Jeschute, wieder ritterliche Gattenliebe gebt!"
„Niemals!" brauste Orilus auf. „Ihre Schuld ist viel zu groß. Ich biete Euch mein Herzogtum, Edelsteine und all mein Gold. Doch mit der entehrten Herzogin werde ich mich nicht versöhnen!"
„Ihr habt keine Wahl!" bestimmte Parzival. „Aber eines will ich Euch noch sagen. Der Jüngling damals im Zelt Eurer Frau war ich. Es war der Rat meiner Mutter, den ich befolgte, als ich Jeschute Ring, Spange und Küsse raubte. Unwissend war ich. Nur aus diesem Grund geschah, wofür Ihr Eure Frau schon so lange leiden laßt!"
Niedergeschlagen sah Orilus zu Jeschute. „So hat sie mich also nicht belogen?"
„Jedes Wort von ihr entsprach der Wahrheit", gab Parzival Auskunft.
„So will ich Eure Forderung erfüllen, edler Ritter, und meine Frau soll wieder ihren Platz an meiner Seite einnehmen."
Als Jeschute dies hörte, sprang sie von ihrem mageren Maultier, lief auf Orilus zu, drückte ihn glücklich an sich und störte sich nicht an dem Blut, welches dem Herzog von der Stirn tropfte.
Als Parzival sah, wie sich Jeschute und Orilus in den Armen lagen und küßten, stieg er wortlos auf sein Pferd und ritt leise davon.

Lange Tage und Wochen streifte Parzival nach diesem Abenteuer durch die Wälder von Logries und begegnete keinem Menschen. Das

Heidekraut leuchtete inzwischen in tiefem Lila, und die bunten Blätter der Bäume wurden von wilden Herbstwinden durch die Luft gewirbelt. Und dann fiel eines Morgens der erste Schnee.
Selbst der Wind schwieg. Lautlos schwebten die weißen Flocken auf die Erde und bedeckten sie mit ihrem neugewebten Mantel. Als Parzival über eine unberührte Lichtung ritt, stieg nicht weit entfernt ein hungriger Falke in die Höhe, um hinter drei aufgeregt schnatternden Wildenten herzujagen. Seine Fänge bohrten sich in den Hals einer der Enten, und mit dem Schnee fielen drei Blutstropfen vom Himmel. Parzival zügelte sein Pferd, als er die kleinen Tropfen im unberührten Schnee sah. Das leuchtende Rot glänzte im funkelnden Neuschnee und hielt den Blick Parzivals gefangen. Er begann zu träumen. War dies nicht das Rot der Lippen seiner geliebten Blanchefleur, welches ihm da entgegenstrahlte? Und dieses Weiß? Hatte nicht der Körper der Geliebten genau dieselbe Farbe? Parzival nahm nichts anderes mehr wahr. Mit aufgerissenen Augen starrte er in den Schnee und sah doch nur das Gesicht seiner Geliebten vor sich. So bemerkte er den Knappen nicht, der am Waldrand auftauchte und ihn vorsichtig anrief. Ihm entging auch, daß dieser Knappe nach kurzer Zeit wieder verschwand. Parzival verharrte auch noch, einem steinernen Standbild gleich, als ein gerüsteter Ritter auftauchte und über die Lichtung brüllte: „Wer seid Ihr, Herr Ritter in der roten Rüstung? Kommt mit mir. König Artus hat nicht weit von hier sein Lager aufgeschlagen und will Euch sprechen! Hört Ihr nicht, Herr Ritter? Sagt mir Euren Namen und kommt mit, oder Ihr werdet mit meiner Lanze eine ziemlich unfreundliche Bekanntschaft machen!"
Doch Sagremor, ein berühmter Ritter der Tafelrunde, erhielt keine Antwort. Parzival saß in seine Erinnerung versunken, und es schien, als wäre er in diesem Augenblick nicht von dieser Welt.
Nachdem Sagremor den fremden Ritter dreimal aufgefordert hatte, endlich zu sprechen oder mit ihm zu kommen, legte er seine Lanze ein, schloß das Helmvisier und spornte das Pferd an, um diesem unhöflichen Ritter richtiges Benehmen einzubläuen.

Da endlich erwachte Parzival aus seiner Erstarrung. Oder war es gar nur sein Pferd, welches sich in Richtung des nahenden Ritters wandte? Immer noch wie im Traum, griff Parzival die Lanze, stemmte sich in die Steigbügel und erwartete Ritter Sagremor. Krachend schlugen die Lanzen auf die Schilde. Parzival saß ungerührt, während Sagremor mit einem wütenden Aufschrei vom Pferd stürzte und sich nur unter großen Schmerzen mühsam erheben konnte. Humpelnd folgte er seinem reiterlosen Pferd.

Im Lager wurde er schon mit Spannung und Sorge erwartet. Der König selbst wollte seinen Bericht hören, denn Artus lagerte hier nur aus einem Grunde: Schon seit langem war er unterwegs, um nach jenem geheimnisvollen Ritter in der roten Rüstung zu forschen, der ihm immer wieder neue Vasallen an den Hof nach Camelot schickte. Als die Ritter Sagremors Bericht gehört hatten, waren sie empört. Dies konnte wahrlich kein edler Ritter sein, der einem anderen keine Antwort gab und scheinbar niemanden wahrnahm. Seneschall Kay bat sich aus, als nächster aufbrechen zu dürfen, um den fremden Ritter zum Lager des Königs zu bringen. Doch ihm erging es noch schlimmer als zuvor Sagremor. Auch er erhielt keine Antwort von Parzival, und als er mit der Lanze gegen den Ritter in der roten Rüstung anstürmte, wurde er aus dem Sattel geworfen und brach sich den rechten Arm. Wütend forderten die Ritter der Tafelrunde nach der Rückkehr des Seneschalls nun Rache.

Doch der edle Gawein beruhigte seine Freunde. Er ließ sein Pferd Gringaluet satteln, auf dem keiner reiten konnte außer ihm selbst, und trabte alleine auf die kleine Lichtung zu dem fremden Ritter. Ohne die Lanze einzulegen, näherte er sich behutsam Parzival. Als er sah, daß der fremde Ritter immerfort auf drei Blutstropfen im unberührten Schnee starrte, ahnte Gawein, daß er sicherlich von einer mächtigen Erinnerung gefangengehalten wurde. Vorsichtig stieg Gawein vom Pferd und breitete seinen Umhang auf den frischgefallenen Schnee, gerade über die drei Blutstropfen.

Mit einem tiefen Seufzer schloß Parzival die Augen. Dann schaute er auf, bemerkte Gawein und grüßte ihn höflich: „Edler Herr, ich

bitte Euch, sagt mir Euren Namen und erklärt mir, weshalb der Schnee der Lichtung zertrampelt ist von Kampfesspuren."
Gawein gab Parzival Auskunft und berichtete ihm, daß er selbst hier gekämpft habe gegen zwei Ritter der Tafelrunde. Dann bat er ihn, mitzukommen in das Lager des Königs, denn dieser wolle ihn unbedingt sehen und mit ihm sprechen.
So ritt Parzival, der immer noch nicht glauben konnte, daß er Ritter Sagremor und Seneschall Kay vom Pferd gestoßen haben sollte, mit Gawein im Lager des Königs ein. Freudig wurde er dort von Artus selbst begrüßt, nachdem dieser von seinem Neffen gehört, wie sich alles zugetragen hatte, und in das reich ausgestattete Zelt geführt. Knappen halfen ihm aus der Rüstung. Schöne Frauen reinigten ihm Gesicht und Arme von der Rüstungsschmiere. Dann brachten Diener das Essen, und König Artus selbst reichte Parzival die Speisen und hieß ihn zu seiner Rechten sitzen.

So weilte Parzival drei Tage im Lager des Königs, und er wurde von Artus während eines großen Festes, welches ihm zu Ehren gegeben wurde, zu einem Ritter der Tafelrunde geschlagen.
Am dritten Tage jedoch, zur Zeit des Abendgottesdienstes, geschah etwas Seltsames. Gerade als der Priester beginnen wollte und die edlen Frauen und Ritter ihre Köpfe senkten, erschien eine überaus häßliche alte Frau auf einem prächtig aufgezäumten und geschmückten Maultier. Ihre Kleider waren aus kostbarstem Brokat, durchzogen von feinen Gold- und Silberfäden. In der einen Hand hielt sie eine Reitgerte, deren Griff aus leuchtenden Rubinen gearbeitet war. Doch all der kostbare Schmuck konnte ihre Häßlichkeit nicht verbergen. Ein langer, borstiger Zopf hing ihr auf den Rücken. Die Hände und nahezu das ganze Gesicht waren behaart wie bei einem räudigen Straßenköter. Ihre Fingernägel wuchsen wild wie

Löwenkrallen, und Ohren hatte sie, groß wie Suppenteller. Nein, niemand hier im Lager des Königs konnte sie ansehen, ohne daß ihn ein Schauder überlief. Selbst der Priester bekreuzigte sich heimlich und bat um den Schutz aller guten Mächte. Die häßliche Frau trieb ihr Tier geradewegs vor Artus und sprach mit tiefer, heiserer Stimme: „Sohn Uther-Pentragons, wie groß könnte Eure Ehre sein, wenn es nicht einen gäbe unter den Rittern der Tafelrunde, welcher große Schande und Fluch auf sich geladen hat!"
Verwirrt blickte Artus um sich. Unter den Rittern hörte man entrüstetes Murmeln.
„Ich verstehe nicht!" erwiderte der König. „Was meint Ihr damit?"
„Ich werde es Euch sagen, König Artus!" fuhr die häßliche Alte fort. „Mein Name ist Kundrie, die Zauberkundige, und es ist der Ritter in der roten Rüstung, den ich mit meinem Fluch treffen will."
Alle Augen wandten sich Parzival zu. Dieser sah Kundrie aus zornigen Augen an, denn er verstand nicht, was dies bedeuten sollte.
Kundrie sprach weiter und deutete mit einem Finger auf Parzival: „Ihr habt geschwiegen, wo Ihr hättet sprechen sollen! Ihr habt geschlafen, wo ein ganzes Reich nach Eurer Tat dürstete! Durch Eure Schuld siecht der Reiche Fischerkönig, dieser edle Mann, und mit ihm das ganze Land. Die Wasser sind modrig und stinken vor Verwesung. Die Ernte verbrennt auf den Feldern. Die Menschen sterben an Hunger! Euer Vater hieß Gahmuret und war der Herrscher von Anjou. Er war ein wahrhaft edler Held und großer König. Doch mir scheint, Euch hat er davon nichts vererbt. Schande über Euch und Fluch dem Tag, als Ihr geboren wurdet!"
Kundrie, die Zauberkundige, hatte Zornestränen in den Augen. Mit einem leichten Schenkeldruck trieb sie ihr Maultier an und verschwand, ohne sich umzublicken, im nahen Wald.
Noch bevor die Versammelten sich von ihrer Überraschung hätten erholen können, sprengte ein zum Kampfe gerüsteter Ritter heran. Mit wildem Zügelruck riß er sein Pferd nahe bei Artus zurück. Dann legte er die Hand auf den Schwertgriff und rief: „Ich grüße Euch, König Artus, und niemals wünsche ich Euch Schlechtes. Doch gibt es

einen hier, dem ich ewige Feindschaft geschworen habe. Ritter Gawein meine ich, Euren Neffen. Feige hat er meinen Herrn gemordet, deshalb fordere ich ihn zum Kampfe. Wenn er nicht ewig in Schmach leben will, so soll er in vierzig Tagen in der Stadt Francon erscheinen und in ritterlichem Kampfe Rechenschaft ablegen. Mein Name ist Kingrimorcel, und ich werde auf ihn warten!"

Der ungestüme Gast gab seinem Pferd die Sporen und galoppierte grußlos davon.

Nur langsam erholten sich die Ritter und die edlen Frauen um König Artus von diesen beiden ungewöhnlichen Besuchen. Hier und da erhob sich leises Murmeln und Flüstern. Böse schauten einige zu Parzival hinüber und traurig zu Gawein, denn dieser war sehr beliebt. Schließlich begann Artus zu sprechen: „Mein Neffe Gawein, sagt, was ist wahr an diesen Anschuldigungen? Und auch Ihr, Ritter Parzival, erzählt uns, was geschehen ist. Den Worten der zauberkundigen Kundrie konnte ich nicht allzuviel entnehmen."

Wahrheitsgemäß berichtete Parzival von seinem seltsamen Erlebnis auf Montsalvage. Er verschwieg nichts. Und als er vom Gral erzählte, war auf der weiten Heide mit den vielen Menschen nur noch das leise Säuseln des Winterwindes zu hören. „Niemals wieder, das schwöre ich", schloß Parzival seinen Bericht, „werde ich zwei Nächte am selben Ort schlafen, bis ich zur Burg Montsalvage zurückgefunden und den Reichen Fischerkönig von seinen Leiden erlöst habe."

Gawein konnte nicht viel erzählen. Er hatte zwar einen ritterlichen Kampfe geführt im Lande Francon und seinen Gegner dabei getötet, doch war dies nicht hinterhältig geschehen. Trotzdem mußte er, das war allen klar, aufbrechen, um in vierzig Tagen den geforderten Zweikampf in Francon auszutragen.

Noch in derselben Stunde bestieg Parzival gerüstet sein Pferd. Die guten Wünsche des Königs und aller Ritter folgten ihm.

Am nächsten Morgen machte sich auch Gawein allein auf den Weg, um rechtzeitig zu seinem Zweikampf in Francon zu erscheinen.

Parzival war die ganze Nacht und auch noch den darauffolgenden Tag ohne Unterlaß geritten. Dornenzweige zerfetzten seine Haut und schlugen ihm ins Gesicht während seines wilden Rittes durch unwegsame Wälder. Er jedoch merkte nichts davon. Schmerz und Kummer über sein Versagen trieben ihn vorwärts und wollten ihn nicht rasten lassen. Wie gerne wäre er zu Blanchefleur, seiner geliebten Frau, zurückgekehrt. Doch er wußte, zuvor mußte er zurückfinden zur Burg Montsalvage, um dem kranken Reichen Fischerkönig die erlösende Frage zu stellen.
So ritt Parzival Tag um Tag, und niemals legte er sein müdes Haupt zweimal auf dasselbe Kissen. Verzweiflung und Kummer nagten an seinem Herz. Schließlich erreichten diese beiden Verbündeten, was sie immer erreichen, wenn Hoffnung und Freude fern sind, sie ließen Parzivals Herz verbittern. Er verschwendete keinen Gedanken mehr daran, welchen Aufgaben ein Ritter der Tafelrunde gerecht werden muß, er wollte nur noch Kampf und Sieg. Die Gebote des hohen Rittertums, nicht nur für Recht und Gesetz des Königs einzutreten, sondern auch Armen, Schwachen und Bedürftigen stets Hilfe zu leisten, vergaß er ebenso wie das Gebot, wann immer möglich einen Gottesdienst zu besuchen und die Beichte abzulegen.
Fünf Jahre vergingen, in denen Parzival keine Kirche betrat, keine Heilige Messe hörte oder mit einem Einsiedel oder Mönch sprach. Während dieser Zeit kämpfte er mit mehr als sechzig Rittern und schickte sie alle als Vasallen an den Hof nach Camelot zu König Artus.
Eines Tages, noch hatte das Frühjahr sich nicht entschieden, die Luft zu erwärmen, und nur spärlich zeigten sich die Vorboten der zurückkehrenden Zugvögel, traf Parzival bei seinem Ritt über eine karge Heide eine Gruppe von Edelfrauen, die von drei unbewaffneten Rittern begleitet wurden. Verwundert sprach einer von ihnen Parzival an: „Gott zum Gruße, edler Herr. Darf ich fragen, zu welchem Kampfe Ihr an diesem heiligen Tage ausreitet?"
„Ich weiß weder in welchem Kampfe ich heute noch bestehen muß, noch welcher Tag heute ist!" gab Parzival unwirsch zurück und wollte weiterreiten.

Doch da sagte eine der Edelfrauen: „Wollt Ihr Euch wirklich gegen Gott und die Gebote der Ritterlichkeit versündigen, edler Herr? In wessen Diensten steht Ihr? Wer gab Euch den Ritterschlag, ohne Euch darüber zu belehren, welche Tugenden einen wahren Ritter ausmachen?“

Parzival stutzte und hielt sein Pferd an. Lange blickte er in die Augen der Edelfrau und sein Blick verschleierte sich.

„Von welchem heiligen Tag sprecht Ihr? Ich bitte Euch, gebt mir Auskunft“, wollte er schließlich wissen.

„Heute feiern alle gottesfürchtigen Menschen das Karfreitagsfest, nachdem sie ihr Herz erleichtert und bei einem Priester oder Einsiedel gebeichtet haben“, gab ihm die Edelfrau Auskunft.

Da begann Parzival zu weinen und erinnerte sich der vergangenen fünf Jahre.

„Sagt“, begann er wieder, „gibt es hier in der Nähe einen Einsiedel, dem ich mich anvertrauen könnte?“

„Oh ja“, entgegnete freundlich die Edelfrau. „Bleibt auf diesem Wege, Herr Ritter. Schon bald werdet Ihr den Wald von Northumberland erreichen; dort trefft Ihr innerhalb zweier Stunden auf die Einsiedelei des Herrn Bleris. Er wird Euch sicher helfen können!“

*Und so kam es, daß Parzival an einem kalten Karfreitag zu meiner Hütte fand, um bei mir zu beichten.*

*Das ferne Klingen von Metall hörte ich als erstes. Ich stand draußen vor meiner kleinen Hütte und mühte mich, neues Holz zu schlagen. Der Winter war lang und streng gewesen, und das Frühjahr wollte sich noch nicht einfinden. Meine Holzvorräte waren aufgebraucht, und so hatte ich an diesem Tage Tinte, Papier und Feder gegen das Beil eingetauscht. Ich freute mich schon auf den Reiter, der mich da* wohl besuchen wollte, denn er würde mir bestimmt helfen, das Holz zu spalten und ein wenig Kurzweil in meine Hütte bringen. Schon näher schnaubte jetzt ein Pferd, und leise konnte ich bereits das Knirschen von Leder gegen Leder hören.

Ich schaute auf. Drüben, auf der anderen Seite der Lichtung trabte ein mächtiges Streitroß mit einem rotgerüsteten Ritter aus dem Wald. Er sah mich, ließ die Zügel seines Pferdes hängen und kam langsam auf mich zu.

Mein Herz schlug vor Aufregung und Freude bis zum Halse, erkannte ich in dem Ritter doch Parzival, den unglückseligen Helden der Tafelrunde.

„Seid Ihr Bleris, der Einsiedel?" begrüßte mich der Reiter.

„Ja, der bin ich, edler Ritter", antwortete ich und neigte den Kopf.

„Ich will, daß Ihr mir die Beichte abnehmt!"

„Ich werde es tun, und Gott wird mir helfen", sagte ich und half ihm vom Pferd.

„Mein Name ist Parzival", sprach er weiter, „und seit mehr als fünf Jahren habe ich meiner ritterlichen Pflichten nicht mehr gedacht."

„Helft mir ein wenig, Herr Parzival", ich deutete auf den kräftigen Stamm, der vor mir lag, und das Beil, „mein Holz ging zur Neige, und es beichtet sich besser in einer warmen Hütte, mit einer guten Suppe im Bauch."

Das ließ sich Parzival nicht zweimal sagen, und während ich das Essen vorbereitete, hallte der Wald von Northumberland von den donnernden Beilhieben Parzivals wider.

Spät am Abend dann beichtete mir Parzival alles, was er in den letzten Jahren erlebt hatte. Nur eines verschwieg er: Sein Versagen auf der Burg Montsalvage. Ich wollte nicht in ihn dringen, aber als er mich bat, ihm von den Geheimnissen des Heiligen Grals zu berichten, erzählte ich ihm folgendes: „Woher der Heilige Gral kommt, ist nur wenigen bekannt, und auch diese wissen es nicht genau. Ich denke, und so hörte ich es von Merlin, daß ein großes Stück Rosenquarz aus der Krone Luzifers brach, als der abgefallene Lichtengel in die ewige Verdammnis gestoßen wurde. Die Heiligen Mächte nahmen diesen Stein *zu sich und formten aus ihm den Gral. Weiter wird berichtet, daß Josef von Arimathia, ein jüdischer Händler, ihn benutzte, um das Blut Christi am Kreuz in Golgatha aufzufangen. Und dieser Josef von Arimathia wurde vom Gral gespeist, als er ein Jahr in einem finsteren Turm ohne Brot und Wasser von den Römern gefangengehalten wurde. Nachdem er freigelassen, zog er mit seiner ganzen Familie und einigen Getreuen hierher nach England, um dort von der Heiligkeit des Grals zu künden und in Ruhe und Frieden zu leben. Nur wer aus seinem Geschlecht war, durfte Gralskönig werden, denn dem Gral wohnen mächtige Kräfte inne. Aber der Gral verlangt auch, daß nach seinem Gesetz gelebt wird, und dies wurde Bran, dem Reichen Fischerkönig, zum Verhängnis. In seinen Jugendjahren war er gefangen vom Streben nach Reichtum und Macht und getrieben von Wollust. Zwar war er verheiratet mit einer edlen Frau, doch auch anderen Damen, ob edel und gebildet oder Tipplerin und Dirne, erwies er seine Zuneigung. Wenn ihm eine gefiel, so nahm er sie. Zur Strafe wurde Bran bei einem Kampfe mit dem Ritter Balin von der Heiligen Lanze, aus deren Spitze seither Blut tropft, an der Seite verwundet. Nun kann er weder sitzen noch liegen, weder stehen noch gehen, ohne immerzu von Schmerzen geplagt zu werden. Sogar sein Vater, der weise König Titurel, wurde für die Sünden seines Sohnes mitbestraft. Schon lange liegt er alt und grau und gebrechlich auf Montsalvage und kann doch nicht sterben. Der Gral hält ihn am Leben bis zu der Stunde, in welcher der Fluch aufgehoben und beiden Gnade gewährt wird."*

*„Wann wird dies sein, Bleris?" unterbrach mich Parzival erregt.*

*„Ich fürchte", fuhr ich fort, „dies wird wohl nie geschehen. Vor einigen Jahren fand ein junger Ritter den Weg nach Montsalvage, und er hätte mit einer einzigen Frage alles Leid vergessen machen können. Doch sein Herz war zu verhärtet, als daß er hätte Mitleid empfinden können. Und so müssen Bran, der Reiche Fischerkönig, sein Vater Titurel und das ganze Land weiter leiden. Wer weiß, vielleicht bis zu jenem Tag, der uns prophezeit ist als der Jüngste Tag."*

*Ich vermied es, Parzival anzuschauen, und legte seufzend ein neues Scheit Holz auf das Feuer. Es knisterte, und zischend stiegen kleine*

*Funken in die Höhe. Das Holz war nicht trocken genug, brannte schlecht und rauchte, doch überwand es schließlich die nächtliche Kälte.*

*Es dauerte lange, bis Parzival wieder sprach.*

*„Ich war es, Bleris, der damals auf Montsalvage war und die Frage nicht stellte. Doch war es nicht mangelndes Mitgefühl, glaubt mir, bitte! Mein Lehrmeister, ein edler Ritter, gab mir den Rat, nie zuviel zu fragen. Und daran hielt ich mich."*

*Wieder schwieg er lange.*

*„Seit dieser Zeit bin ich auf der Suche nach Montsalvage, um jene Frage zu stellen, die ich mir damals nur gedacht, die aber nicht über meine Lippen wollte." Er sah mich an. „Könnt Ihr mir weiterhelfen?"*

*„Ich weiß es nicht, Herr Parzival", antwortete ich ihm. „Ihr sollt jedoch wissen, daß Ihr vorgesehen seid, dereinst als Gralskönig zu herrschen. Doch müßt Ihr auch wissen, daß Ihr Euren Weg nach Montsalvage nicht finden werdet, solange Euch weltlicher Ruhm mehr bedeutet als geistige Erfüllung."*

*Parzival schloß die Augen. Seine Stirne legte sich in tiefe Falten, und er atmete schwer.*

*„Ich danke Euch, Bleris", sagte er dann. „Morgen werde ich weiterziehen und versuchen, Eure Worte zu beherzigen."*

*Und so geschah es auch.*

*Ich blickte dem jungen Ritter lange nach, als er sich früh am Morgen auf den Weg machte. Wie gerne hätte ich ihm gesagt, daß er nicht allzu bekümmert sein sollte. Wie gerne hätte ich ihm nachgerufen, daß er den Gral in gar nicht ferner Zeit finden würde. Doch Merlin hatte mir verboten, irgend jemandem anderen von den Weissagungen, die er mir berichtet hatte, zu erzählen.*

Zwei Tage ritt Parzival alleine durch den dichten Wald von Northumberland, ohne auf Weg oder Pfad zu achten und ohne jemandem zu begegnen. Erst am Morgen des dritten Tages fand er sich wieder auf einer Straße und traf dort einen Jäger, der mit einer Meute Hunden unterwegs war.

Parzival grüßte den Mann höflich, bewunderte sein wunderschönes Jagdhorn und fragte dann, ob er ihm wohl Auskunft darüber geben könne, wo die Burg Montsalvage liege.

„Ihr seid Ritter Parzival", fuhr ihn der Jäger böse an. „Ich erkenne Euch wohl. Fluch über Euch! Wo jedes Herz gesprochen hätte, da bliebt Ihr stumm. Ich werde Euch keine Auskunft geben! Eines jedoch will ich Euch sagen, dort hinter jenem Hügel ist eine Burg. Wenn Ihr mutig seid, dann reitet dorthin. Vor dem Tor werdet Ihr dies Jagdhorn hier sehen. Ich versichere Euch, wenn Ihr wagt hineinzublasen, weilt Ihr nicht mehr lange unter den Lebenden! Und das wünsche ich Euch auch!"

Umringt von seinen bellenden Hunden ritt der Jäger los, ohne sich noch weiter um den zornigen Parzival zu kümmern.

Voller Wut gab dieser seinem Pferd die Sporen und preschte den Hügel hinauf. Tatsächlich, dahinter lag eine feste Burg mit hohen Mauern. An einem Baum nahe der Zugbrücke entdeckte Parzival das reich verzierte, wertvolle Jagdhorn des Jägers. Ohne lange zu überlegen, griff er es sich und blies mit aller Kraft hinein.

Aus der Burg tönten aufgeregte Stimmen. Ein Mann brüllte laut nach seiner Rüstung. Pferde wieherten, und eisenbeschlagene Stiefel hasteten über Pflastersteine.

Wieder blies Parzival in das Jagdhorn, daß im weiten Umkreis Vögel erschreckt aufflatterten und Hasen in wilden Haken das Weite suchten.

Und als das Tor noch immer nicht geöffnet wurde, ließ der aufgebrachte Parzival das Horn ein drittes Mal erschallen.

Knarrend fiel die Zugbrücke herunter. Ein zum Kampfe gerüsteter

Ritter galoppierte mit eingelegter Lanze und geschlossenem Visier aus der Burg auf Parzival zu. Aber auch dieser hatte sich schon gerüstet. Eilig zog er den Kinnriemen fest, gab seinem Pferd die Sporen, stemmte sich gegen die Steigbügel und umklammerte die Lanze.
Mit einem wütenden Stoß hob Parzival den fremden Ritter schon beim ersten Aufeinanderprallen aus dem Sattel. Dieser fiel zu Boden und brach sich bei dem Sturz die rechte Hand und das linke Bein. Stöhnend schwor er, sobald seine Verletzungen geheilt seien, nach Camelot zu reiten und sich dort als Gefangener des Ritters Parzival König Artus zu ergeben und ihm ein treuer Lehensmann zu sein.
Noch voller Zorn über dieses Abenteuer, riß Parzival sein Pferd herum und galoppierte davon.
Als die Sonne hoch am Himmel stand, versperrte ihm ein breiter, schnellströmender Fluß den Weg. Suchend ritt Parzival hin und her, um eine Furt zu finden. Endlich, als er sich schon mißmutig auf einen anderen Weg machen wollte, bemerkte er eine junge, reich gekleidete Frau, die neben einem großen Boot am Flußufer saß.
„Edle Frau“, sprach Parzival sie erleichtert an, „könnt Ihr mir vielleicht helfen, über diesen Fluß zu gelangen?“
„Gern stehe ich Euch zu Diensten, hoher Ritter“, erwiderte diese freundlich. „Kommt, führt Euer Pferd in das Boot. Ich werde Euch übersetzen.“
Voller Dank stieg Parzival vom Pferd. Gerade als er es jedoch auf einer breiten Planke zum Boot bringen wollte, hörte er aufgeregtes Rufen auf dem Fluß. Offenbar schrien sich dort einige Fischer die Kehlen heiser und gaben Parzival aufgeregt Zeichen. Das Rauschen des Flusses übertönte fast alles, was die Männer in den Booten brüllten, aber immer wieder vermeinte Parzival das Wort „Nicht!“ oder „Nein!“ zu hören. Er wußte zwar nicht, warum die Männer so heftig gestikulierten, wußte auch nicht, ob das Geschrei nun ihm galt oder der jungen Frau, aber er zögerte und blieb mit seinem Pferd am sicheren Ufer stehen.
„So kommt doch, edler Ritter. Ihr wollt doch über den Fluß“, drängte ihn die liebreizende Frau und sah Parzival einladend an. Die Fischer

waren unterdessen nähergekommen, und Parzival konnte sie nun verstehen: „Steigt nicht in dieses Boot!" schallte es über das Wasser. „Glaubt der Frau nicht! Sie will Euch in den Fluß stoßen und ausrauben, wenn Ihr in Eurer schweren Rüstung ertrunken seid! Wartet auf uns! Wir bringen Euch sicher über den Fluß!"
Noch bevor Parzival sich der jungen Frau wieder zuwenden konnte, war diese an ihm vorbei in das Boot gesprungen und mit einem schnellen Stoß trieb sie in den Fluß hinaus.
„Verflucht sollt Ihr sein!" brüllte ihr Parzival voller Zorn hinterher. „Ihr werdet in der Hölle braten zum Lohn für Eure Verbrechen!"
Doch die Frau sah ihn nur schweigend an und ließ sich in die Flußmitte hinaustreiben.
Als die freundlichen Fischer endlich am Ufer anlegten, erklärten sie Parzival das Geheimnis der jungen Frau.
„In frühen Jahren", so erzählten sie, „war diese Frau von einem brutalen Ritter geschändet worden. Daraufhin verstieß sie ihr Vater, und sie schwor allen Rittern furchtbare Rache. Niemand weiß, wieviele Ritter sie schon hier im Fluß ertränkt und ausgeraubt hat."
Voller Schrecken sah Parzival immer wieder in die schnellströmenden Wasser des Flusses, als er mit den Fischern übersetzte. Wer weiß, vielleicht läge er jetzt schon auf dem felsigen Grund, wenn ihn diese Männer nicht gewarnt hätten. Am anderen Ufer erzählte Parzival, warum er unterwegs sei und was er suche.
„Habt keine Sorge, edler Ritter Parzival", beruhigten ihn die Fischer und lachten ihn an. „Eure Suche ist zu Ende. Wir können Euch den Weg zur Gralsburg weisen. Sie ist ganz in der Nähe."
„Wie?" Parzival sprang erfreut auf. „Ihr könnt mir sagen, wo die Burg Montsalvage ist?"
„Aber ja", fuhren die Fischer fort. „Reitet dort über jenen Hügel. Dahinter erstreckt sich eine Heide bis zum Horizont. Reitet immer gen Westen, und Ihr könnt die Burg des Reichen Fischerkönigs nicht verfehlen."
Mit tausend Dankesworten schwang sich der Ritter auf sein Pferd und ritt unverzüglich in die angegebene Richtung.

Ohne nach rechts oder links zu schauen, galoppierte er den Hügel empor, und dahinter lag tatsächlich die beschriebene Heide. Parzival gab seinem Pferd die Sporen; so jagte er stundenlang dahin, immer gerade in die Richtung, wo die Sonne am Abend den Rand der Welt berührt.

Der Horizont stand schon in flammendem Rot, und noch immer konnte Parzival kein Ende der herrlich blühenden und duftenden Heide ausmachen. Als die Abendsonne mit letzter Kraft nochmals einige ihrer Strahlen über die weite Ebene legte, entdeckte er jedoch, gar nicht weit entfernt, ein wunderschönes Schloß. Es war zwar nicht Montsalvage, das erkannte er sofort. Doch die Zinnen, Kuppeln und Giebel strahlten so einladend, daß Parzival nicht widerstehen konnte. Morgen, so beruhigte er sein drängendes Gewissen, morgen werde ich in aller Frühe aufbrechen. Dann erreiche ich ausgeruht die Burg des Gralskönigs.

Als er näherritt, stellte er erstaunt fest, daß weder ein Burggraben noch eine wehrhafte Mauer oder eine Zugbrücke das Schloß sicherten. „Das ist eine Gastfreundschaft, die Wegelagerer sicherlich gerne annehmen", murmelte Parzival vor sich hin, als er, ohne irgend einen Menschen zu sehen, vor die große Halle ritt. Er zügelte sein Pferd und sah sich aufmerksam um. Kein Laut war zu hören, weder das geschäftige Treiben von Händlern noch der lärmige Umtrieb der Mägde und Knechte. Kein Schmied ließ den Hammer sausen, und kein Handwerker brüllte nach seinem Burschen. Mißtrauisch stieg Parzival vom Pferd und legte die Hand an den Schwertgriff. Langsam ging er die steinernen Stufen zum Portal der großen Halle empor. Als er die Tür aufdrückte, erblickte er einen reich ausgestatteten Raum. Ein prasselndes Feuer verbreitete eine angenehme Wärme, und dicke Teppiche und Kissen luden zum Verweilen ein. Aber auch hier konnte Parzival keinen Menschen entdecken, und nicht der geringste Laut war zu hören. Mitten in dem hochgewölbten Raum stand auf einem wundervoll ziselierten Tischchen ein prachtvolles Schachbrett. Die Figuren schienen aus edlem Gold und Silber mit meisterlicher Kunstfertigkeit gearbeitet zu sein. Müde und verwirrt ließ sich Parzival an diesem Tischchen nieder. Sich aufmerksam umschauend, griff er den weißen Königsbauer, nahm ihn in die Hand, betrachtete ihn aufmerksam und stellte ihn dann gerade so auf das Schachbrett zurück, als wolle er spielen. Im gleichen Augenblick bewegte sich einer der schwarzen Bauern und zog zwei Felder vor. Mit weit aufgerissenen Augen starrte Parzival auf das Brett. Dann ließ er sich vorsichtig auf die Knie nieder und schaute unter den Tisch. Aber weder hier noch sonst irgendwo im Raum konnte er jemanden entdecken. Zögernd nahm sich Parzival den Springer und rückte ihn vor die Bauernreihe. Ein zweiter schwarzer Bauer zog, von Zauberhand bewegt, in eine neue Stellung. Belustigt setzte Parzival das Spiel fort. Aber schon nach kurzer Zeit hatte das magische Schachspiel den Angriff Parzivals abgewehrt und ihn mattgesetzt. Noch dreimal versuchte der Ritter seine Kunst im Spiel gegen dieses seltsame Schachbrett. Aber jedesmal verlor er in kurzer Zeit seine Offiziere und Bauern und mußte sich geschlagen geben.

Aufgebracht sammelte Parzival die magischen Figuren in ein Tuch. „Ihr sollt keinen ehrbaren Ritter mehr zum Narren halten“, murmelte er. „Dies ist ein Spiel, bei dem es nicht mit rechten Dingen zugeht!“

Nachdem er das Tuch mit einem festen Knoten verschlossen hatte, stand er auf, um die Figuren aus dem Fenster zu werfen. Doch noch bevor er seinen Vorsatz ausführen konnte, erstarrte er. Auf der breiten Fenstermauer saß eine wunderschöne, junge Frau, die ihn verführerisch anlächelte.

„Tut dies nicht, edler Ritter“, sprach sie. „Ihr würdet großes Leid über dieses Schloß und auch über Euch bringen.“

Wie unter einem seltsamen Bann ließ Parzival das Tuch mit den Schachfiguren sinken und ging auf die immer noch geheimnisvoll lächelnde Frau zu.

„Erklärt mir das Geheimnis dieses seltsamen Schlosses, oder erklärt es mir auch nicht“, hörte er sich reden. „Doch gewährt mir eine Bitte. Laßt mich Euer Ritter sein. Ich will Euer Zeichen in jedem Kampfe tragen und es zu höchstem Ruhm führen!“

Diese Worte entlockten der Frau ein helles Lachen. Flink stieg sie vom Fenstersims und reichte Parzival die Wange zum Begrüßungskuß. „Ich will Euch diese Gunst gewähren", sagte sie lachend. „Doch zuvor müßt Ihr mir das Haupt eines weißen Hirsches bringen, der hier in der Nähe durch die Wälder streift. Besteht Ihr dieses Abenteuer, so seid Ihr der rechte Ritter für mich."

Parzival willigte ein, denn diese Aufgabe schien ihm nicht schwer zu lösen.

Die Frau führte ihn in eine kleine Kammer und wies ihm ein Lager zu. Am nächsten Morgen weckte sie Parzival in aller Frühe, gab ihm reichlich zu essen und zu trinken, plauderte sehr freundlich und vielversprechend mit ihm und half ihm dann, die Rüstung anzulegen. Zum Abschied umarmte sie ihn, küßte ihn auf beide Wangen und gab ihm eine lange Hundeleine in die Hand. „Achtet auf meinen Jagdhund", sagte sie. „Er wird den weißen Hirsch aufspüren, denn seine Nase ist untrüglich. Laßt nicht zu, daß er in Gefahr kommt, denn ich liebe ihn sehr!"

Parzival versprach es, bestieg sein Pferd und trabte, den schnüffelnden Hund an seiner Seite, aus dem seltsamen Schloß.

Es brauchte nicht lange, bis der edle Hund eine Spur aufgenommen hatte. Die Nase dicht über der Erde, jagte er davon. Parzival, der ihm die Leine gelöst hatte, mußte sich mühen, ihm zu folgen. Aufgebracht bellend stürzte der Hund in ein dichtes Ginstergebüsch, und tatsächlich, nach kurzer Zeit brach der weiße Hirsch daraus hervor und ergriff mit langen Sprüngen die Flucht. In wildem Galopp folgte Parzival, den leichten Jagdspeer in der Hand. Doch es war der Hund der schönen Frau, welcher den Hirsch stellte. Mit einem mächtigen Sprung fuhr er ihm an die Kehle, und so sehr sich der Hirsch auch mühte, die Fänge des Hundes blieben unerbittlich fest geschlossen. Der Hirsch brach in die Knie, und Parzival sprang schnell vom Pferd. Er warf den Speer zur Seite und zog das Schwert. Mit einem einzigen Schlag trennte er das Haupt des weißen Hirsches vom Rumpf.

Nachdem es gut ausgeblutet war, wollte Parzival zurück zum Schloß

reiten. Doch eine scharfe Stimme fuhr ihn an: „Das war nicht recht von Euch, Herr Ritter. Ihr habt mir meinen Hirsch getötet. Dafür werde ich mir Euren Jagdhund nehmen!"
Parzival sah eine zornige Frau auf sich zureiten. Vor ihr auf dem Sattel lag der wertvolle Hund.
„Ich werde ihn mir mit Gewalt holen, falls ich ihn nicht freiwillig bekomme!" brauste Parzival auf. „Er gehört mir nicht, und ich habe versprochen, ihn wohlbehalten zurückzugeben!"
„Ich dachte, Ihr seid ein Ritter, edler Herr?" spottete die Frau auf dem Pferd. „Doch ich sehe, die ritterliche Tugend, einer Frau niemals Gewalt anzutun, habt Ihr offenbar noch nicht geübt!"
Beschämt sah Parzival zur Seite.
„Ich will Euch sagen, wie Ihr diesen Hund wiederbekommen könnt", fuhr die Frau fort. „Jenseits dieser Lichtung liegt ein altes Grabmal, welches schon halb zerfallen ist. Ein Ritter in schwarzer Rüstung hält dort Wache und kämpft gegen jeden, der sich dem Grabe nähert. Tötet diesen Ritter, der mein Feind ist, und Ihr werdet den Hund wiederbekommen."
Mißmutig ergab sich Parzival seinem Schicksal. Er knotete das Tuch mit dem Hirschhaupt an seinen Sattelknauf und folgte der unbekannten Frau, die mit dem Hund auf dem Sattel vorausritt.
Bald erreichten sie ein zerfallenes Gemäuer, und dort saß tatsächlich ein riesenhafter Ritter in nachtschwarzer Rüstung auf einem Pferd und schien schon auf Parzival zu warten. Die starke Lanze hatte er bereits eingelegt und das Visier geschlossen. Ohne ein Wort, ohne einen Gruß oder Anruf, gab der fremde Ritter seinem Pferd die Sporen und sprengte auf Parzival zu. Dieser fand kaum noch Zeit, seinen Kinnriemen festzuzurren und den Schild zu greifen, da traf ihn schon der Stoß der Lanze. Unter der Wucht dieses Angriffs zerriß Parzivals Sattelriemen, und er stürzte vom Pferd. Diese Schmach wollte Parzival nicht ohne gebührende Antwort hinnehmen. Er erhob sich und zog sein Schwert. Der schwarzgerüstete Ritter hatte unterdessen sein Pferd gewendet und griff erneut an. Doch diesmal war Parzival auf der Hut und vorbereitet. Mit dem Schild lenkte er

den Stoß der Lanze zur Seite, und gleichzeitig traf seine Klinge mit einem gewaltigen Schlag den Schild des Gegners. Auch dieser stürzte nun zur Erde, sprang aber ebenso behende wieder auf und drang nun mit dem blanken Schwert auf Parzival ein. Klingend trafen die Waffen aufeinander. Dröhnend hallten die Schilde unter den wilden Schlägen, und schon bald lösten sich daraus große Stücke. Hier und da fand auch das Schwert seinen Weg durch die Rüstungen der beiden Kämpfer. Parzivals Wut wuchs ins Unermeßliche. Er warf seinen zerbeulten Schild zur Seite und umklammerte das Schwert mit beiden Händen. Dann trieb er seinen Gegner über die Lichtung bis zur Mauer des Grabmals. „Ergebt Euch", brüllte er, als der Gegner mit dem Rücken zur Mauer stand und nicht weiter zurückweichen konnte.

„Niemals!" tönte es dumpf unter dem Helm hervor.

Wieder schlug Parzival auf den Ritter ein. Panzerringe brachen, und Blut quoll aus vielen Wunden. Doch noch immer wollte sich der fremde Ritter nicht ergeben. Ohne Unterlaß schlug Parzival weiter zu. Und schließlich war der Widerstand des fremden Ritters gebrochen. Er ließ das Schwert sinken und brach auf die Knie. „Ergebt Euch!" forderte Parzival wieder. „Ihr sollt am Leben bleiben."

Doch statt einer Antwort tastete die Hand des schwarzgerüsteten Ritters wieder zum Schwert, das ihm entfallen war und er versuchte auf Parzival einzuschlagen. Doch dieser war schneller. Sein Hieb zertrümmerte die letzten Ringe der Rüstung seines Gegners. Zu Tode getroffen sank sein Gegner zur Seite. „Warum habt Ihr Euch nicht ergeben?" sprach Parzival erschöpft und starrte auf den blutüberströmten Toten hinunter.

Wilder Pferdegalopp ließ Parzival herumfahren. Ein Reiter jagte hohnlachend über die Lichtung davon. Vor sich auf dem Sattel lag der wertvolle Jagdhund, und in einer Hand schwang er das Tuch, in welchem das Haupt des weißen Hirsches lag.

Obwohl ihn der Kampf sehr erschöpft hatte und er auch aus einigen Wunden blutete, hastete Parzival zu seinem Pferd, um dem Dieb zu folgen. Aber so sehr er sich auch mühte, er fand die Spur des hinterli-

stigen Räubers im dichten Unterholz nicht. Schließlich gab er dem Pferd die Zügel frei und hing seinen Gedanken nach. Der Hund schien verloren und das erbeutete Hirschhaupt auch. Wie sollte er jemals wieder der jungen, schönen Frau auf dem wundersamen Schloß in die Augen sehen können?
Noch während er mit sich selbst und seinem unglücklichen Schicksal haderte, kam ihm ein alter Mann entgegen. Höflich grüßte Parzival und bat um Auskunft, ob hier nicht ein Ritter mit einem Jagdhund auf dem Sattel vorbeigekommen sei.
„Nein, Herr Parzival", sprach der alte Mann. „Doch ich will Euch gerne helfen."
„Woher wißt Ihr meinen Namen?" wollte Parzival wissen.
„Ihr seid bekannt in diesem Land", erklärte der Mann. „Und es gibt viele, die Euch nichts Gutes wünschen, weil durch Eure Schuld der Reiche Fischerkönig und mit ihm alle, die hier leben, noch immer leiden müssen."
„Aber ich ...", stotterte Parzival. Doch der Alte unterbrach ihn.
„Ihr wolltet nach Montsalvage suchen, Herr Parzival. Das habt Ihr gelobt. Und doch laßt Ihr Euch einer schönen Frau wegen in Abenteuer ein, die nichts mit Eurer Suche zu tun haben. Ihr sollt wissen, daß die Frau, welche Euch den Hund stahl, eine Tochter des Fischerkönigs ist. Sie haßt Euch, weil Ihr versagt habt, und wünscht Euch den Tod. Darum solltet Ihr mit dem schwarzgerüsteten Ritter kämpfen. Währenddessen stahl Euch ein Ritter dieser Frau den Hirschkopf und nahm auch den Hund mit, damit Ihr von Eurem Vorhaben, die Gralsburg zu suchen, abgehalten werdet."
Lange saß Parzival in Gedanken versunken auf seinem Pferd. Schließlich sagte er: „Ihr habt recht, guter Mann. Die Fischer haben mir den Weg zur Gralsburg gewiesen, und ich ließ mich ablenken."
„So hört nun gut zu!" forderte der alte Mann Parzival auf. „Reitet auf diesem Weg, bis Ihr zu einer kleinen Quelle kommt. Dort wendet Euch nach rechts. Ihr müßt über eine große Wiese. Laßt Euch dort von nichts aufhalten oder erschrecken. Ihr werdet dann nicht mehr lange brauchen, um Euer Ziel zu erreichen."

Zuversichtlich verabschiedete sich Parzival von dem alten Mann und setzte seinen Weg fort. Da er aber wieder seinen Gedanken über all die seltsamen Abenteuer nachhing, übersah er die unter einigen moosbewachsenen Felsen verborgene Quelle und ritt daran vorbei. Es dämmerte schon, als Parzival vor sich einen düsteren, starken Turm bemerkte. „Vielleicht finde ich hier ein Nachtlager", dachte er und stieg vom Pferd. Er trat durch eine hohe, schwere Eichentür und fand sich in einem nur spärlich erleuchteten Raum wieder. Kein Mensch antwortete auf sein Rufen. Parzival sah, daß auf einem einfachen Holztisch ein karges Mahl gerichtet war. Lange zögerte er, doch dann überwältigte ihn der Hunger. Er brach das trockene Brot und verschmähte auch den Ziegenkäse nicht. Noch während er aß, öffnete sich eine Tür, und eine ärmlich gekleidete junge Frau huschte in den Raum. Sie erschrak, als sie Parzival entdeckte, kam dann jedoch zu ihm und flüsterte: „Schnell, schnell! Ihr müßt gehen. Dies ist das Heim eines schrecklich blutrünstigen Riesen, der hier Edelleuten und Rittern auflauert, um sie zu töten."

„Mir ist nicht angst, edle Frau", antwortete Parzival, stand auf, band sich den Helm fest, ging zur Tür und bestieg sein Pferd. „Dieser Riese soll keinem ehrlichen Manne mehr etwas zuleide tun!"

Er brauchte nicht lange zu warten. Im fahlen Zwielicht des frühen Abends sah er, wie ein riesenhafter Mann auf einem pechschwarzen Streitroß auf den Turm zuritt und, als er Parzival bemerkte, brüllend seine mächtige Keule schwang. Parzival ließ sich nicht einschüchtern. Er stemmte die Füße in die Steigbügel und trieb sein Pferd zu einem scharfen Galopp an. Er traf den Riesen zwar gut mit der Lanze, doch die Wucht des Keulenschlages brach Parzivals Pferd den Hals. Als der Riese sah, wie der Ritter mit seinem Pferd zu Boden stürzte, brach er in brüllendes, schauriges Gelächter aus.

Er riß sich die Lanze aus der Schulter, sprang vom Pferd und wollte Parzival mit der Keule erschlagen. Doch dieser konnte zur Seite springen. Die Keule donnerte auf die Erde, und noch ehe der Riese sie wieder zum Schlag erheben konnte, war ihm Parzivals Schwert ins Herz gedrungen.

Erleichtert und vor Glück weinend, öffnete die Frau dem erschöpften Ritter die Tür des düsteren Turmes. Sie half ihm, die Rüstung abzulegen, bereitete ihm ein warmes Bad mit vielerlei Heilkräutern und zeigte ihm die verborgene Schatzkammer des Riesen. Hier waren all die Schätze angehäuft, die er in vielen Jahren den arglos Herberge Suchenden geraubt hatte. Dann richtete die Frau ein weiches Lager, und Parzival schlief tief und fest, bis weit in den nächsten Morgen hinein.

Nach einem ausgiebigen Essen verabschiedete sich Parzival von der Frau, überließ ihr all die Schätze des toten Riesen und nahm für sich nur das prächtige, schwarze Streitroß, denn solch ein starkes Pferd hatte er noch nie besessen.

Zwei Tage trieb er es ohne Unterlaß an, denn er wollte zu Blanchefleur, seiner geliebten Frau. Er traf niemanden auf seinem Weg nach Hause, und kein Abenteuer behinderte seinen rasenden Ritt. Am späten Nachmittag des zweiten Tages sah er die schlanken Zinnen und Kuppeln von Brobarce vor sich. Nur kurz zügelte er den Schritt seines Schlachtrosses und freute sich an dem vertrauten Anblick des Schlosses seiner geliebten Blanchefleur. Dann feuerte er das mächtige schwarze Pferd nochmals zu einem schnellen Galopp an.

Obwohl ihn die Wachen aufforderten anzuhalten und seinen Namen zu nennen, donnerte er über die Zugbrücke in die Burg. Aufgeregt stürzten Bewaffnete auf ihn zu, als er vom Pferd sprang. Doch als er seinen Helm abnahm, erkannten ihn alle, trotz der Rüstungsschmiere, die sein Gesicht verschmutzte.

Aufgeregt hasteten einige Knappen und Mägde hinein ins Schloß, um ihrer Herrin zu melden, Parzival sei zurückgekommen.

Die Freude der schönen Frau war unermeßlich, als sie endlich ihren Mann wieder in die Arme nehmen konnte. Obwohl die Zeit des Essens schon lange vorüber und die Feuer in der Küche längst erloschen waren, wies Blanchefleur die Köche an, ein Mahl zu bereiten. In der Zwischenzeit ließ sie es sich nicht nehmen, ihren Gatten eigenhändig zu baden und zu salben. Schweigend und mit geschlossenen Augen ließ sich Parzival verwöhnen, und Blanchefleur störte diese glückliche Stille nicht. Als sie dann gemeinsam mit Parzival gespeist hatte, konnte sie ihre Neugierde nicht länger zügeln. „Erzählt mir, mein Gatte, was habt Ihr erlebt in der langen Zeit, die ich ohne Euch ausharren mußte?“

Gerne kam Parzival dieser Aufforderung nach und berichtete von all seinen wundersamen Erlebnissen und Abenteuern. Blanchefleur und alle Ritter, Hofdamen und Knappen, die gemeinsam mit den beiden am großen Kamin saßen, hörten voller Spannung zu und unterbrachen den Bericht nicht.

Erst als Parzival mit den Worten endete: „Und so muß ich, weil ich es geschworen habe, morgen in aller Frühe weiterreiten, um nach der Gralsburg zu suchen, obwohl ich gerne hier bleiben würde“, da war mancher Seufzer zu hören, und Blanchefleur hüllte ihr Gesicht in einen Schleier und schluchzte leise.

Spät in der Nacht, als der Mond auf seiner Bahn schon wieder zu sinken begann, bestürmte Blanchefleuer ihren Mann auf dem gemeinsamen Lager immer wieder, doch noch einige Tage zu bleiben, sich auszuruhen und neue Kräfte zu sammeln. Doch Parzival schüttelte den Kopf.

„Mein erster Weg, nachdem die Suche beendet ist, wird zu Euch sein, Blanchefleur!“ gelobte Parzival, und seine Frau wußte, daß sie ihn nicht würde umstimmen können.

Sie nahm ihn in die Arme, küßte ihn und war ihm so nah, als wolle sie die nahekommende Trennung vergessen machen. Sie lagen wach beisammen, bis die Hähne krähten und die Glocken der Schloßkirche zur Morgenandacht riefen. Schweigend gürtete Blanchefleur ihren Gatten, band ihm die Beinschienen und legte ihm das Kettenhemd an. Dann reichte sie ihm einen leuchtend roten Schal aus Samt und flüsterte zum Abschied: „Er soll Euch Kraft und Mut geben, wann immer Ihr ihn anschaut. Gott sei mit Euch und leite Eure Schritte.“

Nur zögernd befreite sich Parzival von Blanchefleurs Hand. Doch dann gab er seinem schwarzen Streitroß die Sporen und sprengte über die Zugbrücke.

Den ganzen Tag ritt er durch ein ödes, wildes Land. Stechginster überwucherte manche Wege, umgestürzte Bäume und kristallklare Bergbäche versperrten Parzivals Weg. Am Abend bereitete er sich ein Lager unter einer alten, knorrigen Eiche, aß geräuchertes Fleisch und Brot, das er mit Salz bestreute. Dann lag er lange Zeit, dicht an sein Pferd geschmiegt, und sah hinauf in den klaren Sternenhimmel. Der Wind flüsterte ein stilles Lied in den Blättern, einige Grillen zirpten verstohlen, und weit entfernt rief ein Käuzchen. Nachdem Parzival den ganzen Tag geritten war, ohne eigentlich zu wissen wohin, überkam ihn nun eine eigenartige, aber angenehme Ruhe. Immer wieder, so dachte er bei sich, hatte er gefehlt auf seinem Weg zur Gralsburg. Wie oft schon war ihm gesagt worden, wie und wo er sie finden würde? Und wie oft war er dann wieder von diesem Weg abgewichen? Trotzdem, er war sich sicher, als er in den sternenklaren Nachthimmel starrte und auf den milden Schein des Mondes wartete, er würde den Weg finden. Er wußte, daß er sich gegen seine Bestimmung nicht auflehnen würde. Je angestrengter er bisher gesucht hatte, um so weniger hatte er gefunden! Mit diesen Gedanken schloß er seine Augen und sank in den Schlaf, ein Lächeln um die Lippen.
Acht weitere Tage verstrichen, während derer Parzival weder auf jemanden traf noch jemanden sah; acht Tage, in denen er ziellos umherstreifte in einem Land, welches ihm unbekannt war; acht Nächte, die er allein und ohne Gesellschaft unter dem schützenden Dach alter Bäume verbrachte.
Gegen Mittag des neunten Tages, die Sonne lag gleißend über der blühenden Heide, entdeckte er weit am Horizont die Umrisse eines großen Schlosses. Er trieb sein Pferd nochmals zur Eile an. Als er das prächtige Schloß erreichte, bewunderte er die starken Mauern, den breiten, tiefen Graben, die feingearbeiteten Zinnen. Doch zu seinem Erstaunen rief ihn niemand an, als er näherkam. Keine Wache stand auf dem Söller, niemand am Tor. Die Zugbrücke lag einladend über dem Burggraben, und so ritt Parzival langsam und vorsichtig in den Schloßhof.

Kaum hatte er die Brücke jedoch überquert, schloß sich diese wie von Geisterhand hinter ihm. Erschrocken riß Parzival sein Pferd herum und zog das Schwert. Aber er konnte keinen Menschen sehen. Auch auf sein lautes Rufen meldete sich niemand. Er stieg ab und öffnete das schwere Portal zur großen Halle des Schlosses. In den Kaminen loderten wärmende Feuer. Der Raum war mit kostbaren Teppichen aus dem Morgenland und wertvollen Kunstarbeiten ausgeschmückt. Mitten im Raum stand ein großer Tisch, der ganz aus Gold und Silber gearbeitet war, und auf der reich verzierten Platte lag ein großer Bronzehammer. Parzival ließ sich nieder und versuchte nochmals, durch lautes Rufen irgend jemanden auf sich aufmerksam zu machen. Doch als dies keinen Erfolg zeigte, nahm er den großen Hammer und hieb damit mächtig auf den Tisch. Es dröhnte und hallte im ganzen Saal und wohl auch im ganzen Schloß. Wieder und wieder ließ Parzival den Hammer niedersausen, und unter dem tosenden Klang des Tisches begannen die Mauern der großen Halle zu zittern.

Ein schriller Schrei ließ Parzival innehalten. Vor ihm stand eine junge Frau mit zerzausten Haaren, die ihn erschrocken anschaute. „Hört auf, edler Ritter!“ schrie sie. „So hört doch auf und sagt, was Ihr wollt!“

„Seit acht Tagen bin ich unterwegs“, begann Parzival, „ohne eine Unterkunft oder Herberge zu finden. Ich habe Hunger und Durst und bitte Euch, mir Quartier für diese Nacht zu gewähren.“

Hochmütig erwiderte die Frau: „Ihr seid hier in einer guten Herberge. Die Mauern sind stark, und Euch wird nichts geschehen in dieser Nacht. Also begebt Euch zur Ruhe, an welchem Ort Ihr auch wollt, Herr Ritter!“

Daraufhin wandte sie sich ab und schlüpfte durch eine kleine Tür hinaus, ehe sich Parzival von seiner Verwirrung erholt hatte.

„Dies ist ein seltsames Spiel, welches hier mit mir getrieben wird“, murmelte er vor sich hin. „Ich werde schon herausfinden, weshalb die Gesetze der Gastfreundschaft in diesem Schlosse so seltsam ausgelegt werden.“

Er erhob sich und eilte der jungen Frau hinterher. Doch so sehr er auch nach ihr suchte, ob in den Kammern des Schlosses, der gut ausgestatteten Küche, den Ställen, in den Türmen, oder sogar im Kellergewölbe, er konnte weder die junge Frau noch sonst irgend jemanden finden.

Noch wütender als zuvor kehrte er in die große Halle zurück. Ohne sich zu setzen, griff er nach dem Bronzehammer und donnerte ihn mit aller Kraft immer und immer wieder auf den Tisch. Das Dröhnen schwoll an, und Parzival selbst fühlte sich, als hätte er seinen Kopf in die große Glocke der Schloßkirche von Brobarce beim Osterläuten gesteckt. Doch er hielt nicht inne. Von der Decke rieselte Staub wie feiner Nebel, und die Grundmauern der großen Halle begannen zu zittern. Seine Wut ließ erst nach, als sich erneut eine Türe öffnete und eine andere junge Frau vor ihn trat. „Ihr werdet das Schloß zerstören, edler Ritter“, flehte sie ihn händeringend an, „wenn Ihr weiter auf diesen Tisch schlagt! Bitte unterlaßt dieses Tun. Niemand wird Euch daran hindern, das Schloß zu verlassen, wann immer Ihr wollt!“

Parzival jedoch schüttelte zornig den Kopf: „Weshalb mißachtet Ihr die Gesetze der Gastfreundschaft? Die Nacht bricht herein. Ich bin hungrig, und mein Proviant ist aufgebraucht. Ich denke nicht daran, wieder wegzureiten. Wenn Ihr schon nicht wißt, wie man Gäste zu empfangen hat, werde ich nun eben selbst hinausgehen in die Küche und mir nehmen, was kein edles und wohlerzogenes Herz verweigern würde!“

Um seine Worte zu unterstreichen, hieb Parzival nochmals mit aller Kraft auf den Tisch. Erschrocken schrie die Frau auf: „Haltet ein! Eure Wünsche sollen erfüllt werden. Geduldet Euch nur eine kurze Zeit.“

Sie eilte hinaus; wenig später öffnete sich die Türe wieder, und drei Frauen kamen schweigend zu Parzival, bedeuteten ihm zu folgen und führten ihn in den Baderaum.

Wohlig ließ sich Parzival in den großen hölzernen Zuber sinken und wurde mit heißem, wohlriechendem Wasser übergossen. Die drei

Frauen rieben ihm die Rüstungsschmiere und den festgeklebten Rost von der Haut, wuschen ihn mit kostbaren Essenzen und kleideten ihn in vornehme Gewänder. Dann führten sie ihn zurück in die große Halle.

Dort war inzwischen ein knuspriges Spanferkel auf gerösteten Maronen hergerichtet worden. Eine edle Dame erwartete ihn bereits.

„Seid gegrüßt, Herr Parzival, und nehmt Platz, um mit mir zu speisen."

Sie wartete, bis Parzival sich an ihre Seite gesetzt hatte.

„Es geschieht nicht oft, daß wir hier einen Ritter bewirten", sprach die Frau weiter, „denn in diesem Schloß wohnt kein männliches Wesen, und kein Mann hat mitgeholfen, es zu bauen. Nur wer mutig genug ist, mit dem Bronzehammer auf den Tisch zu schlagen, nur wer es wagt, so lange zu hämmern, bis das Schloß in seinen Grundfesten wankt, wird hier eine freundliche Unterkunft finden. All die anderen werden am nächsten Morgen, unverrichteter Dinge, aber wohlbehalten an Leib und Seele weiterreiten."

„Erklärt mir den Grund für Euer Hiersein, edle Frau", sprach Parzival mit vollen Backen, denn der Hunger hatte ihn schon den ganzen Tag geplagt.

„Wir sind ausgeschickt von den edlen Damen vom See", erläuterte die Frau, „hier in diesem Land zu sehen, welchen Lauf die Welt nimmt."

„Aha", sagte Parzival und nahm sich ein weiteres Stück des zarten Ferkelfleisches.

„Hört mir zu, Herr Parzival", fuhr die Frau fort. „Ihr werdet die Burg Montsalvage finden, dies ist meine Botschaft an Euch. Doch Ihr müßt mehr dafür tun, als wahllos gegen alles und jeden zu kämpfen, der sich Euch in den Weg stellt."

Parzival schwieg und kaute gedankenverloren das Fleisch. „Diese Worte habe ich schon einmal gehört", antwortete er schließlich. „Ich werde daran denken, edle Frau. Dank sei Euch, daß Ihr mich daran erinnert."

Satt, zufrieden und müde ließ sich Parzival nach dem ausgiebigen Mahl in eine Kammer führen und legte sich auf ein weiches Lager. Am nächsten Morgen erwachte er durch Vogelgezwitscher und das Gefühl feuchten Taus auf seinem Gesicht. Als er sich aufrichtete, sah er, daß er unter einer wild verwachsenen Eiche lag. Sein Pferd stand gesattelt neben ihm, und keine seiner Waffen fehlte.
„Sollte ich dies alles geträumt haben?" fragte sich Parzival verwundert. Doch als er seine Satteltaschen überprüfte, stellte er fest, daß sein Proviant aufgefüllt war mit geräuchertem Fleisch und frischem Brot.
Von dem seltsamen Schloß jedoch war weit und breit nichts mehr zu sehen.
Nun denn, dachte sich Parzival und bestieg sein Pferd. Was immer mir gestern nacht begegnete, es war mir wohlgesonnen, denn sonst wären meine Satteltaschen nicht prall gefüllt. Und so ritt er weiter und hoffte auf ein Zeichen, welches ihm endlich den Weg zur geheimnisvollen Gralsburg weisen würde.
Gegen Mittag, schwere Gewitterwolken drückten auf die unter sommerlicher Hitze keuchende Erde, bemerkte Parzival nicht weit entfernt ein kleines, aber reich verziertes Zelt. Als er sein Pferd dorthin lenkte, sah er zu seinem Erstaunen, daß das Haupt des weißen Hirsches neben dem Zelt in den Ästen eines Baumes hing.
Im Zelt lag schlafend eine Frau. Parzival weckte sie behutsam. Doch als sie die Augen aufschlug und ihn sah, fuhr sie hoch und schrie ihn wütend an: „Ihr werdet das Ende dieses Tages nicht erleben, Herr Parzival. Und Fluch über Euch, der Ihr gefehlt habt auf Montsalvage!"
Müde und traurig schüttelte Parzival den Kopf: „Ich bemühe mich, meine Fehler wieder gutzumachen, edle Frau", sprach er leise, „doch es scheint, als ob mir dabei niemand helfen will."
Mit zusammengekniffenen Lippen starrte die Frau an ihm vorbei und sprach kein Wort.
Nach kurzer Zeit hörte Parzival einen Reiter nahen. Freudig sprang die Frau auf und sah sich um. Als ein Ritter auf die Lichtung galop-

pierte, jubelte sie auf: „Nun gehabt Euch wohl, Herr Parzival. Gott möge Eurer armen Seele gnädig sein!“
Parzival ließ sich jedoch nicht einschüchtern. Er zog sein Schwert und erwartete den fremden Ritter. Dieser sprang vom Pferd, tauschte einige Worte mit der Frau und zog daraufhin seinen Kinngurt fest.
„Wehrt Euch, Herr Parzival“, schrie er und stürmte mit blanker Klinge los. Was blieb Parzival übrig, als sich zu verteidigen? Es war kein langer Kampf, den er zu führen hatte. Schon nach wenigen Hieben hatte er dem fremden Ritter den Schild aus der Hand geschlagen, und kurz darauf stand der Angreifer auch ohne Waffe da.
„Schwört auf meine Klinge“, sagte Parzival, „daß Ihr zu König Artus reiten werdet und Euch dort als mein Gefangener ergebt.“
Der Ritter leistete den Eid.
Als Parzival das Haupt des weißen Hirsches vom Baum band, vernahm er mit einem Male ein fröhliches Bellen. Gerade hinter dem Baum war der Jagdhund, der ihm gestohlen worden war, angebunden.
„So ist mir mein nächster Weg vorgegeben“, murmelte Parzival. „Ich muß den Hund und das Hirschhaupt zurückbringen.“
Doch es sollte anders kommen.
Der sich krümmende Pfad im Wald verengte sich mehr und mehr. Dornenzweige und dicke Äste versperrten den Weg. Parzival mußte sich mühen, nicht vom Pferd geworfen zu werden. Und hinter einer Biegung stand plötzlich ein Maultier vor ihm, weißer als frischgefallener Schnee am Morgen. Das Maultier hatte sich quergestellt, und so sehr Parzival auch drängte und lockte, es bewegte sich keinen Fußbreit von der Stelle.
Dann vernahm er aus dem Walde aufgeregtes Rufen. Wenig später rannte eine Frau mit geschürztem Gewand aus dem Dickicht und lief auf das weiße Maultier zu. Sie zuckte zwar ein wenig zusammen, als sie den Ritter bemerkte, kümmerte sich jedoch nicht um ihn.
Parzival grüßte höflich, so wie es ihm sein ritterliches Gelübde vorschrieb, und bot der Frau, die sich abmühte, das Maultier zu besteigen, seine Hilfe an.

Doch diese antwortete barsch: „Der Ritter, von dem ich mir helfen lasse, ist noch nicht geboren worden, und Ihr seid es bestimmt nicht! Laßt mich in Frieden meines Weges ziehen und kümmert Euch um das, was Ihr zu tun habt!"
Mit diesen Worten saß sie auch endlich auf dem schneeweißen Tier und ritt davon. So jedoch wollte sich Parzival nicht behandeln lassen. Er spornte sein Pferd an und ritt der Frau auf dem schmalen Waldpfad hinterdrein. Als diese bemerkte, daß ihr Parzival folgte, drehte sie sich im Sattel um und warnte ihn: „Ihr würdet besser daran tun, Euch einen anderen Pfad zu suchen, Herr Ritter. Denn wenn die Nacht hereingebrochen ist, werdet Ihr an meiner Nähe wenig Freude finden!"
Parzival antwortete nicht. Er folgte der fremden Frau, bis die Nacht hereinbrach. Kein Stern war am Himmel zu sehen. Der Mond hielt sich versteckt, und es war unheimlich still im dichten Wald.
Obwohl Parzival keine Angst verspürte, schlug er der schweigend reitenden Frau vor, hier ein Nachtlager aufzuschlagen. Er sorgte sich um die Reittiere, welche sich in der Dunkelheit die Beine brechen konnten. Doch die Frau antwortete ihm nicht und ritt unbeirrt weiter.
Um Mitternacht lag der düstere Wald hinter den beiden, und Parzival versuchte, sein Pferd neben das Maultier der schweigsamen Frau zu treiben. In diesem Augenblick entdeckte er jedoch in weiter Ferne einen Lichtschein. Er zügelte sein Pferd, um deutlicher sehen zu können. Tatsächlich, irgendwo da vorne leuchtete ein weiches Licht, gerade als ob eine sehr große Kerze brennen würde. Nach einiger Zeit vermeinte Parzival gar fünf Lichter auszumachen, und nicht lange danach schien ihm, als würde die ganze Heide am Horziont brennen. Er trieb sein Pferd voran, um die Frau auf dem weißen Maultier nach dieser seltsamen Erscheinung zu befragen. Aber diese war irgendwo in der schwarzen Nacht verschwunden. So beschloß Parzival, zu jenen Lichtern zu reiten, um das Geheimnis zu ergründen.
Aber noch ehe er eine Meile zurückgelegt hatte, brach ein Unwetter über ihn herein, wie er noch nie eines erlebt hatte. Taubeneigroße

Hagelkörner prasselten auf ihn nieder. Sturmböen zerrten an ihm und seinem Pferd. Donner und Blitz folgten so schnell aufeinander, daß Parzival keinen Anfang und kein Ende mehr ausmachen konnte. Er zwang sein Pferd mit starker Hand zu Boden, kauerte sich daneben und schützte sich selbst und den Kopf seines Streitrosses mit dem großen Schild. Erst im Morgengrauen endete das Unwetter, und Parzival kroch unter dem Schild hervor, um sich umzusehen. Er befand sich auf einer großen Lichtung. Nirgendwo konnte er eine Spur des Feuerscheines der vergangenen Nacht finden. Auch die Frau auf dem weißen Maultier war und blieb verschwunden. Das Unwetter hatte alle Spuren verwischt.

Als die Sonne die Erde zum Dampfen brachte, breitete Parzival seine Decken aus, band dem Pferd die Beine zusammen und legte sich im Schatten einiger Sträucher schlafen. Es war schon nach Mittag, als er hungrig erwachte. Er verzehrte einen Teil seines Proviantes, führte sein Streitroß zum Trinken an einen nahen Bach und ritt weiter. Noch ehe er den Waldrand erreicht hatte, traf er wieder auf die Frau mit dem weißen Maultier. „Weshalb seid Ihr letzte Nacht davongeritten?“ wollte Parzival wissen.

„Die Nacht hat uns getrennt, Herr Ritter“, antwortete sie. „Außerdem trieb mich die Angst vor Ritter Trun, den man auch den Erbarmungslosen nennt. Ihm mußte ich geloben, niemals mit einem fremden Ritter zu reiten.“

„Habt Ihr Euch denn nicht gefürchtet bei diesem schrecklichen Unwetter?“ fragte Parzival weiter.

„Von welchem Unwetter sprecht Ihr, Herr Ritter?“ wunderte sich die Frau. „Ich lag trocken und wohlbehütet in einer kleinen Grasmulde am Rande der Lichtung, und nichts hat meinen Schlaf gestört.“

Verwundert berichtete Parzival von seinem Erlebnis in dieser Nacht.

„Es mag sein“, erklärte die Frau nach kurzem Überlegen, „daß der Reiche Fischerkönig heute nacht im Wald spazieren ritt. Dies mag den hellen Schein erklären und für Euch vielleicht das Unwetter.“

Dabei blickte sie Parzival forschend an. Dieser sah zur Seite und dachte an sein Erlebnis auf der Gralsburg.

„Könnt Ihr mir den Weg zum Reichen Fischerkönig zeigen?“ wollte er schließlich wissen. „Ich habe eine Aufgabe zu erfüllen und muß unbedingt nach Montsalvage.“

„Den genauen Weg wird Euch keiner sagen können, Herr Ritter“, erwiderte die Frau. „Doch ich weiß, daß Ihr über die gläserne Brücke müßt, um weiter suchen zu können. Hier“, sie zügelte ihr Maultier und stieg ab, „ich gebe Euch mein Reittier mit und diesen Ring. Solange Ihr den Ring tragt, wird Euch mein Maultier tragen und über die gläserne Brücke führen. Dort angekommen, legt den Ring in die Satteltasche und gebt mein Maultier wieder frei.“

Parzival versprach, alles genau so zu tun, wie es die Frau wünschte, bedankte sich herzlich und ritt auf dem weißen Maultier davon, sein eigenes Pferd am langen Zügel hinter sich führend.

Nach wenigen Meilen eiligen Trabens erreichte das Maultier mit Parzival den gefährlich reißenden Fluß Marsonde. Und dort sah Parzival die gläserne Brücke.

Nur kurz verharrte das Maultier, dann schritt es vorsichtig weiter. Parzival schloß die Augen. Zu grausam rauschte die wilde Gischt tief unter ihm in der Schlucht. Die Brücke knackte und knirschte unter der Last. Parzival vermeinte, berstendes Glas zu hören, und sah sich schon mitsamt den Tieren in die tödliche Tiefe stürzen. Als er jedoch die Augen aufriß, bemerkte er, daß das Maultier gerade einen Huf auf das rettende andere Ufer setzte und die gläserne Brücke hinter ihm noch genauso stand wie zuvor.

Er stieg erleichtert ab und zog den Ring der Frau vom Finger. Kaum hatte er ihn in eine der Satteltaschen des Maultiers gelegt, wandte sich dieses um, und Parzival konnte beobachten, wie es, ohne zu zögern, wieder über die gläserne Brücke zurückging und am anderen Ufer des Flusses Marsonde davongaloppierte.

Er stieg wieder auf sein eigenes Pferd und suchte nach einem Weg. Kein Pfad führte Parzival weiter. Durch eine wilde Heide mit hohem Farn und dichtem Gebüsch mußte er sich seinen weiteren Weg suchen. Erst am nächsten Morgen traf er einen alten Edelmann.

„Gott zum Gruße, Herr Ritter“, begrüßte ihn dieser.

„Ich suche die Burg des Reichen Fischerkönigs, edler Herr", sagte Parzival. „Wißt Ihr, in welche Richtung ich mich wenden muß?"
„Ich glaube schon, daß ich Euch helfen kann", antwortete der Mann. „Kommt mit zu mir. Dort sollt Ihr Unterkunft finden für diese Nacht."
Am Abend erklärte ihm Brion, so hieß der alte Edelmann, wie er wohl zur Gralsburg kommen könnte.
„Ihr habt vor kurzem erst eine gefährliche Brücke überquert, Herr Parzival", führte er aus, „doch Ihr müßt Euren Mut nochmals an einer Brücke beweisen. Und diese ist noch viel gefährlicher als diejenige, über die Ihr gekommen seid. Sie heißt 'Brücke, über die keiner gehen kann'. Morgen werde ich Euch zu ihr führen. Wenn es Euch glückt, die Brücke zu überschreiten, müßt Ihr am großen Turnier von Orgeluse teilnehmen und dort in ritterlichem Kampfe Euren Ruhm vermehren. Ihr sollt jedoch nicht die Partei der Ritter der Tafelrunde ergreifen. Kämpft mit den Iren und Schotten, denn sie sind die Schwächeren. Wenn Ihr ihnen helft, ist dies sicherlich sehr ehrenvoll für Euch. Danach, ich bin gewiß, werdet Ihr leicht den Weg nach Montsalvage finden."
„Ich werde tun, was Ihr mir vorschlagt, Herr Brion", versicherte Parzival.
Am nächsten Morgen geleitete Brion ihn zur 'Brücke, über die keiner gehen kann'. Als Parzival sie sah, erschrak er. Sie war aus Holz gebaut und lag über einer tiefen Schlucht. Vom Rande der Schlucht stieg die schmale Brücke bis zur Mitte der Schlucht in einem Bogen aufwärts. Gerade an der höchsten Stelle des Brückenbogens jedoch endete die Brücke.
„Ihr meint wirklich, Herr Brion, ich muß über diese Brücke gehen?"
„Wenn es Euch bestimmt ist, nach Montsalvage zu kommen, müßt Ihr diesen Weg beschreiten", sagte Brion. „So steht es in den Überlieferungen."
„Ich bitte Euch, Herr Brion, bewahrt mir diesen Hund und das Haupt des weißen Hirsches, bis ich wieder vom Turnier zurückkehre und gebt mir Euren Schild, damit mich keiner der Ritter an meinem Wappen erkennen kann."

Brion verprach, auf Parzival an dieser Stelle zu warten, und als sie ihre Schilde getauscht hatten, lenkte Parzival sein Pferd auf die hölzerne Brücke. Er ritt den Bogen hinauf und vermied es, in die dunkle Schlucht unter sich zu schauen. Gerade als er an den Punkt kam, wo der Brückenbogen endete, hörte Parzival hinter sich einen lauten Schrei. Er drehte sich jedoch nicht um, sondern trieb sein scheuendes Pferd weiter und legte ihm die Hände über die Augen. Und in dem Moment, da die Brücke zu Ende war und Parzival samt Pferd in die Tiefe hätte stürzen müssen, löste sich der Brückenteil wie von Zauberhand aus den Befestigungen am Rande der Schlucht, wo Brion gebannt zuschaute, schwebte über den Abgrund und verband sich dort mit dem bisher leerstehenden Sockel. Aufatmend setzte Parzival seinen Weg fort und lenkte nun sein Pferd den halben Brückenbogen wieder hinunter auf die feste Erde. Erleichtert winkte er von dort Brion zu und machte sich dann auf, um noch rechtzeitig zu Beginn des Turniers das Schloß Orgeluse zu erreichen.

Auf dem Turnierfeld vor dem Schloß waren bereits viele Ritter versammelt. Die meisten der tapferen Recken der Tafelrunde waren zugegen sowie eine große Anzahl Kämpfer aus Schottland und Irland, die hier ihre Kraft gegen die Helden vom Hofe des Königs Artus messen wollten. Seneschall Kay war der erste Ritter der Tafelrunde, der aufs Turnierfeld ritt, um einen Gegner zu erwarten. Noch bevor sich Schotten und Iren geeinigt hatten, wem die Ehre des ersten Kampfes gebührte, sprengte zu aller Überraschung ein großgewachsener Ritter in roter Rüstung auf einem riesenhaften schwarzen Streitroß auf das Feld. Sein Schild wies kein Wappen auf, und das Gesicht war hinter dem geschlossenen Visier nicht zu erkennen.

Der fremde Ritter ließ Seneschall Kay kaum Zeit, den Sattelgurt festzuschnallen und sich eine Lanze reichen zu lassen. In wildem Galopp preschte er auf ihn zu und warf ihn schon beim ersten Aufprall vom Pferd. Verärgert erhob sich Kay und kehrte humpelnd zurück zu seinen Gefährten. Der junge Ritter Erec, Sohn des Königs Lac, machte sich als nächster auf, die Schmach des Seneschalls zu rächen. Doch auch er hielt dem Lanzenstoß des unbekannten Ritters nicht stand.

Sein Sattelgurt riß unter der Wucht des Ansturms, und so fand sich auch Erec schon bald auf dem gestampften Lehmboden des Turnierplatzes wieder. Gaheriet und Agrawein, den beiden jüngeren Brüdern des Ritters Gawein, erging es nicht anders. König Artus, der dies alles aufmerksam und voller Mißmut beobachtete, runzelte die Stirn. „Findet heraus, wer dieser Ritter ist, Gawein", befahl er seinem Neffen. „Folgt ihm nach dem heutigen Turniertag."

Dann gab er das Zeichen, daß die Zeit der Einzelkämpfe vorbei sei, und galoppierte an der Spitze seiner Ritter auf das Turnierfeld, wo sich die Schotten und Iren schon um den fremden Ritter geschart hatten, um den Gegner zu erwarten.

Die zahlreichen Zuschauer auf der Tribüne bekamen einen herrlichen Kampf zu sehen. Hin und her wogte das Turnier, und keine der beiden Parteien konnte an diesem Tage den Gegner zurücktreiben und den Sieg erringen. Alle waren sich am Abend jedoch darin einig, daß der Preis dieses Tages nur einem gebührte: dem fremden Ritter in der roten Rüstung.

Doch dieser war verschwunden. Zwar hatte ihn Gawein den ganzen Tag im Auge behalten, doch kurz vor Kampfesende hatte er bemerkt, wie der fremde Ritter sein Pferd aus dem Getümmel getrieben hatte und in wilder Hast davongaloppiert war. Bis Gawein sich auch einen Weg aus dem Turnierfeld gebahnt hatte, war der Ritter längst im nahen Wald verschwunden.

So herrschte beim abendlichen Essen auf Schloß Orgeluse großes Rätselraten über die Herkunft des fremden Recken.

An der 'Brücke, über die keiner gehen kann', wurde Parzival schon von Brion erwartet. Wieder drehte sich das wundersame Bauwerk, als Parzivals Fuß gerade ins Leere zu schreiten schien, und er kam sicher auf der anderen Seite an. Gemeinsam gingen die beiden zu einem frommen Einsiedler, der ganz in der Nähe eine kleine Klause bewohnte.

Noch bevor die Sonne am nächsten Morgen aufging, war Parzival wieder auf dem Weg nach Orgeluse. Er hatte sich eine Rüstung von Brion geborgt, so daß ihn niemand erkennen konnte. Als die Herrin von Orgeluse das Zeichen zum Turnierbeginn gab, wartete Parzival schon am Waldrand und beobachtete den Verlauf des ritterlichen Kampfes. Obwohl die Schotten und Iren tapfer kämpften, mußten sie unter der Wucht der Angriffe der Ritter der Tafelrunde immer weiter zurückweichen. Es schien, als sei das Turnier schon bald entschieden.

Da gab Parzival seinem Pferd die Sporen und galoppierte auf den Turnierplatz. „Seht, Gawein!", brüllte Artus, der den heranstürmenden Ritter bemerkt hatte, „da ist er wieder, der fremde Ritter. Ich erkenne ihn wohl, obwohl er sich eine andere Rüstung angelegt hat. Achtet auf ihn, sonst ist unser Sieg dahin!"

„Ich könnte schwören", murmelte Gawein vor sich hin, „daß dieser fremde Ritter Parzival heißt. Ich kenne nur einen, der so waghalsig reitet und kämpft."

Die Schotten und Iren schrien begeistert auf, als sich der unbekannte Ritter in ihre Reihen mischte und jeden Gegner, der sich ihm in den Weg stellte, vom Pferd schlug. Obwohl sich die Ritter der Tafelrunde verzweifelt wehrten, fand der unbekannte Kämpfer immer wieder einen Weg in ihre Reihen, und schließlich mußten die Ritter um König Artus zurückweichen.

Am späten Nachmittag stand fest, daß die Schotten und Iren die Ritter der Tafelrunde im Turnier geschlagen hatten. Nur noch vereinzelt regte sich Widerstand. Aber selbst Ritter Gawein konnte der Überzahl der Gegner nun nicht mehr Herr werden. Den ganzen Tag hatte er sich bemüht, den fremden Ritter im Getümmel zu stellen. Doch stets war er daran gehindert worden. Oder war es vielleicht so, daß ihm der Unbekannte immer wieder ausgewichen war?

Ärgerlich mußte schließlich auch Gawein die Niederlage im Turnier eingestehen.

Zwar feierten alle Ritter am Abend gemeinsam das Ende des Turniers, und es wurden viele Fässer Wein geleert, doch die Schmach dieser Niederlage lag noch lange wie ein düsterer Schatten in den Herzen der Ritter um König Artus.

Parzival kehrte wieder zurück zu Brion, der ihn an der Brücke

erwartete. Dort legte er seine Rüstung an, band sich den Hirschkopf an den Sattel und vergaß auch den Jagdhund nicht.
„Ich danke Euch, Herr Brion", verabschiedete sich Parzival von dem edlen, alten Mann. „Ich hoffe, meine Suche wird bald zu Ende sein."
„Wer weiß das schon, Herr Parzival", antwortete Brion ernst. „Wichtig ist, daß Ihr auf Eurem Weg über den vielen Abenteuern die Suche nicht vergeßt, scheint mir."
So schieden die beiden Männer voneinander in Freundschaft.
Parzival ließ den Jagdhund vor seinem Pferd herlaufen und folgte ihm in leichtem Trab. Am Abend fanden sie eine sichere Herberge in einer kleinen Burg und wurden gut versorgt. Auch am nächsten Tag ließ sich Parzival von dem Hund den Weg zeigen. Dieser kümmerte sich weder um aufgeschreckt davonjagende Hasen noch um die Fährten von Wildschweinen oder Rehen. Am Abend dieses Tages hatte er heimgefunden und Parzival zu jener wunderschönen jungen Frau zurückgeführt, welche auf dem Schloß mit dem magischen Schachbrett wohnte.
„Ich mußte lange auf Euch und meinen Jagdhund warten!" begrüßte ihn diese, und eine mißmutige Falte stand zwischen ihren Augenbrauen. Doch als Parzival ihr das Haupt des weißen Hirsches reichte und erzählte, was ihm alles widerfahren war, verzieh sie ihm gerne und geleitete ihn in das Schloß.
Dort half sie ihm aus der Rüstung, wusch und salbte ihn, bereitete ihm selbst das Mahl und umsorgte ihn so gut, daß es Parzival an nichts mangelte.
Am nächsten Morgen versuchte sie nicht, ihn zurückzuhalten. Sie wußte von seinem Gelöbnis und führte ihn zu einem breiten Fluß in der Nähe. Dort zeigte sie ihm ein großes Boot und hieß ihn einsteigen. Wie von Zauberhand bewegt, glitt das Boot über den Fluß und brachte Parzival sicher an das andere Ufer. Als Reiter und Pferd ausgestiegen waren, kehrte es lautlos dahin zurück, woher es gekommen.
Auf einem breiten, bequemen Pfad ritt Parzival weiter. Die junge Frau hatte ihm den Weg zum Schloß des Reichen Fischerkönigs

genau erklärt. Doch wie schon so oft zuvor war seine Vorfreude so groß, daß er erneut eine Wegmarkierung übersah und an einer Kreuzung sein Pferd nicht zügelte.
Am Nachmittag hörte Parzival ein lautes Stöhnen, das ihn aus seinen Träumereien riß. Er sah sich um und bemerkte an einem großen Baum einen Ritter in voller Rüstung, welcher kopfunter an einem der Äste angebunden war. Schnell ritt Parzival hinzu, nahm den fast Bewußtlosen vor sich auf den Sattel und schnitt ihn los. Dann bettete er ihn vorsichtig auf die Erde und nahm ihm die Rüstung ab.
„Ihr seid es, Ritter Bagomedes", rief er erstaunt, als er dem Mann den Helm abgenommen hatte. Dieser schlug die Augen auf und stöhnte: „Herr Parzival, Gott sei es gedankt, daß Ihr hier vorbeigekommen seid. Ich wäre wohl gestorben an diesem Baume, ohne Eure Hilfe."
„Erzählt mir, was Euch widerfahren ist", wollte Parzival wissen, und Bagomedes berichtete, daß er hier von Seneschall Kay und drei anderen Rittern aufgebunden worden sei.
„Von Ritter Kay?" rief Parzival ungläubig. „Aber wie kommt dies, Herr Bagomedes?"
„Ich will es Euch gerne erklären", fuhr dieser fort. „Herr Kay und die anderen hatten sich aufgemacht, um ein wundersames Abenteuer auf dem Berge Dolerous zu bestehen. Auf der Spitze dieses Berges steht nämlich ein steinerner Pfeiler mit einem eingelassenen dicken Eisenring. Nur der beste aller Ritter, so heißt es, kann dort sein Pferd anbinden. Kay versuchte es und ebenso seine Begleiter. Zur Strafe wurden sie vom Wahnsinn befallen. Sie erkannten mich nicht, als sie vom Berg Dolerous zurückkamen. Ich konnte sagen, was ich wollte. Sie packten mich, bevor ich mich wehren konnte, fesselten mich und hängten mich hier in den Baum. Dann ritten sie lachend weiter."
„Ich habe noch nie von diesem Berg gehört und auch nicht von dem Abenteuer, dem man dort begegnen kann", sagte Parzival. „Ich werde mich aufmachen und sehen, ob ich mein Pferd an diesen steinernen Pfeiler binden kann. Reitet Ihr zurück zu König Artus. Berichtet ihm von mir. Sagt ihm, mir gehe es gut. Die Schmach, die er und seine Ritter bei Orgeluse hatten hinnehmen müssen, solle sie

nicht länger kränken. Der fremde Ritter sei ich gewesen, und es sei wohl keine Schande, wenn die Schotten und Iren nur durch meine Hilfe einen Sieg über die Ritter der Tafelrunde hätten erringen können."

Bagomedes versprach, alles auszurichten. Dann galoppierte er los, um schnell zu König Artus nach Camelot zu kommen. Als er in den weiten Burghof ritt, sah er als ersten Seneschall Kay, der auf dem Hof nach dem Rechten sah. Wutentbrannt sprang Bagomedes vom Pferd, zog sein Schwert und drang auf den unbewaffneten Seneschall ein. Dieser flüchtete verwirrt in die große Halle, wo König Artus und an seiner Seite Königin Ginevra saßen, um Recht zu sprechen.

„Bagomedes!" brüllte Artus, als er sah, was hier geschah. „Senkt das Schwert! Ich befehle es Euch!" Langsam gehorchte der Ritter. Verständnislos starrte Kay ihn an: „Was habe ich Euch getan, Herr Bagomedes?" verlangte er zu wissen. „Weshalb trachtet Ihr nach meinem Leben?"

Inzwischen hatte der Lärm auch viele andere Ritter der Tafelrunde angelockt. Sie alle hörten gespannt zu, als Bagomedes berichtete, wie ihn Kay am Baume aufgehängt hatte und wie er dann von Parzival befreit worden war. Erleichterung konnte man in ihren Gesichtern lesen, als sie erfuhren, durch welche Umstände sie das große Turnier bei Orgeluse verloren hatten.

Als Bagomedes mit seinem Bericht zu Ende war, sprach zuerst Seneschall Kay wieder. Er entschuldigte sich für seine Tat und bot ihm lebenslange Freundschaft an. Freudig besiegelte Bagomedes den Bund. Dann erhob sich Gawein: „Lange ist es her, daß wir Ritter Parzival in unserer Runde begrüßen konnten. Mir scheint, er irrt durch die Welt und kann allein die Burg Montsalvage nicht finden. Ich will mich aufmachen, ihn zu suchen. Vielleicht kann ich ihm helfen."

Kaum hatte Gawein ausgesprochen, tönte es von allen Seiten: „Auch ich werde Parzival suchen. Und ich auch! Wir dürfen ihn nicht allein lassen!"

Und so rüsteten sich an diesem Tage viele Ritter der Tafelrunde und machten sich auf die Suche nach Parzival.

König Artus blieb zurück und trauerte. Denn mit Gawein waren seine tapfersten und liebsten Helden fortgezogen, darunter Ywain, der Ritter mit dem Löwen, Briant von den Inseln, Agrawein und Gahariet, Brun von Gumiaus, der Schöne Böse und der Häßliche Kühne, der wilde Dodinel und natürlich auch Lancelot vom See, der erst vor kurzer Zeit ein Ritter der Tafelrunde geworden war.
Und um diesen trauerte besonders Ginevra, die Königin.

Lancelot

*Aus welchem Grunde ich nun nicht weiter von Parzivals Abenteuern bei der Suche nach dem Heiligen Gral berichte?*
*Nun, nur soviel erfuhr ich von Merlin damals.*
*Nun aber will ich Euch von Merlins letztem Besuch bei mir, von seinem Abschied erzählen ...*

*Den ganzen Tag hatte eine milde Sonne die gefärbten Blätter der Bäume in leuchtendes Pastell getaucht. Meine Vorratskammern waren gut gefüllt, das Holz getrocknet und geschichtet, der Wein reifte bereits in seinen Fässern, und die getrockneten Kräuter über dem Herd verströmten den Duft des vergangenen Sommers.*
*Den ganzen Nachmittag war ich vor der Hütte gesessen, hatte Kraniche auf ihrem Weg nach Süden beobachtet und mich an meine Heimat, das Land am Ende der Erde, erinnert. Dort jagten sich jetzt sicherlich die Wolken in wilder Hatz dicht über dem Meer, und die Wellen tosten schäumend gegen die schroffen Klippen. Fast war mir, als könne ich an diesem Nachmittag, als ich so friedlich die letzten Grüße einer wärmenden Sonne genoß, den salzigen Geschmack des Meeres auf meinen Lippen kosten.*
*Der Abend war kühl und klar über den Himmel gezogen. Die ersten Sterne erschienen und funkelten näher als in den heißen Sommernächten. Der Wind schlief gemeinsam mit dem Tageslicht ein.*
*Mein Käuzchenpaar erwachte im Giebel der Einsiedelei; sie schüttelten die Federn und rollten ihre Augen.*
*Dann machten sie sich gemeinsam auf in den nächtlichen Wald.*
*Die Erde bereitete sich auf den langen Schlaf des Winters vor, und ich hatte meine Decke übergeworfen und mich um den Kamin in der Hütte gekümmert. Seit einiger Zeit hatte ich es mir wieder zur Gewohnheit werden lassen, mehr zu kochen, als ich alleine essen konnte.*
*Ja, ich erwartete Merlin. Alles, was er mir bei seinem letzten Besuch erzählt hatte, war niedergeschrieben.*
*Er hatte mir damals gesagt, er würde wiederkommen, wenn die Zeit dafür reif sei.*
*Nun wartete ich schon fast einen Monat auf ihn.*

Bevor ich mich auf meinem Lager in die Decken hüllte, legte ich dicke Eichenscheite auf das Feuer. Die Nacht würde sicherlich kalt werden.
Ich weiß nicht, wie lange ich geschlafen hatte, als sich die Tür meiner Hütte öffnete und ein kalter Wind fauchend aus der Glut im Kamin neue Flammen weckte.
Müde fuhr ich hoch und starrte hinüber zu der geöffneten Tür, die sich knarrend im Wind bewegte. Es war niemand zu sehen.
Ich wußte wohl, daß ich den Riegel am vergangenen Abend gut vorgeschoben hatte, und so war es kein großer Gedanke, der mich rufen ließ: „Merlin, so komm doch herein. In meinem Alter besteht die Hitze der Nacht nur noch aus einem wärmenden Kamin."
Ein trockenes Gelächter antwortete mir, und dann stand die vertraute Gestalt Merlins im Türrahmen.
„Wärst du bei mir in die Lehre gegangen, Bleris, alter Freund, ich hätte einen guten Wahrsager aus dir gemacht!" begrüßte er mich. Dann schloß sich die schwere Holztüre hinter ihm, ohne daß er sie berührt hätte, und der kalte Wind heulte vor der Hütte weiter.
Ich umarmte Merlin voller Freude und entzündete dann die Kerzen, fachte das Feuer unter dem Herd an, und während ich ein Frischlingsragout in Zwiebeln, Kräutern und Wein garen ließ, berichtete Merlin von jenen Taten Parzivals, die Ihr, der Ihr dieses Buch in Händen haltet, gerade gelesen habt.
Danach saßen wir gemeinsam vor dem Kamin, jeder einen Kelch alten Rotweins in der Hand, und starrten einige Zeit wortlos auf die glühenden Scheite, die manches Mal funkensprühend barsten.
„Dies ist mein letzter Besuch bei dir", sagte Merlin schließlich leise. „Auch meine Zeit ist nun gekommen."
Ich gestehe, daß ich nicht wußte, was ich sagen sollte. Ein dicker Kloß im Hals lähmte meine Stimme, und ich glaubte zu ersticken vor Schmerz.
„Vergiß nicht, Bleris", wandte sich Merlin liebevoll zu mir, „ein Abschied ist auch immer der Beginn für etwas Neues. Ihr Menschen trauert zuviel um eines kleinen Abschiedes willen, und dabei versäumt ihr, den aufregenden, notwendigen Beginn des Neuen zu bemerken."

*Ich konnte nur stumm nicken und hielt Merlin meinen leeren Becher hin. Er nahm die Karaffe und goß mir ein.*
*„Du hast noch viel zu tun, mein Freund", fuhr er dann fort. „Ich werde dir noch viel zu erzählen haben, bevor ich gehe. Also trauere jetzt nicht." Er hob den Becher. „Komm, laß uns deinen Wein genießen. Ich wünschte, am Hofe zu Camelot gäbe es einen ähnlichen Tropfen. Aber die Kellermeister des Königs sind tumbe Stümper gemessen an deinen Künsten!"*
*Er trank den Becher mit einem langen Schluck leer, sah mich schalkhaft an und begann dann dröhnend zu lachen. „Sei nicht so trübsinnig, mein Freund. Über Dinge, die nicht zu ändern sind, lohnt es sich nicht, weiter nachzudenken, geschweige denn darüber zu trauern! Komm, gib mir mehr von deinem Wein, und ich erzähle dir von Viviane, der Frau, die glaubt, mich gefangen zu haben. Sie weiß nicht, daß auch sie nur ein Werkzeug in den Händen der Zeit ist. Aber das werde ich ihr nie sagen!"*
*Wieder lachte er laut und, so schien es mir, keineswegs bitter oder betrübt.*
*„Hör zu", begann er, als ich die Kelche wieder gefüllt hatte. „Etwas, was wohl nur den Menschen vorbehalten bleibt, konnte ich, Merlin, der Seher und Zauberer, nie erfahren und erfühlen: die Macht der Liebe. Mein Herz blieb gefeit dagegen, denn was kümmert einen Unsterblichen, Wissenden das endliche, verkümmernde Gefühl, das ihr Menschen Liebe nennt?"*
*Er sah mich aufmerksam an. Ich zuckte hilflos mit den Schultern. Was sollte ich auch sagen? In den düsteren Wäldern von Northumberland und hier in meiner Einsiedelei war die Liebe auch kein Dauergast gewesen.*
*Merlin erzählte weiter: „Ich wußte, daß mein Wirken hier in Logries einem Ende zustreben muß, wie alles, von dem wir glauben, es sei wichtig und unersetzlich. Und so beschloß ich, bevor ich mich verabschiede, wenigstens noch einen kleinen Geschmack dieses menschlichen Gefühls mit auf den Weg zu nehmen. Ich wollte wissen, spüren, fühlen, was es mit der Liebe auf sich hat."*

*Versonnen lächelnd sah er ins Feuer, während er weitersprach.*
*„Eines Tages kam Viviane zu mir, als ich in Camelot weilte. Sie strahlte einen Liebreiz aus, den ich bisher am Hofe König Artus' noch bei keiner Edelfrau bemerkt hatte. Viviane bat mich, sie in all meinen Künsten zu unterweisen. Obwohl ich zunächst ablehnte, ließ sie nicht lokker, und schließlich gab ich nach. Ich wußte wohl, was sie damit bezweckte. Aber weshalb sollte ich mich gegen das Schicksal wehren, das mir vorherbestimmt vom Anbeginn aller Zeiten?"*
*Wieder trank er seinen Kelch leer und hielt ihn mir wortlos hin. Als ich aufgefüllt hatte, sprach er weiter und schwenkte ihn dabei leicht in beiden Händen.*
*„Ich lehrte Viviane alles, was ich wußte." Er lachte still in sich hinein. „Oder doch zumindest fast alles. Denn mir war wohl bekannt, daß sie, wie so viele Frauen am Hofe zu Camelot oder auf der übrigen Welt dieses Wissen doch nur zu einem bestimmten Zweck gebrauchen wollte: für ihre Macht über mich und über andere!"*
*„Aber Merlin", warf ich ein, „dies ist doch wohl etwas, was nicht nur den Charakter von Frauen auszeichnet!"*
*„Oh, nein", gab Merlin zu, „es gibt sicher unzählige Männer, die meine Kenntnisse auch mißbraucht hätten. Und doch gibt es einen Unterschied! Viviane wird die Kenntnisse, die Fähigkeiten, die sie von mir bekommt, all das, was ich ihr offen und ehrlich sage, gegen mich verwenden. Gegen den, den sie vorgibt zu lieben. Wer weiß", Merlins Blick wurde dunkel und leer, „vielleicht ist es dies, was Frauen unter Liebe verstehen?"*
*Tief atmend suchte Merlin meinen Blick.*
*„Männer hingegen würden diese Macht einsetzen, um ein Land zu beherrschen. Sie würden meine Weisheit mißbrauchen, um ganze Völker zu unterjochen, Reichtümer anzuhäufen – um all dies schließlich einer Frau zu Füßen zu legen."*
*Er lachte und lehnte sich zurück an die heißen Steine des Kamins. „Mag sein, das eine ist besser als das andere. Mag sein, das eine verwerflicher als das andere. Wer wollte darüber richten? Männer betrügen ganze Völker. Frauen betrügen diejenigen, die sie lieben! Män-*

*ner sagen nicht, daß sie die Völker, die sie mit Krieg überziehen, lieben! Frauen führen Krieg, indem sie von Liebe reden! Schweig!" fuhr er mich mit funkelnden Augen an, als ich ihm widersprechen wollte. „Ich werde dir morgen die Geschichte Lancelots erzählen, damit du wieder etwas zu schreiben hast. Und wenn du mir dann noch widersprechen willst, kannst du dies gerne tun!"*

*Er leerte seinen Kelch, sah mich düster an, wischte sich dann über die Augen und lachte laut los: „Sie sind wie die Kirche, die Frauen. Huren, wenn es um ihre Pfründe geht, syphilitische Tippelweiber, solange sie sich einen Vorteil versprechen, und todbringend wie vergiftete Pfeile aus einem nächtlichen Hinterhalt, wenn sie ihre Macht bedroht sehen oder ein Geheimnis ergründen wollen! Und jetzt genug davon", schloß er und schüttelte müde seinen Kopf, „auch dies ist vorherbestimmt seit undenkbaren Zeiten, und es ist, wie es sein soll! Aber glaube mir, Bleris, es wird eine Zeit kommen, da sich auch dies ändern wird!"*

*So vieles wollte ich noch sagen in jener Nacht zu Merlin, meinem Freund. Doch dieser hüllte sich in seinen Mantel, legte sich auf einige Kissen vor dem Kamin und schnarchte schon laut, noch bevor ich die Karaffe und die Becher weggestellt hatte.*

*Am nächsten Morgen weckte mich der laute Gesang Merlins, der vor der Hütte stand und den Tag begrüßte.*

*Nachdem wir gegessen hatten, hieß er mich Tinte und Federkiele holen, setzte sich mir gegenüber an den hölzernen Tisch und erzählte mir die Geschichte von Lancelot, dem Ritter vom See …*

Die Blüten der Fliederbüsche strotzten vor Lebensfreude und strahlten genauso weiß wie die Rüstung des Ritters, der da plötzlich an der kleinen Furt nahe des Lagers von König Artus aufgetaucht war. Kein Knappe begleitete ihn, um ihm die Lanzen zu reichen oder ihm aufs Pferd zu helfen. Und doch war dort jenseits der Furt ein kleines, aber kostbar gearbeitetes Zelt aufgerichtet. Seneschall Kay und die Ritter Agrawein und Gaheris, die an diesem quellwasserklaren Morgen die Umgebung des Lagers erkundeten, trafen als erste auf den fremden Ritter.
Höflich ritt Kay auf die Furt zu, um den Unbekannten zu grüßen und nach seinem Begehr zu fragen. Doch noch bevor sein Pferd einen Huf ins kühle, seichte Wasser der Furt setzen konnte, sah er, wie der fremde Ritter sein Schwert zog, als ob er sich auf einen Kampf vorbereiten würde.
„Herr Ritter", rief Kay. „Wer seid Ihr, und was wollt Ihr hier beim Lager des Königs?"
Der großgewachsene Mann in der blendend weißen Rüstung gab sich nicht die Mühe einer Antwort. Er zog den Kinnriemen fester und schloß das Visier seines Helmes.
„Ich werde Euch ritterliche Tugenden beibringen!" schrie Kay wutentbrannt und ließ sich von einem Knappen eine Lanze reichen. Dann stieß er seinem Pferd die Sporen in die Seiten und galoppierte los.
Doch sein Zorn war größer als seine Treffsicherheit. Ohne daß der Fremde sein Pferd hätte antreiben müssen, lenkte er den Stoß Kays mit dem Schild zur Seite und zog dem ungestümen Seneschall mit der Breitseite seines Schwertes einen gewaltigen Streich über den Rücken. Kay stürzte vom Pferd und blieb benommen auf der Erde liegen. Agrawein und Gaheris wollten diese Schmach nicht hinnehmen.
Auch sie griffen sich die Lanzen. Aber es erging ihnen nicht anders als zuvor Seneschall Kay. Noch bevor sie richtig zu kämpfen begon-

nen hatten, lagen sie schon auf der Erde, und der Fremde in der schneeweißen Rüstung blickte auf sie herunter.

„Niemand wird diese Furt passieren", sagte er zu ihnen, „bevor er mich nicht besiegt hat. Geht zu Eurem König und meldet ihm dies!"

Die drei Geschlagenen humpelten zu ihren Pferden und machten sich in ihren zerbeulten Rüstungen auf den Weg zu König Artus.

Der fremde Ritter ließ sich vor seinem Zelt nieder, das blanke Schwert auf den Knien.

Artus und die anderen Ritter der Tafelrunde wurden weiß vor Zorn, als sie hörten, was vorgefallen war.

„Kein Mensch hat das Recht, mir in meinem Königreich einen Weg zu verbieten!" brüllte der König schließlich, und das Blut kehrte in seinen Kopf zurück. „Wer ist bereit, die Schmach unserer Freunde zu rächen?"

Die Ritter der Tafelrunde schlugen mit den Fäusten auf den Tisch, verlangten nach ihren Knappen und ließen sich Rüstungen und Waffen bringen. Aber ihnen allen, von denen es doch bisher geheißen, sie seien die besten Ritter der bekannten Welt, erging es wie zuvor Seneschall Kay, Agrawein und Gaheris. Ohne großen Kampf wurden sie von dem fremden Ritter vom Pferd geworfen und besiegt.

Als sich alle wieder niedergeschlagen bei Artus versammelt hatten, legte sich eine düstere Stille über die Tafel im großen Zelt des Königs. Lange Zeit sprach niemand ein Wort. Dann erhob sich Artus.

„Bring mir meine Rüstung!" bedeutete er einem Knappen, der hastig davoneilte. „Und du", befahl er einem anderen, „sattle mein Pferd!"

Seine Ritter wagten nicht, ihm in die Augen zu sehen, als er mit zusammengekniffenen Lippen hinausging, um sich die Rüstung anlegen zu lassen. Artus befahl, daß keiner ihm folgen solle. „Es scheint, daß dieser Kampf alleine mir bestimmt ist!" sagte er, „und daher werde ich ihn auch alleine austragen."

Ohne Eile ritt er zu der kleinen Furt, wo der Ritter in der weißen Rüstung schon auf ihn zu warten schien.

„Ich bin Artus, König von Logries und England, Sohn des Uther-Pentragon und seiner Frau Igraine", begann der König ruhig. „Wer seid

Ihr, fremder Ritter, der Ihr Euren Namen niemandem sagen wollt und der Ihr alle meine Ritter beschämt habt?"

„Man nennt mich Lancelot vom See", erwiderte der Ritter ohne eine Spur von Zorn in seiner Stimme, „Sohn des Königs Ban. Und meine Güter liegen jenseits des Meeres in der Bretagne. Aufgewachsen bin ich unter der Obhut und im Reiche der Damen vom See. Sie haben mich hierher geschickt, damit ich ein würdiges Mitglied Eurer Tafelrunde werde."

„Gerne will ich Euch in den Kreis meiner Ritter aufnehmen, Herr Lancelot, doch zuvor muß ich, der König, die Ehre der Ritter der Tafelrunde wieder herstellen. Haltet Euch bereit zum Kampfe!"

Artus schloß das Visier, versicherte sich, daß der Sattelgurt straff gespannt war, strich über den Schaft der starken Lanze aus jungem Eschenholz und trieb sein Pferd über die Furt.

Lancelot vom See erwartete ihn gelassen. Wieder trieb er sein Pferd nicht an, als Artus auf ihn zugaloppierte. Leicht wehrte er den mächtigen Stoß des Königs ab, der Schlag seines Schwertes jedoch ging ins Leere. Blitzschnell hatte sich Artus auf die andere Seite des Pferdes geworfen. Er riß sein Pferd herum und spornte es zu einem neuen Angriff an. Diesmal traf der König besser. Lancelots Pferd strauchelte unter der Wucht des Stoßes und stürzte. Behende sprang dieser aus dem Sattel und zog das Schwert. Auch Artus ließ die Lanze fallen und stieg vom Pferd. Kalt, weiß und tödlich glänzte Excalibur in seiner Hand, als er auf Lancelot eindrang. Noch war kein Haß in des Königs Herz. Er wollte nur die Schmach seiner Ritter rächen, in einem ritterlichen Zweikampf. Doch so sehr sich der König auch mühte, Lancelots Schwertkunst war er nicht gewachsen. Artus blutete bald aus vielen Wunden, und doch schien es ihm, als wolle ihn der Ritter in der weißen Rüstung schonen. Wütend begannen seine Stirnadern zu schwellen. Er würde es diesem dahergelaufenen Ritter schon zeigen! Excalibur züngelte wie ein kalter Blitz in seiner Hand. Er warf den zerhauenen Schild beiseite und umklammerte Excalibur mit beiden Händen. Die gerechte Wut, mit der Artus seither gekämpft hatte, wich einem mächtigen, ungezügelten Haß. Wie ein dichter Hagelschauer prasselten jetzt die Schläge gegen Lancelots Schild, hieben große Stücke heraus, und die Schneide des herrlichen Schwertes fand immer öfter ihren Weg durch die weiße Rüstung. Dann stolperte Lancelot, als er einem gewaltigen Schlag des Königs ausweichen wollte, und brach in die Knie. „Nun stirb, Lancelot vom See!“ brüllte Artus wie von Sinnen und hob Excalibur hoch in die Luft.

Fassungslos starrte Lancelot auf den König und das niedersausende Schwert. Gerade noch rechtzeitig konnte er den Rest des harten Schildes hochreißen. Krachend fraß sich die Klinge ihren Weg durch das Metall und drang in den Arm Lancelots. Dort jedoch verweigerte sie dem König den Dienst. Mit einem harten singenden Klang brach Excalibur, das königliche Schwert, entzwei, und Artus starrte mit leeren Augen auf den Griff des Schwertes in seinen Händen. Die abgebrochene Klinge löste sich langsam aus dem blutigen Arm und glitt fast lautlos zu Boden.

Nach und nach kehrte Leben in die Augen des Königs zurück: „Was habe ich getan?“ murmelte er wieder und wieder. „Was habe ich getan?“

Er ließ sich in das niedergetrampelte, blutbefleckte Gras sinken und warf den Griff des Schwertes von sich. Dann umklammerte er mit beiden Händen den verletzten Arm Lancelots. Schließlich sprach er mit blutleeren Lippen: „Kommt mit, Herr Lancelot. Der Kampf ist vorüber und ich, der König von Logries und England, habe versagt. Nicht weit von hier ist unser Lager. Dort wird für Pflege Eurer Wunden und Linderung Eurer Schmerzen gesorgt werden.“

Er trug den leichenblassen Lancelot zu seinem Pferd und legte ihn quer über den Sattel. Dann ritt er langsam und vorsichtig zurück zum Lager.

Die Menge brach in Jubel aus, als Artus, den fremden Ritter vor sich auf dem Sattel, bei den Zelten ankam. Doch mit einer herrischen Geste gebot der König Ruhe.

„Ich habe diesen Kampf verloren“, sprach Artus, als endlich Stille über dem Lager lag. „Ich habe nicht ritterlich gekämpft. Pflegt mir diesen Ritter gut. Er wird einen Ehrenplatz an der Tafelrunde einnehmen."

Die Ärzte des Lagers hoben den fast ohnmächtigen Lancelot vom Pferd und brachten ihn in ein warmes Zelt.

Artus selbst ließ sich, ohne näheres zu erzählen, die Rüstung abnehmen, wankte erschöpft in sein Schlafzelt und zog die Tücher hinter sich zu.

Die Nacht war über das Land gefallen, als er wieder erwachte. Er lag regungslos und wunderte sich, was ihn wohl in dieser Stille geweckt hatte. Es war kein Traum gewesen. Auch die Kälte der taufrischen Nacht, die sich auf Bäume, Sträucher, Gras und Zeltplanen zu legen begann, konnte es nicht gewesen sein. Ein kleines, wärmendes Feuer glostete in einer Ecke des Zeltes vor sich hin und verbreitete einen blutroten Schein.

Artus lag still, hörte sein heftig pochendes Herz und seinen hastigen Atem. Erst als er sich ganz vom Schlaf gelöst hatte und wieder in der nächtlichen Wirklichkeit zuhause war, hörte er dicht neben sich eine bekannte Stimme: „Es scheint, Artus, den ich fast meinen Sohn nennen kann, daß du immer noch nicht reif bist, ein König zu sein!"

Artus schloß die Augen. Er wußte wohl, daß Merlin neben ihm saß und zu ihm sprach. Beschämt nickte er und sagte dann: „Du hast recht. Mein Haß und das Verlangen nach Ehre waren größer als alles, was mir je gelehrt worden war. Ich habe mich vergessen, und nur der Gedanke, diesen fremden Ritter zu töten, beherrschte mein Tun."

Dann schwieg der König. Schließlich brach es aus ihm heraus: „Excalibur ist zerbrochen. Das hat mich geweckt aus meinem Wahn. Niemand außer mir vermag zu sagen, welchen Preis ich für diesen Kampf zahlen mußte."

Etwas klirrte neben dem Lager des Königs. Langsam drehte sich dieser auf die Seite. Merlin saß neben ihm, und in seinen Händen hielt er das zerbrochene Schwert Excalibur.

„Kleide dich in ein einfaches Gewand, Artus", sagte Merlin und erhob sich. „Wir haben in dieser Nacht noch etwas zu tun."

Schweigend erhob sich der König. Zwei Pferde warteten gesattelt

und leise schnaubend vor dem Zelt. Ohne jemanden zu wecken, ritten Merlin und der König aus dem Lager.
Artus wußte nicht, was er hätte sagen sollen, und Merlin hatte sich in seinen dunklen Umhang gehüllt und sprach kein Wort.
Sie ritten über die nächtliche Heide, durchquerten Flußauen und mühten sich steile Hügel hinauf. Schließlich lag vor ihnen ein weites Tal, das angefüllt war mit weißschimmernden Nebelschwaden. Merlin zügelte sein Pferd und wartete, bis Artus neben ihm verharrte. Dann reichte er ihm das zerbrochene Schwert, wies hinunter in das Tal und befahl: „Reite los, Artus. Reite los und vergiß, daß du ein König bist!"
Artus ließ die Zügel fallen, griff sich die beiden Teile des Schwertes und gebot seinem Pferd mit leichtem Schenkeldruck, weiterzugehen.
Merlin sah ihm nach mit milde lächelnden Augen. Als Artus in das unter ihm liegende, von Nebel bedeckte Tal ritt, schien es, als führe ihn der Weg geradewegs in einen weiten, unergründlich tiefen See. Als er schließlich ganz in den weißen Schwaden verschwunden, legte Merlin, der ruhig auf seinem dampfenden Pferd saß, beide Hände vor das Gesicht, atmete tief und sprach dann einige Sätze in einer fremden Sprache.
So saß er lange mit geschlossenen Augen und hörte in sich und auf die fortschreitende stille Nacht.
Der Morgen kündigte sich bereits mit silberhellem Streif am Horizont an, als Merlin endlich wieder die Augen aufschlug und erleichtert lächelte. „Es ist gut", murmelte er vor sich hin. „Es ist gut."
Nochmals sah er in das nebeldurchwogte Tal hinab, wandte dann sein Pferd und trabte zurück ins Lager des Königs.
Dort verbreitete sich die Kunde seiner Ankunft wie ein Steppenfeuer. Merlin ließ sich jedoch von niemandem aufhalten. Er ritt geradewegs zum großen Versammlungszelt und befahl den Knappen, alle Ritter zu wecken und hierher zu führen.
Nicht lange danach waren alle an dem großen Tisch versammelt. Einige Stühle blieben leer, denn Gawein war unterwegs, um seinen

Zweikampf in Francon auszutragen, und auch Parzival war schon lange nicht mehr Gast gewesen an diesem Tisch. Einige Ritter der Runde waren auch umgekommen auf ihren abenteuerlichen Wegen, und ein Stuhl, der 'Gefährliche Sitz', war seit Anbeginn der Tafelrunde noch nie besetzt gewesen.

Merlin wartete geduldig, bis die Ritter ruhig waren. Dann sprach er: „Es wird nicht mehr lange dauern, bis euer König wieder zurückkehrt. Meine Aufgabe ist es, euch in der Zwischenzeit zu zeigen, daß ihr ein neues Mitglied in dieser Runde begrüßen könnt."

Er stand auf und ging um den Tisch. An einem Stuhl, der schon lange Zeit leergestanden hatte, blieb er stehen. Seine Hände strichen leicht über die ledergepolsterte Lehne des hohen Sitzes. Als Merlin weiterging, konnten es alle Ritter lesen. „LANCELOT VOM SEE" prangte in goldenen Lettern darauf.

Die Ritter der Tafelrunde tuschelten leise, während Merlin sich müde abwandte und seinen Platz am Feuer suchte. Gerade als er sich gesetzt hatte, wurden die Eingangstücher zurückgeschlagen und Artus trat ein. Er war totenblaß. Seine Augen blickten leer, als ob er in weiter Ferne etwas suchte. In einer Hand trug er Excalibur, das Schwert der Macht. Das aufgeregte Gespräch der Ritter verstummte mit einem Schlag. Das Schwert war wieder vollständig. Es sah völlig unberührt aus. Nicht die kleinste Scharte war an der hellen Klinge auszumachen.

Artus ging zu seinem Stuhl. Er setzte sich, als ob er noch in einem tiefen Traum wandeln würde. Dann hob er den Blick und sagte langsam, leise, aber deutlich: „Die Welt ist groß, aber der Himmel unendlich weit! Und all das, was dazwischen liegt, werden wir Menschen mit unseren kläglichen Sinnen wohl nie erfassen können!"

Dann seufzte er. „Mir ist geboten worden, noch heute einen neuen Ritter in diese Runde aufzunehmen. Sein Name ist Lancelot vom See."

Er schwieg und folgte den stummen Blicken der versammelten Ritter, die alle nach dem Stuhl sahen, den Merlin vor wenigen Augenblicken berührt hatte.

Artus suchte Merlins Augen. Doch dieser saß leise summend am wärmenden Feuer und sah ihn nicht an.
„Wie soll sich ein einfacher König gegen solche Mächte wehren können?“ murmelte Artus leise und müde vor sich hin. Laut jedoch sagte er: „Bringt mich zu Lancelot! Ich will sehen, wie es ihm geht.“
Von Knappen wurde Artus zu dem Zelt geführt, in welchem der Verwundete gepflegt wurde. Als er eintrat, verbeugte sich ein Arzt und verschwand lautlos. Artus trat an das fellgepolsterte Lager.
Lancelot hatte die Augen geöffnet.
Geduldig wartete Artus, bis der fieberkranke Blick Lancelots in seinen Augen Halt gefunden hatte. Dann redete er ihn an: „Ich hoffe, der Wundschmerz peinigt Euch nicht zu sehr, edler Ritter Lancelot vom See.“
Schweigend schüttelte dieser leicht den Kopf.
„Heute nacht“, fuhr Artus fort, „war ich bei den Damen vom See. Seht her“, er hob Excalibur in die Höhe, „sie haben mir verziehen und das Schwert wieder zusammengefügt. Ihr sollt ein Ritter meiner Tafelrunde werden, wurde mir aufgetragen. Als ob ich dies nicht schon längst beschlossen hätte. Ihr sollt, wann immer Ihr wollt, zu meiner Rechten sitzen, gerade neben Ginevra, meiner Gattin, der Königin.“
Aber Lancelot vom See hörte ihn nicht mehr. Er war wieder eingeschlafen.
Wie durch fremden Zauber verheilten Lancelots Wunden innerhalb weniger Tage, und Artus schlug ihn zu einem Ritter der Tafelrunde, sobald er das Krankenlager verlassen hatte.
Als Lancelot vom See zum ersten Male Ginevra, die Gemahlin des Königs, sah und diese ihn, erschien es beiden, als sei das Himmelsgewölbe aus den Fugen geraten.
Seit diesem Augenblick liebten sich Ginevra und Lancelot vom See, ohne daß zunächst jemand anderer etwas davon ahnte.

*Merlin stützte sich sorgenvoll den Kopf. Auf seiner Stirn bildeten sich Falten, die mich an einen umgepflügten Acker denken ließen.*
*„Es ist eine traurige Geschichte um den strahlenden Ritter Lancelot, seine gewaltigen Abenteuer und die unglückselige Liebe zu Ginevra, der Königin", sagte er.*
*Dann erhob er sich: „Ich will ein wenig in den Wald gehen und mich dort umsehen." Er hüllte sich in einen dicken Fellmantel und nahm seinen knorrigen Wanderstab zur Hand. „Richte du das Essen. Nachher will ich weitererzählen. Mir bleibt nicht mehr viel Zeit."*
*Er stapfte über die Lichtung und verschwand im Dickicht.*
*Spät am Nachmittag kehrte er zurück. Sein Haar war vom Winde zerzaust, und Kletten und Dornen hatten sich darin verfangen. Merlin jedoch schien dies nicht zu stören. Er genoß die geräucherten Fasanen, die ich aus der Vorratskammer geholt hatte, trank von meinem besten Wein und erzählte weiter von Lancelot und seinen Abenteuern...*

Nachdem Lancelots Wunden vollständig verheilt waren und er beim Schwingen des Schwertes ebenfalls keine Beschwerden verspürte, rüstete er sich, um auf abenteuerliche Fahrten zu gehen. Er konnte die Nähe zu Ginevra, der Königin, nicht länger ertragen.
Sein Eid verpflichtete ihn zur Treue gegenüber Artus, und doch verzehrte sich sein Herz und sein Leib nach der liebreizenden Ginevra, die ihn auch immer wieder ermunterte. Oftmals trafen sich die beiden an verschwiegenen Plätzen, und es ist gewiß, daß bei diesen Zusammenkünften mehr als nur schöne Worte getauscht wurden. Manch einer am Hofe von Camelot berichtete, hinter vorgehaltener Hand, von Gerüchten, die über Lancelot und die Königin in Umlauf waren.
Am Tage seines Aufbruches konnte Lancelot die Königin nirgendwo finden. Sie hatte sich in eine stille Kammer zurückgezogen und wollte von niemandem gestört werden. So ließ ihr Lancelot die besten Grüße überbringen und ritt, schweren Herzens, mit seinem Neffen Lionel davon.
Ginevra jedoch grollte Lancelot, denn sie hätte es gerne gesehen, wenn er in ihrer Nähe geblieben wäre.
Den ganzen Tag begegnete den beiden Rittern niemand. Am frühen Abend fanden sie auf einer lieblichen Heide eine kleine Quelle mit kühlem, klarem Wasser. „Laßt uns hier das Nachtlager errichten", schlug Lancelot vor, und Lionel war einverstanden.
Während sich Lancelot um Zelt und Feuer kümmerte, ging Lionel in den nahen Wald, um sein Glück bei der Jagd zu versuchen. Er war noch nicht sehr lange geritten, als er Zeuge eines ungewöhnlichen Kampfes wurde. Ein großer, mächtiger Ritter in pechschwarzer Rüstung mußte sich gleichzeitig gegen drei Angreifer wehren. Noch bevor Lionel eingreifen konnte, hatte dieser die drei vom Pferd geworfen und getötet.
„Das war ein gewaltiger Kampf, Herr Ritter." Lionel ritt näher, um den Schwarzgerüsteten zu begrüßen.

„Mein Name ist Lionel", fuhr er fort und hob das Visier. „Ich bin ein Ritter der Tafelrunde. Wie lautet Euer Name, fremder Ritter?"
„Man nennt mich Turquine, den Gewaltigen", stieß der Schwarzgerüstete hervor, „und ich habe geschworen, bei allem, was mir heilig ist, die Ritter der Tafelrunde zu vernichten, wo immer ich sie treffe!"
Damit hob er die Lanze und drang auf Lionel ein. Noch bevor dieser seinen Sattelgurt hätte festzurren können, wurde er von Turquine vom Pferd geworfen. Stöhnend und benommen lag Lionel auf der Erde, als Turquine zu ihm trat. Rücksichtslos wurde ihm die Rüstung vom Leib gerissen. Als er in seinem wollenen Hemd dalag, zog Turquine eine kunstvoll gearbeitete Peitsche hervor und schlug auf Lionel ein, bis dessen Haut platzte und er ohnmächtig wurde.
Lionel erwachte erst wieder durch die Berührung fremder Hände, die ihn liebevoll umsorgten.
„Wo bin ich", stammelte er. „Was ist geschehen?"
„Seid still, fremder Ritter", hörte er eine Stimme in der Dunkelheit. „Zwar seid Ihr gefangen in einem düsteren Kerker, doch Ihr seid nicht allein. Und wir werden Euch pflegen, so gut wir können."
„Wer seid Ihr?" wollte Lionel wissen und richtete sich stöhnend auf.
„Mein Name ist Norland und, wie alle anderen Gefangenen hier, bin ich ein Ritter der Tafelrunde."
„Ihr seid Norland?" rief Lionel erfreut. „Seid mir gegrüßt und auch all die anderen hier. Ich bin Lionel, der Neffe Lancelots vom See. Seid sicher, nicht mehr lange, und Turquine wird sein schändliches Tun beenden müssen, denn noch vor wenigen Stunden war ich mit Lancelot zusammen. Er wird mich suchen und uns alle befreien."
Als die Ritter im dunklen Kerker dies hörten, keimte zum ersten Male seit langer Zeit ein klein wenig Hoffnung in ihnen.
Lancelot wartete auf der Heide bis tief in die Nacht auf seinen Neffen. Als es schließlich schon nach Mitternacht war, wußte er, daß etwas geschehen sein mußte. Kein Mond und kein Stern erleuchtete den Himmel, und so beschloß Lancelot zu schlafen und früh am Morgen den Spuren Lionels zu folgen.
Ohne Schwierigkeiten fand er am nächsten Tag die Lichtung, auf der

Turquine seinen Kampf gegen die drei fremden Ritter ausgefochten hatte. Von dort zogen die Spuren zweier Pferde in gerader Linie davon. Lancelot folgte ihnen. Am späten Mittag erreichte er eine finstere Burg. Vor dem Graben waren an einem alten Baum viele Schilde befestigt. Als Lancelot sie näher betrachtete, stellte er fest, daß ihm nicht wenige Wappen bekannt waren, und nach einigem Suchen entdeckte er den Schild seines Neffen Lionel.

Laut schallte sein Ruf nach Einlaß über den Burggraben, doch es war keine Antwort zu hören. Nach einiger Zeit jedoch senkte sich knarrend die Zugbrücke, und Turquine, der Gewaltige, ritt in voller Rüstung aus der Burg auf Lancelot zu.

„Wie heißt Ihr, Herr Ritter", wollte Lancelot wissen und deutete dann auf die Schilde am Baum, „und welche Bedeutung hat diese sonderbare Sammlung hier?"

„Mein Name ist Turquine", ertönte es dumpf hinter dem geschlossenen Visier. „Und die Ritter, die zu diesen Schilden gehören, schmachten alle in meinem Verlies und warten auf den Tag ihrer Befreiung. Aber solange ich lebe, wird dieser Tag nicht kommen!"

Entschlossen zurrte Lancelot seinen Sattelgurt fest und griff sich eine Lanze. „Wir werden sehen, Herr Turquine!" schrie er und schloß das Visier.

Siegesgewiß lachend erwartete Turquine den Stoß Lancelots und lenkte ihn zur Seite. Dann griff er an, und donnernd schrammte die gehärtete Spitze seiner Lanze über die weiße Rüstung Lancelots. Doch auch dieser hielt sich gut im Sattel. Und so zersplitterten die beiden viele Lanzen aneinander, ohne daß einer von ihnen einen Vorteil hätte erringen können. Schließlich brüllte Turquine: „Nun kommt schon herunter von Eurem Pferd, Herr Ritter, und zeigt, ob Ihr mit dem Schwert in der Hand ebensogut kämpfen könnt wie mit der Lanze!"

Lancelot ließ sich dies nicht zweimal sagen. Er zog sein Schwert und setzte dem großen Ritter sehr zu. Aber auch Lancelot mußte viele Hiebe hinnehmen. Schließlich jedoch gab sich Turquine, der Gewaltige, unter den mächtigen Schlägen Lancelots geschlagen.

„Schwört auf mein Schwert, Herr Ritter“, keuchte Lancelot, als Turquine vor ihm kniete, „daß Ihr nach Camelot geht und Euch dort Königin Ginevra als Gefangener auf Gnade oder Ungnade ergebt!“
„Niemals kann ich das tun, denn Ginevra ist die Geliebte von Lancelot, und ich habe geschworen, diesen Ritter zu töten, sobald ich ihn treffe, denn sein Vater hat meinen Vater getötet!“
„Dann steht auf und kämpft weiter, Herr Turquine“, sagte Lancelot und trat einige Schritte zurück. „Ich bin Lancelot vom See!“
Bleich vor Wut und Rachedurst erhob sich Turquine und griff sein Schwert. Dann stürzte er mit neuer Kraft auf Lancelot, der sich mühen mußte, die wilden Angriffe abzuwehren. Doch blinde Raserei ist kein guter Ratgeber beim Schwertkampf. Schon bald blutete Turquine aus vielen Wunden, da Lancelots Schwert immer wieder einen Weg hinter den Schild seines Gegners fand. Die Attacken Turquines wurden schwächer und langsamer, und er mußte zurückweichen. Noch war Lancelot nicht gewillt, diesen Ritter, der ihm den Tod wünschte, zu töten. Turquine jedoch bat nicht um Gnade, wollte diesen Kampf auf Leben und Tod führen. Ein starker Hieb Lancelots gegen den Hals Turquines ließ die feingearbeiteten Panzerringe der Rüstung brechen, und das Schwert fand nun ungehindert seinen Weg. Turquine, der Gewaltige, brach blutüberströmt in die Knie und starb kurz darauf, ohne daß ihm Lancelot noch hätte helfen können.
Wenig später waren alle gefangenen Ritter aus dem düsteren Verlies der Burg befreit und erzählten Lancelot, wie sie gefangengenommen und hierher gebracht worden waren.
Lancelots Mut und Kampfkraft wurden gerühmt, und die Balladensänger am Hofe zu Camelot übertrafen sich, als sie das Abenteuer erfahren hatten, dabei, den mächtigen Kampf gegen Turquine mit immer neuen Ausschmückungen vorzutragen.
Ohne seinen Neffen Lionel, der gemeinsam mit den anderen Rittern zurück an den Hof des Königs ritt, machte sich Lancelot alleine auf den Weg. Er wollte noch nicht zurück nach Camelot. Zu sehr bedrückte ihn dort die Nähe der Königin. Wie gerne wäre er für immer mit ihr zusammengewesen, hätte sie mitgenommen in seine

Heimat, in die Bretagne, oder zumindest auf sein kleines Schlößchen, welches er hier im Reiche Logries besaß und das den Namen 'Freudenturm' trug.

Als Lancelot am Nachmittag, im Schatten einer hochgewachsenen Esche, eine Rast einlegte und vor sich hindöste, geschah es, daß vier Frauen, offensichtlich von hohem Stande, begleitet von vielen Rittern, vorbeikamen. Die Frauen zügelten ihre reichgeschmückten Maultiere und geboten auch den Rittern, anzuhalten.

Als sie erkannten, welcher Ritter unter dem Baum lag und schlief, entbrannte ein großer Streit, welche von ihnen die Geliebte des strahlenden Ritters Lancelot würde sein dürfen. Morgana la Fay, eine dieser vier Frauen, legte einen Zauber über Lancelot, daß dieser erst wieder am Abend erwachen sollte. Daraufhin wurde er auf sein Pferd gelegt und, ohne daß er irgend etwas davon bemerkte, auf das Schloß Morganas gebracht.

Nachdem er erwacht war und seine Verwirrung überwunden hatte, sprach Morgana la Fay ihn an: „Entweder, Herr Lancelot vom See, Ihr erwählt eine von uns hohen Frauen zu Eurer Geliebten, oder aber, Ihr werdet in einen tiefen Kerker geworfen, aus dem noch nie jemand entfliehen konnte!"

Lancelot brauchte nicht zu überlegen. „Lieber verschmachte ich im tiefsten Verlies, als eine von Euch zu meiner Herrin und Geliebten zu ernennen!" sagte er und dachte an Ginevra.

Widerstandslos ließ er sich von herbeigerufenen Bewaffneten abführen. In einem dunklen, feuchten Gewölbe des Schlosses, tief unter den Grundmauern, wurde er in eine Zelle gebracht. Arme und Beine wurden ihm mit schweren Ketten an die rauhe Wand gefesselt. Die Tür wurde verriegelt, Lancelot war allein.

Jeden Tag kamen die vier Frauen zu ihm.

Eine kam am frühen Morgen, die nächste gegen Mittag, die dritte am Nachmittag und Morgana la Fay erschien des Abends. Und jedesmal stellten sie die Frage, ob denn Lancelot immer noch nicht gewillt sei, eine von ihnen zur Geliebten zu erwählen. Doch der gefangene Ritter ließ sich nicht erweichen.

Lancelot hätte wohl noch lange im finsteren Verlies geschmachtet, wäre ihm nicht eine von Morganas Kammerfrauen zu Hilfe gekommen.

Marna, so hieß die junge Frau, kam eines Tages in den Kerker, um dem Gefangenen Essen und Trinken zu bringen. Als sie sicher war, daß niemand ihnen zuhören konnte, sprach sie: „Edler Ritter Lancelot, ich bedauere sehr, daß Ihr hier gefangen seid und will Euch gerne helfen zu entkommen. Doch müßt Ihr versprechen, mir dafür einen Wunsch zu erfüllen."

„Wenn ich es mit meinem ritterlichen Gelöbnis und meiner Ehre vereinbaren kann, hohe Frau, will ich Euch gerne zu Diensten sein", erwiderte Lancelot und wartete gespannt, was die junge Frau von ihm verlangen würde.

„Mein Vater", fuhr Marna fort, „ist der König Bagdemagus. Er regiert nicht weit von hier und wird seit Monaten von einer mißgünstigen Sippschaft belagert, welche ihm den Anspruch auf Schloß und Land abstreiten will. Wenn Ihr mir versprecht, meinem Vater zu helfen, will ich Euch einen Weg zeigen, wie Ihr hier entkommen könnt."

Erfreut erwiderte Lancelot: „Mein erster Weg, wenn ich dieses Gewölbe verlassen habe, wird mich zu Eurem Vater führen. Und wenn er meine Hilfe annehmen will, werde ich sie ihm gerne gewähren."

„So hört denn, Herr Lancelot", erläuterte Marna ihren Plan. „Ich werde Euch morgen einen Ring bringen, der Euch unsichtbar für jedes menschliche Auge macht, sobald Ihr ihn dreht. So könnt Ihr Euren Bewachern entkommen. Aber hütet Euch davor, Morgana la Fay zu begegnen. Ihrer Zaubermacht ist der Ring nicht gewachsen. Sie kann Euch sehen."

„Dieser Ring alleine wird nichts nutzen, edle Frau", überlegte Lancelot. „Seht hier diese Ketten. Zuerst müssen diese Schlösser überwunden werden."

„Laßt dies nur meine Sorge sein, Herr Lancelot", sagte Marna zuversichtlich. „Bis morgen werde ich den richtigen Schlüssel schon gefunden haben."

Die junge Frau verabschiedete sich, und Lancelot schlief beruhigt und voller Hoffnung ein.
In der folgenden Nacht geschah alles, wie es geplant war. Marna brachte Lancelot wieder Essen und Trinken, und dabei steckte sie ihm einen kleinen Goldring mit einem wunderschönen Rubin an den Finger. Dann öffnete sie leise die Schlösser der schweren Ketten, mit denen Lancelot an die Wand gefesselt war.
„In der kleinen Scheuer, gleich neben dem Burgtor, warten zwei Pferde auf Euch." flüsterte sie. „Eines ist gesattelt, das andere trägt all Eure Waffen und Eure Rüstung."
Dann bedeutete sie Lancelot, ihr zu folgen. „Dreht den Ring", wollte sie noch sagen, aber da war Lancelot für ihre Augen schon unsichtbar.
Ohne Zwischenfall gelangten die beiden aus dem Verlies, und auch auf dem weiten Hof wurden sie nicht aufgehalten. Lancelot vergewisserte sich, daß die Zugbrücke nicht geschlossen war und öffnete dann leise und vorsichtig die Tür der kleinen Scheuer. Tatsächlich warteten dort zwei Pferde auf ihn. Die Tiere schnaubten leise. Lancelot fragte sich, ob der Zauberring ihn wohl auch vor den Pferden verbarg. Er stieg in den Sattel, nahm die lange Leine des Packtieres fest in die Hand und spornte das Pferd zu einem schnellen Galopp an. So preschte er aus der Scheuer, auf das Burgtor zu.
„Die Pferde gehen durch!" brüllte eine der Wachen am Tor und versuchte sich den vermeintlich reiterlosen Tieren in den Weg zu stellen. Der unsichtbare Lancelot hätte den Wächter wohl umgeritten, wäre der nicht rechtzeitig zur Seite gesprungen.
Als die ersten Berittenen sich aufmachten, die beiden Pferde zu suchen, war Lancelot schon längst in einem nahen Wald verschwunden.
Er ritt, wie er es Marna versprochen hatte, geradewegs zu König Bagdemagus, um ihm seine Hilfe anzubieten. Am frühen Morgen erreichte er das Schloß, und noch am selben Tage befreite er die belagerte Burg in ritterlichem Kampfe von allen Feinden.
Obwohl Bagdemagus ihn bedrängte und bat, wollte Lancelot nicht

länger als eine Nacht bei ihm bleiben. Er wollte weiter nach Abenteuern suchen, um so seine große, ungestillte Sehnsucht nach Ginevra zu vergessen. Beim Abschied gab Lancelot Bagdemagus den Zauberring, den er von Marna erhalten hatte. „Laßt ihn Eurer Tochter wieder bringen und bestellt ihr meinen Dank“, sagte er. „Wer weiß, vielleicht kann dieser Ring noch so manchem Ritter in großer Not helfen!“

Lancelot brauchte nicht lange zu reiten, um ein neues Abenteuer zu finden. Eine riesige schwarze Dogge lief plötzlich vor ihm her. Neugierig, wem denn dieses wunderbare Tier gehöre, spornte Lancelot sein Pferd an. Doch so sehr er sich auch mühte, er konnte den Hund nicht einholen. Erst im Hof einer alten, schon halb verfallenen Burg verlangsamte die Dogge ihren Lauf.

Sie legte sich hechelnd auf die staubige Erde und schaute zu Lancelot auf. Dieser stieg vom Pferd, zog sein Schwert und öffnete, ohne den riesenhaften Hund aus den Augen zu lassen, das modernde Portal zum Burgsaal. Hier waren sicher schon seit langer Zeit keine Ritter mehr zusammengekommen, um in festlicher Runde von ihren Abenteuern zu berichten. Spinnweben hingen an den Wänden wie feingesponnene Vorhänge. Der Wind fand ungehemmt Einlaß durch Mauerrisse und verwitterte Fensterläden. Lancelot lauschte angestrengt, denn er hörte von irgendwo aus der alten Burg ein Geräusch. War es der singende Wind, der sich um Pfeiler und zerfressenes Mauerwerk wand? Oder ein geheimnisvolles Wesen, das hier auf ihn lauerte?

Zögernd, doch ohne Furcht, tastete sich Lancelot weiter. Wieder vernahm er etwas, und jetzt war er sich sicher, dies war der Klagegesang einer trauernden Frau. Immer noch das Schwert in der Hand, ging er in die Richtung, aus der die schluchzende Stimme kam. In einer kleinen Kammer, die noch nicht in solch traurigem Zustand war wie die übrige Burg, fand er eine junge, weinende Frau, welche an einem Bett saß, in dem ein offenbar schwer verletzter Ritter lag.

„Verzeiht mein Eindringen, edle Dame“, begann Lancelot leise. Die Frau zuckte zusammen und wandte sich ihm zu. „Ich will Euch in

Eurer Trauer nicht belästigen", fuhr der Ritter fort, „doch wenn ich Euch helfen kann, so sagt es mir!"
Ein kleines Lächeln, ein hoffnungsvoller, winziger Funke, strahlte kurz in den Augen der Frau. „So hat Euch mein Hund doch gefunden, Herr Lancelot", sagte sie. „Wenn überhaupt, dann seid Ihr es, der meinem Bruder noch helfen kann."
Lancelot trat näher und betrachtete den blutenden Ritter.
„Aber dies ist doch Ritter Meliot von Logries", rief er und beugte sich tiefer über den ohnmächtigen Ritter. „Er ist ein Ritter der Tafelrunde und schon seit langem nicht mehr in Camelot gesehen worden."
„Seine Wunden können nicht heilen, da eine Zauberin einen Fluch darüber gesprochen hat. Ich kann die Schmerzen nur ein wenig lindern. Gesunden kann mein Bruder jedoch nur, wenn ein tapferer Ritter ein kleines Stück Tuch aus der nahen 'Kapelle der Gefahren' holt und ich damit die Wunden meines Bruders berühre."
„Dies ist ein Abenteuer nach meinem Geschmack", erwiderte Lancelot. „Wo ist diese sonderbare Kapelle, edle Frau?"
„Nicht weit von hier", bekam er Auskunft, und die Frau beschrieb ihm den Weg. „Doch müßt Ihr darauf achten, daß das Tuch, welches Ihr dort auf dem Altar finden werdet, blutgetränkt ist. Nur so kann ich meinen Bruder heilen."
Als Lancelot durch den dunklen Wald zur 'Kapelle der Gefahren' ritt, fand sich nicht der geringste Schatten der Furcht in seinem Herzen. Für den verwundeten und auf Heilung hoffenden Meliot, seinen Kampfgefährten von der Tafelrunde, wäre er auch geradewegs in die Hölle geritten, wenn er den Weg dorthin gewußt hätte.
Lancelot zügelte sein Pferd erst, als er die düsteren, schwarzen Mauersteine der verwunschenen Kapelle vor sich sah. An einer Wand konnte er viele Schilde ausmachen, die umgekehrt aufgehängt waren. Einige der Wappen kannte der Ritter gut, andere waren ihm unbekannt. Aber, soviel war sicher, all diese Ritter würde er nie wieder sehen, denn die kopfstehenden Schilde zeigten jedem, daß diese Ritter nicht mehr lebten.

Lancelot trieb sein Pferd zu einem leichten Trab an. Nur kurz zuckte er zusammen, als plötzlich wie aus dem Nichts, eine Horde schwarzgerüsteter Reiter vor ihm auftauchte und bedrohlich ihre Schwerter hoben. Langsam nahm Lancelot seinen Schild hoch und zwang sein Pferd, weiterzugehen. Jeden Augenblick erwartete er einen Angriff der Schwarzgerüsteten, und er hätte nicht gewußt, wie er sich gegen diese Überzahl zur Wehr hätte setzen können. Doch, gerade als die Nüstern seines Pferdes gegen das Bein eines der düsteren Reiter zu stoßen drohte, bildete sich eine enge Gasse, durch die Lancelot zur 'Kapelle der Gefahren' reiten konnte. Er sah sich nicht um, als er dort angekommen war und vom Pferd stieg.
In der Kapelle verbreitete eine flackernde Öllampe ein trübes Licht. Erst als sich seine Augen daran gewöhnt hatten, sah Lancelot einen kleinen Altar, auf dem ein einbalsamierter Ritter lag, der in ein blutgetränktes Leichentuch gewickelt war. Ohne zu zögern schnitt er ein Stück dieses Tuches ab. Die Erde begann zu beben, und von der Decke der Kapelle rieselten Staub und kleine Steine. Lancelot sah den Ritter auf dem Altar an. Er kannte ihn nicht, doch die offenen Augen des Toten schienen ihn anzustarren und zu durchbohren. Lancelot schloß die Augen des Ritters und sprach ein kurzes Gebet. Dann ging er zurück zu seinem Pferd. Kaum war er aufgesessen, um zu Meliot zurückzureiten, wurde er von einem hünenhaften Ritter angesprochen: „Wenn Euch Euer Leben noch etwas wert ist, Herr Lancelot, dann gebt das Leichentuch wieder heraus."
Doch Lancelot erwiderte nichts auf diese Drohung. Er zog sein Schwert, nahm den Schild fest in die andere Hand und ritt langsam auf den Ritter zu. Und es geschah wie schon zuvor, als er zur Kapelle gekommen war. Der Ritter wandte sich zur Seite und ließ Lancelot passieren, ohne ihn nochmals zu bedrohen oder ihn anzugreifen.
Aufatmend wollte er sein Pferd anspornen, als er vor sich auf dem schmalen Waldweg eine wunderschöne Frau sah. Diese sprach ihn an: „Herr Lancelot, ich bitte Euch, kommt mit zu mir. Niemals werdet Ihr einen Grund zur Klage haben. Ich werde Euch verwöhnen. Ihr allein sollt mein Herr und Gebieter sein."

„Dies kann nicht sein, edle Dame", erwiderte Lancelot höflich. „Ich habe mein Wort gegeben, dieses Tuch Ritter Meliot zu bringen und, obwohl Ihr schön seid, ich kann Euch nicht lieben. Ich habe Treue geschworen, und in meinem Herz findet sich nur Platz für eine Geliebte."

„Ach, Herr Lancelot", sagte die Frau traurig. „So werde ich wohl alleine bleiben müssen und Euch niemals mehr in meiner Nähe haben."

„Wer seid Ihr, edle Dame?" wollte Lancelot wissen.

„Mein Name ist Hellawes. Ich bin eine Zauberin. Nur um Euch hierherzulocken, lag der einbalsamierte Ritter auf dem Altar in der 'Kapelle der Gefahren'. Einzig Ihr konntet die Aufgabe erfüllen, Meliot das Leichentuch zu bringen, welches ihn heilen wird. Ich habe den Zauber über seine Wunden verhängt. Nun aber, da ich sehe, daß in Eurem Herzen wirklich nur Platz ist für Ginevra, die Königin, will ich nicht weiter mit meinem Schicksal hadern. Meine Macht ist zu gering, Eure Liebe zu zwingen. Reitet in Frieden, Ritter Lancelot. Ich wünschte, Ihr könntet glücklich sein mit Ginevra. Doch ich weiß, viel Unheil wird geschehen wegen dieser Liebe."

Mit diesen Worten wandte sich die Zauberin Hellawes ab und war schon nach wenigen Schritten im dichten Unterholz verschwunden. Lancelot sprengte zurück zu Meliot.

Mit dem blutgetränkten Leichentuch konnten die Wunden des Ritters geheilt werden, und nicht lange nach diesem Abenteuer wurde Ritter Meliot von Logries wieder am Hofe zu Camelot begrüßt, wo er berichtete, wie ihm Lancelot geholfen hatte.

Ginevra aber krampfte sich das Herz zusammen, als sie erfuhr, daß Lancelot die Liebe der schönen Zauberin Hellawes ausgeschlagen hatte. Alleine in ihrer Kammer, weinte sie bittere Tränen und wünschte, daß Lancelot endlich wieder an den Hof nach Camelot zurückkehren möge und damit auch zu ihr.

Tags darauf, König Artus sprach Recht in der großen Halle zu Camelot, wurde gegen Mittag ein alter Einsiedel vor ihn geführt. Viele Ritter der Tafelrunde, darunter Agrawein und Gaheris, Lionel und Meliot, Seneschall Kay und Sagremor, waren zugegen und hörten mit Erstaunen, was ihnen der alte Mann offenbarte.

„Noch in diesem Jahr", sprach der Einsiedel, „wird derjenige geboren werden, der dazu auserwählt ist, den 'Gefährlichen Sitz' an Eurer Tafelrunde einzunehmen, König Artus. Und dieser unfehlbare Ritter, der der tapferste sein wird, welcher jemals auf der Erde ein Schwert oder eine Lanze führt, wird die Suche nach dem Heiligen Gral beenden."

„Wie heißt er, wo können wir ihn finden?" bestürmten die Ritter den alten Mann. Doch dieser gab keine weiteren Auskünfte mehr.

„Meine Aufgabe ist erfüllt", sagte er müde. „Ich bitte Euch, König Artus, laßt mich hier in Camelot bleiben. Vielleicht darf ich noch erleben, wie jener Ritter den 'Gefährlichen Sitz' einnimmt."

Gerne gewährte Artus dem alten Mann diesen Wunsch und befahl, man solle ihm eine Kammer zuweisen und ihn mit allem versorgen, was sein Herz begehre.

Lancelot wußte von den Vorgängen am Hofe zu Camelot nichts. Er ritt ziellos durch das Reich, um mit seinen Kämpfen und Abenteuern die brennende Sehnsucht nach Ginevra vergessen zu machen. Eines Tages kam er in die Stadt Corbin. Dort wurde er freudig und voller Hoffnung begrüßt, denn die Kunde von seinen Heldentaten war bis in jeden Winkel des Reiches gedrungen. Die Menschen liebten Lancelot, denn er schien ihnen der strahlendste Ritter, der jemals auf Erden gekämpft hatte.

Die Herrin der Stadt, Königin Selena, war schon vor langer Zeit von Morgana la Fay mit einem Zauberfluch belegt worden. Die unglückselige Königin mußte nach dem Willen der mächtigen Morgana den ganzen Tag in einem Bade aus siedendem Wasser ausharren. Nur des Nachts konnte sie es verlassen und ihre Verbrühungen pflegen lassen. Morgana la Fay hatte diesen Zauber ausgesprochen, nachdem ihr von einem Vasallen berichtet worden war, Selena von Cor-

bin sei um vieles schöner und lieblicher als sie selbst.
Mancher Ritter war schon vor Lancelot nach Corbin gekommen, um die leidende Königin Selena zu erlösen. Doch keinem war es bisher gelungen, den Zauberbann zu lösen. Denn dazu mußte ein Drache getötet werden, der vor der Stadt in einem alten, unterirdischen Grabmal hauste.
Als Lancelot diese Geschichte erzählt wurde, verlangte er, sofort zu dem Grabmal gebracht zu werden. Ein Ortskundiger aus Corbin wies ihm den Weg. Als die zerfallene Grabstätte zu sehen war, verließ er Lancelot mit den Worten: „Eine gute Macht gebe es, Herr Lancelot, daß Ihr derjenige sein werdet, der den Drachen tötet. Schon viel zu lange leidet die Königin und mit ihr die ganze Stadt."
Entschlossen zog Lancelot sein Schwert, schloß seinen Helm und ritt alleine weiter.
Über dem Grab lag ein schwerer, grauer Stein. Eine unbekannte Hand hatte folgende Worte hineingemeißelt: „Es wird ein Leopard aus königlichem Blute kommen und den Drachen töten. Und dieser Leopard wird einen Löwen zeugen, der alle anderen Ritter überragen wird."
Lancelot las die Worte wohl. Doch ihren Sinn konnte er nicht enträtseln. Mit aller Kraft stemmte er den schweren Stein zur Seite und stieg in die dunkle Gruft hinab.
Es war totenstill. Modriges Wasser rann über grob behauenen Stein. Ein ekelhafter, schwefliger Geruch von Feuer und Tod ließ Lancelot schwer atmen. Dann griff der Drache an. Fauchend und mit feurigem Atem stürzte er sich auf Lancelot. Dieser wich bis zur feuchten Wand zurück und verbarg sich hinter seinem Schild, bis die erste Wut des Drachen abgeklungen war. Mit einem blitzschnellen Angriff überraschte er das blindlings wütende Ungetüm. Sein Schwert schlug eine tiefe Wunde in den schuppigen Hals des Drachen. Laut aufheulend spuckte die Bestie Feuer, und der lange Schwanz schlug Felsbrocken aus der Wand der Gruft, während dickflüssiges, grünes Blut auf den Steinboden floß. Wieder verbarg sich Lancelot, so gut es ging, hinter dem Schild. Die Hitze und der Gestank ließen ihn keuchen.

Aber auch der Drache wankte und zitterte. Die Wunde war tief, und die Kraft des Drachen floß mit seinem Blut davon. Lancelot bemerkte dies wohl. Mit aller Kraft rammte er seinen harten Schild in den aufgesperrten Rachen des Ungetüms, umklammerte sein Schwert mit beiden Händen und schlug dem Drachen, der sich in den Schild verbissen hatte, mit einem mächtigen Schlag das Haupt ab. Zuckend wand sich der Körper. Das grüne Blut des Untiers überschwemmte den Boden der Gruft.

Erschöpft und hustend stieg Lancelot aus dem Grabgewölbe ans Tageslicht. Dort legte er sich auf das kühle Gras und schlug die Augen erst wieder auf, als ihn eine Stimme höflich ansprach: „Dies war ein großes Abenteuer, Herr Lancelot. Bitte habt die Güte, bei mir auf meinem Schlosse Gast zu sein."

Lancelot erhob sich und sah, daß eine Gruppe von Reitern dicht vor ihm stand. Einer von ihnen, gerade derjenige, der ihn angesprochen, saß in einer bequemen Sänfte auf dem Pferd.

Obwohl Lancelot gerne zu Selena, der Königin von Corbin, zurückgekehrt wäre, um sich selbst davon zu überzeugen, daß der Fluch Morgana la Fays gebrochen war, nahm er die Einladung des edlen Herren gerne an und ließ sich von den Reitern zu einem wunderschönen Schloß geleiten.

Den großen Saal wärmten drei Kamine, und nirgendwo zuvor hatte Lancelot soviel Reichtum in einem Raume gesehen. Die Teppiche waren im Morgenland gefertigt worden, das Silber stammte aus Spanien, das Holz der Tische und Stühle kam aus dem fernen Afrika.

Freundlich bat ihn sein Gastgeber zu Tisch und sprach: „Mein Name ist Bran, man nennt mich auch den Reichen Fischerkönig."

Lancelot hatte schon viel von diesem geheimnisvollen Schloß und von König Bran gehört, und so stellte er ohne Umschweife die Frage: „Sagt, König Bran, weshalb könnt Ihr nicht gehen, nicht stehen und nicht liegen, ohne ständig Schmerzen zu leiden?"

Doch Bran, der Reiche Fischerkönig, antwortete nicht. Er sah empor zu einem kleinen Fenster, hoch unter dem Dach der großen Halle. Als Lancelot seinem Blick folgte, bemerkte er, wie eine weiße Taube durch dieses Fenster hereinflatterte. In ihrem Schnabel hielt sie ein kleines, wohlduftendes Weihrauchgefäß, welches sie vor Bran auf den Tisch stellte. Dann flog sie wieder davon. Bevor Lancelot nach diesem Wunder hätte fragen können, öffnete sich eine Tür und eine wunderschöne, junge Frau trat vor den Tisch. In ihren Händen hielt sie den Heiligen Gral; dieser leuchtete so hell und glänzend, daß Lancelot die Augen schließen mußte. Als er sie wieder öffnete, war die Tafel reich gedeckt und alle Teller und Töpfe gefüllt mit den besten Speisen.

Bran, der Reiche Fischerkönig, zerteilte für seinen Gast das Fleisch. Neben ihm stand Elaine, seine schöne Tochter, und sah Lancelot an. Sie liebte den strahlenden Ritter schon seit langem, doch noch nie war er ihr so nahe gewesen. Später, nach dem Mahle, trug Elaine den Gral wieder aus der großen Halle. Anschließend saß sie traurig in ihrer Kammer, bis ihre Zofe, Lady Brisen, die nicht unbewandert war in vielerlei Zauberkünsten, zu ihr kam.

„Seid nicht traurig Elaine", sagte Lady Brisen. „Ich weiß schon, wie ich Euch helfen kann."

Am Abend, gerade als sich Lancelot in einer warmen Kammer auf sein Lager legen wollte, klopfte es leise an seiner Tür. Ein vermummter Knappe stand davor und überreichte ihm ein kleines Päckchen mit den Worten: „Seht, was ich bringe, Herr Lancelot. Und wenn Ihr es erkennt, dann folgt mir."

Eilig öffnete Lancelot das kunstvoll verschnürte Päckchen. Er fand darin einen Ring, den er wohl kannte. Ginevra hatte ihn oft getragen. Sie mußte in der Nähe sein!

Lancelot kleidete sich eilig an und folgte dem schweigsamen Knappen durch das schlafende Schloß. Im Hof warteten schon zwei gesattelte Pferde. Leise ritten die beiden davon. Erst als das Schloß hinter ihnen lag, spornten sie die Pferde an. In einem nahen Wald, bei einem tiefen, klaren See, führte ihn der Knappe zu einer kleinen Wasserburg. Er setzte Lancelot in einem Boot über und führte ihn dann in ein Gemach.

„Wartet hier", sagte er. „Ihr werdet gleich empfangen."

Dann ging der Knappe, und Lancelot stand allein und fieberte dem Augenblick entgegen, da er seine Königin, Ginevra, wieder in den Armen halten konnte.
Geräuschlos öffnete sich eine schmale Seitentür. Eine Frau, die Lancelot noch nie gesehen hatte, kam auf ihn zu. „Die Königin wird Euch in Kürze empfangen", sagte sie und reichte ihm einen Becher. „Trinkt diesen Wein, damit Euch die Zeit nicht zu lange wird."
Sie verschwand, und Lancelot war wieder allein in dem Raum.
Immer noch verwirrt über das plötzliche Auftauchen Ginevras, ließ er sich auf einen Stuhl sinken und trank den Wein. Er konnte nicht wissen, daß Lady Brisen dem Wein einige Tropfen einer Zauberflüssigkeit beigemengt hatte. Als der Becher ausgetrunken, wurde die kleine Tür wieder geöffnet, und die Frau bedeutete Lancelot stumm, ihr zu folgen. Voll Freude und Erwartung lief der Ritter hinter der Frau durch dunkle, kaum beleuchtete Gänge, bis er schließlich vor einer Tür alleine gelassen wurde. Leise klopfte Lancelot, und sogleich wurde die Türe geöffnet.
„Wie lange habe ich Euch vermissen müssen, Ginevra", sagte Lancelot und umarmte die Frau, die er für seine Geliebte, für die Königin, hielt. Elaine, die Tochter des Reichen Fischerkönigs, schloß glücklich die Augen. Der Zaubertrank hatte tatsächlich bewirkt, daß Lancelot sie für Ginevra hielt. Lady Brisen hatte nicht zuviel versprochen.
Und so lag Lancelot vom See die ganze Nacht bei der schönen Elaine in dem Glauben, er würde Ginevra, seine Geliebte, in den Armen halten.
Als sich am Morgen die ersten Sonnenstrahlen zögernd einen Weg durch die Frühnebel bahnten und ihr Licht auch in die Kammer Elaines schickten, verflog die Wirkung des Zaubertranks. Mit einem Schrei schreckte Lancelot vom Lager hoch und starrte die junge Frau an. „Was ist geschehen? Wie kommt Ihr hierher? Ich bin getäuscht worden!" schrie er entsetzt und griff nach seinem Schwert. „Diese Schmach muß gerächt werden!"
Weinend warf sich Elaine vor Lancelot auf den Boden. „Verzeiht

mir, Herr Lancelot", schluchzte sie, „ich liebe Euch schon lange Zeit und wußte doch, daß ich nie bei Euch würde sein können, da in Eurem Herz nur Raum für Ginevra ist. Und doch ist es uns vorbestimmt worden, zusammenzuliegen."

Lancelot ließ sich nicht beschwichtigen. Sein Zorn und seine verletzte Ehre verlangten nach Rache und Blut. „Keine Entschuldigung kann Euer Verhalten rechtfertigen, Elaine!" rief er wütend und hob das Schwert. Doch in diesem Augenblick öffnete sich die Tür. Lady Brisen trat in die Kammer.

„Auch Ihr, Herr Lancelot vom See", sagte sie, „könnt der Vorsehung nicht widerstehen!"

„Ihr habt mir einen Zaubertrank gegeben!" Lancelot fiel es wie Schuppen von den Augen. „Auch Euer Leben soll verwirkt sein!"

„Ich habe nur ausgeführt, was mir höhere Mächte auftrugen", erwiderte Lady Brisen bestimmt und sah dem aufgebrachten Ritter ruhig in die Augen. „Wollt Ihr den Sohn töten, den Ihr heute Nacht mit Elaine gezeugt habt?"

Lancelot wankte, als habe ihn ein unsichtbarer Blitz getroffen. „Mein Sohn", stammelte er. „Elaine?"

Langsam sank das Schwert in seiner Hand. „Warum?" murmelte Lancelot wie im Traum und sah dann Lady Brisen hilflos an.

„Die Damen des Sees, die Euch aufzogen und Euch Euren Namen gaben, Herr Lancelot, bestimmten es so. Und deshalb ist es so geschehen."

Als ob er ein großes Turnier verloren hätte, stolperte Lancelot aus dem Raum. Alleine setzte er über den See, bestieg sein Pferd und ritt davon.

Das Gerücht, Lancelot hätte mit der wunderschönen Elaine ein Kind gezeugt, verbreitete sich wie ein Lauffeuer im ganzen Land. So blieb es nicht aus, daß es auch bald Ginevra in Camelot zu Ohren kam. Als sie nachforschen ließ und sich die Kunde bestätigte, fürchteten sich alle Kammerfrauen und Knappen tagelang vor ihrem Zorn. Erst als Ginevra erfuhr, daß Lancelot nur bei Elaine gelegen, weil ihm ein Zaubertrank vorgegaukelt hatte, er sei bei ihr, verzieh sie ihrem

Geliebten. Aber Elaine wollte sie niemals vergeben. Ärger und Neid nagten in Ginevras Herz. Sie wollte die Tochter des Reichen Fischerkönigs kennenlernen. Als König Artus ein großes Turnier in Camelot ausrief, sandte Ginevra auch eine Einladung an Elaine.
Als sich die beiden Frauen am Tage des Turniers zum ersten Male gegenüberstanden, redeten sie freundlich miteinander, überschütteten sich mit Komplimenten und umarmten sich wie alte, inniglich verbundene Freundinnen. Aber Ginevra, die Königin, hatte bereits einen Plan vorbereitet, wie sie sich an Elaine rächen wollte. Auf ihre Anweisung war Elaine die Kammer gerade neben ihrem eigenen Schlafgemach zugewiesen worden. Nur eine dünne Tür trennte die beiden Räume voneinander.
Am Abend ließ Ginevra durch eine Kammerfrau Lancelot ausrichten, sie erwarte ihn in der Nacht in ihrem Gemach. Er solle sich bereithalten, da er abgeholt werden würde. Gerne versprach Lancelot dies und bereitete sich freudig auf die Nacht mit Ginevra vor. Als alles im Schloß zu Camelot schlief oder sich höfischen Freuden hingab, klopfte es leise an Lancelots Tür. Vorsichtig öffnete der Ritter und sah, daß Ginevras Kammerfrau davorstand und ihm zuwinkte. Lautlos folgte er ihr. Er konnte nicht ahnen, daß die Frau, die da vor ihm durch die Gänge huschte, die zauberkundige Lady Brisen war, die sich die Gestalt der Kammerfrau gegeben hatte. Im Glauben, er würde zu seiner geliebten Ginevra geführt, folgte Lancelot der Frau, die ihn in ein Gemach geleitete und dann verschwand.
Nur eine kleine Kerze verbreitete ihr schummriges Licht in der Kammer.
„Kommt zu mir, Lancelot", wurde der Ritter aufgefordert. Er dachte, Ginevra sei es, die ihn zu sich rief. Doch es war Elaine, die schnell die Kerze löschte, als sich der Ritter zu ihr auf das Lager legte.
In der Zwischenzeit hatte die Königin nach Lancelot geschickt. Doch sie mußte erfahren, daß die Kammer ihres Geliebten leer sei und Lancelot nirgendwo zu finden war. Zornig verließ Ginevra das Lager und schritt ruhelos durch ihr Gemach. Nie wieder, das schwor sie

sich, wollte sie mit diesem treulosen, ehrlosen, unzuverlässigen Ritter etwas zu tun haben. Und dann hörte sie aus Elaines Kammer zärtliches Geflüster und vernahm Lancelots Stimme, die immer wieder voller Leidenschaft „Ginevra" rief.
Bleich vor Wut schlich sich die Königin an die dünne Holztür und preßte ihr Ohr dagegen. Kein Zweifel, es war Lancelots Stimme und er flüsterte Dinge, die sonst nur für ihre Ohren bestimmt waren. Ohne lange zu überlegen riß Ginevra die Tür zu Elaines Kammer auf und stürzte hinein.
Erschrocken fuhr Lancelot vom Lager hoch. Im Fackelschein, der aus Ginevras Gemach in die Kammer leuchtete, erkannte er die Königin. Fassungslos starrte er sie an. Dann blickte er auf das Lager und erkannte Elaine, mit der er zusammengelegen war.
„Nie wieder, Herr Lancelot vom See", Ginevras Stimme war kälter als die sturmgepeitschte Irische See im tiefsten Winter, „nie wieder will ich Euch hier am Hofe sehen! Und auch Euch nicht, Lady Elaine!" Sie wandte sich ab und schlug die Türe hinter sich zu. Lancelot sah ihr mit aufgerissenen Augen nach. Dann stürzte er ohnmächtig zu Boden.
Als er wieder erwachte, war der Morgen noch nicht angebrochen. Im Schloß war es still. Verwirrt blickte sich Lancelot um. Er war allein. Und dann brach die Erinnerung über ihn herein wie ein vernichtendes Unwetter. Laut schreiend stand er auf und stürzte sich, nackt und ohne Waffen, aus dem Fenster.
Dornenbüsche milderten seinen Fall. Ohne darauf zu achten, daß ihm tiefe Wunden in den Körper gerissen wurden, befreite sich Lancelot aus den Sträuchern und rannte davon. Hinaus aus Camelot und immer weiter und weiter. Seine Augen starrten leer, und in seinem Kopf tobte ein Wirbelsturm, der ihn nicht zur Ruhe kommen ließ. Erst weit enfernt von Camelot, verborgen unter dichtem Gebüsch und Laub, in wildem Unterholz sank Lancelot erschöpft auf die Erde und fiel in einen tiefen Schlaf.
Kein Mensch in Camelot konnte sich am Morgen das Verschwinden Lancelots erklären. Seine Kleider und auch seine Waffen, sein Pferd

und seine Rüstung lagen immer noch da, wo sie der Ritter am Abend abgelegt hatte. Aufgeregt wurde im ganzen Schloß nach ihm gesucht, aber kein Mensch konnte einen Hinweis darauf geben, wo er sein könnte. Ginevra hüllte sich in düsteres Schweigen, und so wurde vermutet, daß Lancelot wohl gemeinsam mit Elaine und Lady Brisen abgereist sei.

Erst als Ritter Bors, ein Verwandter Lancelots und Vertrauter von Ginevra, lange Zeit mit der Königin gesprochen und immer wieder auf sie eingeredet hatte, erfuhr er die Wahrheit.

Gemeinsam mit Parzival machte er sich auf, um nachzuforschen, was mit Lancelot geschehen war. Doch die beiden sollten über zwei Jahre für ihre Suche benötigen, denn so lange irrte Lancelot, der tapfere Ritter, durch die Wälder von Logries, lebte mit den Tieren und wie ein Tier, und sein Verstand war verwirrt.

Er ernährte sich von Wurzeln und Beeren. Manchmal fing er mit der bloßen Hand einen Hasen oder einen Frischling und schlang das Fleisch roh hinunter. Sein Haar hing ihm verfilzt und voller Kletten und Flöhe weit über die Schultern. Außer einem wilden Knurren oder Brummen kam kein Laut mehr über seine Lippen.

Es war im Frühjahr. Noch zierten dünne Eiskrusten die Ufer der kleinen Bäche, und außer den Krokussen wagte sich noch keine Blume aus der schützenden Erde, als Lancelot bei seinen ziellosen Wanderungen auf ein Zelt stieß. Am Baum daneben hingen zwei Schwerter und zwei Schilde; einige Lanzen standen auch dabei. Verwundert verharrte Lancelot bei diesem Anblick. Fast schien es, als könne sich sein verwirrter Geist an längst vergessene Dinge erinnern. Doch dann wurde sein Blick wieder leer und stumpf. Ungeschickt griff er sich einen Schild, roch daran und betastete ihn. Er stieß ein rauhes Brummen aus und schlug mit aller Kraft die Faust darauf. Die Tücher des Zeltes wurden zur Seite gestoßen, und ein verwachsener Zwerg rannte heraus. Er erkannte gleich, daß in Lancelot der Irrsinn wohnte und versuchte, ihn zu besänftigen. Doch Lancelot packte den Zwerg und warf ihn in ein dichtes Gebüsch. Dann schlug er weiter mit der Faust auf den Schild, daß es dröhnte und donnerte.

Nahender Hufschlag ließ Lancelot innehalten. Ein gerüsteter Ritter sprengte heran und sprang vom Pferd. Mit gezogenem Schwert schritt er auf Lancelot zu und versuchte ihm den Schild aus den Händen zu reißen. Doch Lancelot kümmerte sich weder um das Schwert noch um die eindringlichen Worte des Ritters. Er hob den Schild und zerschmetterte ihn auf dem Helm des Reiters. Ohnmächtig sank dieser zu Boden. Knurrend sah sich Lancelot um. Niemand war mehr zu sehen. Umständlich schob er die Eingangstücher des Zeltes zurück und trat, vorsichtig wie ein witterndes Tier, hinein. Mit großen Augen starrte ihn eine junge Frau an, die wohl geschlafen, von dem Lärmen aber geweckt worden war. Als sie Lancelots Augen sah, schrie sie entsetzt auf, raffte ihre Kleider zusammen und flüchtete aus dem Zelt. Lancelot folgte ihr nicht. Er befühlte die weichen Tücher und die dicken Felle des Lagers. Dann legte er sich hinein und war schon nach wenigen Augenblicken eingeschlafen.

Inzwischen hatte sich der Zwerg aus dem Gebüsch gerappelt; auch der Ritter, Herr Bliant, war aus seiner Ohnmacht erwacht. Schnell hob er den Zwerg auf sein Pferd und gab ihm den Auftrag, zur Weißen Burg zu reiten, um dort seinen Bruder Selivant zu holen. Dieser solle eine starke Sänfte mitbringen, um diesen offensichtlich vom Wahnsinn befallenen Menschen mitnehmen zu können.

Lancelot schlief immer noch tief und fest, als Selivant erschien. Er erwachte auch nicht, als er vorsichtig in starke Ketten gelegt und dann in die Sänfte gehoben wurde. Erst auf der Weißen Burg öffnete Lancelot die Augen und sah sich verwirrt um. Als er die vielen Menschen sah, die ihn anstarrten und leise flüsterten, wollte er aufspringen und davonrennen. Doch die Ketten hinderten ihn daran. So fletschte er nur grimmig die Lippen und knurrte gefährlich wie ein hungriger Wolf.

Erst als sich Lenea, die Tochter Selivants, dem Angeketteten behutsam näherte und ihm auf einem großen Teller Fleisch und Gemüse reichte, beruhigte sich Lancelot. Er beroch die Speisen aufmerksam, dann warf er sich auf die Erde und schlang alles hinunter, gerade wie ein wildes Tier.

Lancelot wurde gut versorgt und gepflegt auf der Weißen Burg. Alle, die ihn sahen, waren erstaunt über seine Schönheit und wunderten sich über die vielen Narben an seinem Körper. Er wurde in einem Turm untergebracht und dort mit starken Ketten angebunden, die ihm jedoch soviel Freiheit gaben, daß er sich im ganzen Raum bewegen und auch aus dem kleinen Fenster schauen konnte.

Eines Tages beobachtete Lancelot, wie Bliant, von zwei Reitern verfolgt, zur Weißen Burg zurückgaloppierte. Es schien, als wäre er verwundet, denn er konnte sich kaum noch im Sattel halten. Wütend zerrte Lancelot an seinen Ketten, als er mitansehen mußte, wie Bliant vom Pferd stürzte, sich mühsam aufrichtete und das Schwert zog, um sich gegen die beiden Angreifer zu wehren. Lancelots Wut war so gewaltig, als er sah, wie Bliant gegen beide Ritter gleichzeitig kämpfte, daß er die schweren Ketten sprengte und, ohne sich von jemandem aufhalten zu lassen, aus dem Turm rannte, um ihm zu Hilfe zu kommen.

Die beiden Reiter lachten, als sie den unbewaffneten Lancelot heranlaufen sahen. Einer von ihnen ritt ihm entgegen und wollte ihn niederschlagen. Doch Lancelot packte den Ritter am Schwertarm und zog ihn vom Pferd. Dann entriß er ihm die Waffe und schlug sie ihm auf den Helm. Leblos blieb der Ritter liegen. Lancelot achtete nicht mehr auf ihn. Er rannte weiter zu Bliant, der sich mit letzter Kraft dem anderen Angreifer entgegenstemmte. „Kämpft gegen mich, Herr Ritter!" brüllte Lancelot, als er sich zwischen die beiden warf. Und dies waren die ersten Worte, die er sprach, seit fast zwei Jahren. Lancelot stürmte auf den fremden Ritter ein, der sich hinter seinem Schild zu verbergen suchte. Doch gegen die mächtigen Schläge bot der Schild wenig Schutz. Schon bald lösten sich daraus große Stücke. Der fremde Ritter wollte jedoch nicht aufgeben. Auch er war ein geübter Schwertkämpfer. Als Lancelot alle Vorsicht für einen Augenblick vergaß, schlug ihm die Klinge seines Gegners eine tiefe Wunde in den Schenkel. Doch kurz darauf konnte Lancelot die Dekkung des fremden Ritters durchbrechen und ihm mit einem einzigen Hieb die linke Hand abschlagen. Laut aufschreiend flüchtete der Rit-

ter, schwang sich auf sein Pferd und galoppierte davon.
„Ihr entkommt mir nicht!" rief Lancelot und stieg auf das Pferd des anderen Ritters, der immer noch regungslos auf der Erde lag. Die Jagd währte jedoch nicht lange. Auf einem schmalen Waldpfad scheute Lancelots Pferd, warf seinen Reiter ab und rannte davon. Lancelot wäre wohl an seiner Schenkelwunde verblutet, wenn er nicht von einem Einsiedel, der ganz in der Nähe eine kleine Klause bewohnte, gefunden worden wäre. Auf diesen gestützt, humpelte er unter schweren Schmerzen durch den Wald. Als ihn der Einsiedel dann auf das einfache Lager legte, um ihm die Wunde auszuwaschen und zu verbinden, verlor Lancelot das Bewußtsein und wurde die nächsten drei Tage nicht mehr wach.

Der Einsiedel saß bei ihm die ganze Zeit, wischte ihm den Fieberschweiß von der Stirn, erneuerte die blutigen Binden, flößte ihm ab und an eine kräftige Brühe ein und versorgte ihn in allem so gut er konnte. Als Lancelot jedoch die Augen aufschlug, hatte der Irrsinn wieder Gewalt über ihn bekommen. Der stumpfe, leere Blick erkannte nichts, und keine Erinnerung ließ darin einen dankbaren Funken aufblitzen. Bedrohlich knurrend wankte Lancelot auf den alten Einsiedel zu. Wenn dieser nicht geflüchtet, wer weiß, was ihm geschehen wäre?

So aber trieb sich Lancelot einige Wochen im Wald umher. Er wanderte hierhin und dorthin. Ohne Ziel und Sinn verbrachte er Tage und Nächte und ähnelte bald wieder mehr einem wilden Tier als einem Menschen. Eines Tages sah der wahnsinnige Lancelot vor sich die Türme, Zinnen und Giebel einer schönen Stadt. Irgend etwas in seiner Erinnerung mußte wohl noch nicht ganz gestorben gewesen sein, denn er flüchtete nicht zurück in den Wald, sondern ging vorsichtig auf die Stadt zu. Lancelot konnte nicht ahnen, daß er vor der Stadtmauer von Corbin stand. Gerade jener Stadt also, in welcher Elaine wohnte.

Vor dem Tor dösten zwei Wachen in der Mittagssonne, als sich Lancelot näherschlich. Er huschte an ihnen vorbei wie ein Schatten. Den halbwüchsigen Jungen jedoch, die auf den staubigen Straßen tobten,

entkam er nicht. Sie bewarfen den in abgerissenen Kleidern daherkommenden Fremden, der nur knurrende Laute von sich gab, mit Steinen und Mistklumpen.
Vom Lärmen aufgeschreckt, brauchte es nicht lange, bis einige Stadtwachen erschienen. Mit ihren langen Spießen versuchten sie Lancelot in die Enge zu treiben. Doch diesem gelang es immer wieder, zu entwischen. Schließlich flüchtete er geradewegs in das schöne Schloß von Corbin. Die dort versammelten Ritter und die Damen des Hofes redeten beschwichtigend und eindringlich auf Lancelot ein. Sie hatten schnell erkannt, daß es sich bei diesem zerlumpten Mann um jemanden handeln mußte, dessen Geist verwirrt war. Langsam beruhigte sich Lancelot, und er ließ sich sogar etwas zu essen und trinken reichen. Als ihm bedeutet wurde, er solle mit einigen Mägden gehen, um ein Bad zu nehmen, folgte er den kichernden Mädchen, ohne zu zögern.
Diese berichteten später den versammelten Rittern und Damen des Schlosses, daß sie noch niemals einen stattlicheren Mann als diesen Fremden gesehen. Überall auf seinem Körper seien Narben von Schwerthieben und Lanzenstichen zu sehen. Aufgeregt besprach sich die Runde. Was sollte mit diesem Mann, der offenbar einstmals ein Ritter gewesen war, geschehen?
Als Dienstboten berichteten, der Fremde habe sich im Garten des Schlosses unter einem Baum schlafen gelegt, wurden Boten ausgeschickt, um Elaine zu holen. Es brauchte nicht lange, bis diese, zusammen mit Lady Brisen, erschien. Sie wurden in den Garten geführt, und dort schlief der seltsame Gast immer noch im kühlen Schatten eines Baumes und atmete ruhig und tief.
„Lancelot“, flüsterte Elaine, kaum daß sie ihn gesehen hatte. „Es ist der Ritter Lancelot vom See.“
Die zauberkundige Lady Brisen sprach einen Schlafbann über Lancelot, der ihn nicht aufwachen ließ, bis er, von starken Händen getragen, in dem Raum war, wo der Heilige Gral seinen Platz hatte, solange Bran, der Reiche Fischerkönig, auf Corbin weilte.
Als Lancelot wieder zu sich kam, fand er sich alleine in einem Raum,

der durch ein sonderbares Licht erleuchtet war. Verwirrt sah er sich um, konnte jedoch weder ein Fenster noch Kerzen oder Fackeln entdecken. Das Licht schien aus einem Gefäß zu strömen, welches auf einem kleinen, silbernen Tischchen stand. Neugierig ging Lancelot darauf zu. Als er jedoch in das Gefäß schaute, schrie er auf, schlug sich die Hände vor das Gesicht, wankte und stürzte ohnmächtig zu Boden. So wurde er von Elaine und Lady Brisen gefunden, die ihn in eine kleine Kammer des Schlosses tragen ließen. Dort schlief Lancelot drei Tage und drei Nächte, ohne daß ihn irgend jemand oder irgend etwas hätte wecken können. Dann schlug er die Augen auf, sah sich um, bemerkte die Frau, die an seinem Lager wachte und sprach verwundert: „Elaine, wie kommt Ihr hierher? Sagt, wo bin ich? Was ist dies für ein Ort?"

Glücklich schloß Elaine den Ritter in ihre Arme. Der Gral hatte den Irrsinn in Lancelots Geist besiegt. Er wußte nichts von dem, was in all der Zeit geschehen war. Er wußte nur noch, daß er sich damals, vor lauter Liebesschmerz, aus dem Fenster in Camelot gestürzt hatte.

So gut sie konnte, erzählte Elaine ihrem geliebten Lancelot alles, was sie wußte.

„Niemals wieder", sagte Lancelot, als Elaine ihren Bericht beendet hatte, „will ich nach Camelot zurückkehren. Wollt Ihr mit mir kommen auf meine Burg 'Freudenturm'?"

Nur zu gerne willigte Elaine ein. Und so zogen die beiden, begleitet von einer kleinen Schar treuer Knappen und Mägde, nach 'Freudenturm', um dort in Frieden und aller Abgeschiedenheit zu leben.

Davon aber, daß sie Lancelot einen Sohn geboren hatte, der nun in Obhut der Damen vom See aufwuchs, erzählte Elaine nichts. Ihr war Stillschweigen geboten worden, bis zu dem Tag, der schon lange vorausbestimmt war.

Niemand im ganzen Land, und auch keiner der Ritter der Tafelrunde, wußte, daß Lancelot wieder genesen war und wo er sich aufhielt.

Bors und Parzival schließlich waren es, die eines Tages, auf ihrer Suche nach Lancelot, wieder einmal zur Burg 'Freudenturm' kamen.

Lancelots Burg in Logries lag inmitten eines stillen Sees und war nur mit einem Fährboot zu erreichen. Doch so sehr Bors und Parzival auch nach einem Fährmann suchten, der sie hätte übersetzen können, sie fanden die Ufer des Sees verlassen, und keine Spur zeugte davon, daß es hier ein Boot geben könnte. Als die beiden am Abend ihr Lager nahe beim See aufschlugen, bemerkten sie einige kleine Lichter, die auf 'Freudenturm' entzündet worden waren.
„Es wohnt wieder jemand in Lancelots Burg", sagte Parzival, und Bors, der angestrengt über den nächtlichen See starrte, nickte. „Wenn dort jemand lebt, dann braucht er auch ein Boot, um über den See zur Jagd zu fahren oder um zu fischen", führte er aus. „Wir wollen hierbleiben, bis wir wissen, wer jetzt Herr auf 'Freudenturm' ist."
Früh am nächsten Morgen erwachten die beiden durch das helle Wiehern eines Pferdes. Sie fuhren hoch und sahen hinüber zu der Insel. Dort saß auf einem prächtig aufgezäumten Streitroß ein schwarzgerüsteter Ritter mit eingelegter Lanze.
„Niemand wird jemals seinen Fuß auf diese Insel setzen", dröhnte es über das stille, morgendliche Wasser des Sees, „ohne zuvor mich besiegt zu haben."
„Dann schickt uns ein Boot, Herr Ritter", antwortete Parzival. „Diese Herausforderung wollen wir gerne auf uns nehmen."
Bors nickte langsam, und ein Lächeln huschte über sein Gesicht. „Das war Lancelots Stimme, Parzival", sagte er. „Ich täusche mich nicht. Schaut Euch an, wie er davonreitet. Ich würde ihn unter Tausenden von Gerüsteten erkennen."
Die beiden brauchten nicht lange zu warten. Ein starkes Fährboot kam auf sie zu. Es war so groß, daß sogar ihre Pferde darauf Platz fanden und der Fährmann nur einmal übersetzen mußte.
Der schwarzgerüstete Ritter erwartete die beiden. „Nun setzt Euch auf Eure Pferde und kämpft", forderte er sie auf. „Oder hat Euch plötzlich der Mut verlassen?"
„Nein, Lancelot", erwiderte Bors und zog sich den Helm vom Kopf, „aber ich kann doch nicht gegen meinen Verwandten kämpfen. Und auch Ritter Parzival hier will seinem Freund und Gefährten nicht

mit der Lanze oder dem Schwert in der Hand gegenübertreten."
Da nahm auch Lancelot seinen Helm ab und sprang vom Pferd. „Ich wollte nicht, daß jemand mich findet. Aber gegen dieses Schicksal kann ich mich wohl nicht wehren."
Dann umarmten sich die drei Ritter der Tafelrunde und gingen Arm in Arm zur Burg 'Freudenturm', um sich zu berichten, was sie alles erlebt hatten.
Traurig schenkte Elaine den dreien an diesem Abend oftmals die Weinkelche nach. Sie wußte wohl, daß Bors und Parzival ihren Geliebten überreden würden, wieder zurück nach Camelot an die Tafelrunde zu kommen.
Bors und Parzival bestürmten Lancelot die ganze Nacht. Und am Morgen verabschiedete sich Lancelot von Elaine, bat sie, zu ihrem Vater zurückzukehren, denn von dort wollte er sie wieder abholen. Dann ritt er gemeinsam mit Bors und Parzival zurück nach Camelot.
Kurz vor dem großen Pfingstfest erreichten die drei Ritter das königliche Schloß. Lancelot wurde von allen Rittern und Damen in Camelot freudig begrüßt.
Auch Ginevra kam, um dem Heimgekehrten ihr Willkommen zu geben.
Und als die beiden sich nach langer Zeit wieder in die Augen schauten, da war alles, was zuvor gewesen, vergessen und ihre Liebe flammte wieder auf wie ein ausgetrockneter Strohhaufen, wenn der Herbstwind einen Feuerfunken in ihn hineintreibt.

Am Abend vor dem großen Pfingstfest erschien eine in Seide und Brokat gekleidete Edelfrau im Saal zu Camelot, wo die Ritter der Tafelrunde gemeinsam mit ihrem König speisten.
Höflich grüßte sie Artus und die versammelte Runde. Dann trat sie

vor Lancelot und sprach: „Herr Ritter, ich möchte Euch bitten, mit mir zu kommen. Nicht weit von hier wartet ein Knappe, in dieser Nacht von Euch zum Ritter geschlagen zu werden. Und glaubt mir, edler Herr Lancelot, kein Knappe auf dieser Welt hat den Ritterschlag mehr verdient, als gerade dieser junge Mann."

Fragend sah Lancelot hinüber zu König Artus. Dieser neigte zustimmend den Kopf, und so begleitete Lancelot die fremde Dame.

Unweit von Camelot kamen sie, am Fuße eines Hügels, zu der kleinen Klause eines Einsiedels. Als sie eintraten, erhob sich der greise Hausherr und bedeutete einem jungen Mann, sich ebenfalls zu erheben. Obwohl er noch ein Knappe war, trug der Jüngling schon die feingearbeitete Rüstung eines Ritters. Nur ein Schwert fehlte an seiner Seite; auch einen Schild konnte Lancelot nirgendwo sehen. Der Unbekannte beugte vor Lancelot das Knie.

„Ich bitte Euch, edler Ritter Lancelot", sagte er mit fester Stimme, „gebt mir die Ehre und schlagt mich zum Ritter."

Obwohl Lancelot noch gerne mit dem jungen Mann gesprochen hätte, um zu prüfen, ob er auch die ritterlichen Gebote beherrschte, obwohl er ihn auch gerne mit dem Schwert oder der Lanze in der Hand gesehen hätte, zögerte er nicht. Eine innere Stimme gab ihm ein, daß alles seine Richtigkeit habe und er schon bald erfahren werde, welches Geheimnis diesen Jüngling, der da vor ihm kniete, umgebe.

Lancelot zog sein Schwert, und während der Einsiedler zufrieden vor sich hinlächelte, schlug er den Knappen zum Ritter.

Als das Ritual beendet war und sich der junge Mann bei Lancelot bedankt hatte, war das Feuer in der Klause schon fast erloschen; so konnte Lancelot die Gesichtszüge des Jünglings nicht erkennen.

Auch der Einsiedel verneigte sich vor Lancelot und beruhigte ihn, als dieser besorgt nach dem Verbleib der unbekannten Dame fragte. „Sie hat ihre Aufgabe erfüllt und sich wieder auf den Weg zurück gemacht." Näheres wisse er auch nicht, gab der Einsiedel vor.

Es war spät in der Nacht, als Lancelot wieder in Camelot eintraf. Außer den Wachen am Tor und einigen letzten Zechern im Rittersaal

war niemand mehr wach. Auch Ginevra hatte sich bereits in ihre Kammer zurückgezogen. Traurig warf sich Lancelot auf sein Lager. Nur schwer fand er Schlaf in dieser Nacht. Immer wieder sah er den knienden Knappen vor sich, den er zum Ritter geschlagen hatte, obwohl er nicht einmal dessen Namen kannte.
Am nächsten Morgen, als Lancelot eben von der Begegnung der vergangenen Nacht erzählen wollte, wurde er von einem erstaunten Ruf unterbrochen: „Seht doch! Der 'Gefährliche Sitz'!"
Ritter Gaheris war es, der sich am ehesten von der Überraschung erholte. Er stand auf, ging um die Tafel und las laut vor, was auf der Lehne des 'Gefährlichen Sitzes' plötzlich geschrieben stand. „Vierhundertvierundfünfzig Winter nach der Passion unseres Herrn", las er laut, „soll dieser Stuhl besetzt werden."
Nach einer kurzen, gespannten Stille murmelte Artus fassungslos: „Dieser Tag ist doch heute! Dann soll also noch heute der 'Gefährliche Sitz' endlich seinen Ritter finden!"
Noch ehe sich die Tafelrunde von ihrem Erstaunen erholen konnte, stürzte ein Knappe in den Saal. „Ein Wunder", keuchte er, „unten am Fluß ist ein Wunder zu sehen!"
„Beruhige dich, Knappe", sagte Gawein, „berichte, was du gesehen hast."
„Ein Stein schwimmt auf dem Fluß." Der Knappe starrte mit großen Augen in die Runde. „In ihm steckt ein herrliches Schwert."
Natürlich folgten alle Ritter, Edelfrauen, Mägde, Knechte und Knappen des Hofes ihrem König, als dieser sich auf der Stelle von den Worten des Knappen überzeugen wollte.
Die feingewobenen, morgendlichen Nebel hatten ihre zarten Finger noch nicht völlig vom ruhig fließenden Wasser gelöst. Dennoch konnten alle erkennen, daß draußen auf dem Fluß tatsächlich ein großer Stein schwamm, aus dem ein Schwert herauszuwachsen schien. Und dieser Stein trieb unaufhaltsam auf die versammelten Ritter und König Artus zu.
„Das Schwert leuchtet wie einst Excalibur", murmelte Artus und erinnerte sich an das Wunder, welches er selbst erlebt hatte. Als der

Stein ans Ufer getrieben war, trat der König zu ihm. „Nur der Ritter wird mich herausziehen können", las er laut die Schrift, die in den Stein gemeißelt war, „an dessen Seite ich hängen soll. Und wer es doch versucht, obwohl ich ihm nicht zustehe, dem werde ich dereinst eine Wunde schlagen."

„Das ist ein geheimnisvolles Abenteuer", sagte Artus. „Herr Lancelot, wollt Ihr es auf Euch nehmen und versuchen, dieses Schwert zu ziehen?"

Aber Lancelot, der Ritter, dem sonst kein Abenteuer zu gefährlich sein konnte, schüttelte den Kopf. „Nein, mein König", antwortete er. „Dieses Abenteuer ist nicht für mich bestimmt."

„Gawein, mein Neffe", der König sah sich in der Runde der Ritter um, „was ist mit Euch. Wollt Ihr es versuchen?"

Ohne eine Antwort zu geben, ging der furchtlose Gawein auf den Steinblock zu und zog an dem Schwert. Doch dieses rührte sich nicht. Nachdenklich trat der Ritter zurück. „Wir werden sehen, ob sich die Vorhersage erfüllen wird", sagte er und trat wieder neben Artus.

„Ich will Euch nicht alleine lassen, Gawein, mein Freund." Parzival trat vor und versuchte seine Kraft an dem Schwert im Stein. Doch auch er konnte es nicht bewegen. Danach wollte kein anderer Ritter mehr seinen Mut an dem geheimnisvollen Schwert im Stein beweisen.

„Wir werden sehen, wer dieses Abenteuer zu bestehen hat", sagte Artus und befahl, alle sollten wieder zurückgehen in den großen Saal. Dort brauchten die immer noch verwirrten Ritter nicht lange zu warten, um die Lösung des Rätsels zu erfahren.

Noch ehe die Sonne an diesem Tag ihren höchsten Stand erreicht hatte, pflanzte sich ein freudiger Ruf vom Burgtor bis in den großen Rittersaal: „Merlin ist gekommen! Merlin ist wieder da!"

König Artus begrüßte den lange vermißten Seher und nahm ihn herzlich in die Arme. „Wie froh bin ich, Merlin, daß du uns wieder einmal besuchst. Wir alle hier haben schon seit langem auf dich gewartet."

„Ihr werdet euch alle daran gewöhnen müssen, daß von heute an die

Welt ihren Lauf ohne Merlin nimmt", entgegnete der Wahrsager und Zauberer ernst. „Es wird das letzte Mal sein, Artus", fuhr er fort, als er das fassungslose Gesicht des Königs sah, „daß ich dir und euch allen begegnen werde. Aber es ist kein Tag der Trauer heute. Seht, wer hier an meiner Seite nach Camelot gekommen ist!"

Jetzt erst bemerkten Artus und die übrigen Ritter der Tafelrunde, daß Merlin nicht alleine gekommen war. Neben ihm stand ein junger Mann in einer glänzenden Rüstung, der zwar ein reichverziertes, aber leeres Schwertgehänge umgebunden hatte und zudem ohne Schild war.

Artus sah den jungen, unbekannten Ritter aufmerksam an. Irgend etwas an dessen Gestalt kam ihm bekannt und vertraut vor. Aber er wußte nicht zu sagen, was es war. Auch Gawein und Parzival, die neben dem König standen, schwiegen nachdenklich. Erst als Ginevra, die Königin, zu ihnen kam und den jungen Mann sah, löste sich der Bann. „Lancelot?" flüsterte sie verwirrt und rieb sich die Augen. „Aber nein! Das ist nicht möglich! Er steht ja hier, bei den Rittern der Tafelrunde."

Jetzt fiel allen auf, wie sehr sich der junge Ritter und Lancelot glichen.

„Sein Name ist Galahad", gab Merlin Auskunft auf die ungestellte Frage. Dann sah er Lancelot freundlich an. „Gestern habt Ihr ihn zum Ritter geschlagen", sagte er. „So wißt denn, Herr Lancelot, daß Galahad Euer leiblicher Sohn ist."

Überrascht trat Lancelot vom See vor, schaute seinem Sohn lange in die Augen und nahm ihn dann freudestrahlend in die Arme.

Alle Ritter der Tafelrunde beglückwünschten den stolzen Vater, und sogar Ginevra kam zu Lancelot und freute sich mit ihm an dem so unerwartet aufgetauchten Sohn.

Merlin führte die Ritter und Galahad nochmals hinunter zum Fluß. Dort lag noch immer der Steinblock am Ufer, und das Schwert wartete darauf, herausgezogen zu werden.

„Dies ist Euer Abenteuer, Ritter Galahad", ermunterte der Seher und Zauberer den jungen Mann. Galahad sah sich mit ernstem Blick

um, dann griff er mit einer Hand das Schwert. Leicht und lautlos gab der Steinblock die Waffe frei.
Die Ritter der Tafelrunde nickten einander anerkennend zu. Nur Gawein und Parzival sahen sich mit gemischten Gefühlen an.
„Wenn sich die Prophezeiung wirklich erfüllen wird", flüsterte Parzival seinem Freund zu, „dann wird uns also Galahad verwunden."
„Wir werden sehen", antwortete Gawein gelassen.
Zurück im großen Saal wurde Galahad von Merlin zu seinem Platz an der Tafelrunde geleitet. Die versammelten Ritter warteten alle, bis sich Galahad auf dem Stuhl, der bis dahin der 'Gefährliche Sitz' genannt worden war, niedergelassen hatte. Als nichts geschah, atmeten sie erleichtert auf und setzten sich ebenfalls.
„Dieser junge Ritter hier, der noch nicht einmal einen Schild sein eigen nennen kann", sagte Merlin, als es endlich wieder still war im Saale, „wird dereinst Sinn und Zweck der Tafelrunde vollenden. Er wird den Heiligen Gral wieder dorthin zurückbringen, wo er seinen Platz hat."
Keiner der Ritter sprach ein Wort. Alle sahen sie Galahad an, der seinen Kopf gesenkt hielt wie ein schüchterner Jüngling.
Spät in der Nacht saßen nur noch Merlin und König Artus am fast erloschenen Feuer des Kamins in der großen Halle zu Camelot. Artus sah versonnen in die Glut, und Merlin hielt die Augen geschlossen.
„Werde ich dich auch nicht mehr im Steinkreis von Stonehenge finden können, Merlin?" begann Artus schließlich leise, ohne seinen Blick zu heben.
„Nein", antwortete der Seher und öffnete die Augen. „Der einzige Platz, an dem du immer mit mir sprechen kannst, wird dein Herz sein, Artus. Dort wirst du mich immer finden, und wenn du hören kannst und willst, wirst du dort auf jede deiner Fragen Antwort bekommen."
„Wie wird sich das Reich entwickeln und wie die Tafelrunde? Was wird mit mir werden und was mit Ginevra, meiner Frau?" wollte Artus wissen.

„Würde es etwas ändern", bekam er zur Antwort, „wenn ich dir jetzt deine Zukunft offenbaren und die Zukunft des Reiches vorhersagen würde? Die Menschen verlangen immerzu nach Wissen über das, was einst sein wird, oder sie trauern vergangenen Fehlern und vertanen Möglichkeiten nach. Viel einfacher und sinnvoller wäre es, wenn sie sich wirklich um das kümmern würden, was in der Gegenwart zu tun ist." Fast zärtlich sah Merlin den König an. Dann legte er ihm den Arm um die Schulter: „Es wird sein, wie es sein soll, und es wird kommen, wie es kommen muß. Auch wenn du darüber weißt, Artus, ändern würdest du nichts können."
Still lehnte sich König Artus an Merlin.
Und während Artus bittere Tränen der Trauer und des Abschieds weinte, summte Merlin eine leise, fremde Melodie.
Und wie am Tage seiner Geburt wurde Artus im Arme Merlins still und schlief ruhig ein.

Gawein

„Still, und ohne von jemandem bemerkt zu werden, habe ich noch in dieser Nacht Camelot verlassen, um hierher zu kommen."
Merlin war aufgestanden und schritt langsam in meiner Hütte auf und ab. Die Hände hatte er auf dem Rücken ineinandergelegt. Sein Gang war gebeugt wie der eines alten Mannes.
„Auch du scheinst traurig zu sein, Merlin", sprach ich ihn an.
Er schwieg lange, während er ruhelos meine Hütte durchmaß. Dann blieb er vor mir stehen. „Ein Abschied, ein wirklicher, endgültiger Abschied, ist nie leicht, Bleris", belehrte er mich. „Ein kleiner Teil desjenigen, der geht, bleibt immer zurück, bei demjenigen, der nicht mitkann. All das, was ich mit den Königen von Logries und England und deren Ritter erlebte, gehört für mich nun auf immer der Vergangenheit an. Es ist kein Schmerz, den ich empfinde, und auch keine Trauer; ich spüre nur eine wohlige, wenn auch wehmütige Erinnerung an diese Zeiten."
„Laß uns ein wenig hinaussitzen vor die Hütte", schlug ich vor.
„Nein!" bestimmte Merlin. „Ich muß dir noch so viel erzählen. Später werden wir mehr Zeit haben."
Also holte ich neues Pergament, füllte das Tintenfaß auf, überprüfte die Feder und wartete auf das, was Merlin mir erzählen wollte.
„Erinnerst du dich noch, daß Ritter Gawein von einem Fremden beschuldigt wurde, den Sohn des Königs von Francon hinterrücks erschlagen zu haben?" wollte Merlin von mir wissen. Als ich zustimmend nickte, fuhr er fort, „dann will ich dir jetzt berichten, was Gawein alles auf seinem Weg dorthin widerfuhr."
„Aber Merlin", begehrte ich auf, „mich interessiert viel mehr, was mit Galahad geschieht und wie sich Lancelot und Ginevra in Camelot verhalten. Was kümmern mich die ritterlichen Kämpfe von Gawein? Jedem ist bekannt, daß er ein tapferer und untadeliger Ritter der Tafelrunde ist."
Merlin schmunzelte ein wenig.
„Von Galahad wirst du morgen mehr erfahren", antwortete er, „aber ich glaube fast, du wirst ein wenig enttäuscht sein. Viel gibt es von ihm nicht zu berichten."

„Erfüllt sich denn die Verkündung, daß er Gawein und Parzival mit dem Schwert aus dem Stein eine Wunde schlagen wird?"
„Ja", nickte Merlin. „Auf seinen Wegen durch Logries und England wird Galahad unerkannt auf Gawein und Parzival treffen, gegen sie kämpfen, beide besiegen und verwunden."
„So wird also Galahad der mächtigste Ritter der Tafelrunde werden?" wollte ich wissen.
„Das kann ich dir nicht sagen, Bleris. Ich weiß nur, daß es niemals einen Kampf zwischen ihm und seinem Vater Lancelot geben wird, denn schon bald wird Galahad die Rüstung ablegen und keine Waffe mehr in die Hand nehmen."
„Aber wie soll er dann, wie es vorhergesagt ist, Sinn und Zweck der Tafelrunde vollenden?"
Merlin schüttelte den Kopf. „Aber Bleris", tadelte er mich, „glaubst du denn, es braucht immer eine Waffe oder eine Rüstung, um etwas zu vollenden? Du redest ja wie einige dieser stolzen Ritter der Tafelrunde, deren Lebensinhalt nur noch aus Kampf und dem Trachten nach ritterlicher Ehre besteht."
Ein wenig betroffen schwieg ich und dachte nach. Dann platzte ich heraus: „Aber gerade solch ein Ritter ist doch Herr Gawein! Oder etwa nicht? Der König von Francon ist ein Lehensmann von König Artus. Anstatt zu seinem Zweikampf zu reiten, könnte Gawein doch auch einfach seinen Oheim Artus bitten, Recht zu sprechen über diese Anschuldigungen!"
Merlin lachte aus voller Brust. „Du hast recht, Bleris!" rief er. „Du würdest sicherlich so handeln an Gaweins Stelle, und ich sicher auch! Aber vielleicht sind wir beide deshalb keine Ritter der Tafelrunde geworden, sondern ich nur ein mit Visionen geplagter Seher und du ein Einsiedel im Wald von Northumberland, der seine Zeit damit verbringt, Geschichten aufzuschreiben."
Dröhnend lachte er weiter, und dies erboste mich so sehr, daß ich die Feder, welche ich schon in der Hand gehalten, zur Seite warf und aufstand.
„Du brauchst nicht mißmutig zu sein, Bleris", prustete Merlin zwischen

*einigen Lachern hervor. „Ich lache nicht über dich, sondern darüber, daß es genauso geschah, wie du es eben vorgeschlagen hattest."*
*Ein wenig verwirrt sah ich ihn an.*
*„Nun ja", führte Merlin aus, „Gawein ritt tatsächlich nach Francon, um sich dort dem Zweikampf zu stellen. Aber es kam nie dazu, weil König Artus den Streit vorher schlichtete."*
*„Kannst du mir dann verraten", bohrte ich, immer noch gereizt, weiter, „weshalb ich aufschreiben soll, wie Gawein nach Francon reitet, um eines Zweikampfes willen, der dann doch nicht stattfindet?"*
*„Weißt du, Bleris", sagte Merlin nun wieder ein wenig ernster, „er hat auf seinem Weg nach Francon einige wichtige Abenteuer erlebt. Und vielleicht lohnt es sich, diese für spätere Generationen niederzuschreiben?"*
*„Sag schon", fragte ich spitzfindig nach, „wieviele Ritter hat er unterwegs vom Pferd gestoßen oder mit dem Schwert besiegt?"*
*„Dreiundzwanzig", antwortete Merlin, ohne zu zögern.*
*„Und wie vielen edlen Damen hat er hilfreich zur Seite gestanden?" Ich ließ nicht locker.*
*„Nur zweien", bekam ich Auskunft. „Aber eine von ihnen hätte es fast so weit gebracht, daß Gawein ihretwegen seine Ritterehre vergessen hätte."*
*Merlin blickte betont gelangweilt aus dem Fenster.*
*Ich schwieg eine Zeitlang. Dann räusperte ich mich leise und fragte: „Weshalb?"*
*„Weil sie nicht so mit ihm umging, wie Damen sonst einen Ritter zu behandeln pflegen", deutete er an und starrte immer noch hinaus aus der Hütte.*
*„Nun sag schon, Merlin", forderte ich ihn auf. „Danach werde ich auch gerne weiterschreiben."*
*„Gut!" er wandte sich mir wieder zu. „Gawein traf auf Orgeluse, so hieß diese wunderschöne Edelfrau, nachdem ihm ein hinterhältiger Ritter sein treues Pferd Gringaluet gestohlen hatte."*
*„Diese Schmach blieb doch sicherlich nicht ungesühnt", warf ich ein.*

*Merlin sah mich strafend an. „Natürlich nicht", fuhr er fort. „Der Pferdedieb ist einer jener dreiundzwanzig Ritter, die Gawein im Laufe dieses Abenteuers besiegt nach Camelot schickte. Aber unterbrich mich jetzt nicht mehr."*
*Ich nickte, und er sprach weiter.*
*„Orgeluse ließ sich von Gawein auf das Pferd helfen und sich von ihm bedienen, als ob er ihr Dienstbote wäre. Dann beschimpfte sie ihn in übler Weise. Ein Ritter ohne Pferd, erklärte sie ihm, sei nichts wert oder aber ein Feigling. Gawein ließ all dies über sich ergehen, sprach kein Wort und lief hinter Orgeluse drein, denn er hatte versprochen, sie zu begleiten."*
*Merlin unterbrach seine Ausführungen, denn ich hatte den Kopf geschüttelt, die Augen geschlossen und geräuschvoll ausgeatmet.*
*„Und solche Männer sollen das Reich in Notzeiten gegen Feinde verteidigen? Merlin, sag selbst!"*
*„Bleris", erwiderte er, „du lebst schon zu lange hier in deiner Einsiedelei. Das Leben in den Dörfern, Burgen und Schlössern hat sich geändert! Ein ritterliches Wort gilt höher als alles, was du dir vorstellen kannst!"*
*Ich stand auf und sah ihn mißtrauisch an. Dann griff ich mir einen Becher, schenkte ihn voll mit Wein, trank und sagte: „Dem Wort eines armen Bauern, gegeben in einer üblen Spelunke, nach einem halben Faß Wein, habe ich immer mehr vertraut als allen Versprechungen sämtlicher Edelleute!"*
*Wortlos trat Merlin neben mich und nahm sich auch einen Becher. „Auf Gaweins Wort konnte man sich immer verlassen", ließ er mich wissen, „und für seine Ehre und die der Ritter der Tafelrunde war er bereit bis auf den Tod zu kämpfen."*
*Er trank einen großen Schluck, setzte sich dann an den Tisch, hielt mir die Feder entgegen und sagte: „Komm, Bleris. Ich werde schweigen von den vielen Kämpfen, welche Ritter Gawein führte. Auch werde ich dich nicht weiter langweilen mit der Geschichte um die Edelfrau Orgeluse. Obwohl du wissen sollst, daß Gaweins sanfte Großmut diese Dame lehrte, ihren Stolz und ihren Hochmut zu vergessen. Ich*

*will dir zwei andere Abenteuer von Gawein erzählen, die dir bestimmt gefallen werden."*
*Mein Ärger war inzwischen verraucht, und so setzte ich mich neben Merlin an den Tisch, nahm die Feder, glättete das Pergament und begann zu schreiben…*

Es war ein großes Gelage im Saal zu Camelot. Alle Ritter der Tafelrunde hatten sich versammelt, um die Silvesternacht am Hofe des Königs zu verbringen. Der Wein floß in Strömen, und die Balladensänger, Gaukler, Zauberkünstler, Spaßmacher und Akrobaten hatten viel zu tun und ernteten reichlich Lohn für ihre Vorführungen. Gerade als das alte Jahr sich zum Sterben bereitmachte und die Menschen in den Straßen das neue Jahr mit Freudenfeuern begrüßten, wurde die Tür des großen Saales aufgestoßen. Ein frostiger Winterwind fuhr zwischen die lärmenden und feiernden Menschen, und mit ihm betrat ein riesenhafter Recke den Raum.

Es wurde totenstill, denn der Ritter hatte eine fahlgrüne Gesichtsfarbe. Seine Rüstung war in derselben Farbe gefertigt, und sogar das gewaltige Beil, welches er anstelle eines Schwertes bei sich führte, war grün wie helles Moos. Der fremde Ritter stapfte mit schweren Schritten in die Mitte des Raumes und sah sich um. Alle waren gebannt von dieser unheimlichen Erscheinung, und keiner wagte ein Wort an ihn zu richten. „Ich bin der Grüne Ritter", dröhnte die Stimme des Hünen. „Die Unerschrockenheit und der Mut der Ritter der Tafelrunde sind weithin bekannt, und aus diesem Grunde bin ich hier. Ich will sehen, ob sich hier einer findet, der die Probe bestehen will, die ich vorschlage."

Aufmerksam sah sich der unheimliche Gast um. König Artus war es schließlich, der ihn höflich begrüßte und ihn bat, die Probe zu verkünden.

Der riesenhafte Mann warf seine Streitaxt vor sich, daß der Steinboden Funken sprühte. „Wer wagt es", sagte er dann, „mir mit diesem Beil den Kopf abzuschlagen? Derjenige, der den Mut aufbringt, muß aber schwören, sich in einem Jahr in meiner Kapelle einzufinden, um mir seinen Nacken zum Schlage zu entblößen."

Erschrocken zuckten die Ritter der Tafelrunde zusammen und schauten zur Seite. Solch ein unheimliches Abenteuer wollte niemand auf sich nehmen. Auffordernd und ein wenig spöttisch blickte

der Grüne Ritter auf die Männer: „Kein Ritter der Tafelrunde ist also bereit, diese Mutprobe zu bestehen? So besteht Euer Ruf wohl doch zu Unrecht!"
König Artus selbst erhob sich nach diesen Worten von seinem Stuhl und wollte sich die Streitaxt greifen.
Doch Gawein, sein Neffe, war schneller. „Überlaßt dieses Abenteuer mir, Artus!"
Dann ging er auf den Grünen Ritter zu. „Niemand soll sagen, die Ritter der Tafelrunde hätten Angst, diese Probe zu bestehen!"
Der riesenhafte Ritter kniete vor Gawein und legte seinen Nacken bloß. Gawein stand lange, ohne sich zu regen und umklammerte die gewaltige Streitaxt mit beiden Händen.
„Nun, Herr Gawein", murmelte der Grüne Ritter, „was ist, hat Euch der Mut verlassen?"
Dieser preßte die Lippen zusammen. Sein Mund wurde zu einem blutleeren feinen Strich. Langsam hob er die Streitaxt. Dann trennte er mit einem gewaltigen Streich das Haupt des Grünen Ritters vom Körper.
Atemlos und vor Entsetzen aufstöhnend sahen jedoch alle im Saale, wie der Grüne Ritter, so als ob nichts geschehen wäre, den bluttriefenden Kopf in die Arme nahm und dieses abgetrennte Haupt dann die Augen aufschlug.
„Vergeßt Euer Versprechen nicht, Ritter Gawein", sagte er mit blutverschmiertem Mund. Ohne zu schwanken drehte sich der Grüne Ritter um, ging, den Kopf unter dem Arm, aus dem Saal und verschwand in der Nacht.
Ungläubig starrten die Ritter und Gawein der Erscheinung nach. Dann überlief sie ein kalter Schauer, und sie schüttelten sich voller Unbehagen.
Artus nahm Gawein am Arm: „Dies ist wirklich ein seltsames Abenteuer, das Ihr da auf Euch genommen habt", sagte er. Und auch die anderen Ritter der Tafelrunde sprachen Gawein Trost zu, denn sie rechneten mit seinem sicheren Tod am nächsten Neujahrstag. Doch Gawein gab zurück: „Weshalb und wovor sollte ich zittern? Was

kann einem Manne mehr begegnen, als daß er sein Schicksal erfährt?"
Am nächsten Morgen jedoch bat Gawein sich vom Hofe entfernen zu dürfen und ritt aus, um Abenteuer zu suchen.
Viel zu schnell verging das Jahr für ihn. Immer näher rückte die Neujahrsnacht, und Gawein hatte die Kapelle des Grünen Ritters noch nicht gefunden. Wen er auch gefragt hatte auf seiner Reise durch das ganze Land, niemand kannte den Grünen Ritter, und niemand konnte Gawein den Weg weisen. So ritt er einfach weiter, gerade dahin, wo ihn sein treues Pferd Gringaluet führte, oder dorthin, wo ihn selbst eine dunkle Ahnung zog.
Einen Tag vor der Heiligen Weihnacht kam Gawein, mitten in einer weiten Ödnis, auf eine reiche Burg. Der Burgherr, ein Mann von riesenhafter Gestalt, sowie dessen Frau nahmen ihn herzlich auf und baten ihn, auf der Burg zu bleiben.
„Ich muß weiter", sagte Gawein und erzählte von dem unheimlichen Abenteuer und seinem Schwur, am Neujahrstag bei der Kapelle des Grünen Ritters zu erscheinen.
„Da habt Ihr es nicht mehr weit", erklärte ihm Melvina, die Frau des Burgherrn. „Ihr müßt kaum zwei Stunden reiten, dann seid Ihr dort."
So nahm Gawein die Gastfreundschaft Melvinas und ihres Mannes gerne an, und die beiden freuten sich, den berühmten Ritter in ihrer Burg verwöhnen zu können. Jeden Abend saßen die drei vor dem wärmenden Kaminfeuer, erzählten sich Geschichten, tranken Wein und scherzten miteinander. An einem solchen Abend, der Burgherr wollte am nächsten Tage zur Jagd reiten, sagte dieser gutgelaunt: „Wir wollen einen Pakt schließen, Ritter Gawein. Alles was ich morgen auf der Jagd erlege, will ich Euch geben. Dafür sollt Ihr mir die Beute geben, die Euch hier in der Burg zufällt."
Lachend willigte Gawein ein.
Am nächsten Morgen ritt der Burgherr mit viel Gefolge schon sehr früh in den tief verschneiten Wald.
Gawein lag noch im Bett, als sich die liebreizende Melvina seinem Lager näherte und sich zu ihm setzte. Galant und liebevoll sprach die

Burgherrin mit ihm, und ab und zu berührte ihre Hand wie zufällig den Arm Gaweins. Obwohl Gawein spürte, daß Melvina viel mehr wollte als nur mit ihm reden, blieb er still liegen und ließ sich nicht locken. Enttäuscht wandte sich Melvina nach einiger Zeit ab, gab Gawein jedoch zum Abschied einen Kuß auf die Wange.

Am Abend kehrte der Burgherr mit reicher Beute zurück. Wie abgemacht breitete er die Rehe, Hasen, Schnepfen und Fasanen vor Gawein aus.

„Ich biete Euch die Beute meines Tages", sagte er, und Gawein bedankte sich dafür. Dann ging er zum Burgherrn und drückte ihm einen Kuß auf die Wange. „Dies ist meine Beute gewesen am heutigen Tage", erklärte er. Der Burgherr schüttelte lachend seinen Kopf: „Da habt Ihr aber nicht viel erjagt", meinte er. „Vielleicht solltet besser Ihr am morgigen Tag Euer Glück im Walde versuchen."

Gawein lehnte jedoch ab. Es waren nur noch zwei Tage bis zum Neujahrsfest, und ihm stand der Sinn nicht nach der Jagd.

Am nächsten Morgen verabschiedete sich der Burgherr wieder sehr früh von seiner Frau und ritt mit allen Bediensteten der Burg hinaus in den Wald.

Abermals kam Melvina zu Gawein ans Bett, und dieses Mal setzte sie ihm so heftig zu, daß es schwierig für ihn war, die Dame zurückzuweisen, ohne ihren Stolz zu verletzen oder ihre Schönheit zu kränken. Schließlich aber gelang es ihm, und Melvina zog sich mißmutig zurück, nachdem sie Gawein zweimal auf die Wange geküßt hatte.

Stolz präsentierte der Burgherr am Abend Gawein seine Beute. Er hatte einen prächtigen Eber erlegt. Gawein küßte ihn auf beide Wangen, und wieder lachten die beiden Männer herzlich über die geringe Beute Gaweins in der Burg und über die erfolgreiche Jagd des Burgherrn.

Am Morgen des dritten Tages kam Melvina wieder ans Lager Gaweins, kaum daß ihr Mann zum Burgtor hinausgeritten war. Sie schien verzweifelt.

„Ihr liebt eine andere Dame, Ritter Gawein", sagte sie, „und dieser habt Ihr Treue geschworen. Darum seid Ihr so kühl zu mir." Gawein

mußte zugeben, daß es eine solche Frau in seinem Leben nicht gab. Verzweifelt zog Melvina einen Ring von ihrem Finger und flehte Gawein unter Tränen an, wenigstens dieses kleine Liebespfand von ihr anzunehmen. Doch Gawein gab ihr den Ring zurück: „Ich würde die Gastfreundschaft nicht ernstnehmen, die mir hier von Euch und Eurem Manne dargeboten wird. Deshalb bitte ich Euch, nehmt den Ring wieder an Eure Hand."
„Ach, Gawein", seufzte da Melvina. „Morgen früh müßt Ihr zur Kapelle des Grünen Ritters reiten. Wer weiß, vielleicht wird er Euch erschlagen. Weshalb weist Ihr mich zurück? Nie mehr könnt Ihr in den Armen einer Frau liegen, niemals mehr lieben! Seid nicht gar so störrisch."
Doch selbst von diesem Gedanken ließ sich Gawein nicht erweichen. Weinend saß Melvina vor ihm und rang die Hände. „Niemals zuvor bin ich so herzlos abgewiesen worden", schluchzte sie. Dann löste sie von ihrem Gewand einen kleinen, unscheinbaren grünen Gürtel. „Nehmt wenigstens diesen Gürtel, Herr Gawein. Er besitzt Wunderkraft. Wer ihn trägt, ist unverwundbar."
Und noch bevor Gawein etwas erwidern konnte, küßte ihn Melvina dreimal und drückte ihm den Gürtel in die Hand. Dann schlüpfte sie schnell aus dem Zimmer.
Erst spät in der Nacht kehrte der Burgherr von der Jagd zurück. Traurig berichtete er Gawein, daß er heute nur einen mageren Fuchs erbeutet habe. Gawein küßte ihn dreimal und meinte dann: „Seht Ihr, edler Herr, meine Beute hier in der Burg wächst, während die Eure immer spärlicher ausfällt."
Den grünen Gürtel jedoch hielt Gawein in seiner Tasche versteckt und erwähnte ihn nicht.
Melvina schenkte ihm einen dankbaren Blick.
Am nächsten Morgen verabschiedete sich Gawein schweren Herzens von dem gastfreundlichen Burgherrn und von Melvina. Schweigend winkten ihm diese noch lange nach, während Gawein traurig den Weg zur Kapelle des Grünen Ritters einschlug.
Den Gürtel Melvinas hatte er umgebunden. Obwohl dieser ihn

unverletzbar machen sollte, spürte Gawein, wie die Furcht in seinem Herzen wuchs. Doch er zögerte an keiner Wegkreuzung und sah schon bald in einem düsteren Tal eine kleine Kapelle liegen. Als er langsam näherritt, hörte er, wie ein schwerer Schleifstein bewegt wurde. Dies mußte wohl der Grüne Ritter sein, der seine große Streitaxt schärfte.
„Grüner Ritter!" rief Gawein laut. „Seid Ihr hier? Ich bin gekommen, um meinen Schwur zu erfüllen!"
„Es ist gut so", dröhnte dumpf eine Stimme hinter der Kapelle hervor. „Wartet noch ein wenig. Ich werde Euch sagen, wann ich soweit bin."
Daraufhin vernahm Gawein wieder das Drehen des Schleifsteines und das feine Klingen und Singen des Metalls, das an dem Stein geschärft wurde.
Schließlich trat der Grüne Ritter, in voller Rüstung, mit geschlossenem Visier, hinter der Kapelle hervor und winkte Gawein zu sich. Der Riese sprach kein Wort. Stumm bedeutete er Gawein abzusitzen und hinzuknien. Dieser schloß die Augen und beugte den Kopf. Ein stummes Gebet auf den Lippen, erwartete er den Schlag der Streitaxt. Er hörte, wie der Grüne Ritter sich hinter ihn stellte und die Axt erhob. Dann zischte das Beil durch die Luft und Gawein zuckte, obwohl er es nicht wollte, zur Seite.
„Ihr seid ein Feigling, Ritter Gawein!" rief der Grüne Ritter. Gawein sah ihn an und erwiderte: „Ich kann meinen Kopf nicht einfach wieder von der Erde aufnehmen, so wie Ihr. Aber ich verspreche, das nächste Mal besser standzuhalten!"
Wieder hob der Grüne Ritter die gewaltige Axt. Als er sah, daß Gawein nicht zuckte, sagte er: „So ist es besser. Aber nehmt noch die Kettenkappe ab, damit ich den Nacken besser treffen kann."
Ärgerlich gehorchte Gawein: „Nun schlagt endlich zu", rief er und beugte den Kopf. „Oder habt Ihr am Ende selbst Angst?"
„Ihr werdet Euren Lohn bekommen, Gawein", erwiderte der Grüne Ritter und schwang das Beil. Er ließ es niedersausen und zog mit der frisch geschärften Schneide einen feinen, blutigen Strich seitlich an Gaweins Hals.

Schnell sprang dieser wieder auf die Beine und zog sein Schwert: „Ich habe standgehalten, und ein Schlag war ausbedungen, mehr nicht!"
Der Hüne stand da und hob nicht einmal seine Axt. Er öffnete das Visier seines Helmes, und vor Gawein stand der Burgherr, bei dem er zu Gast gewesen, und lächelte ihn an.
„Nicht so hitzig, Ritter Gawein", sagte er. „Ihr habt den Schlag bekommen, der Euch gebührt. Zweimal gabt Ihr mir alles zurück, was Ihr am Tage in meiner Burg bekommen. Einmal habt Ihr gefehlt, und dafür habe ich euch gezeichnet. Es ist mein Gürtel, den Ihr tragt. Melvina hat ihn für mich gefertigt. Ich habe sie zu Euch geschickt mit Verlockungen und Versuchungen. Ich weiß um alles, was in der Burg zwischen Euch und meiner Frau geschah. Ihr seid wirklich einer der edelsten Ritter. Nur ein wenig habt Ihr gefehlt – und dies nicht aus Lust und Bosheit, sondern weil Ihr Euer Leben liebt!"
Blutrot im Gesicht vor Wut und Scham, stand Gawein vor dem Grünen Ritter: „Ihr beide macht alles Heldentum zunichte", rief er.
Dann löste er den grünen Gürtel von seiner Rüstung und wollte ihn dem Burgherrn zurückgeben. Dieser bat ihn, den Gürtel zu behalten und wieder als Gast auf die Burg zu kommen.
Den Gürtel nahm Gawein gerne an, er trug ihn seit diesem Abenteuer immer zur Erinnerung und als Mahnung für seine Verfehlung. Die Einladung auf die Burg jedoch schlug er aus, denn Melvina wollte er nicht mehr unter die Augen treten.
Die Freude am Hofe in Camelot war groß, als Gawein unverletzt zurückkehrte.
Die Ritter der Tafelrunde machten wenig Aufhebens über die Lüge Gaweins, sondern lobten seinen heldenhaften Mut und feierten ihn noch lange als den untadeligen Helden, der für die Ehre aller Ritter des Königs Artus eingetreten war.

An einem wunderschönen Morgen im Spätherbst beschlossen die Ritter der Tafelrunde, gemeinsam mit König Artus auf die Jagd zu reiten. Schon bald stürmten sie, nur mit Pfeil und Bogen, Speer und Jagdmesser bewaffnet, durch die Wälder um Camelot. Die begeisterten Rufe der Männer zerrissen die sanfte Stille zwischen den Bäumen, die sich auf den Winter vorbereiteten. Erschreckt flüchteten die Vögel, die Hasen und Wildschweine. Als König Artus eine Hirschkuh aufstöberte, die mit langen Sprüngen vor ihm davonhetzte, gab es für ihn kein Halten mehr. In rasender Jagd stürmte er auf seinem Pferd durch das dichteste Gebüsch hinter der fliehenden Hirschkuh her. Schon bald hatte er sich von seinen Rittern entfernt, und nur von weitem konnte er manchmal noch den hellen Klang eines Jagdhorns hören. Auf einer Lichtung, nahe einer klaren unberührten Quelle, schleuderte Artus seinen Speer und erlegte die Hirschkuh. Voller Freude sprang er vom Pferd, um die erlegte Beute auszuweiden. Doch da bemerkte er, wie ein gerüsteter und bewaffneter Ritter auf ihn zuritt. Hastig suchte Artus auf dem Schild des Ritters nach irgendwelchen Zeichen, welche ihm die Herkunft des Reiters verraten konnten. Aber er fand keine. Der Schild des Ritters war nachtschwarz, ebenso seine Rüstung und sein Pferd.
Als der Fremde näherkam, bemerkte Artus, daß das Gesicht unter dem geöffneten Visier keineswegs freundlich blickte. Mit einem scharfen Ruck am Zügel, riß der Ritter sein Pferd vor Artus zur Seite. Dann lachte er böse. „Heute ist wirklich ein Freudentag für mich“, rief er aus. „Endlich treffe ich Euch allein und ohne Euer Heer prahlender Ritter. Bereitet Euch vor, König Artus, Eure Tage sind gezählt!“
Erschrocken wich Artus zurück. Er forschte in seinem Gedächtnis, aber der Ritter war ihm fremd. „Wer seid Ihr?“ stieß er hervor und umklammerte sein Jagdmesser. „Mein Name ist Gromer Somer Joure“, antwortete der gewaltige Ritter, „und vor Jahren habt Ihr mir meine Ländereien genommen, weil ich mich Euch nicht unterwerfen wollte. Heute ist der Tag der Rache.“ Damit zog er sein Schwert und wollte auf Artus einschlagen.

„Es war wohl richtig von mir, Euch die Ländereien wegzunehmen", schrie Artus erbost, „denn kein Ritter meines Landes würde in voller Rüstung mit einem Manne kämpfen, der nur in leichter Jagdkleidung, einzig mit einem kümmerlichen Messer bewaffnet, vor ihm steht."

Gromer hielt inne und überlegte. „Ihr habt recht, König Artus. Niemand soll mir nachsagen können, ich hätte Euch ermordet, und so werde ich Euch eine Möglichkeit geben, Euer Leben zu retten. Schwört mir bei Eurer Ehre, daß Ihr heute in einem Jahr wieder hier zu dieser Quelle kommt, allein und unbewaffnet. Falls Ihr die Aufgabe erfüllt, die ich Euch gebe, werde ich Euer Leben schonen. Falls nicht, werdet Ihr durch meine Hand sterben."

Da Artus keine Möglichkeit sah, dem schrecklichen Ritter auf andere Weise zu entkommen, willigte er ein und fragte nach der Aufgabe.

„Ihr sollt mir die Antwort auf die Frage bringen, was den Frauen das Allerliebste auf der Welt ist", knurrte Gromer, und dann trieb er sein Pferd schon wieder auf den dichten Wald zu. Sein siegessicheres Lachen dröhnte in Artus' Ohren. „Es gibt eine Antwort, Artus", schrie der Ritter noch, „aber Ihr werdet sie nicht finden! Gehabt Euch wohl und vergeßt nicht, heute in einem Jahr werde ich auf Euch warten!"

Niedergeschlagen kehrte Artus zu seinem Gefolge zurück und berichtete den Rittern, was er erlebt hatte. Diese versuchten ihn aufzumuntern, doch erst als sein Neffe Gawein vorschlug, sich auf die Suche nach der richtigen Antwort zu machen, hellte sich das Gesicht des Königs ein wenig auf.

So verabredeten Artus und Gawein, daß sie beide ausreiten wollten, um überall im Lande Männer und Frauen, alte und junge, um Antwort auf diese Frage zu bitten. Diese Antworten sollten in einem großen Buch aufgeschrieben werden, und damit wollte Artus dann zu seinem Treffen mit Ritter Gromer Somer Joure reiten.

Das ganze Jahr zogen Gawein und König Artus durch die Ländereien und sammelten die Antworten in dem großen Buch, das sie

immer bei sich führten. Schöne Kleider wünschten sich die Frauen, einen treuen, tugendhaften Mann, gesunde Kinder, immerwährende Schönheit, ein größeres Haus, den Mann der Nachbarin, ein langes Leben, Lob für ihre Lieblichkeit und vieles, vieles mehr. Jeden Abend las Artus die Antworten nochmals durch. Ihm wurde im Herzen bang, denn er konnte nicht glauben, daß sich irgendwo darin die Antwort verbarg, die Gromer Somer Joure zufriedenstellen würde.
Als Gawein und König Artus wieder am Hofe zu Camelot eintrafen, schritt Artus oft ruhelos durch sein Zimmer. „Was ist den Frauen das Allerliebste auf der Welt?" Immerzu zermarterte ihm diese Frage das Gehirn. Schließlich hielt er es nicht mehr aus. Eine Woche vor dem vereinbarten Tag ritt er alleine los. Er wollte nochmals versuchen, neue Antworten zu finden.
Im dunklen Walde von Inglerwood, nachdem er schon lange keine Menschenseele mehr gesehen oder gehört hatte, traf er die häßlichste alte Hexe, die jemals ein Mensch erblickt hatte. Ihr rotes, aufgequollenes Gesicht wurde von einer triefenden Nase beherrscht. Die gelben Zähne standen wie Wildschweinhauer hervor. Um ihren breiten, sabbernden Mund sprossen einige lange, borstige Haare. Sie hatte einen dicken Hals und unförmige Hängebrüste. Und dabei saß sie doch auf einem reich aufgezäumten, edlen Pferd. Obwohl Artus noch nie eine abstoßendere Frau gesehen hatte, hielt er höflich sein Pferd an, trieb es ein wenig zur Seite und grüßte die Frau ritterlich. Ohne Umschweife begann die schauderhafte Alte zu sprechen: „Keine der Antworten Eures Buches, König Artus, wird Euch vor dem Tode bewahren. Denn sie sind alle falsch! Wenn ich Euch nicht helfe, werdet Ihr bald überhaupt keine Hilfe mehr nötig haben!"
Verzweifelt wandte sich Artus an das häßliche Weib: „Dann sagt mir die Antwort. Wenn Ihr mir helfen könnt, helft mir! Ihr werdet es bestimmt nicht bereuen!"
„Einen Wunsch müßt Ihr mir erfüllen, König Artus", fuhr die Frau fort, „dann werde ich Euch retten."
„Sagt, was Ihr begehrt", wollte Artus wissen.
„Ihr müßt mir einen Eurer Ritter zum Manne geben, und zwar Herrn

Gawein", forderte das Weib und lachte dabei aus vollem Hals, daß ihr schlechter Atem Artus ins Gesicht schlug.
Angewidert sah dieser zur Seite. „Das kann ich nicht", murmelte er dann. „Ich kann Gawein nicht zwingen, Euch zu ehelichen, und das würde ich auch niemals tun."
„Ihr sollt ihn nicht zwingen, König Artus. Reitet zurück zum Schloß und berichtet ihm von meiner Forderung. Falls meine Antwort Euch nicht das Leben rettet, werdet Ihr mich nie wiedersehen, und auch Gawein wird nichts mehr von mir hören. Berichtet ihm alles von mir. Ich bin zwar häßlich und mißgestaltet, doch habe ich eine fröhliche Natur und ein sanftes Gemüt. Morgen will ich hier an dieser Stelle wieder auf Euch und eine Antwort warten."
Schweren Herzens und voll düsterer Vorahnungen ritt Artus zurück zum Schloß. Dort ließ er seinen Neffen Gawein zu sich in eine stille Kammer des Schlosses holen und berichtete ihm von seiner Begegnung. Er verschwieg nichts von der Häßlichkeit des Weibes, und manchmal übertrieb er sogar noch ein wenig. Ohne zu zögern sagte Gawein, als Artus seinen Bericht beendet hatte und schwieg: „Lieber würde ich sterben, Artus, als Euch tot zu sehen. Reitet morgen zu der Frau und richtet ihr aus, daß ich sie ehelichen werde, wenn ihre Antwort Euch vor Ritter Gromer rettet."
Voller Rührung bedankte sich Artus bei Gawein. „Ihr seid wirklich der edelste Ritter des Landes. Und doch, ich weiß nicht, ob ich Euch dies zumuten kann!"
„Ich würde die Frau selbst dann heiraten, wenn sie häßlicher wäre als der leibhaftige Satan, um Euch zu retten", schwor Gawein und ließ keine Einwände mehr gelten.
Am nächsten Morgen ritt der König wieder alleine in den Wald von Inglerwood. An der selben Stelle wartete schon das scheußlich anzusehende Weib: „Nun, König Artus, welche Auskunft könnt Ihr mir geben?"
„Es soll sein, wie Ihr es wünscht", sagte Artus und schlug die Augen nieder. „Gut", fuhr die Alte fort, „dann will ich Euch die Antwort geben. Hört genau zu, König Artus. Es ist ein Ding, von dem alle

Frauen, die hohen wie die niedrigen, die armen wie die reichen, die alten wie die jungen, die schönen wie die häßlichen, die dummen wie die klugen, träumen. Vor allem anderen auf der Welt wollen sie die Männer beherrschen. Das ist ihr sehnlichster Wunsch. Nun geht beruhigt zu Ritter Gromer Somer Joure. Er wird diejenige verfluchen, die Euch dies verraten hat, aber das macht nichts. Und zu Gawein sagt, daß ich heute in sieben Tagen zu ihm kommen werde. Er soll die Hochzeit vorbereiten. Richtet ihm aus, seine Frau wird Ragnell sein, die Hexe."

Daraufhin wandte das häßliche Weib ihr edles Pferd und ritt in den düsteren Wald von Inglerwood. Niedergeschlagen und traurig blieb Artus zurück.

Am Tage seines Treffens mit Gromer ritt der König, wie versprochen, unbewaffnet und ohne Begleitung mit dem dicken Buch in den Wald, um sich an der Quelle mit dem Ritter zu treffen. Dieser wartete schon und sah ihm höhnisch lächelnd entgegen. „Nun, König Artus", begann der hünenhafte Recke, „laßt die Antwort hören." Wortlos reichte ihm Artus das dicke Buch, in welchem die vielen Antworten aufgeschrieben waren. Gromer Somer Joure blätterte darin und las aufmerksam. Oftmals lachte er laut und schüttelte den Kopf. „Nein, nein", rief er dann aus und klappte das Buch mit lautem Schlag zu. „Keine dieser Antworten ist richtig. Macht Euch also bereit zu sterben."

König Artus seufzte tief. Nun mußte er also doch die Antwort der Hexe Ragnell versuchen. Insgeheim hatte er gehofft, daß eine der Antworten des Buches richtig sein würde. Er hätte Gawein gerne die Schmach dieser Heirat erspart.

Ritter Gromer stand vor ihm, mit dem blanken Schwert in der Hand. „Kommt herunter, Artus!" befahl er. „Oder muß ich Euch an Euer Versprechen erinnern?"

„Nein, das müßt Ihr nicht", erwiderte der König, „aber ich will Euch noch eine letzte Antwort auf Eure Frage geben. So hört denn: Das Allerliebste, was sich die Frauen auf dieser Welt wünschen, ist, die Männer zu beherrschen!"

Ritter Gromer Somer Joure wurde bleich vor Enttäuschung und Wut. „Dies kann Euch nur meine Schwester Ragnell gesagt haben", brüllte er mit zornesrotem Gesicht. „Ich wünschte, sie würde auf dem Scheiterhaufen brennen, diese verfluchte Hexe!"
Er stieg in den Sattel und galoppierte davon.
Obwohl Artus dieses Abenteuer gut überstanden hatte und ihm kein Leid geschehen war, ritt er bedrückt zurück nach Camelot. Die Ritter, allen voraus Gawein, freuten sich sehr, als sie sahen, daß Artus wohlbehalten zurückkehrte. Und Gawein, der seinen Oheim in die Arme nahm, zögerte auch jetzt keine Sekunde: „Wir wollen die Hochzeitsfeier vorbereiten", sprach er, „ich habe mein Wort gegeben, und dem werde ich mich nicht entziehen."
So wurde überall im Lande bekanntgegeben, der edle Ritter Gawein gedenke die Dame Ragnell zu ehelichen. Die Edelleute und Lehensmänner wurden an den Hof zu Camelot eingeladen, und alle kamen, denn Gawein war ein sehr bekannter und beliebter Ritter.
Am Tage vor der Hochzeit erschien auch die häßliche Dame Ragnell am Hof. Es war mit einem Schlage totenstill im großen Saal. Erschrocken bissen sich die Ritter der Tafelrunde auf die Lippen, als sie erfuhren, dies solle die Ehefrau des edlen Ritters Gawein werden. Sie schüttelten die Köpfe über die abgrundtiefe Häßlichkeit des Weibes. Die Edelfrauen und Mädchen zogen sich in ihre Kemenaten zurück und weinten sich die Augen aus, denn Gawein war auch bei den Frauen sehr beliebt und begehrt. Obwohl König Artus die Hochzeit gerne in der kleinen Kapelle des Schlosses ausgeführt hätte, bestand die Dame Ragnell darauf, in der großen Kathedrale zu heiraten. Auch sollte das anschließende Festmahl nicht im engsten Kreise, sondern im Festsaal von Camelot gemeinsam mit allen Edelleuten, Lords, Baronen, Rittern und deren Frauen eingenommen werden. Widerstrebend beugte sich Artus den Wünschen der Dame Ragnell, da auch Gawein dagegen keine Einwände erhob.
Dem Priester zitterte die Hand, als er die Eheleute vor dem Altar mit dem Heiligen Wasser besprengte und ihnen die Hände zusammenlegte. Mehrmals bekreuzigte er sich danach heimlich unter seiner

Soutane, denn diese Hochzeit war ihm nicht geheuer, und ihm schien nicht alles mit göttlichen Dingen zuzugehen.
Beim folgenden Festmahl bogen sich die schweren Eichentische unter der Last der Speisen, aber vielen der Gäste blieben die Bratenstücke im Halse stecken, als sie sahen, wie die Dame Ragnell sich über das Essen hermachte. Drei Fasane und ebensoviele Kapaune schlang sie hinunter. Mit bloßen Fingern riß sie das Fleisch von den Knochen, und Fett und Bratensaft rannen ihr aus dem Mund über die Wangen den dicken, unförmigen Hals hinunter. Gawein reichte ihr die Speisen in höfischer Art und Weise, sprach freundlich zu ihr, und nur manchmal, wenn er sich abwandte, konnte man sehen, wie er gequält ein wenig sein Gesicht verzog. Kay, der Seneschall, murmelte halblaut vor sich hin, was viele dachten: „Wen immer diese Dame küßt, der soll sich hüten. Ich würde um mein Leben fürchten bei diesen Küssen!"
Nach dem ausgedehnten Festmahl zogen sich Gawein und Ragnell in ihre Gemächer zurück. Viele Ritter folgten mit mitleidigen Blicken dem Paar und seufzten tief auf. Lieber wären sie eine Woche durch den Wald der Abenteuer in Broceliante geirrt, als den schweren Gang Gaweins auf sich zu nehmen.
Gawein und Ragnell lagen inzwischen auf dem breiten Lager. Die Kerzen waren gelöscht, und nur der Mond verschwendete einige seiner Strahlen und beleuchtete das Zimmer. Voller Zweifel und geplagt vom schrecklichen Aussehen Ragnells lag Gawein und wagte nicht, sich umzudrehen und seiner Frau ins Gesicht zu schauen oder ihr gar einen Kuß auf den breiten Mund mit den gelben Hauern zu drücken.
Schließlich hörte er die Stimme Ragnells neben sich: „Ach Herr Gawein, mein teurer Mann, ich bitte Euch, da Ihr mich schon geehelicht habt, erweist mir ein wenig Höflichkeit im Bette. Wäre ich schön, ich weiß wohl, Ihr würdet Euch anders betragen. Doch diesen Wunsch könnt Ihr mir billigerweise nicht abschlagen, sonst würdet Ihr den Ehestand recht gering achten. Ich bitte Euch, küßt mich wenigstens."

Gawein atmete tief durch und raffte all seinen Mut zusammen. Dann sprach er: „Mehr will ich tun, als Euch zu küssen. Ich habe es geschworen, heute in der Kathedrale, und Ihr sollt nie mehr sagen, daß ich den Stand der Ehe nicht achten würde!"
Damit schloß er die Augen und wandte sich Ragnell zu. Noch nie war ihm ein ritterliches Abenteuer so schwer erschienen. Doch er nahm seine Frau in den Arm und berührte mit seinem Mund ihre Lippen. Ragnell preßte sich an Gawein, der die Augen noch immer fest verschlossen hatte, und küßte ihn leidenschaftlich. Der edle Ritter erwiderte ihren Kuß. Dann schlug er die Augen auf und fuhr erschrocken hoch.
„Wer seid Ihr?" stammelte er. Neben ihm lag eine junge, wunderschöne Frau, die keinerlei Ähnlichkeit mit der abstoßenden Ragnell hatte. „Was ist geschehen?" Gawein wähnte sich in einem Traum, aus dem er wohl jeden Augenblick erwachen würde. „Ich bin die Dame Ragnell, Eure Gemahlin, Herr Gawein", sagte die wunderschöne Frau und lächelte den Ritter an. „Ein böser Fluch lastet auf mir. Durch die Heirat und Euren Kuß habt Ihr einen Teil des Fluches von mir genommen. Jetzt könnt Ihr meine wahre Gestalt sehen."
Gawein war außer sich vor Freude und Verlangen nach Ragnell. Immer wieder umarmte er sie und beteuerte ihr seine Liebe.
Doch Ragnell fuhr fort: „Ihr müßt Euch nun entscheiden, edler Gawein. Ihr könnt mich entweder des Nachts schön, jung und begehrenswert haben oder tagsüber. Der Fluch ist noch nicht gebrochen, und so kann ich Euch nur zu einer Hälfte des Tages in meiner wirklichen Gestalt erscheinen. Den anderen Teil des Tages muß ich in der abstoßenden Gestalt der Hexe zubringen."
Lange Zeit überlegte Gawein. Wollte er seine Frau schön und hold in der Nacht und häßlich am Tage oder umgekehrt? Dann seufzte er laut: „Die Wahl fällt mir sehr schwer", bekannte er. „Ich würde mich für Euch grämen, wenn Ihr tagsüber so häßlich sein müßt, daß Euch kein Mensch gerade in die Augen schauen kann und alle mit dem Finger auf Euch deuten. Aber falls Ihr am Tage schön wärt, hätte ich in der Nacht ein recht unliebsames Bett. Ich weiß nicht, was die beste

Wahl ist. Und deshalb lege ich die Wahl in Eure Hand. Ihr seid meine Frau, und daher sollt Ihr entscheiden."

Freudestrahlend umarmte Ragnell ihren Mann. „Ihr seid wahrlich der höflichste und edelste Ritter der Welt. Durch diese Worte habt ihr mich von dem Zauber erlöst. Da Ihr mir die Wahl überlassen und nichts von mir gefordert habt, hat der Fluch nun keine Macht mehr über mich."

Die beiden küßten und liebten sich, und wohl niemand in Camelot und ganz Logries war in dieser Nacht glücklicher als Ragnell und Gawein.

Am nächsten Morgen wartete Artus voller dunkler Ahnungen auf Gawein. Aber sein Neffe erschien nicht in der Kapelle zur Frühmesse, und auch danach blieb er verschwunden. Schließlich hielt der König es nicht mehr aus. Leise schlich er vor die Tür zu Gaweins Gemach und legte sein Ohr an das Holz. Außer einem tiefen Atmen und manchmal einem leisen Schnarchen hörte er jedoch nichts. Zögernd klopfte Artus an der Tür und rief nach Gawein. Lange Zeit rührte sich nichts in dem Raum, und fast wäre Artus einfach ohne Erlaubnis eingetreten, so sehr war er in Sorge um seinen Neffen.

Doch da öffnete sich die Tür, und Gawein stand strahlend vor ihm. An seiner Seite konnte Artus eine wunderschöne, junge Frau sehen. „Dies ist meine Frau, die Dame Ragnell", sagte Gawein und nahm sie in den Arm. „Euch hat sie das Leben gerettet, Artus, mir hat sie gezeigt, daß die Macht der Liebe jeden bösen Fluch zerbrechen kann."

Die Suche nach
dem Gral

*Müde fuhr ich mir über die Augen und stützte meinen Kopf auf beide Hände. „Es ist genug für heute, Merlin", gähnte ich und legte die Feder zur Seite, „obwohl ich sagen muß, diese Geschichten von Gawein gefallen mir weitaus besser als die Erzählungen von seinen Zweikämpfen und irgendwelchen Turnieren."*
*„Ja", nickte Merlin zufrieden. „Aber du wirst noch mehr von Gawein hören, was dir vielleicht weniger zusagt. Doch das hat Zeit, bis du bei mir im Weißdornbusch angelangt bist. Was es jetzt aufzuschreiben gilt, kann ich dir auch noch morgen erzählen, bevor ich mich auf meinen Weg zu Viviane mache."*
*Traurig sah ich ihn an.*
*„Wie soll König Artus jemals ohne dich regieren können?" fragte ich, um mich selbst vom näherrückenden Abschied abzulenken.*
*Leise seufzte Merlin. „Auch seine Zeit ist nicht mehr fern. Die Tafelrunde wird zerbrechen und mit ihr das Reich."*
*„Und wenn du hierbliebest, um zu helfen?"*
*Merlin lächelte mich an. „Bleris, du weißt es doch ebensogut wie ich; so wenig, wie irgend jemand den Lauf der Sterne aufhalten kann, läßt es sich ändern, daß jeder Anfang einem Ende zustrebt. Aber nur kleine Geister sehen darin etwas, worüber sich zu trauern lohnte. Solange die Erde besteht, gibt es kein Ende, sondern immer nur eine Wandlung, einen Neubeginn. Logries und England werden bestehen, wenn schon kein Mensch mehr weiß, daß es einst im Walde von Northumberland eine Einsiedelei gegeben hat, in welcher die Geschichte des Reiches niedergeschrieben worden ist."*
*„Weshalb, Merlin, reiten und kämpfen die Ritter der Tafelrunde dann für höhere Ehren? Ist es nicht ihr Ziel, für das Gute einzutreten, um das Böse zu überwinden? Und wollen sie nicht auch erreichen, daß dies dann Bestand hat?"*
*„Jeder, der hier in dieser Welt leben muß", bekam ich zur Antwort, „muß mit seinem begrenzten Verstand einen Sinn für sein Leben suchen. Leider ist es so, daß sich die meisten Menschen die Frage nach dem Sinn nur ein einziges Mal stellen. Und wenn sie glauben, eine befriedigende Antwort gefunden zu haben, leben sie fraglos*

weiter, ohne zu merken, daß gerade dieser Zeitpunkt derjenige war, an welchem sie sich für den Tod bereitgemacht haben."
Während ich aufstand und ein wenig Holz auf die Glut im Kamin warf, sprach er weiter.
„Du glaubst mir nicht, Bleris. Ich spüre es wohl. Schau", Merlin trat zu mir, „es gibt viele Aufgaben im Leben. Aber nur einen einzigen Sinn!"
Fragend sah ich ihm in die Augen. Er wich meinem Blick nicht aus.
„Welchen?" wollte ich wissen.
„Zu leben!" sagte er bestimmt. „Und dies ist die schwierigste Aufgabe, die ein Mensch auf der Welt hat."
„Aber Merlin", so leicht wollte ich mich nicht abfertigen lassen, „leben ist keine Aufgabe. Jeder Mensch lebt, bis er eines Tages stirbt!"
„Gerade dies ist der Irrtum, Bleris. Ich kenne viele Menschen, die schon lange gestorben sind, noch ehe der Tod sie ruft. Leben, wirklich leben, hier, in dieser Welt, das ist eine schwere, das ist die einzige Aufgabe, die ihr Menschen habt. Nur wollt ihr sie nicht anpacken! Euer Leben hängt an der Vergangenheit, an Erinnerungen; oder ihr flüchtet euch in die Zukunft. Anstatt ständig zu überlegen, was dereinst alles sein könnte, und sich fortwährend darin zu verlieren, was einmal gewesen, solltet ihr einfach immer Herz und Verstand dem öffnen, was jetzt ist. Dies ist der erste Schritt, der wirkliches Leben möglich macht!"
Er legte mir eine Hand auf die Schulter. „Du bist müde, Bleris. Morgen wird der letzte Tag sein, den wir hier gemeinsam verbringen können. Ruhe dich aus und schlafe. Ich werde dich beizeiten wecken."
Ich legte mich auf mein Lager und, geradeso, als hätte Merlin einen Zauber über mich gelegt, schlief ich ein, noch bevor ich darüber nachgrübeln konnte, was Merlin denn nun wirklich gemeint hatte mit seinen Worten.
Der Tag dämmerte, als mich seine Stimme weckte: „Wir haben noch einiges zu tun heute. Komm, steh auf, ich habe uns einen Tee aufgebrüht."
Es ist angenehm, sich aus den warmen Decken zu wagen, wenn einen die Aussicht auf einen heißen Tee lockt. Daher dauerte es nicht allzu

*lange, bis ich neben Merlin am Tisch saß und dankbar nach der Tasse griff, die er mir reichte.*
*„Heute werde ich dir erzählen, wie Parzival wieder zurückfand nach Montsalvage und schließlich Gralskönig wurde", sagte Merlin.*
*Ich nickte stumm. Die Zeit vor Sonnenaufgang findet mich, sofern ich nicht noch schlafe, meist recht schweigsam und einsilbig. Meiner festen Überzeugung nach würde die Sonne früher aufgehen, falls es Gottes Wille wäre, daß die Menschen weniger lange schliefen.*
*„Er wollte doch ein Abenteuer auf dem Berge Dolerous bestehen!" stellte ich geraume Zeit später immer noch müde fest, um Merlin zu zeigen, daß ich ihn wohl gehört hatte.*
*„Ja", bekam ich zur Antwort. „Er war auch dort und hat sein Pferd an den verwunschenen Pfeiler gebunden. Seneschall Kay und viele andere Ritter waren für einige Zeit dem Wahnsinn verfallen, als sie dies versuchten. Doch Parzival geschah nichts, außer daß eine sehr edle Dame zu ihm kam, welche ihm Quartier und Herberge bot."*
*„Und wer war diese Frau?" wollte ich wissen.*
*Merlin neigte ein wenig den Kopf zur Seite. Dann lächelte er mich verschmitzt an: „Meine Tochter, Bleris!"*
*Mit einem Schlag war ich hellwach. „Deine Tochter, Merlin? Aber ...? Du hast mir nie erzählt ...!"*
*„Warum auch, Bleris?" fragte er mich. „Für die Geschichte um die Suche nach dem Gral ist dies kaum von Belang."*
*„Aber, aber ...", begann ich aufgeregt zu stottern, „ich will es doch wissen."*
*„Nun denn, jetzt weißt du es!" stellte Merlin fest und fuhr fort: „Ich habe zur Zeit des Königs Uther-Pentragon den verwunschenen Pfeiler auf dem Berge Dolerous errichtet, da ich genau wußte, daß Parzival eines Tages dorthin kommen würde. Und er sollte dort nochmals Auskunft bekommen, welchen Weg er zu reiten hätte, um nach Montsalvage zu finden."*
*„Dann hast du schon damals diesen Pfeiler errichtet, nur um Parzival zu einem Abenteuer herauszufordern?"*
*„Nicht nur das, Bleris", klärte mich Merlin schmunzelnd auf. „Ich habe*

*damals auch eine Tochter gezeugt, die Parzival den Weg nach Montsalvage erklären sollte."*

*Sprachlos saß ich am Tisch und schüttelte den Kopf.*

*„Und...", wollte ich beginnen. „Aber...", wollte ich fragen. Merlin winkte ab. „Laß nur! Du weißt doch, daß jeder Mensch, der hier auf Erden lebt, mit seinen Taten, mit seinem Wirken, für vieles verantwortlich ist, was erst in ferner Zeit Früchte trägt. Ich aber kenne Vergangenheit und Zukunft. Und daher wußte ich schon damals, weshalb und wieso ich gerade dies tun mußte."*

*Er sah mich lächelnd an und fuhr fort: „Und nun richte Pergament, Tinte und Feder. Bevor ich heute Nacht gehen kann, muß noch einiges erzählt und aufgeschrieben sein."*

*Obwohl mich noch viele Fragen bewegten, folgte ich Merlins Anweisungen.*

Als Parzival sich von Merlins Tochter auf dem Berge Dolerous verabschiedet hatte, schlug er voll Zuversicht den Weg ein, den sie ihm beschrieben. Er ließ sich Zeit und trieb sein Pferd nicht an. In leichtem Trab, die Zügel locker in der Hand, ritt er in den kühlen, klaren Morgen hinein und freute sich, als die Sonne endlich die Luft zu erwärmen begann.
Gegen Mittag zogen jedoch dunkle Gewitterwolken am Himmel auf, und ein Unwetter mit Hagel, Blitz und Donner zwang Parzival, unter einigen Felsen Schutz zu suchen. Erst am Abend hatten die düsteren Wolken sich verzogen. Der heftige Sturm war einer lauen Abendbrise gewichen.
Die Sonne war schon untergegangen. Trotzdem stieg Parzival in den Sattel, um sich wieder auf den Weg zu machen.
Er war noch nicht lange geritten, da bemerkte er weitab von seinem Weg einen Baum, in welchem Tausende von Kerzen zu brennen schienen. Parzival zügelte sein Pferd, um diese Erscheinung genauer betrachten zu können. Der Baum war sicherlich weiter als eine Meile entfernt und leuchtete dennoch heller als die Schloßkirche zu Camelot bei einem Festgottesdienst. Flammen waren aber keine zu sehen. Um ihn zu erreichen, hätte Parzival aber von dem beschriebenen Wege abweichen müssen. Er überlegte nicht lange. Während er den seltsamen Baum mit den Lichtern nicht aus den Augen ließ, lenkte er sein Pferd weiter auf dem Weg, der ihn nach Montsalvage führen sollte. Verwundert stellte er fest, daß immer mehr Lichter an dem großen Baum erloschen, je weiter er sich von ihm entfernte. Bald war es wieder völlig dunkel. Nur die schmale Sichel des Mondes und einige Sterne warfen ein spärliches Licht auf Parzivals Pfad. So ritt er Stunde um Stunde durch die stille Nacht.
Der Mond begann wieder unterzugehen, als er vor sich die Umrisse einer kleinen Kapelle aus der schemenhaften Dunkelheit auftauchen sah. Aus ihrem Innern drang ein kleines Licht.
Parzival stieg vom Pferd und öffnete leise die Tür. Auf einem mit

schwarzem Samt bezogenen Altar lag ein toter Ritter. Als Parzival näherging, bemerkte er eine riesige, pechschwarze Hand, die hinter dem Altar erschien und die einzige Kerze zum Erlöschen brachte. Atemlos verharrte Parzival in der Finsternis. Kein Geräusch war zu vernehmen. Langsam und vorsichtig, immer darauf gefaßt, plötzlich angegriffen zu werden, tastete er sich zum Eingang der Kapelle zurück. Niemand und nichts hinderte ihn daran, wieder in den Sattel zu steigen und davonzureiten.

Bis in die frühen Morgenstunden überlegte Parzival, warum er wohl nicht in der Kapelle geblieben war, um das Rätsel der schwarzen Hand zu lösen. Angst hatte er keine gehabt. Und doch, es war ihm nicht wichtig erschienen, dieses Abenteuer zu bestehen.

Dann, als der beginnende Tag die weichende Nacht endgültig überwunden hatte, sah Parzival vor sich, erleuchtet von den ersten Strahlen der aufgehenden Sonne, ein prächtiges Schloß.

Er hatte zurückgefunden nach Montsalvage.

Lange saß Parzival ruhig auf dem Pferd. Die Zinnen und Giebel glühten im ersten klaren Morgenlicht. Und während Parzival noch regungslos in freudigem Staunen saß und starrte, bemerkte er, wie die große Zugbrücke sich langsam, fast ohne Kettenlärm, senkte und über den Burggraben legte.

Mit leichtem Schenkeldruck bedeutete er seinem Pferd weiterzugehen. Niemand stand am Tor, als er über die schwere Zugbrücke ritt. Kein Knappe erwartete ihn vor dem großen Saal. Auch auf den Mauern war niemand zu sehen. Parzival stieg aus dem Sattel und öffnete zögernd das große Portal. Dann trat er in den Burgsaal.

An der Tafel saßen viele Ritter und Edelleute und blickten ihm still, aber freundlich entgegen. Bran, der Reiche Fischerkönig, brach das Schweigen. „Setzt Euch zu mir, Herr Parzival. Verzeiht, wenn ich mich nicht erhebe, um Euch zu begrüßen. Ich würde es gerne tun.“ Er winkte Parzival zu sich.

„Vergebt mir, Bran“, sagte Parzival und senkte den Blick. „Verzeiht mein Schweigen, als Ihr mich damals gastfreundlich aufgenommen. Ich wußte es nicht besser.“

„Ihr habt zurückgefunden, Parzival", erwiderte Bran freundlich. „Darauf allein kommt es an."
„Sagt mir, weshalb Ihr leidet", wollte Parzival wissen, „und erzählt mir von der Lanze, aus der immerfort Blut tropft, und vom Heiligen Gral."
Der Reiche Fischerkönig lachte leise vor sich hin. „Alles was Ihr einst versäumtet, wollt Ihr nun in aller Eile wissen. Wartet noch ein wenig. Erzählt, wie Ihr den Weg hierher gefunden habt."
Parzival berichtete Bran von den Erlebnissen der letzten Nacht.
„Ihr habt gut daran getan, Euch dem Baum mit den Lichtern nicht zu nähern", begann Bran, als Parzival geendet hatte. „In ihm wohnen böse Feen, die den nächtlichen Wanderer vom Weg locken, um ihn zu töten. Auch in der Kapelle habt Ihr richtig gehandelt. Der grausame Geist eines toten Ritters wohnt dort. Es gibt nur eine Möglichkeit, ihn zu besiegen, doch davon kann ich Euch erst berichten, wenn Ihr die Probe bestanden habt."
Bran klatschte in die Hände. Auf dieses Zeichen öffnete sich eine Tür. Ein Knappe kam herein und brachte ein seidenes Polster, darauf lag ein zerbrochenes Schwert. Parzival erkannte es sofort. Diese kunstvoll geschmiedete Klinge hatte ihm Bran einstmals zum Geschenk gemacht. Allerdings war das Schwert beim ersten Kampf, den Parzival damit geführt hatte, zerbrochen.
„Nehmt es und fügt es wieder zusammen", verlangte Bran.
Parzival tat wie ihm geheißen, griff nach den beiden Teilen der wundervollen Waffe, fügte die Bruchstellen aneinander, und als sie sich berührten, flammte ein Lichtblitz auf, der alle blendete und erschreckt die Augen schließen ließ.
„Ihr habt die Probe bestanden, Parzival", sagte Bran und deutete auf die Waffe. Bis auf eine kleine Scharte sah das Schwert wieder aus, als sei es aus einem einzigen harten Stück Metall geschmiedet.
„Es wird Euch nicht mehr im Stich lassen", fuhr Bran fort. „Denn nun gehört es wirklich zu Euch."
Und dann erzählte Bran, der Reiche Fischerkönig, Parzival vom Heiligen Gral und von der Lanze, aus der immer Blut tropft. Auch

verschwieg er seine eigenen Sünden nicht, deren Strafe die Schmerzen waren, unter denen er seit langem leiden mußte. Er beendete seinen Bericht mit den Worten: „Und so sollt Ihr auch noch wissen, Parzival, daß Ihr einer aus dem Geschlecht des Josef von Arimathia seid, welcher Gral und Lanze hierher nach Logries führte. Ihr werdet nach mir König sein auf Montsalvage und so lange den Gral hüten, bis derjenige kommen wird, der dazu ausersehen ist, den Weg des Heiligen Grales hier auf dieser Welt zu beenden."
Schweigend saß Parzival lange Zeit da. Dann fragte er: „So war es mir also immer bestimmt, hierher zurückzufinden, um meine Aufgabe zu erfüllen?"
Bran nickte ernst. „Ja", erwiderte er, „aber Ihr durftet erst hierher kommen, als Eure Zeit dafür reif war. Und Ihr konntet nur zurückfinden, weil Ihr, sooft Ihr auch den Weg verfehltet, Euch immer wieder darum bemüht habt."
Wieder gab Bran ein Zeichen. Elaine, seine Tochter, kam in den Saal. In ihren Händen hielt sie den Heiligen Gral. Er leuchtete und strahlte heller als hundert Fackeln und blendete dennoch niemanden. Als Elaine bei Bran und Parzival stand, blickte sie glücklich auf ihren Vater hinunter. Dieser schloß die Augen, und ein frohes Lächeln huschte über sein Gesicht.
„Reicht mir Eure Hand, Parzival", bat er.
Noch ein wenig zitternd, doch ohne Schmerzen, erhob sich Bran mit Parzivals Hilfe, und alle Ritter und Edelleute im Saal sahen, wie er aus eigener Kraft einige Schritte ging.
Auf Montsalvage wurde an diesem Tage ein großes, ausgelassenes Fest gefeiert, welches bis weit hinein in die Nacht dauerte.
Am nächsten Morgen wurde Parzival zu Bran gerufen.
„Ich werde Euch heute verabschieden, Parzival. Reitet zurück zu der kleinen Kapelle, in welcher Ihr die schwarze Hand gesehen habt. Mit dem Gralsschwert könnt Ihr dem unseligen Treiben dieses Geistes ein Ende setzen. Danach kehrt heim zu Blanchefleur und nehmt sie mit nach Camelot. Ihr werdet von mir hören."
Die beiden Männer umarmten sich herzlich und voller Freundschaft.

Parzivals Pferd wurde gebracht. Unter den Abschiedsrufen aller Ritter, Knappen, Edelleute und Damen verließ er Montsalvage.
Gegen Mittag fand er zur Kapelle zurück. Er stieg aus dem Sattel und zog das Gralsschwert aus der Scheide. Dann öffnete er die Türe und trat ohne Furcht ein.
Im düsteren Schein der einzigen Kerze sah Parzival, daß sich nichts verändert hatte. Der tote Ritter lag immer noch in seiner Rüstung auf dem Altar. Er trat näher. Wieder erschien die riesenhafte schwarze Hand, um die Kerze zu löschen. Wie ein Blitz in der Nacht zuckte das Gralsschwert in Parzivals Faust. Ein schmerzerfülltes, schauriges Stöhnen war zu hören, als die schwarze Hand abgetrennt zu Boden fiel. Die Erde begann zu beben. Donner und Hagel umwüteten die Kapelle. Der Himmel verfinsterte sich. Vorsichtig ging Parzival um den Altar. Doch er konnte niemanden entdecken. Einzig die abgeschlagene Hand lag dort auf dem Steinboden und krümmte sich, als sei immer noch Leben in ihr. Plötzlich, mit einem lauten Schlag, wurde die Türe der Kapelle aufgestoßen. Ein schreckliches Wesen, weder Mensch noch Tier, stürmte herein und geradewegs auf Parzival zu. Wieder hob dieser das Gralsschwert und schlug auf das fürchterlich tobende Scheusal ein, das Feuer und Rauch zu speien begann. Parzivals Bart und Augenbrauen versengten während des Kampfes, doch das Schwert in seiner Hand wurde nicht müde. Und schließlich war das Wesen dem Gralsschwert nicht mehr gewachsen. Schreiend vor Wut floh es aus der Kapelle. Das Unwetter und das Beben der Erde beruhigten sich. Die Finsternis wich der Sonne.
Aufatmend ließ sich Parzival vor der Kapelle nieder. Nur wenig später näherte sich ihm zögernd ein alter Mann und sprach ihn an.
„Was ist geschehen, edler Ritter? Bis auf den heutigen Tag habe ich nur diejenigen beerdigen müssen, welche von dem Geist getötet worden waren."
Parzival gab dem Einsiedel Auskunft, und dieser umarmte den Ritter voller Freude. „Dann ist also heute endlich der Tag gekommen, da die Kapelle von diesem Fluch befreit ist!" jubelte er. „Dank sei Euch, Herr Parzival."

„Woher kennt Ihr meinen Namen?" wunderte sich dieser.
„Vor langer Zeit schon hat mir Merlin prophezeit, daß Ihr dereinst hierher kommen werdet, um den Fluch zu brechen. Und er hat mir aufgetragen Euch zu sagen, daß Ihr von nun an keine Ehre mehr gewinnen könnt, wenn Ihr weiter Eure Waffen in ritterlichem Kampfe führt."
„Ich verstehe nicht, was Ihr meint", erwiderte Parzival verwirrt.
„Wer ständig gegen andere kämpft", fuhr der Einsiedel fort, „kämpft nur gegen sich selbst. Dies soll ich Euch mit auf den Weg geben. So trug es mir Merlin auf."
Parzival schwieg. Dann steckte er das Gralsschwert in das Gehänge und schwor: „Ich werde niemals mehr gegen einen Menschen kämpfen oder ihn gar töten, es sei denn, ich werde angegriffen."
Er verabschiedete sich von dem Einsiedel und machte sich auf den Weg zu Blanchefleur, seiner geliebten Frau.

„Kam Parzival zurück an den Hof nach Camelot?" wollte ich wissen und sah vom Pergament auf.
Merlin unterbrach seinen rastlosen Gang.
„Ja", gab er mir Auskunft. „Zusammen mit Blanchefleur kehrte er zur Tafelrunde zurück und blieb dort einige Zeit. Dann aber erhielt er die Nachricht, daß Bran, der Reiche Fischerkönig, gestorben sei. So nahm Parzival Abschied von König Artus und den Rittern der Tafelrunde, um sich in der Stadt Corbin zum König über Montsalvage krönen zu lassen. Nie mehr in seinem Leben hat er ein Schwert im Kampf geführt!"
„Auch nicht bei jener letzten Schlacht, die du mir schon vorausgesagt hast?" fragte ich.
„Nein", antwortete mir Merlin. „Aber davon wirst du hören, wenn du mich in der Weißdornhecke gefunden hast. Es wird nicht mehr lange dauern, bis es soweit ist, Bleris. Du weißt, ich kann die Dinge der Zukunft sehen. Sei beruhigt, wir werden bald wieder zusammen sein."
Er stieß die Türe auf und blickte hinaus. „Noch vor Mitternacht werde ich aufbrechen." Er wandte sich nicht nach mir um. „Laß uns noch ein wenig zusammensitzen, essen, trinken, miteinander sprechen und unsere letzten gemeinsamen Stunden in deiner Einsiedelei genießen."
Schweigend streute ich Sand über das Pergament, wartete, bis die Tinte getrocknet war, räumte alles sorgfältig zur Seite und folgte dann Merlin, der mit geschlossenen Augen auf der kleinen Bank unter meinen Birken saß.
„Selbst wenn jemand um Zukunft und Vergangenheit weiß, wie ich", begann er nach einiger Zeit sehr leise, „gibt es keine Antwort auf die Frage, ob alles richtig war oder sein wird."
Ich sah hinauf in die Wipfel der zwei Birken, die mit mir gewachsen und weiß geworden waren in all den langen Jahren, und dachte nach. Noch bevor ich Merlin hätte antworten können, zuckte er mit den Schultern und rieb sich die Nase.
„Richtig oder falsch, das ist nicht die Frage", stellte er fest. „Wichtig und notwendig oder nebensächlich und überflüssig, das werden die

*Fragen sein, denen wir uns dereinst einmal zu stellen haben. Dies sind die wahren Unterscheidungen, die das Leben von uns fordert!"*
*Bekräftigend nickte er mit dem Kopf. Dann sah er mich an mit jenem Schalk, der in seinen Augenwinkeln lauern konnte, wenn sich für ihn etwas erledigt hatte.*
*„Bleris", sagte er und verdrehte genießerisch die Augen, „laß uns etwas essen. Zum letzten Male hier in deiner Einsiedelei, von deinem Herde. Denn dies ist gewiß etwas, was weder überflüssig noch nebensächlich ist."*
*Ich konnte nicht anders; trotz der Trauer, trotz des Schmerzes, den ich in mir fühlte, mußte ich lachen.*
*„Ich habe es dir nie gesagt, Merlin", prustete ich los, „aber dieses Mahl habe ich mir schon lange ausgedacht. Ich wußte ja, daß der Abschied kommen würde. Daher habe ich ein kleines Faß Wein zur Seite gestellt. Ich bin sicher, du wirst diesen Tropfen zu schätzen wissen."*
*„Da kannst du dir sicher sein, Bleris", sagte Merlin und schmunzelte. „Du vergißt, daß ich um die Dinge der Zukunft weiß. Und dazu gehört auch das Wissen über jenes kleine Faß Wein, welches in einem verstaubten Winkel deines Kellers seit langem auf diesen Abend wartet!"*
*Wie, so frage ich Euch, der Ihr das Buch nun in Händen haltet, wie kann man jemanden überraschen, der wie Merlin einfach alles weiß? Es ist nicht einfach, solch einen Menschen seinen Freund zu nennen!*
*Ich ging hinein in meine Hütte und bereitete ein Mahl für uns. Merlin blieb draußen sitzen und blickte in den Abendhimmel. Als die gefüllten Wachteln gut gedünstet, der Hirschrücken, fein geschnetzelt in Knoblauch und Wein brutzelte, die Fasanenpastete aufgeschnitten und alles auf dem Tisch angerichtet war, rief ich ihn.*
*Nichts rührte sich.*
*Nochmals versuchte ich, mit lautem Rufen, Merlin hereinzubitten.*
*Ich bekam keine Antwort.*
*Als ich vor die Hütte trat und mich nach ihm umsah, konnte ich ihn nirgendwo entdecken.*
*„Merlin", flüsterte ich fassungslos, „du wirst mich doch nicht ohne Abschied verlassen haben?"*

*Suchend drehte ich mich im Kreise und starrte in den Wald, wo die nächtlichen Schatten schon über die Dämmerung gesiegt hatten. Ein lautes Lachen ließ mich herumfahren. Es kam aus meiner Hütte. Eilig lief ich zurück und stieß die Türe auf. Drinnen am Tisch saß Merlin.*
*„Auf dein Vertrauen", kicherte er, „würde ich nicht einmal eine Hundehütte bauen, Bleris!"*
*Beschämt wandte ich mich ab und beschäftigte mich am Herd. Merlin schmunzelte noch einige Zeit vor sich hin, und ich zog grummelnd Grimassen.*
*Als ich mich wieder umdrehte, sah ich, daß Merlin die Kelche bereits gefüllt hatte, obwohl mein altes Weinfaß noch unberührt war.*
*„Das ist meine Gabe für den heutigen Abend." Er reichte mir den Wein. Wir tranken, und Merlin ließ mich dabei nicht aus den Augen. „Na", wollte er wissen, als ich den Kelch wieder auf den Tisch gestellt hatte, „was sagst du dazu?"*
*Ich zog die Zunge an den Gaumen und schnalzte leise. „Das ist kein Wein, der irgendwo in Logries oder England gekeltert worden ist", führte ich aus und nahm noch einen kleinen Schluck. „Ein guter Tropfen", mußte ich zugeben, „wenngleich er mir ein wenig zu süß erscheint", schränkte ich ein.*
*Merlin verzog sein Gesicht zu einem freundlichen Grinsen. „Laß das nur nie die Damen vom See hören", sagte er. „Sie gaben mir den Wein, damit ich ihn dir bringe, denn sie sehen mit Freude, daß du die Geschichte der Ritter und Könige von Logries und England aufschreibst."*
*„Na ja", murmelte ich und trank den Rest des Weines in meinem Kelch, „vielleicht sollte eine von ihnen einmal bei mir vorbeikommen. Ich würde ihr schon zeigen, wie sie aus dieser wunderbaren Traube einen außergewöhnlichen Wein machen könnte."*
*Merlin schloß resigniert die Augen. „Bleris, alter Freund, sei nicht so brummig. Ich dachte, ich könnte dir eine Freude machen."*
*„Ach, Merlin", brach es aus mir heraus, „wie soll ich mich freuen können, wenn der Schmerz der Trennung in mir wühlt?"*

*Er stand auf und kam auf mich zu.*
*„Bleris", sagte er und legte einen Arm um meine Schultern, „es wird kein Ende geben für uns. Nur eine kleine Trennung. Du weißt es wohl!"*
*Ich schwieg.*
*Merlin seufzte laut und tief.*
*„Ich habe Hunger", meinte er dann. „Komm, setz dich zu mir."*
*Wir aßen schweigend. Erst als wir mein altes Faß Wein zur Hälfte geleert, hatte ich den Kummer ein wenig überwunden.*
*Was soll ich noch viel berichten von der Stunde des Abschiedes.*
*Kurz vor Mitternacht erhob sich Merlin, trat vor mich, umarmte mich lange und fest und sagte dann: „Bleris, alter Freund, ich werde nach dir rufen. Denk daran. Es ist an dir, mich zu hören. Aber ich vertraue dir. Sag jetzt nichts mehr. Auch mir bereitet dieser Abschied Schmerz."*
*Und so stand ich still, während Tränen über meine Wangen rannen und sah zu, wie Merlin sich in seinen Umhang hüllte, den Wanderstab in die Hand nahm, eine Hand zum Gruße hob, sich umwandte, aus der Hütte ging und leise die Tür meiner Einsiedelei schloß.*
*Noch lange starrte ich auf die geschlossene Tür, durch welche Merlin niemals wieder eintreten würde.*
*Dann legte ich alles Holz, welches ich in meiner Hütte getrocknet hatte, in den Kamin, schenkte mir meinen Kelch voll Wein, öffnete die Tür, setzte mich vor der Hütte auf die Bank und weinte wie ein kleines Kind.*

*Die nächsten Tage verbrachte ich mit vielen unnützen Arbeiten. Der Abschied von Merlin war mir schwerer gefallen, als ich es mir je hätte vorstellen können. Sicher, ich wußte, daß ich ihn wiedersehen würde. Dennoch, ein Teil meines Lebens war mit Merlin an jenem Abend fort-*

*gegangen, und ich wußte, so wie es einst war, würde es niemals mehr sein.*

*Ich überarbeitete die Aufzeichnungen, geradeso, wie Merlin es mir aufgetragen hatte, schrieb sie neu, ließ manches, was mir nicht sehr wichtig schien, beiseite und wartete eine lange, einsame Zeit darauf, endlich von Merlin gerufen zu werden.*

*Und eines Nachts, Jahre waren vergangen, war ich mir sicher, daß ich nicht nur wieder einen meiner Wunschträume gehabt hatte. Ganz deutlich war Merlin neben meinem Lager gestanden.*

*„Es ist an der Zeit, Bleris", hatte er mir gesagt. „Nimm mit, was du noch brauchst, und geh morgen in aller Frühe los. Wenn du nicht mehr weiter weißt, schließe die Augen und höre einfach in dich. Du wirst meine Stimme schon erkennen!"*

*Und so verschloß ich an einem trüben Frühjahrsmorgen die Tür meiner Einsiedelei für immer, um nach Merlin zu suchen.*

*Obwohl ich mich über zwei Wochen mühen mußte, war er immer bei mir. Tag und Nacht spürte ich seine Gegenwart. Niemals mußte ich an einer Wegkreuzung zögern. Als ob mich ein unsichtbarer Faden leiten würde, zog ich durchs Land. Einige Ritter kamen mir entgegen auf meinem Weg, doch ich erkannte keinen von ihnen, und auch sie hatten noch nie etwas von mir gehört.*

*„Es ist Krieg", sagte mir ein Bauer, bei dem ich eines Nachts Unterkunft fand. „Artus, Gawein und alle Ritter der Tafelrunde sind über das Meer gefahren, um Lancelot vom See zu vernichten. Schlechte Zeiten kommen auf uns zu!"*

*Dann wollte er von mir wissen, was ich von Mordred und seinen Männern hielte. Als ich ihm sagte, ich sei nach langer Zeit in einer einsamen Klause erst seit kurzem wieder auf Wanderschaft, beäugte er mich mißtrauisch und wies mir eine Lagerstätte zu.*

*Vielleicht glaubte er mir nicht. Vielleicht hielt er mich auch für einen Spitzel.*

*Ich gebe zu, ich war froh, als ich die Städte und Dörfer hinter mir gelassen hatte. Fast hätte ich es mir ja denken können: Merlins Stimme rief mich in den Wald der Abenteuer. Nach Broceliante.*

*Was ich hier erlebte, bis ich vor dem verzauberten Weißdornbusch stand, werde ich wohl erst aufschreiben, wenn mir Merlin die Geschichte von Artus und den Rittern der Tafelrunde zu Ende erzählt hat. Es war an einem sonnendurchfluteten Spätnachmittag, mitten im Walde von Broceliante, als ich innehielt und mich umsah. Schon in der Frühe hatte ich jeglichen Pfad verlassen und mich durch dichtes Unterholz, Dornenhecken und Gebüsch gequält. Die Stelle an der ich nun stand, unterschied sich in nichts vom übrigen Wald. Einige Wacholderbüsche klammerten sich aneinander, mächtige Eichen reckten sich in die Höhe. Feuchtes, dunkelgrünes Moos bedeckte die Erde. Junger Farn und altes Efeu wetteiferten um ein wenig Licht. Und zwischen zwei Eichen kümmerte ein kleiner Weißdorn vor sich hin. Fast hätte ich ihn nicht bemerkt, so unscheinbar wirkte er zwischen den zerfurchten Stämmen.*
*Ich wußte, daß ich mein Ziel erreicht hatte.*
*Eine tiefe Ruhe legte sich über mich.*
*Der Wald schwieg.*
*Als ich auf den Weißdornbusch zuging, wußte ich, daß dies meine letzten Schritte sein würden in dieser Welt, die wir die Wirklichkeit nennen.*
*Es kümmerte mich nicht.*
*Nichts kümmerte mich mehr.*
*Die Zweige des Busches öffneten sich ein wenig, als ich sie berührte. Dann nahmen sie mich in ihre Arme. Die Welt versank in einem dichten Nebel.*
*Ich weiß weder, ob ich weitergegangen bin, noch an welcher Stelle der Weißdornbusch endete. Ich weiß auch nicht, wieviel Zeit verging, bis ich ein leises, vertrautes Lachen hörte.*
*„Du kannst die Augen ruhig wieder öffnen, Bleris", forderte Merlin mich auf. Und erst da wurde mir bewußt, daß ich die Lider fest zusammengepreßt hatte.*
*Es war eine andere Welt, in der ich mich befand. Sicher, immer noch waren da Eichen, Wacholder, Farn und Efeu. Aber alles wirkte weiter, leuchtender, lebendiger.*

Merlin stand vor mir, gerade so, als hätte er mich nie verlassen, und deutete mit einer ausladenden Geste um sich. „Na, wie gefällt es dir hier?" fragte er.
„Ich weiß noch nicht", sagte ich zögernd, „es ist alles so fremd, so unwirklich."
Merlin schlug mir so heftig auf die Schulter, daß ich zusammenzuckte. „Komm mit, ich zeige dir meinen Turm. Und sicher bist du hungrig. Wenn ein knurrender Magen satt wird, da wirst du mir sicher zustimmen, kann es sich nicht um einen Traum handeln."
Ich konnte nur nicken und folgte ihm.
Schon nach wenigen Schritten sah ich einen großen Turm vor uns aufragen. Sicherlich war er so hoch, wie ein geübter Bogenschütze einen Pfeil in den Himmel schießen kann. Merlin öffnete die Tür und zog mich hinein.
„Setz dich!" Er wies auf eine große Tafel, die sich unter der Last der Speisen zu krümmen schien. „Alles ist gerichtet und wartet auf dich."
Erst als wir gegessen hatten, legte sich mein Erstaunen, und ich konnte aufhören, mich immer wieder verwundert umzuschauen, um mich zu vergewissern, daß dies alles kein Traum, sondern eben eine andere Wirklichkeit war.

Merlins Turm in der Weißdornhecke war so groß, daß ich viele Tage brauchte, um mich darin zurechtzufinden. Dreihundertfünfundsechzig Fenster hatte er und ebensoviele Räume. „Vermißt du die menschliche Welt dort draußen nicht ein wenig?" fragte ich ihn.
Er schüttelte den Kopf. „Nein, Bleris. Meine Aufgabe habe ich fast erfüllt. Es bleibt nur noch, dir vom Ende der Gralssuche und dem Zerbrechen der Tafelrunde zu erzählen. Danach haben wir alle Zeit der Welt", er lächelte verschmitzt, „und niemand wird uns stören, wenn ich es nicht will!"

„Aber was ist mit Viviane?" wollte ich wissen. „Sie hat doch den Bann um den Weißdornbusch gelegt, um dich, wann immer sie will, besuchen zu können."

„Ihr Zauber hindert mich daran, wieder hinauszugehen in die Welt", erklärte mir Merlin. „Aber auch ich bin ein Zauberer, Bleris. Und ich habe einen Bann gesprochen, daß mich niemand gegen meinen Willen besuchen kann. Und sowenig ich Einfluß habe auf Vivianes Zauber, sowenig kann sie meinen Bann brechen."

„Hast du das schon gewußt, bevor du zu Viviane gegangen bist?"

„Aber Bleris", sagte er schmunzelnd, „wie oft habe ich dir schon gesagt, daß ich weiß, was die Zukunft bringt. Weshalb also sollte ich gerade das nicht sehen, was mit mir dereinst geschehen wird?"

Ich muß gestehen, mir fehlte der Mut, Merlin zu fragen, was denn die Zukunft für mich in ihrem dunklen Mantel bereithielt.

„Die Menschen im Reich haben mir auf meiner Wanderschaft hierher von Krieg berichtet und davon, daß Mordred Männer um sich schart", erzählte ich Merlin.

Dieser nickte traurig. „Das Reich zerfleischt sich selbst", murmelte er. „Aber die Trümmer, welche übrigbleiben, werden der Humus für eine neue Zeit sein."

„Was ist mit Mordred", fragte ich, „wie kam er nach Camelot?"

„Du wirst es bald niederschreiben, Bleris", beruhigte er mich. Dann brachte er mir Feder und Tinte und wies mir einen Stuhl an einem kleinen Tisch.

„Ich habe dir schon gesagt", begann Merlin und schritt, wie schon so oft, langsam im Raum auf und ab, „daß Galahad im Kampfe von niemandem besiegt werden konnte. Also brauche ich davon nichts mehr zu erzählen. Du sollst aber wissen, daß das einfache Volk Galahad sehr liebte. Oftmals kämpfte er auf ihrer Seite gegen ungerechte Fron hartherziger Lehensherren. Nach Camelot, zu den Rittern der Tafelrunde und König Artus, kehrte er nie wieder zurück. Er suchte die Nähe wissender Einsiedler, und ein Lager in einer kleinen Klause bedeutete ihm mehr als alle ritterlichen Turniere und höfische Zeremonien."

*Merlin schwieg und blickte versonnen aus dem Fenster. Dann legte er mir eine Hand auf die Schulter und bedeutete mir zu schreiben. „Eines Tages fand auch er nach Montsalvage..."*

Montsalvage lag im gleißenden Licht der Mittagssonne. Der einsame Reiter, der sein Pferd über die geöffnete Zugbrücke lenkte, sah keine Wachen. Auch im Burghof konnte er niemanden entdekken. Erst als er vom Pferd gestiegen war und seine Lanze an die Mauer gelehnt hatte, wurde das Portal des großen Saales geöffnet.
„Gott zum Gruße, König Parzival", sagte Galahad, ging die wenigen Stufen empor und reichte dem Mann die Hand.
„Es freut mich, Ritter Galahad", antwortete Parzival, „daß Ihr Euren Weg hierher nach Montsalvage gefunden habt."
„Seid Ihr immer so unbesorgt und laßt die Zugbrücke unbewacht geöffnet?" wollte Galahad wissen.
Parzival lächelte. „Niemand wird je hierher finden, wenn es ihm nicht bestimmt ist. Weshalb also sollte ich Wachen aufstellen?"
Die beiden Männer gingen hinein in den großen Saal. Höflich erhoben sich die Männer und Frauen, die dort an einer großen Tafel saßen und speisten.
„Ritter Galahad, der Sohn Elaines und Lancelots vom See, ist zu uns gekommen", sagte Parzival. Knappen und Mägde kamen herbei und halfen dem Ritter aus der Rüstung.
„Eßt mit uns", forderte Parzival den jungen Ritter auf und bedeutete ihm, sich an die Tafel zu setzen.
„Ist Elaine, meine Mutter, auch hier auf Montsalvage?" wollte Galahad wissen. Er hatte keine Erinnerung mehr an sie, da er ja im geheimnisvollen Reich der Damen vom See aufgewachsen und erzogen worden war.
„Sie starb vor einem Jahr", gab ihm Parzival traurig Auskunft. „Aber Euer Vater, Lancelot, war hier zu Gast bis vor wenigen Tagen."
„Er war hier?" wunderte sich Galahad.
„Ja, aber als er sich dem Heiligen Gral nähern wollte, stürzte er zu Boden und blieb zwei Wochen in einer tiefen Ohnmacht gefangen", antwortete Parzival.

„Er ist nicht ohne Schuld“, murmelte Galahad. „Ich weiß es wohl. Er kann der Liebe zu Ginevra nicht entsagen.“
Parzival nickte. „Er ist wieder zurückgeritten nach Camelot, kaum daß er genesen war. Wie gerne hätte ich es gesehen, wenn er hiergeblieben wäre. Doch ich konnte ihn nicht halten.“
Galahad schloß die Augen. „Schon jetzt wird überall im Reich über ihn und Ginevra gesprochen, und der nach Macht gierende Mordred wird sich diese Leidenschaft zunutze machen.“
„Mordred?“ fragte Parzival erstaunt. „Wie kommt der Sohn Morgana la Fays an den Hof nach Camelot?“
„Ihr vergeßt, daß er ein Sohn des Königs ist“, führte Galahad aus. „Und Artus hat keine weiteren Erben. Mordred ist sein nächster Verwandter! Der König kann sein eigenes Blut, welches sich noch nie gegen ihn auflehnte, nicht verstoßen!“
„Aber Artus muß doch wissen, daß es Morgana lediglich um die Macht im Reiche geht und um Rache für das, was Artus, mit Merlins Hilfe, ihrer Mutter Igraine angetan hat!“ ereiferte sich Parzival.
„Ich glaube, er ahnt dies auch, Herr Parzival“, antwortete Galahad. „Aber er ist alt geworden und schwach. Manche Ritter denken, er sei des Regierens müde, seit Merlin sich verabschiedet hat.“ Galahad neigte den Kopf. Dann flüsterte er kaum hörbar: „Ich glaube, er weiß um die Liebe zwischen seiner Frau und meinem Vater. Aber da er es nicht wahrhaben will, schweigt er darüber und will nichts davon hören. Er muß aber so oft die Augen verschließen, daß es mich nicht wundert, wenn er auch von anderen Dingen nichts mehr wissen will.“
„An dieser Liebe wird das Reich zerbrechen!“ Parzival hatte sich erhoben. Er blickte stumm hinüber zu einer Truhe, auf welcher das Gralsschwert lag, das er von Bran, dem Reichen Fischerkönig, bekommen hatte. „Nein“, sagte er dann fest. „Nie wieder werde ich um der Ehre oder Macht willen eine Waffe führen!“
Er bedeutete Galahad ihm zu folgen, und gemeinsam verließen sie den großen Saal der Burg Montsalvage.

*„Weshalb hörst du schon auf, Merlin", wollte ich wissen.*
*„Es gibt nicht mehr viel zu berichten von den Ereignissen auf der Gralsburg", ließ er mich wissen und setzte sich zu mir an den Tisch. „Galahad blieb bei Parzival und hielt sich oft alleine in dem Raum auf, wo der Gral stand. Eines Abends verabschiedete sich Galahad besonders herzlich von Parzival, wünschte ihm nicht nur eine gute Nacht, sondern auch ein erfülltes Leben. Und früh am nächsten Morgen wurde Parzival von einem Knappen in den Garten gerufen. Auf der weichen, taufeuchten Erde lag der tote Galahad. Er lächelte, als befände er sich immer noch in einem wunderschönen Traum. Neben Galahad fand Parzival die Schale, auf welcher der Gral immer getragen wurde. Sie war leer. Der Heilige Gral war nirgendwo zu finden. Galahad hat ihn dorthin zurückgebracht, von wo er einst zur Erde kam."*
*„Dann endet hier die Geschichte des Grales?"*
*„Nein", erklärte mir Merlin. „Wohl kann ihn jetzt niemand mehr sehen. Aber ihn spüren, tief in sich, das kann jeder. Und, glaube mir Bleris, eines Tages, gerade dann, wenn es am nötigsten ist, wird er wieder zurückkommen."*
*Er lächelte vor sich hin. „Und ich, mein Freund, werde dann auch wieder zurückkehren zu den Menschen."*
*Ich mußte mich ein wenig räuspern, denn ein dicker Kloß drückte mich im Hals. „Und", fragte ich scheu, „was wird dann mit mir sein?"*
*„Du wirst hier auf mich warten und niederschreiben, was ich dir berichte", beruhigte mich Merlin. Dann begann er zu lachen. „Ich werde dir meinen Bannspruch verraten. Und wenn dir die Zeit zu lang wird, kannst du Viviane erlauben, dich zu besuchen."*
*Mir war in keinster Weise nach spaßen zumute. Daher blickte ich Merlin mißmutig an.*
*„Was geschah mit Parzival, nachdem er den Gral nicht mehr zu hüten hatte?" fragte ich, da ich mit Merlin nicht weiter über zukünftige Dinge reden wollte.*
*„Er legte die Krone von Montsalvage nieder, ging in ein kleines, einsam gelegenes Kloster und entsagte allen weltlichen Dingen." „Ist es*

*das, Merlin, was wir Menschen hier auf der Welt anstreben sollten?"*
*Ich runzelte mißtrauisch die Stirn.*
*„In seinen jungen Jahren hat er genug erlebt, um einige kleinere Leben damit anzufüllen", sagte Merlin. „Weshalb sollte er sich später nicht anders entscheiden und ins Kloster gehen?"*
*Er zuckte mit den Schultern und blickte mich an. „Es gibt keine Richtschnur für ein Menschenleben", belehrte er mich dann. „Parzival hat sich entschieden und dann mußte dies auch sein Weg sein. Als er noch jung und unerfahren war, ist oft über ihn entschieden worden, obwohl er glaubte, er würde in Freiheit leben. Er hat gelernt und ist gewachsen. Das war es, was sein Leben auszeichnete."*
*„Du redest von ihm, als sei er bereits gestorben", warf ich ein.*
*„Ja", sagte Merlin schlicht. „Gestern Nacht ging Parzival den Weg, der ihm das Wissen brachte über all das, was ist und kommen wird."*
*Betroffen schwieg ich.*
*War es denn schon so lange her, als er mich damals, in der Rüstung des Roten Ritters, in meiner Einsiedelei besucht hatte?*
*Merlin erriet meine Gedanken. „Die Zeit gehorcht in diesem Turm anderen Gesetzen, Bleris", erläuterte er mir. „Seit du hier bei mir bist, sind in der Welt dort draußen Jahre ins Land gegangen."*
*„Aber...", stammelte ich, „was ist dann mit Artus, Gawein, Lancelot, Ginevra,...?"*
*„Ihre Zeit ist vorbei", sagte Merlin. „Nimm die Feder und schreibe, Bleris. Wir wollen es festhalten für alle Zeiten."*

Lancelot hatte zwar auf Montsalvage gelobt, Ginevra niemals mehr so nahe zu sein, daß er dadurch in Gefahr geriete, seine Treuepflicht gegenüber Artus zu verletzen; allein die Königin ließ ihn seinen Schwur schnell vergessen. Jeden Tag war sie um ihn, und immer wieder redete sie auf ihn ein: „Ihr habt auch mir Treue geschworen. Mein Ritter wolltet und durftet Ihr sein. Vergeßt Ihr so schnell?"
Lancelot wand sich wie ein Wurm am Haken. Aber schließlich siegten seine Leidenschaft und seine Liebe zu Ginevra. Oftmals schlich er wieder, wie ein gemeiner Dieb, des Nachts durch die Gänge von Camelot zur Kammer der Königin.
Immer offener sprachen die Edelfrauen und Ritter am Hofe von der heimlichen Liebe zwischen Ginevra und Lancelot. Artus jedoch wollte nichts davon hören.
„Üble Gerüchte und Verleumdungen sind das", pflegte er zu antworten, wenn ihm etwas zugetragen wurde. „Ich werde mich hüten, Lancelot mit einer Frage danach zu beleidigen." Oder: „Jedermann weiß, daß Lancelot der Ritter der Königin ist. Wie oft schon hat er sie aus Gefahr und Not errettet? Wer seine Ehre durch solche Lügen in den Schmutz ziehen will, soll es ihm selbst sagen. Dann wird der ritterliche Zweikampf darüber entscheiden!"
Aber dies wagte niemand, nicht einmal Mordred, der Sohn Morgana la Fays. Denn einen Kampf gegen Lancelot vom See zu beginnen und siegreich zu beenden, das hätte wohl nur ein Ritter gekonnt: Gawein. Und dieser hielt in tiefer Freundschaft zu Lancelot und schwieg über alles, was er von ihm und Ginevra wußte.
Doch der machtgierige Mordred schmiedete insgeheim Pläne, wie er es anstellen könnte, die Einheit der Ritter der Tafelrunde zu zerstören, um so die Stellung König Artus' zu erschüttern. Er ließ keine Gelegenheit aus, Lancelots und Ginevras Verhalten anzuprangern. Und seine Redegewandtheit überzeugte schließlich auch eine Anzahl von Rittern.
Sie planten, Lancelot in Ginevras Kammer zu überraschen und ihn

dort zu überwältigen. Danach wollten sie König Artus holen, um zu beweisen, daß alle Anschuldigungen gegen das ehebrecherische Paar zu Recht erhoben worden waren.
Mordred und die Ritter um ihn brauchten nicht lange auf eine günstige Gelegenheit zu warten.
Es war schon nach Mitternacht, als Lancelot behutsam die Türe seiner Kammer öffnete und vorsichtig in die Gänge schaute. Niemand war zu sehen und kein Laut zu hören.
Camelot schlief.
Vorsichtiger als eine hungrige Küchenmaus huschte er zu Ginevras Kammer. Dort brauchte er nicht anzuklopfen, denn er wußte, seine Geliebte erwartete ihn schon. Wie in vielen Nächten zuvor war seine ritterliche Treue Artus gegenüber auch heute vergessen, sobald er in Ginevras Armen lag. Doch in dieser Nacht wurde ihr Liebesspiel jäh unterbrochen.
Schritte waren auf dem Gang vor der Kammer Ginevras zu hören. Lancelot fuhr hoch und lauschte. „Was suchen gerüstete Männer hier?" flüsterte er Ginevra zu. Diese schüttelte verwirrt den Kopf.
Gepanzerte Fäuste hämmerten hart gegen die Tür. „Öffnet, Ginevra!" verlangte eine herrische Stimme. „Wir wissen wohl, daß Herr Lancelot vom See bei Euch liegt!"
Hilflos starrte die Königin ihren Geliebten an. Dieser legte einen Finger auf seine Lippen, stürzte aus dem Bett und kleidete sich hastig an. „Wenn Ihr die Tür verschlossen haltet, werden wir sie aufbrechen", drohte es vor der Kammer.
Lancelot bedeutete Ginevra, sie solle zur Tür gehen. Er selbst drückte sich an die Wand daneben. So konnte er nicht gesehen werden, falls jemand in den Raum kam.
„Was untersteht ihr euch, die Königin zu wecken!" rief Ginevra, die inzwischen ihre Fassung wiedergefunden hatte.
Doch die Männer vor der Tür ließen sich nicht beirren.
„Laßt uns ein, oder wir gebrauchen Gewalt!"
Ratlos wandte sich Ginevra zu Lancelot. Dieser nickte, zeigte aber mit den Händen, daß sie die Tür nur einen kleinen Spalt öffnen solle.

„Tretet zurück!" befahl die Königin. „Ich werde zu euch herauskommen."
Schritte waren auf dem Gang zu hören und die Geräusche von Rüstungen und Waffen.
Suchend schaute Lancelot in der Kammer umher. Doch er konnte weder ein Schwert noch einen Schild entdecken.
So stand er waffenlos und ohne Schutz, als Ginevra zögernd die Türe einen Spalt weit öffnete. Ein gewappneter Arm drängte sich herein und stieß die Königin grob zur Seite. Ritter Colgrevance versuchte sich hereinzuzwängen. Mit aller Kraft warf sich Lancelot gegen die schwere Tür. Die scharfe Kante traf Colgrevance am Hals, und die Wucht des Stoßes brach ihm das Genick, bevor er hätte schreien können. Leblos hing der gerüstete Ritter zwischen Tür und Rahmen. Noch bevor die Männer auf dem Gang begriffen, was ihrem Freund geschehen war, riß Lancelot die Tür auf, zerrte den toten Colgrevance herein und verriegelte die Kammer wieder.
„Schnell", flüsterte er Ginevra zu, die mit aufgerissenen Augen den am Boden liegenden Ritter anstarrte. „Hilf mir! Ich brauche seine Rüstung."
In fliegender Eile wappnete sich Lancelot, während draußen auf dem Gang die Männer tobten und schwere Schwertschläge die Türe erzittern ließen. Gerade als Lancelot fertig gerüstet war und das Schwert des Toten zur Hand genommen hatte, brach sie aus den Angeln.
Erschrocken fuhren die Männer zurück und wagten nicht, einzudringen. Vor ihnen stand Lancelot, und das Schwert in seiner Hand züngelte wie eine todbringende Viper. Wortlos ging Lancelot auf die Männer zu. Diese wichen langsam zurück. Keiner von ihnen hob sein Schwert. Alle waren sie der Überzeugung gewesen, Lancelot sei unbewaffnet und könne deshalb leicht überwältigt werden. Nun verflog ihr Mut so schnell wie dünner Rauch in einem Herbststurm. Nach einigen zögernden Schritten drehten sie sich um und rannten davon.
Lancelot hastete zurück zur Kammer Ginevras.
„Kommt mit", bedrängte er sie. „Wir müssen fliehen. Colgrevance ist

tot. Darüber kann Artus nicht hinwegsehen. Ihr seid hier Eures Lebens ebensowenig sicher wie ich."
Doch Ginevra schüttelte den Kopf. „Nein, Lancelot", sagte sie. „Rettet Ihr Euch. Ich vertraue auf die Güte meines Gatten."
Und als Lancelot immer noch fassungslos vor ihr stand, als schon hastige Schritte auf den Gängen zu hören waren, stieß sie ihn an die Brust und rief: „So geht doch, bevor Artus hierher kommt!"
Als ob er grob aus dem Schlaf gerissen worden wäre, fuhr Lancelot zusammen. Dann floh er, das Schwert in der Hand, aus dem Schloß. Er galoppierte an den erstaunten Wachen vorbei über die Zugbrücke aus Camelot, noch bevor diesen zugerufen worden war, niemanden aus dem Schloß zu lassen.
Lancelot ritt durch die Finsternis und wußte, niemals würde er nach dieser Nacht nochmals als Freund und Vertrauter König Artus' auf Camelot weilen können. Erst als er die kleine Burg seines Verwandten Bors erreicht hatte, zügelte er das Pferd.
Er gab sich zu erkennen, und die Brücke wurde bereitwillig herabgelassen. Obwohl Bors sich schon vor längerer Zeit schlafen gelegt hatte, empfing er den unerwarteten Besucher freundlich.
„Lancelot", rief er und breitete die Arme aus, „was führt Euch zu dieser Stunde hierher?"
Als Bors jedoch erfuhr, was vorgefallen war, zeigten sich auf seiner Stirn sorgenvolle Falten. „Jetzt kann Artus die vielen Gerüchte nicht mehr überhören", meinte er. „Er wird Gericht halten müssen über Ginevra und Euch. Und Ihr wißt, was das bedeutet!"
Lancelot nickte. Seine Augen hatten jeden Glanz verloren. Stumpf blickte er vor sich hin und murmelte: „Scheiterhaufen und Krieg."
„Niemand weiß, daß Ihr bei mir seid", versuchte Bors ihn zu beruhigen. „Ruht Euch aus. Ich werde morgen nach Camelot reiten, um die Lage zu erkunden."
Niedergeschlagen ließ sich Lancelot zu einer Kammer geleiten.

Spät am Mittag kehrte Bors von Camelot zurück. Lancelot hatte auf den Zinnen Ausschau gehalten und empfing ihn, noch bevor er aus dem Sattel gestiegen war.
„Was ist?" wollte er wissen. „Was habt Ihr erfahren?"
Schwer atmend stieg dieser vom Pferd und reichte die Zügel einem Stallknecht. Er sah Lancelot nicht in die Augen.
„Artus hat entschieden, daß seine Frau Ginevra in drei Tagen, zur Morgenstunde, auf dem Scheiterhaufen brennen soll", sagte er dann leise. „Und gegen Euch will er Krieg führen, bis Ihr vernichtet seid und die Schmach gerächt ist."
Wortlos drehte sich Lancelot um und ging davon.
Am Abend kehrte er zurück in die Burg und setzte sich zu Bors an den Tisch.
„Hat denn niemand für die Königin gesprochen?" wollte er nach langem Schweigen wissen.
„Doch", antwortete Bors. „Gawein hat versucht, Artus davon zu überzeugen, daß alles was vorgefallen, Teil eines Planes gegen ihn sei. Und er hat auch vorgebracht, welche Dienste Ihr, Lancelot, dem Reich erwiesen habt. Doch Artus ließ sich nicht erweichen. Im Gegenteil. Er verlangte von Gawein, daß er derjenige sein solle, der Ginevra zum Scheiterhaufen führt."
Lancelot war aufgesprungen. „Aber", rief er erregt, „was hat er darauf erwidert?"
„Er hat sich geweigert", gab Bors Auskunft. „Bevor er diesen Befehl seines Königs ausführen würde, sagte Gawein, würde er die Rüstung ablegen und auf immer in ein Kloster gehen."
Lancelot atmete auf. „So wird ein anderer Ginevra auf ihrem Weg zum Scheiterhaufen begleiten", stellte er fest.
Er setzte sich wieder. „Habt Ihr Lionel gesehen, Palamides und Lavaine?" wollte er von Bors wissen.
Dieser nickte. „Ja, all unseren Verwandten habe ich gesagt, daß Ihr hier bei mir in Sicherheit seid. Sie werden morgen kommen."
„Ich danke Euch, Bors." Entschlossen preßte Lancelot die Lippen aufeinander. Er sah Bors ernst an: „Ich werde Ginevra befreien!"

„Ich wußte, daß dies Euer Plan sein würde."
Bors beugte sich über den Tisch und legte Lancelot die Hand auf die Schulter. „Alle, mit denen ich gesprochen habe, stehen an Eurer Seite und werden Euch helfen."
Dankbar lächelte Lancelot.
In dieser Nacht schlief er beruhigt ein.

Gespenstisches Schweigen lag über dem weiten Platz vor den Mauern von Camelot, obwohl sich die Menschen dicht an dicht drängten. Der Himmel war mit schmutzigen Wolken verhangen und ein kühler Wind fuhr schneidend durch das dünne Büßerhemd, mit dem Ginevra bekleidet war. Eine einsame Totentrommel schlug den Takt für diesen letzten Gang der Königin. Die edlen Damen konnten die Tränen nicht zurückhalten. Aber auch viele Ritter wischten sich still die Augen. Das gemeine Volk trauerte ebenfalls um die Königin. Sie hatte immer Verständnis gezeigt für die Sorgen und Nöte der kleinen Leute. Zwischen Agrawein und Gaheris, den jüngeren Brüdern Ritter Gaweins, schritt Ginevra. Sie hielt den Kopf stolz erhoben, ohne jedoch jemanden anzusehen. Langsam bewegte sich der stumme Zug auf den vorbereiteten Scheiterhaufen zu.
„Er wird sie befreien", flüsterte Gawein Seneschall Kay zu, der neben ihm stand, „Lionel und Palamides sind gestern abend in Waffen weggeritten. Auch alle anderen Verwandten Lancelots sind heute nicht hier."
„Artus vermutet es auch", gab dieser ebenso leise zurück. „Ich glaube sogar, er hofft darauf. Sicherlich hat er daher angeordnet, daß Gaheris und Agrawein die Königin waffenlos zum Scheiterhaufen führen sollen. Er will nicht, daß sie in einer möglichen Auseinandersetzung zu Schaden kommen."
Kay schwieg und schaute hinüber zu Ginevra, die jetzt vor dem

Scheiterhaufen stand und den eindringlichen Worten des Hofkaplans lauschte.
„Was sollen wir tun?“ wandte Kay sich wieder an Gawein.
„Beim ersten Anzeichen dafür, daß Lancelot Ginevra befreien will, werde ich mich umwenden und zurück in meine Kammer gehen. Ich werde nicht gegen meinen Freund kämpfen!“ erwiderte Gawein entschlossen.
Kay nickte verständnisvoll und schwieg.
König Artus saß, wie es das Gesetz vorschrieb, auf einer Holztribüne. Sein Gesicht war wie aus Stein geschlagen und schien über Nacht um Jahre gealtert.
Vor dem Scheiterhaufen segnete der Kaplan Ginevra, die demütig den Kopf geneigt hatte. Artus hob die Hand.
Das bedrückte Schweigen auf dem weiten Platz wandelte sich unmerklich zu einer entsetzten, fassungslosen Stille.
Zwei grobschlächtige Männer traten vor, faßten Ginevra bei den Armen und banden ihr die Hände auf den Rücken. Der lähmende Atem des nahenden Todes senkte sich über den Platz.
Doch dann zerriß die Stille. Donnernder Hufschlag dröhnte. Rüstungen und Waffen schlugen aufeinander. Die Menge fuhr herum.
„Lancelot!“ rief die Königin und entwand sich den starken Armen der überraschten Männer.
„Lancelot!“ schrie König Artus. Und wer genau hinsah, konnte entdecken, daß er erleichtert auf die herangaloppierenden Ritter starrte.
„Lancelot“, brüllte Mordred und ebenso die Männer um ihn, und sie zogen ihre Schwerter und rannten los.
„Endlich“, murmelte Gawein, drehte sich um und ging zurück über die Zugbrücke nach Camelot.
In der Zwischenzeit hatten die Ritter den Platz erreicht. Schreiend stob das Volk auseinander und suchte, sich in Sicherheit zu bringen. Wer nicht schnell genug war, wurde rücksichtslos niedergeritten. Lancelot und seine Männer kannten nur ein Ziel: die Befreiung

Ginevras. Mit mächtigen Schlägen kämpfte sich Lancelot zum Scheiterhaufen, wo seine Geliebte mit gefesselten Händen stand. Die Ritter um Mordred stellten sich ihm in den Weg und versuchten, ihn aufzuhalten. Doch sie konnten Lancelot nicht widerstehen.

Agrawein und Gaheris waren indessen wieder zu Ginevra gerannt. Obwohl sie ohne Waffen waren, versuchten die beiden, die Verurteilte, ehe der Befreiungsversuch glücken konnte, zurück hinter die festen Mauern der Burg zu bringen. „Kommt mit", schrien sie und zerrten Ginevra über den Platz. Doch die Königin sträubte sich, so gut es ging.

„Lancelot", schrie sie immer wieder. „Hierher! Hier bin ich!"

Als ob ihm dieser Schrei übermenschliche Kräfte gegeben hätte, schwang Lancelot sein Schwert und schlug eine blutige Bresche durch die Ritter, welche es wagten, sich ihm entgegenzustellen. Aber als er Ginevra endlich erreicht hatte, drängten sich die Brüder Gaweins gegen die Königin, so daß er sie nicht auf sein Pferd ziehen konnte. Blind vor Zorn fuhr Lancelot in seinem blutrünstigen Wüten fort.

Und so erschlug er die waffenlosen Ritter Gaheris und Agrawein, obwohl sie die Brüder seines Freundes Gawein waren.

„Haltet ein!" brüllte er seinen Verwandten zu, als er die Königin endlich vor sich auf den Sattel gezogen hatte. Er riß sein Pferd herum und galoppierte davon.

Zurück auf dem Platz mit dem Scheiterhaufen blieben viele stöhnende Verletzte und die Toten, Gaheris und Agrawein.

Mit bleichem Gesicht hatte Artus von seiner Tribüne aus zugesehen. Erst als Lancelot mit seinen Rittern schon hinter den Hügeln verschwunden war, kehrte wieder etwas Leben in ihn zurück.

„Befehlt alle Ritter in den großen Saal", herrschte er einen Knappen

an, der schreckensstarr neben ihm stand. „Und Boten sollen ausgeschickt werden zu allen Lehensmännern. Sie sollen sich rüsten und so schnell wie möglich hierher nach Camelot kommen!“
Dann schritt Artus zurück nach Camelot, ohne auf den bereitstehenden Knecht zu achten, der ihm in den Sattel seines Pferdes helfen wollte.
Er mußte nicht lange warten, bis alle Ritter versammelt waren. Wie ein klebriges Spinnennetz lastete eine unheilvolle Stimmung über der großen runden Tafel.
„Ich rufe zum Krieg“, begann König Artus, als sich alle gesetzt hatten. „Lancelot hat seinen Schwur, den er mir geleistet hat, gebrochen. Wir werden gegen ihn ziehen und dies rächen.“
„Artus“, begann Gawein und erhob sich, „vermeidet eine Auseinandersetzung zwischen den Rittern der Tafelrunde. Schickt einen Unterhändler.“
„Wie könnt gerade Ihr dies sagen, Gawein“, fuhr ihn Artus an. „Lancelot vom See, ein Ritter der Tafelrunde und Euer Freund, hat Gaheris und Agrawein, Eure Brüder, erschlagen, obwohl sie ihm waffenlos gegenüberstanden!“
„Nein!“ flüsterte Gawein fassungslos. „Das ist nicht wahr! Das kann nicht sein!“ Hilfesuchend blickte er sich in der Runde um. Aber jeder Ritter, dem er in die Augen sehen wollte, nickte und senkte trauernd den Blick.
Gawein umklammerte die Tischkante. „Artus“, wollte er dann nochmals wissen, „ist es wahr, was Ihr gesagt habt?“
„Ja, Gawein“, bestätigte der König. „Draußen auf dem Platz liegen Eure toten Brüder!“
Schwer atmend stand Gawein an der großen Tafel. Dann schlug er seine Faust krachend auf das Holz: „Dann soll alle Freundschaft zwischen Herrn Lancelot und mir vergessen sein. Ich schwöre, daß mein ganzes Trachten hinfort nur noch dem Bestreben gilt, diese Tat zu rächen.“
Aber als er dies gesagt hatte, überwältigte ihn der Schmerz. Ohnmächtig brach er zu Boden.

Es brauchte nur wenige Tage, bis bei Artus genügend Lehensmänner eingetroffen waren, um eine kleine Streitmacht zusammenzustellen. Kundschafter brachten ihm die Botschaft, daß sich Lancelot mit Ginevra und all seinen Verwandten auf seine Burg 'Freudenturm' zurückgezogen hatte. Die Ritter um Artus und Gawein brachen auf, sobald alles vorbereitet war.

Als sie vor 'Freudenturm' ankamen, wurden sie schon erwartet. Auf den Zinnen standen Armbrustschützen, und viele Langbogenmänner waren zu sehen. Vom Turm über der Zugbrücke musterte Lancelot das feindliche Heer aufmerksam.

„Gawein reitet neben König Artus", teilte er Bors mit und deutete hinab.

„Kay ist dabei und natürlich auch Mordred", stellte dieser fest.

Artus war inzwischen bis vor die hochgezogene Brücke geritten und stand dicht beim Burggraben.

„Lancelot", rief er hinauf, „wenn noch ein Funke ritterlicher Ehre in Euch glüht, kommt herab mit Euren Männern und kämpft!"

„Wie sollte ich gegen meinen König kämpfen können?" gab Lancelot zurück.

„Dann rüstet Euch gegen mich", schrie Gawein und ritt neben Artus. „Ihr habt meine Brüder Agrawein und Gaheris getötet, die Euch unbewaffnet gegenüberstanden! Ich fordere Euch zu einem Kampf auf Leben und Tod!"

„Ich kann nicht gegen Euch kämpfen, Gawein", erwiderte Lancelot. „Ihr seid mein Freund. Wie sollte ich gegen Euch die Waffe erheben können?"

„Ihr seid ein Feigling", brüllte Gawein. „Nehmt die Lanze und stellt Euch meiner Rache!"

Die Beleidigung ließ Lancelot zusammenzucken. „Ich kann nicht", flüsterte er Bors zu. „Wie soll ich mein Schwert erheben gegen Gawein?"

Er trat zurück und ging niedergeschlagen in den großen Saal.

„Wir müssen einen Ausfall wagen", forderte Ritter Lionel. „König Artus hat in der kurzen Zeit kein großes Heer aufstellen können."

„Wollt Ihr gegen Eure Waffenbrüder aus vergangenen Tagen kämpfen?“ erwiderte Lancelot und starrte düster ins Leere.
„Aber mit jedem Tag werden neue Lehensmänner mit ihren Rittern zu Artus stoßen“, stellte Lavaine fest.
„Sie haben recht, Lancelot“, versuchte Bors zu vermitteln. „Jetzt können wir noch siegen und uns zurückziehen über das Meer auf unsere Güter in der Bretagne. In einigen Tagen wird es zu spät dazu sein.“
„Aber wir können doch nicht gegen unsere einstigen Freunde kämpfen!“ wiederholte Lancelot erregt.
„Wir müssen!“ stellten alle anderen Ritter fest.
Lancelot sank in sich zusammen und barg das Gesicht in seinen Armen. Keiner im Saal wagte es, ihn in seinem Schmerz zu stören. Dann, endlich, nachdem es lange totenstill gewesen war, sah er auf. „So soll es denn sein“, verkündete er mit gebrochener Stimme. „Morgen, in aller Frühe, wollen wir einen Ausbruch wagen!“
Schweigend erhoben sich die versammelten Ritter und verließen den Saal, um ihren Männern die nötigen Anweisungen zu geben.
Ruhelos wanderte Lancelot in dieser Nacht in seiner Kammer auf und ab. Er fand keinen Schlaf. Ginevra wartete vergeblich auf ihn. Immer wieder sah er aus dem kleinen Fenster, ob sich die erwachende Sonne schon über den Horizont zu schieben begann. Immer wieder nahm er sein Schwert zur Hand, prüfte die Schärfe der Klinge und ließ es durch die Luft zischen.
Er fühlte keine Angst vor dem nahenden Kampf. Aber morgen, in der beginnenden Dämmerung, würde er Schwert und Lanze gegen seine früheren Gefährten führen müssen.
Lancelot legte die Waffe zur Seite und ging zum Fenster.
Dort stand er regungslos, bis sich weit entfernt, hinter fernen Hügeln, der nahende Tag ankündigte.

Knappen und Pferdeknechte hasteten über den Burghof. Pferde schnaubten und wieherten. Die Ritter um Lancelot überprüften ihre Rüstungen und Waffen. Dann wurde die Zugbrücke herabgelassen, und die Männer sprengten mit eingelegten Lanzen aus 'Freudenturm'. Aber die Überraschung, welche sie geplant hatten, gelang nicht.

Die Ritter um König Artus warteten bereits gerüstet auf den Angriff. Kampfrufe und Waffenklirren hallten über das Feld. Mit furchtbarem Getöse prallten die Kämpfer aufeinander. Lanzen splitterten, Ritter wurden aus dem Sattel gestoßen und niedergeritten, Schwerter zerfetzten Schilde und schlugen tiefe Wunden. Die besten und tapfersten Ritter des Reiches kämpften an diesem Morgen gegeneinander. Voller Rachedurst suchte Gawein sich im dichten Getümmel einen Weg zu bahnen, um gegen Lancelot kämpfen zu können. Doch immer wieder wurde er von anderen Rittern aufgehalten. Lancelot bemerkte wohl, daß Gawein sich mühte, ihn zu erreichen. Doch er hielt sich zurück. In dieser Schlacht warf Lancelot keinen der Ritter, die gegen ihn kämpften vom Pferd. Er verteidigte sich nur, wehrte Hiebe und Schläge ab, verzichtete aber darauf, einen seiner früheren Gefährten anzugreifen.

Ritter Bors dagegen nahm darauf keine Rücksicht. Er schlug wild um sich und verwundete und tötete viele Gegner. Sein Ziel war das Drachenbanner des Königs. Als er es erreicht hatte, waren sein Schwert und seine Rüstung blutbesudelt.

„Kämpft, Artus!" schrie er und trieb sein Pferd mit harter Hand weiter. Schon nach wenigen wuchtigen Schlägen strauchelte das Pferd des Königs. Artus wurde abgeworfen und lag benommen auf dem Rücken. Schnell sprang Bors aus dem Sattel. Noch bevor Artus wieder nach Excalibur greifen konnte, drückte ihm Bors die Klinge seines Schwertes gegen den Hals.

„Soll ich diesem Kampfe ein Ende bereiten, Lancelot?" brüllte er und preßte Artus mit seinem gepanzerten Fuß fest auf die Erde.

Die Ritter unterbrachen ihre Kämpfe. Die Schwerter sanken; alle starrten stumm zu Lancelot.

Langsam trieb dieser sein Pferd zu Bors und Artus. Dann stieg er ab und kniete neben seinem König nieder. Er bedeutete Bors, sein Schwert zur Seite zu nehmen.
„Ich bitte Euch um Frieden, König Artus", sagte er. Dann richtete er Artus auf und führte ihn zu seinem Pferd. Wie ein Knappe half er dem König in den Sattel.
„Ich werde heute abend vor Eure Burg kommen", sprach Artus, „und Euch sagen, unter welchen Voraussetzungen ich einem Frieden zustimmen kann."
Erleichtert nickte Lancelot. Auf ein Zeichen von ihm verließen seine Ritter das Schlachtfeld und zogen sich auf die Burg zurück.
„Ihr hättet Forderungen stellen sollen", entrüstete sich dort Bors und sah Lancelot mißmutig an. „Artus war in unserer Hand."
„Wie könnte ich meinen König bedrohen?" antwortete dieser niedergeschlagen. „Wir werden sehen, was er mir heute abend sagen wird."
Allein, ohne Rüstung oder Waffen, ritt Lancelot aus der Burg, als er bei Sonnenuntergang Artus nahen sah. Schweigend saßen sich die beiden eine Zeitlang auf ihren Pferden gegenüber und blickten sich ernst an.
„Gebt Ginevra zurück", begann Artus. „Dann könnt Ihr, ohne daß Euch jemand hindern wird, zu Euren Gütern in der Bretagne ziehen."
Lancelot wurde bleich. „Ich kann Euch die Königin nicht ausliefern, Artus. Ihr würdet sie auf den Scheiterhaufen binden."
„Ich gelobe, daß ich Ginevra verzeihen werde", schwor Artus. „Sie soll wieder ihren Platz an meiner Seite einnehmen."
Lancelot starrte verzweifelt und hilfesuchend umher. Aus seinem Gesicht war alle Farbe gewichen.
„Ihr habt um Frieden gebeten", fuhr Artus fort. „Es liegt an Euch, dies Blutvergießen zu beenden."
Lancelots Hände krampften sich um den Sattelknauf. „Es soll sein, wie Ihr es wünscht", keuchte er dann erstickt, riß sein Pferd herum und stieß ihm die Sporen in die Flanken.

Auf 'Freudenturm' erschraken die Ritter, als Lancelot in den Saal kam. Seine Augen starrten leer, sein Gesicht glänzte schweißnaß und war doch fahl wie ein bleicher Wintermond. Er schleppte sich zu einem Stuhl.
„Wir werden auf unsere Güter in Bentwick zurückkehren und niemals mehr hierher kommen", flüsterte er endlich tonlos. „Ginevra wird uns nicht begleiten."
Entsetztes Stimmengewirr hob an, doch Lancelot gebot Schweigen. „Ihr wird nichts geschehen", erklärte er. „Artus hat es geschworen." Dann erhob er sich. „Ich werde zu ihr gehen und es ihr sagen. Richtet ein Pferd für sie, Bors. Ihr sollt sie nachher in das Lager des Königs begleiten."
Wie ein alter, am Leben zerbrochener Mann wankte der einst stolze Ritter Lancelot vom See aus dem Saal, um sich von Ginevra, seiner Geliebten, für immer zu verabschieden.

*Merlin blieb am Fenster stehen und schwieg.*
*„Was geschah weiter?" verlangte ich zu wissen.*
*„Lancelot vom See zog mit seinem Gefolge über das Meer in die Bretagne nach Bentwick", erfuhr ich von Merlin. „Ginevra kehrte zurück zu Artus, und der König hielt sein Versprechen. Niemals erwähnte er ihr gegenüber den Namen Lancelot."*
*„Aber wie kann solch eine große Liebe so einfach enden?"*
*„Einfach war es nicht, Bleris!" wurde ich belehrt. „Ginevra und Lancelot wurden ausgehöhlt von den Schmerzen der Trennung. Manches Mal trug sich Lancelot mit dem Gedanken, zurückzureiten nach Camelot, um seine Geliebte zu entführen. Auch Ginevra lag oft in ihrer Kammer und überlegte, ob sie in die Bretagne flüchten solle. Doch sie hielten sich an die Abmachung, welche getroffen worden war."*
*Merlin seufzte. Dann fuhr er fort. „Aber der König hielt sein Versprechen, mit Lancelot Frieden zu halten, nicht."*
*„Er hatte doch sein Wort gegeben!" stellte ich entrüstet fest.*
*„Ja", sagte Merlin, „doch Gawein hatte geschworen, den Tod seiner Brüder zu rächen. Er bedrängte Artus Tag für Tag, mit ihm und vielen Rittern in die Bretagne zu ziehen, um Lancelot zu vernichten. Und schließlich gab der König nach."*
*„Aber Gawein wußte doch, daß Lancelot dies ohne jede Absicht getan hatte." Ich schüttelte den Kopf. „Weshalb konnte er nicht soviel Größe zeigen und ihm verzeihen? Er mußte doch wissen, daß der Feldzug gegen Lancelot noch viel mehr Blut fordern würde!"*
*„Weil er ein Ritter war, Bleris", sagte Merlin. „Und weil er sich eher selbst in sein Schwert gestürzt hätte, als einen geleisteten Schwur zu brechen."*
*„Wie kann jemand ein Gelübde einlösen, wenn doch sicher ist, daß viel Elend und Leid darauf folgt?" ereiferte ich mich. „Welchen Sinn soll dies ergeben?"*
*Merlin lachte trocken auf. „Nur einen einzigen, Bleris", antwortete er dann. „Das notwendige Ende einer Zeit, die sonst vielleicht länger Bestand gehabt und noch mehr Leid und Schmerz über die Menschen gebracht hätte."*

*Er runzelte die Stirn und dachte nach. Ich schwieg.*
*„Für viele Ritter gab es nur eine wichtige Unterscheidung in ihrem Leben: Gut oder Böse", führte er schließlich aus. „Dazwischen konnte und durfte nichts sein. Und weil sie nicht wahrhaben wollten, daß es nicht nur schwarz und weiß, nicht nur gut und böse gibt, weil sie so viel vergaßen, von dem, was das Leben wirklich ist, mußten sie sich schließlich selbst vernichten."*
*„Das verstehe ich nicht, Merlin", sagte ich.*
*„Sie mußten bekämpfen, was nicht wahrhaftig gut und rein war", erklärte mir Merlin. „So schrieb es ihnen die ritterliche Sitte vor. Und welcher Mensch ist schon gänzlich ohne Makel, nur gut und rein?" Er sah mich mit hochgezogenen Augenbrauen an.*
*„Wohl keiner", antwortete ich.*
*„Na siehst du", Merlin lächelte. „So einfach ist das. Weil die Ritter all das, was sie vom Leben forderten, selbst nicht erfüllen konnten, blieb ihnen nichts übrig, als sich gegenseitig so lange zu bekämpfen, bis keiner mehr von ihnen am Leben war."*
*Fassungslos schüttelte ich den Kopf. „Ich kann nicht glauben, daß dies der Lauf der Welt sein soll!"*
*„Ich sagte es dir schon einmal, Bleris", mußte ich mir anhören, „es gibt kein Ende, immer nur Wandlung. Aber wer dies nicht wahrhaben will, der hat sein eigenes Ende schon beschlossen!"*
*Ich sah ihn prüfend an. Er wich meinem Blick nicht aus, und ich war mir sicher, daß er sich keinen Spaß mit mir erlauben wollte.*
*„Laß dir weiter erzählen, Bleris", sagte er, als ich hilflos die Schultern zuckte, „vielleicht wirst du dann verstehen."*

Eine breite Spur der Verwüstung hinterlassend, brach König Artus mit seiner Streitmacht in Lancelots Reich ein. Wer sich ihm auf seinem Weg nach Bentwick entgegenstellte, wurde niedergemetzelt. Mehrmals schickte Lancelot Boten aus, um darüber zu verhandeln, wie das Blutvergießen zu beenden sei. Doch er bekam keine Antwort.

Schließlich lagerte Artus vor Bentwick und versuchte die Stadt zu stürmen. Doch die Mauern von Lancelots Burg waren stark. Kein Rammbock konnte sie erschüttern, keine Leiter war hoch genug, sie zu überwinden.

Jeden Morgen, noch vor Sonnenaufgang, ritt Gawein vor die Mauern von Bentwick und schrie hinauf: „Lancelot, rüstet Euch und kommt heraus, um mit mir zu kämpfen."

Und jeden Tag stand Lancelot schweigend auf den Zinnen und sah hinab zu Gawein, seinem Freund aus vergangenen Tagen.

„Ihr müßt gegen ihn antreten", bestürmten ihn seine Ritter. „Ohne Gawein können wir die Streitmacht König Artus' schlagen."

„Ich kann nicht!" antwortete Lancelot immer wieder. „Er ist immer noch mein Freund, selbst wenn er jetzt meinen Tod will!"

Am dritten Tag der Belagerung konnte sich Bors nicht länger zurückhalten. Als Gawein, wie üblich, vor der Mauer erschien, ließ er sich seine Rüstung und die Waffen bringen und galoppierte mit eingelegter Lanze aus Bentwick.

„Ich werde für Lancelot kämpfen", rief er, als er Gawein gegenüberstand. „Verteidigt Euch!"

Doch schon beim ersten Zusammenprall wurde Bors von der Lanze Gaweins durchbohrt. Sterbend stürzte er vom Pferd.

„Lancelot, ich warte auf Euch!" schrie Gawein zu den Zinnen empor.

Wortlos drehte sich Lancelot um, ging in seine Kammer und schloß sich ein.

Am nächsten Tag ließ sich Ritter Lavaine rüsten, um gegen Gawein anzutreten. Aber auch er konnte den rasenden Angriffen nicht lange

widerstehen. Aus vielen Wunden blutend mußte er um Gnade bitten und als Gefangener ins Lager der Belagerer reiten. „Ich werde so lange Eure Verwandten und Ritter töten, bis Ihr Eure Feigheit überwunden habt", rief Gawein zu Lancelot hinauf.
Die ganze Nacht stand Lancelot vom See auf den Zinnen und starrte hinüber zum Lager König Artus'.
Als Gawein am nächsten Morgen vor den Mauern von Bentwick erschien, verlangte er totenbleich nach seiner Rüstung. Die Zugbrücke wurde herabgelassen, und Lancelot ritt langsam auf Gawein zu.
„Ist nicht schon genug Blut geflossen, Gawein?" fragte er.
„Nehmt die Lanze und kämpft!" forderte dieser, schloß sein Visier und galoppierte los.
Lancelot wich dem wuchtigen Stoß geschickt aus und trieb sein Pferd an. „Ihr seid ein Feigling, Herr Lancelot", schrie Gawein wütend. „Stellt Euch zum Kampf!"
Entschlossen legte Lancelot nun auch die Lanze ein. Dann gab er seinem Pferd die Sporen und sprengte auf Gawein zu. Krachend barsten die Lanzen und zersplitterten, als sie auf die Schilde trafen. Die beiden Ritter sprangen von ihren Pferden und zogen die Schwerter. Lancelot griff nicht an. Er war nur darauf aus, die Schläge seines Gegners abzuwehren. Er wußte wohl, daß Gaweins Kraft durch den Spruch einer Fee bis zur Mittagsstunde immer größer wurde. Erst danach kämpfte er ohne die Hilfe dieses Zaubers.
Voller Spannung verfolgten die Männer im Lager König Artus' und die Ritter von Bentwick den gewaltigen Kampf am Burggraben, der sich Stunde um Stunde hinzog. Obwohl Gawein vor Wut raste, gelang es ihm nicht, Lancelots Verteidigung zu durchbrechen. Und zur Mittagsstunde, als der Zauber an Kraft verlor, griff Lancelot an. Seine gewaltigen Hiebe setzten Gawein sehr zu. Schon bald waren viele Panzerringe seiner Rüstung zersprungen und der Schild zerfetzt. Doch immer, wenn Lancelot ihn bat, den Kampf zu beenden, schüttelte Gawein verbissen den Kopf und hob das Schwert. Seine Rache forderte Blut und Tod. Am Nachmittag wankte Gawein, so

sehr war er vom Blutverlust geschwächt. Aber er bat nicht um Gnade, sondern kämpfte weiter, bis ein mächtiger Hieb Lancelots seinen schon zerbeulten Helm aufriß und die Klinge auf den Kopf traf. Aus einer tiefen Wunde blutend stürzte Ritter Gawein besinnungslos zur Erde.
Schwer atmend stand Lancelot über ihm. Dann warf er das Schwert zur Seite, kniete nieder und bettete den Kopf seines Freundes in seine Hände.
„Gawein?“ flüsterte er. „Gawein! Könnt Ihr mich hören?“ Doch dessen Verletzung war zu schwer. So nahm Lancelot den Ohnmächtigen, legte ihn auf das Pferd und bedeutete den wartenden Männern um König Artus, daß sie kommen sollten, um Gawein zu holen.
Er selbst ritt niedergeschlagen in seine Burg zurück.
„Jetzt können wir sie schlagen“, jubelte Lionel, als er Lancelot vom Pferd half. „Ohne Gawein werden sie uns nicht lange widerstehen.“
Doch Lancelot schüttelte den Kopf. „Wir werden warten. Ich will diesen Krieg nicht.“
Obwohl alle seine Verwandten und Ritter ihn immer wieder bedrängten, ließ Lancelot sich nicht dazu überreden, die Streitmacht von König Artus anzugreifen.
Und einige Tage nach dem großen Kampf zwischen Gawein und Lancelot beobachteten die Ritter von Bentwick erstaunt, daß die Belagerer ihre Zelte abbrachen und in aller Eile davonritten.

„Werden wir noch rechtzeitig zurück sein?“ Nur diese Frage beherrschte das Denken des Königs, während seine Streitmacht so schnell wie irgend möglich zu den wartenden Schiffen zog.
In der Nacht zuvor war er von einem erschöpften Boten geweckt worden, den Ginevra geschickt hatte.
„Mordred, den Ihr zum Regenten während der Zeit Eurer Abwesen-

heit ernannt habt", berichtete der Bote, „sammelt ein Heer um sich. Er will die Macht im Reiche an sich reißen."
Noch in derselben Stunde hatte Artus den Befehl zum Aufbruch gegeben. „Mordred und Morgana", fluchte Artus lautlos, „haben dies von langer Hand geplant. Der Teufel soll sie holen!"
Erschöpft vom langen Ritt und der Fahrt über das Meer landete König Artus mit seiner Streitmacht bei Dover. Dort wollte er rasten, um ausgeruht nach Logries zu kommen. Doch Spitzel hatten Mordred schon von den Plänen des Königs berichtet. Kurz nachdem Artus' Streitmacht ihr Lager errichtet hatte, brachten Kundschafter die Nachricht, ein großes Heer sei im Anmarsch. Hastig rüsteten sich die Ritter des Königs und bereiteten alles für die Schlacht vor.
„Gawein", rief Artus entsetzt, als er nochmals an seiner Streitmacht entlangritt. „Ich habe den Ärzten doch befohlen, Euch im Lager zu halten."
„Wenn Ihr kämpft, Artus", sagte Gawein, „werde ich Euch zur Seite stehen."
Der nahende Hufschlag vieler Pferde ließ die Erde erzittern.
„Sie greifen an", schrie Kay und deutete mit der gepanzerten Faust voraus.
„Vernichtet die Verräter", brüllte Artus und wandte sich von Gawein ab.
Der Himmel verfinsterte sich, als die beiden Heere aufeinanderprallten und sich wie zwei tollwütige Hunde ineinander verbissen. Die Schlacht tobte, bis die Nacht sich voller Mitleid über das Land legte und es den Rittern unmöglich machte, Freund und Feind zu unterscheiden.
Erschöpft, blutend und niedergeschlagen zogen sich die Ritter um Artus in ihr Lager zurück.
Dort wurden die Verwundeten versorgt und die Toten betrauert.
„Wo ist Gawein", fragte Artus Kay. Dieser zuckte stumm die Schultern. „Laßt nach ihm suchen", befahl der König einem Knappen. Schon nach kurzer Zeit kam dieser zurück und berichtete, daß Gawein schwer verletzt im Zelt eines Arztes liegen würde.

Auf der Stelle erhob sich Artus und folgte dem Knappen. Als er an das Lager Gaweins trat, erkannte er, daß er vor einem Sterbenden stand. Die Wunde, die Gawein bei dem Kampf mit Lancelot davongetragen hatte, war wieder aufgebrochen.

„Artus", flüsterte Gawein und erbrach blutigen Schleim. Hustend krümmte er sich vor Schmerz und rang nach Luft. Hilflos stand der König neben seinem Neffen. „Ihr müßt mit Mordred verhandeln", keuchte Gawein schließlich. „Ihr könnt ihn nicht besiegen ohne Lancelot und seine Ritter!"

„Redet nicht, Gawein", versuchte Artus ihn zu beruhigen. Doch sein Neffe schüttelte leicht den Kopf. „Ich weiß, daß ich sterbe, Artus", flüsterte er. „Sagt Lancelot, ich hätte ihm vergeben. Er wird kommen und Euch helfen, das Reich zu retten."

Gaweins Augen krampften sich zusammen. Ein Schwall Blut brach aus seinem Mund. Dann fiel sein Kopf kraftlos zur Seite.

Er war tot.

Weinend stand Artus bei ihm, hielt die Hand, welche immer kälter wurde und konnte nicht glauben, daß Gawein für immer schweigen und niemals mehr seinen Platz an der Tafelrunde einnehmen würde. Schließlich schleppte er sich aus dem Zelt.

„Die Ritter der Tafelrunde sollen zu mir kommen", befahl er einem Knappen. Er fuhr sich über die Augen, trocknete die tränennassen Wangen und starrte in die Nacht. Dann ging er, um sich mit seinen Rittern zu beraten.

Noch in dieser Nacht wurden Boten nach Bentwick zu Lancelot geschickt und auch Unterhändler ins Lager Mordreds. Und am Morgen stand fest, daß Mordred mit einem Waffenstillstand einverstanden war, wenn ihm dafür die Herzogtümer Kent und Cornwall zugesichert würden.

„Ich werde sein Heer ins Meer treiben und ihn vierteilen lassen", stieß Artus hervor, „sobald Lancelot und seine Ritter bei uns sind!"
Dem Unterhändler Mordreds jedoch versicherte er, daß er mit den Bedingungen einverstanden sei. Der Vertrag sollte noch am selben Tag von Artus und Mordred auf dem Feld zwischen den beiden Streitmächten unterzeichnet werden.
„Ich traue diesem Verräter nicht!" schärfte Artus seinen Rittern ein, bevor er mit einigen Begleitern losritt, um sich mit Mordred zu treffen. „Sobald ihr ein Schwert seht, zögert nicht länger. Greift an!"
Dann machte er sich auf den Weg, den Vertrag zu unterzeichnen. An dem Tisch, der zwischen den beiden Lagern aufgestellt worden war, wurde er bereits von Mordred und einigen Rittern erwartet. Ohne Gruß setzte sich Artus auf den Stuhl und schaute Mordred voller Verachtung ins Gesicht. „Gebt mir eine Feder", herrschte er einen Knappen an. Dann unterzeichnete er den Vertrag und reichte ihn Mordred. Schweigend nahm auch dieser die Feder zur Hand.
Gerade in diesem Augenblick schlängelte sich eine kleine, ungiftige Natter durch das Gras auf den Stuhl von Artus zu. Ohne zu überlegen zog Ritter Sagremor sein Schwert, um die Schlange zu töten.
„Verrat!" schrie Mordred, als er das Schwert sah, und sprang vom Stuhl.
„Verrat!" brüllte Seneschall Kay, der bei der Streitmacht wartete und nun die Klinge blitzen sah. „Mordred hat Artus in eine Falle gelockt! Greift an!"
Die Ritter stießen ihren Schlachtrössern die Sporen in die Seiten und legten die Lanzen ein. Und Mordreds Männer galoppierten ebenfalls los.
Am Tisch standen sich Artus und Mordred mit blanken Schwertern gegenüber. „Nun kämpft, Vater!" zischte Mordred. „Das Reich wird mir gehören!"
Artus schwieg und hob Excalibur. Während die Heere gegeneinander anrannten und sich zerfleischten, hieben sich Mordred und Artus die Schwerter auf Helm und Rüstung und nahmen das Gemetzel

rings umher nicht mehr wahr. Stunde um Stunde tobte der Kampf. Oftmals wateten die Ritter im Blut der Getöteten, das die Erde nicht mehr aufnehmen konnte.

Als die Sonne unterging, übertönte das Kreischen der Krähen den Waffenlärm der wenigen, die noch am Leben waren und das Schwert führten. Mordred und Artus standen sich blutüberströmt gegenüber. Beide wankten und konnten sich nur noch mühsam auf den Beinen halten. Excalibur, das Schwert des Königs, war schartig geworden, denn Morgana la Fay hatte einen Zauber über die Rüstung ihres Sohnes gesprochen, der fast so mächtig war wie die Kraft der Klinge, welche bei den Damen des Sees geschmiedet worden war.

Noch einmal holte Artus zu einem gewaltigen Schlag aus. Mordred konnte nicht mehr zur Seite springen. Funkensprühend brachen die Glieder seines Kettenhelmes, und die Klinge fuhr ihm in den Hals. Stöhnend vor Schmerzen brach Mordred in die Knie. Aber auch Artus wurde vom Schwung seines Schlages umgerissen. Keuchend fiel er neben seinem Sohn auf die Erde. Und während Mordred sich mit weit aufgerissenen Augen dem nahenden Tod entgegenstemmte, sammelte er noch ein letztes Mal alle Kraft. Er hob sein Schwert und hieb es Artus donnernd auf den Kopf. Krachend zersprangen Klinge und Helm.

So fand sie Kay, der sich suchend über das Schlachtfeld schleppte. Mordred lag tot neben seinem Vater. Artus hatte die Augen geöffnet und atmete schwer. Splitter von Mordreds Schwert steckten in seinem Kopf.

„Kay“, murmelte er, als er den Seneschall erkannte. „Wo sind die anderen?“

„Tot“, flüsterte dieser und schaute entsetzt über das Schlachtfeld. „Alle tot!“

Stöhnend schloß Artus die Augen.

„Nehmt Excalibur“, sagte er dann kaum hörbar. „Geht zu den Klippen und werft das Schwert ins Wasser.“

„Aber warum?“ stammelte Kay.

„Ich habe einen Schwur geleistet“, erklärte Artus. Vor Schmerz ver-

zerrte er das Gesicht. „Führt aus, um was ich Euch bitte. Kommt danach zurück und berichtet, was Ihr gesehen."
Kay nahm Excalibur und trug das Schwert zu den Klippen. Dort nahm er es bei der Klinge und warf es mit aller Kraft weit hinaus aufs Meer. Er stand und sah zu, wie Excalibur kreisend hinabfiel auf die Wellen. Bevor das Schwert jedoch ins Wasser tauchte, zerteilte ein schlanker Arm die Wogen und reckte sich Excalibur entgegen. Mit aufgerissenen Augen beobachtete Kay, wie das Schwert aufgefangen wurde und dann noch einige Augenblicke, stolz aufgerichtet in der Hand, aus dem Wasser ragte.
Als er zu Artus zurückgehastet war und ihm erzählte, was sich zugetragen hatte, sank der König erleichtert zurück. „Es ist gut", hörte ihn Kay flüstern. „Tragt mich hinunter zum Strand, und legt mich dort in den Sand."
Kay mußte all seine Kraft zusammenraffen, um den blutüberströmten Artus ans Meer zu tragen. Obwohl er oftmals glaubte, keinen Schritt mehr gehen zu können, ohne zusammenzubrechen, hatte er es schließlich geschafft. Behutsam bettete er Artus auf den feuchten Sand.
„Nun geht, Kay", flüsterte der König müde. „Bei diesem letzten Weg brauche ich Eure Hilfe nicht mehr."
Weinend kniete Kay neben Artus und umarmte ihn lange.
Dann erhob er sich und wankte davon.

Während das Meer in gleichmäßigem Takt seine Wellen auf den Strand warf, stieg ein voller, weißer Mond in den Himmel.
Nebel kroch vom Wasser an den Strand.
Artus lag da und hatte die Augen geschlossen.
Er schien auf eine Stimme zu hören, die tief in seinem Innern zu ihm sprach.

Dann lächelte er und schlug die Augen auf.
Im immer dichter werdenden Nebel schälten sich die Umrisse einer kleinen Barke heraus, die langsam näherkam.
Leise schrammte sie über den Sand.
Drei Frauen stiegen aus.
Gemeinsam hoben sie König Artus auf ihre Arme und trugen ihn in das Boot.
Lautlos glitt es danach wieder zurück aufs Meer und verschwand langsam im nächtlichen Nebel.

*Die Kerze auf dem Tisch flackerte ein wenig, als Merlin hinter mich trat, mir über die Schulter schaute und las, was ich eben noch mit leise kratzender Feder geschrieben hatte.*
*„Das Reich blieb zurück ohne König, und die große runde Tafel in Camelot steht verwaist", sagte Merlin.*
*„Aber wohin wurde Artus gebracht? Und was geschah mit Ginevra und Lancelot?"*
*Ich streute feinen Sand auf die noch feucht glänzende Tinte.*
*„Die drei Frauen brachten den schwer verletzten Artus in ihrer Barke nach Avalon. Dort wurden seine Wunden geheilt, und seitdem lebt er auf jener geheimnisvollen Insel, welche die Heimat ist der Damen vom See."*
*Merlin griff sich seinen Umhang. „Komm, Bleris", forderte er mich dann auf, „laß uns ein wenig hinausgehen. Die Nacht ist mild und so unendlich friedlich."*
*Als wir den Turm verlassen hatten, erzählte er weiter.*
*„Lancelot sammelte all seine Männer um sich, als die Boten von König Artus zu ihm gekommen waren, und brach sofort auf. Doch er kam zu spät und konnte nur noch die grauenvollen Spuren der vergangenen Schlacht sehen. Sein Gefolge kehrte wieder zurück nach Bentwick, und Lancelot machte sich alleine auf den Weg nach Camelot."*
*„Hat er Ginevra dort angetroffen?" fragte ich gespannt.*
*Merlin schüttelte den Kopf. „Nein. Lancelot sah seine Geliebte nur noch ein einziges Mal. In Camelot erfuhr er, daß Ginevra in das Kloster von Logries eingetreten war und niemanden, auch ihn nicht, sehen oder sprechen wollte. Traurig und voller Verzweiflung ritt Lancelot daraufhin noch einige Zeit durch das Reich. Er hoffte zurückzufinden nach Montsalvage. Aber der Weg dorthin blieb ihm für immer verwehrt. Als er des ruhelosen Umherziehens müde war, fand er eine Bleibe bei einem frommen alten Einsiedel und half diesem, das Tagewerk zu verrichten.*
*Eines Nachts erschien ihm im Traume Ginevra, die ihn rief, zu ihr nach Logries zu kommen. Dort angekommen, führte ihn die Äbtissin sogleich in die Totenkapelle des Klosters. Dort lag Ginevra aufgebahrt.*

*In der Nacht, als sie ihrem Geliebten im Traum erschienen war und ihn gerufen hatte, war sie gestorben."*
*Schweigend hing ich meinen Gedanken nach und schritt an Merlins Seite durch den Wald, den seine Zauberkraft geschaffen hatte. Es war unwirklich still. Kein Käuzchen rief, nirgendwo raschelte etwas im Unterholz, nicht einmal der Wind spielte mit den Blättern der alten Bäume. Wolkenlos war der nachtschwarze Himmel. Die Sterne blinkten darin wie weit geöffnete Türen in einem großen dunklen Raum.*
*„Lancelot hielt einsam Totenwache bei Ginevra", fuhr Merlin fort. „Danach ritt er zurück und blieb in der Einsiedelei, bis er selbst dorthin gerufen wurde, wo seine Geliebte auf ihn wartete."*
*Unterdessen hatten wir wieder Merlins Turm erreicht.*
*Wir gingen hinein, wärmten uns am Kaminfeuer, und Merlin holte Becher und Wein.*
*„Wofür haben sie nun alle gelebt, geliebt und gekämpft, die Ritter der Tafelrunde?" murmelte ich vor mich hin. „Alle sind sie tot!"*
*„Nein", sagte Merlin und entzündete eine Kerze. „Dies ist ein Irrtum, der von der Sterblichkeit herrührt. Alle werden sie wiederkehren, um in anderer Gestalt auf dieser Welt wieder zu wirken: der untadelige Gawein, dem Treue und ritterliche Ehre mehr bedeuteten als alles andere; Lancelot, der strahlende Ritter, mächtig und unbesiegbar im Kampfe und doch so verletzlich im Herzen; Mordred, das Werkzeug einer nach Ruhm und Macht strebenden Frau; Morgana la Fay, die sich der schwarzen Magie verschrieb, weil sie glaubte, so ihr Ziel zu erreichen; Parzival, der immerwährend Suchende und doch so lange Irrende; Königin Ginevra, die ihre Liebe berechnend dem Glanz und der bequemen Sicherheit am Hofe zu Camelot unterordnete, alles verlangte und doch so wenig gab; Bleris, der niederschreiben sollte, was war, und doch hier und da die Geschichten mit seinen eigenen Farben ausmalte; Artus, der Gutes wollte für Volk und Reich und dann doch nicht die Kraft fand, sich dem Strudel von Intrigen und ritterlichem Gesetz zu widersetzen und Merlin, der wohl in die Wege leitete, daß die Tafelrunde geboren werden konnte, aber ihren Untergang auch nicht verhindern durfte. Alle, alle werden sie wieder hineinge-*

*worfen werden in die Welt der Menschen, um erneut ihr Muster zu weben in den endlosen Teppich der Zeit."*

*„Aber wird denn dieser Kreislauf nie ein Ende finden?" fragte ich verzweifelt.*

*„Solange es sich immer und immer wieder nur wiederholt, sicherlich nicht!" antwortete Merlin. „Erst wenn sich der endlose Kreis zur unendlichen Spirale erhebt, wird sich auch das Leben der Menschen verändern können. Wenn nicht, wird sich nur die Welt wandeln, und die Menschen werden hilflos dastehen und nicht begreifen."*

*„Mit dem Wandel der Welt ändern sich doch auch die Menschen", warf ich ein.*

*Merlin lachte bitter und hob seinen Becher. „Das ist ein weitverbreiteter Irrglaube, mein Freund." Er trank einen Schluck, dann sah er mich an. „Ist die Liebe zu Lancelot bei Ginevra mit dem Augenblick erloschen, als sie in das Kloster ging? Verändert sich ein Mensch, wenn er anstatt einer Ritterrüstung ein Büßerhemd überzieht? Nein, nein", beantwortete er seine Frage selbst, „das sind nur Äußerlichkeiten, sonst nichts. Das Herz der Menschen muß sich verändern, das, was sie empfinden und fühlen. Dann werden sie auch anders denken und handeln können!"*

*Er sprang auf und zog mich zu einem der Fenster.*

*Obwohl ich doch wußte, daß der Turm im Zauberwald von Broceliante stand, sah ich, daß sich vor dem Fenster, bis zum Horizont, ein ruhiges, weites Meer erstreckte. Der Mond brach sich in unzähligen silbernen Mustern in den Wellen.*

*„Was siehst du?" verlangte Merlin zu wissen.*

*Ich beschrieb, was ich sah.*

*Er zog mich weiter an ein anderes Fenster. Davor peitschte ein wilder Sturm das Meer. Weißschäumende Gischt sprühte empor, und die Wellen überschlugen sich tosend.*

*„Und hier?" fragte Merlin.*

*Ich beschrieb, was ich sah.*

*Und nochmals mußte ich ihm zu einem Fenster folgen.*

*Das Meer davor wogte in großen, ruhig dahinwandernden Wellen. Es*

*regnete ein wenig, aber die dunklen Wolken waren schon aufgerissen. Die Sonne stand hoch am Himmel, und durch ihre Kraft spannte sich ein weiter Regenbogen über das Wasser.*
*„Du hast auf ein und dasselbe Meer geschaut", erklärte mir Merlin und ging zurück zum Kamin. „Jedesmal bot es dir einen anderen Anblick. Obwohl jeder einzelne Tropfen darin genauso geblieben war, wie zuvor. Einige regneten hinzu, andere wurden dafür von der Sonne aufgesogen. Sie werden an anderer Stelle gebraucht und doch irgendwann einmal wieder ihren Weg zurückfinden ins Meer."*
*Er ließ sich nieder und starrte in die Flammen. Seine Augen wurden groß und dunkel. Mir schien, als wäre er in diesem Augenblick weit, weit weg. Irgendwo, wohin ich ihm niemals würde folgen können.*
*Ohne den Blick abzuwenden, sprach er leise weiter. „Der Sturm gab dem Meer ein anderes Gesicht. Aber dieses tosende Unwetter hat den schlammigen Grund des Meeres nicht erreicht, aufgewühlt oder gar verändert. Und so ist es auch bei den Menschen. Wohl vermögen sie sich in Äußerlichkeiten zu wandeln und anzupassen. Bis aber erreicht ist und in Bewegung gerät, was tief in jedem Menschen wirkt, dazu braucht es eine lange, lange Zeit."*
*Die Kerze war bis auf einen kleinen Stummel heruntergebrannt. Wachs tropfte auf den Tisch.*
*„Wird dies denn jemals möglich sein?" fragte ich zögernd.*
*Merlin nickte. „Wenn jeder Mensch für sich entdeckt, daß er als einzelner kleiner Tropfen in einem großen Meer treibt, Gezeiten und Gestirne, Wind und Wetter seinen Weg bestimmen und Myriaden anderer Tropfen um ihn sind, die ihn tragen. Und nur, wenn er sich die Mühe macht und die Angst davor überwindet, auch hinabzusinken zu jenem tiefen, verborgenen Grund, den es zu entdecken und zu verändern gilt."*
*Wir schwiegen.*
*Dann tranken wir unseren Wein und blickten gedankenverloren in die zuckende Flamme der Kerze, bis sie schließlich, nach einem letzten Aufglühen, leise zischend erlosch.*

Finis

## Nachwort mit Gedanken zur tiefenpsychologischen Bedeutung des Gralsmythos'

Es gibt wohl kaum einen Mythos, über den in den tausend Jahren seines Bestehens so viel geschrieben worden ist, wie über den Gral und die sich um ihn rankenden Mythen, deren Wurzeln sowohl im Keltischen, als auch im Vorderen Orient zu finden sind. Er hat Religionswissenschaftler ebenso beschäftigt wie Historiker, Philologen und Psychologen. Immer wieder ruft er neue Impulse und neue Verarbeitungen hervor, die sicher in der Vielfalt der im Mythos enthaltenen Symbole und symbolhaften Handlungen begründet sind. Die nachfolgenden Gedanken sind ein Versuch, aus dem Themenreichtum einige Aspekte zu benennen, die auch heute bedeutsam oder psychologisch interessant erscheinen.

Im Mythos wird – unabhängig von den vielen Erzählvarianten – mit großer Konsequenz das Thema des Grals (lat. „cratalis" = Schüssel, Topf; lat. „gradalis" = Stufenkelch) dargestellt: In nacheinander zu bewältigenden Stufen sind Aufgaben und Hindernisse zu überwinden, die dem einzelnen nie vorhersehbar und zunächst nicht bewältigbar erscheinen und in ihrer Schwierigkeit ständig zunehmen. Da sich das seelische Entwicklungsstadium bei den Hauptfiguren bereits auf der Stufe des „heldenhaft entwickelten Ichs" befindet und zu einem wichtigen Teil aus dem Stadium des magischen Weltbildes (Bannung der Angst durch Magie und Ritual) herausgetreten ist, sind die psychischen Voraussetzungen zur Bewältigung der Hindernisse gegeben.

Wie aber erst noch Fähigkeiten und Kräfte entwickelt und erarbeitet werden müssen, läßt sich an der Gestalt des Parzival sehr gut erkennen: Vom unbewußten Tollpatsch wird er durch viele kritische, z. T. an die Grenzen der Existenz gehende Situationen zu einem Menschen, der außer gesellschaftlichen Höflichkeits- und Benimmformeln zunehmend seine Verantwortung wahrzunehmen lernt. Dabei wird er bewußter und zentrierter. Der eigentliche Gewinn bei diesem Prozeß ergibt sich aus den in der eigenen Psyche selbst innewohnenden Widerständen. Diese begründen sich im Versuch der Psyche, einmal erreichte Sicherheiten im Umgang mit Unlustgefühlen zu erhalten. Bei neu andrängenden Spannungszuständen werden bereits verfügbare und bewährte Mechanismen zur Bewältigung wiederholt angewandt. Leider bedeutet dies, daß immer wieder alte Lebensmuster – also in der Vergangenheit erprobte, aber überlebte Abwehrmechanismen – eingesetzt werden, die der neuen Lebenssituation in keiner Weise angemessen sind. War es z. B. für Parzival zunächst wichtig, sich von seiner Mutter und in der Folge von Gournemans Benimmregeln anzueignen, so waren es genau diese Regeln oder Empfehlungen, mit denen er sich schon kurze Zeit später erhebliche Schwierigkeiten einhandelte (Begegnung mit Jeschute; erster Besuch auf der Gralsburg). Das Über-Ich (d. h. die innerpsychische Instanz, die sich als Folge der erzieherischen Werte im Kind entwikkelt) bestimmt anfänglich Parzival, wie es uns allen geht, wenn wir behütet und „verwahrt" werden und nicht „verwahrlosen". Erst die eigenen Erfahrungen des erwachsenden Ichs lassen das Über-Ich in seinem Einfluß langsam schwinden und es weicht einem eigenen Urteils- und Selbstbestimmungsvermögen. Erst dadurch wird echte Verantwortung ermöglicht.

Der Weg zum Gral führt von den Delegationen der Eltern, wie dies die moderne Psychologie nennt und die auch unbewußt erfolgen können, über einen langen Weg des Suchens zur allmählichen Verwirklichung der selbstgewählten und zunächst noch unbewußten Lebensaufgabe. So läßt sich im Gralsmythos bei allen markanten Gestalten eine bestimmte Aufgabe nachweisen. Parzival muß seinen Individuationsweg zum Gralskönig gehen, der von seinem Vater unmittelbar, aber unbewußt vorbereitet wird: Gahmuret, Parzivals Vater, ist ebenfalls von seiner Suche getrieben und versucht über Abenteuer als Soldat und mit Frauen seinen Platz in dieser Welt zu finden. Er hilft Schlachten und Kriege gewinnen und zeugt mit der schwarzen Königin Belakane den Sohn Feirefis. Sicher kommt hier auch der Unfähigkeit Gahmurets, dauerhafte Bindungen zu seinen Partnerinnen einzugehen, eine gewisse Bedeutung zu. Der Mythos

zeigt aber unmißverständlich die hintergründig angelegten geistig-psychischen Programme auf, wie man sie nur unter Anerkennung und Bejahung „jener ganz anderen Ebene" (Jutta von Graevenitz) wahrnehmen kann.
Gralssuche heißt Suche nach der Ganzheit, die für jeden von uns etwas anders aussieht, auch wenn vereinzelt sehr ähnliche oder gar identische Muster ersichtlich sind. Zunächst bedeutet dies die Suche nach dem, was uns fehlt (Hamlet: „Was wirret dir?") und unruhig macht, leiden läßt. Erst in einer späteren Phase können wir es etwas konkreter erleben und benennen, was wir vermissen oder wonach wir uns sehnen. So lohnt es sich, die Süchte unter diesem Gesichtspunkt zu betrachten. Am Beispiel Parzivals heißt das, daß er den abwesenden Vater sucht, der ihm von der Mutter aus deren Angst heraus, den Sohn zu verlieren, sogar noch bewußt vorenthalten wird: Er muß sich – um ganz zu werden – der Welt öffnen, die dann inflationär über ihn hereinbricht und ihn mitreißt in ähnliche Stürme, wie sie der Vater im Orient erlebt hat. Die Mutter verhüllt dem Sohn die Welt, weil sie ihn bei sich behalten will, ohne ihn aber zum Ersatz für den fehlenden Gatten zu machen. Dies geht soweit, daß er seinen Namen noch nicht kennt und diesen erst auf seiner Suche, von der ihm nur wenig bekannten Cousine Sigune, erfährt, die – was wiederum sehr bedeutsam ist – für einige Zeit von seiner Mutter gemeinsam mit ihm erzogen wurde. Nur allmählich, stückweise gelingt es ihm, sich in seinen Anteilen wahrzunehmen und kennenzulernen. Damit führt uns das mythische Bild der Gestalt Parzivals in einer großartigen Verdichtung zu einem kollektiven Muster und zeigt auf, wie Entwicklung verläuft, wenn wir uns aus dem Schoß der Familie lösen und den Weg der Individuation antreten (siehe C. G. Jung). Die „Namenlosigkeit" Parzivals bringt diesem aber zunächst einigen Gewinn: Unbelastet von Vorurteilen, wie sie nun einmal auftreten können, wenn unsere soziale Herkunft bekannt ist, kann er in die Welt hinaustreten und „stufenweise" mit steigendem Schwierigkeitsgrad seine Abenteuer suchen, bestehen und verarbeiten. Wie belastend sich solche Vorurteile auswirken können, läßt sich dort

täglich beobachten, wo Kinder mit Erwartungen konfrontiert werden, die häufig durch ältere, meist begabte Geschwister entstehen. Parzival kann über eine gewisse Strecke seiner Entwicklung ohne diesen Ballast gehen. Seine Hypothek ist zunächst nur das unruhige Leben seines Vaters, vor dessen Wiederholung sich die Mutter fürchtet und deshalb versucht, ihm die Welt zu verschließen. (Es sei in diesem Zusammenhang an ein Hindu-Ritual erinnert, wodurch der indischen Mutter geholfen werden soll, sich durch eine jährlich durchgeführte, freiwillige Verzichtübung auf die schmerzhafte Trennung vom Sohn vorzubereiten.) Parzivals Namenlosigkeit, seine Unbewußtheit jedoch gewährleistet, daß er allmählich die Verantwortung über die eigenen Kräfte lernt und so erweitern kann, wie er es später zur Verwirklichung seiner Aufgabe benötigt.
In Stufen verläuft der Weg: geboren werden – behütet werden – aufbrechen und hinausgehen – sich entwickeln – sich erfahren – sich verwirklichen!
So geschieht die Entwicklung eines funktionstüchtigen und anpassungsfähigen Ichs, das sich auf jeweilige Spannungen und Belastungen einstellen und mit ihnen umgehen lernt, das fähig wird, alte und nicht mehr zeitgemäße Ichfunktionen loszulassen. So erst werden wir fähig zu befriedigendem und erfüllendem Begegnen.
Mit Rudolf Steiner könnte man sagen, daß sich Parzival aufmacht, seine „Teilhabe am Weltenprozeß" zu erfüllen. Um seine Möglichkeiten daran erkennen zu können, muß er sich entwickeln. Das Getriebensein zum Suchen und Erkennen geschieht zunächst nicht bewußt, sondern wird durch eine innere Instanz bewirkt, die C. G. Jung das SELBST nennt und die bei jedem Menschen wirksam ist. Im Gralsmythos wird eine Art „Begegnungsmuster" dargestellt. Bei steigenden Schwierigkeiten scheint gewährleistet, daß sich für die Weiterentwicklung immer die richtigen Partner / Gegner oder entsprechende, angemessene und passende Ereignis- und Erlebnissituationen finden. Mit zunehmender Reife treten auch schwierigere, mächtigere Hindernisse auf und verlangen größeren und umfassenderen Einsatz. Die Situationen werden bedingungs- und kompromißloser!

Auch wenn beim ersten Hinsehen das Versagen bei Aufgaben mit Schmerzen und sozialer Schmach verbunden ist und Schuld- und Schamgefühle entstehen, so zeigt sich doch beim genaueren Hinsehen die Möglichkeit der Wiederholung und der Wiedergutmachung. Die Chancen sind zwar nicht beliebig oft vorhanden, aber es darf – oder muß?! – wiederholt werden, bis die Aufgaben gelöst werden können. Es scheint, daß der Mythos uns hier einen Trost und eine Ermunterung gleichzeitig übermitteln will, uns zu stellen und unser eventuelles Mißlingen nicht als endgültig hinzunehmen. Bei aller Grausamkeit der berichteten Kämpfe und Ereignisse besteht demnach die Hoffnung auf einen sinnreichen Ausgang. Vermutlich war es gerade diese Seite der Gralsgeschichten, die sie für die damalige Zeit so bedeutsam gemacht haben. Die sich zunächst widersprechenden Bedürfnisse nach Durchsetzung, Macht, Kampf und Anerkennung einerseits und das große Verlangen nach Gottverbundenheit und spiritueller Verwirklichung andererseits mußten zusammengebracht werden. Das gelang unter dem Banner kirchlicher Ziele. Die Kreuzzüge brachten die erforderlichen Rationalisierungen dafür und ermöglichten die Vereinigung verschiedenster sozialer und persönlicher Bedürfnisse – anbetrachts der unentwegten Rüstungspläne heute, die mit immer neuen Argumenten begründet werden, eine überaus zeitgemäße Erscheinung, die nachdenklich stimmen sollte.

Wir haben durch eine lange Menschheitsgeschichte gelernt, daß durch geschicktes Fragenstellen ein erweitertes Verständnis von Problemen erlangt werden kann. Die Naturwissenschaften haben hierdurch Unglaubliches erreicht. Es bleibt jedoch weiterhin die Frage, ob wir nur naturwissenschaftliche Phänomene „hinterfragen" oder auch den derzeitigen Standort unserer persönlichen und kollektiven Entwicklung.

Parzival verliert sein Anrecht im Gralsschloß zu bleiben, weil er nicht fragen kann, gehindert durch seine Verstrickung mit seiner Vergangenheit. Er ist in seinem Ich noch nicht erstarkt genug, um der unvermeidlichen Schuld zu begegnen, die in der Trennung von der

Mutter begründet ist. Erinnern wir uns: Die dritte Norne im germanischen Mythos heißt SKULD, was Schuld bedeutet. Sie ist eine der Feen oder Walküren, die an den Wurzeln der Weltesche Yggdrasil von Anbeginn dabei und archetypisch in unser Leben eingewoben sind. An dieser Norne und ihrem Wirkprinzip „Schuld" können wir nicht vorbei, mit ihr müssen wir umgehen lernen. Ihr begegnen wir überall und unentwegt (siehe auch die Erbsünde bei der kath. Kirche). Wenn wir das Fragen unterlassen, bleiben wir hinter unserer Reife zurück und werden an uns selbst schuldig. Häufig versäumen wir die Fragen, die uns mit Versagen, Schuld, Schmerz und Scham in Berührung bringen und unsere Begrenzungen offenbar werden lassen. Aber gerade das Wahrnehmen und Anerkennen unserer Grenzen macht uns fähig zu sehen, zu verstehen und neu zu gestalten. Es bedarf also der Fragen der Kinder an ihre Eltern (siehe unsere heikle nationalsozialistische Vergangenheit, die noch für viele Menschen ein unerlöster Bereich ist, der erhebliche seelische Energien bindet und schwerwiegende Blockaden zur Folge hat). Fragen sind ein Ausdruck des Interesses am anderen, an der Beziehung, und bekunden „Anteilnahme", die auch für den Frager unbequem werden kann. Vielleicht scheuen wir deshalb so oft, nach der Wahrheit des anderen zu fragen?

Sehr bedeutsam ist in diesem Zusammenhang, daß von den Fragen Parzivals nicht nur sein eigener Weg abhängt, sondern auch das Schicksal des kranken Fischerkönigs, dem Hüter des Grals, davon entscheidend betroffen ist.

Der Fischerkönig ist durch eine verdienstvolle Familientradition, aber auch durch persönliche Entwicklung ausgezeichnet, mit der Aufgabe betraut, den Gral gegenüber den bösen Kräften zu schützen und zu verteidigen, die im Mythos hauptsächlich durch den Schwarzmagier Klingsor verkörpert sind. Interessanterweise sind sowohl der kranke Gralshüter Amfortas (hier im Buch heißt er Bran; der Teil mit Klingsor ist in dieser Erzählung hier nicht ausgeführt), als auch sein machtvoller Gegner Klingsor bei ihren Liebesabenteuern verletzt worden. Amfortas hat wohl bereits zuviel

„geliebt" und hat eine unheilbare Verletzung am Schambein, während Klingsor bei einem Liebesabenteuer von einem Ehemann ertappt und entmannt wurde. So sind die Gegner – wie sich in der psychoanalytischen Sprechstunde auch heute immer wieder regelmäßig beobachten läßt – durch dasselbe Problem miteinander verbunden. Sie unterscheiden sich zunächst nur in ihrer Zugehörigkeit zur gegnerischen Partei: der eine verteidigt den Gral, der andere versucht, ihn für sich zu gewinnen – beide jedoch sind untrennbar mit ihm verbunden. Die zwischen beiden bestehende Spannung ist das Antriebsaggregat für beider Entwicklung, und wir finden es in den meisten Mythologien. Es braucht in uns diese Gegensatzspannung, aus der heraus das „Böse" ständig das „Gute" attackiert und so erst zum Guten werden läßt. Durch dieses Prinzip wird die Entwicklung in Gang gehalten und garantiert. Diese archetypische Polarisierung finden wir auch in dem Paar Christus-Luzifer. Sie liegt zur Aufarbeitung potentiell in uns angelegt. Wir sind für diesen Ausgleich der äußeren und inneren Gegensätze zuständig. Niemand kann uns diese Aufgabe abnehmen.

Als eine der faszinierendsten Gestalten begegnet uns Merlin, der seiner dunklen Herkunft treu bleibt und schillernd aus dem Hintergrund heraus handelt. Er ist nur bedingt der alte Weise. Sein Verhalten zeichnet sich mehr durch überragende Intelligenz, Scharfsinn, Intuition und Präkognition, als durch Ruhe und Gelassenheit aus. Er „macht", auch wenn er sich durchaus im Einklang mit der Vorsehung weiß, gestaltet also wie eine handelnde Schicksalsnorne immer dort, wo im Mythos neue Entwicklungen beginnen. Ihm fehlt die Liebe des alten Weisen, aber er besticht durch seine magische Kraft, zaubert, verzaubert und täuscht. So wie er, wollen viele von uns sein: in allen bedrängenden Lebenslagen einen Ausweg zu wissen, diesen auch anwenden zu können, um dann der Sieger zu werden. Dazu benötigt Merlin nicht das Schwert wie die Helden Gawein, Lancelot u. a. Er verfügt über eine andere Größe, die in seiner Psyche und seinem Geist begründet ist und ihm die Möglichkeit gibt, materielle Grenzen zu überschreiten. Bei all dem bleibt er immer Zauberer und erscheint

nie als Priester. Diese Aufgabe liegt entweder beim Klerus oder noch bei den „Damen vom See", den dortigen Priesterinnen.
Wir brauchen uns nur in der Gegenwart umsehen, und wir finden in den verschiedenen New-Age-Bewegungen den Versuch, all diese damals verfügbaren Kräfte als Druide oder Priesterin und Zauberin wiederzufinden. Heute sind es die vielen selbsternannten Gurus, magischen Zirkel und Orden zur Ausbildung psychischer Fähigkeiten im Bereich der Schwarzmagie. Es wird „in", z. B. einem Hexenorden anzugehören oder auf andere Weise Einfluß auf die Welt zu nehmen. Der Traum des Menschen, selbst Gott zu sein (wie im Märchen „Der Fischer und sine Fru"), der alles machen und lenken kann, drängt nicht nur die Natur- und Ingenieurwissenschaftler, sondern ist in gewissem Umfang in uns allen wirksam. Gestehen wir uns unsere Größenphantasien ein? Oder finden wir neue Rechtfertigungen für die Notwendigkeit, größer, höher, weiter, schneller werden zu wollen?!
In diesem Zusammenhang können wir uns fragen, ob Mythen und Science Fiction-Romane etwas Gemeinsames haben. Sie finden wohl in unterschiedlichen Zeiten und Genre statt, jedoch sind sie getragen vom Versuch der Verarbeitung: Hier in komplexer, sehr ganzheitlicher Weise religiöse, politische, soziale u. a. Belange und Bedingungen miteinander in Verbindung und zum Ausdruck zu bringen – dort technische Neuerungen mit sozialen Phantasien in Einklang zu bringen, Gegenwartsängste aufzufangen und die Zukunft vorzubereiten.
Auf dem Weg der Verarbeitung und Bewältigung bietet uns das Unbewußte immer wieder neu seine helfenden Symbole an. Hier im Mythos sind das u. a. Schwert, Lanze, Kelch (Gral), Held und König. Außerdem finden wir die ganze Vielfalt der Farb-, Zahl-, Natur- und Tiersymbolik, die interessante und bedeutende Hinweise und Rückschlüsse ermöglicht, hier aber leider nicht ausgeführt werden kann. Diese Symbole sind die Wegweiser und / oder Werkzeuge auf dem Weg zum Gral. Sie sind es, die eine solche Faszination auslösen, daß alles andere darüber vergessen wird. Gleichzeitig sind sie es wieder-

um, die über ihre ständige Anwesenheit im Hintergrund die Garanten für das Auffinden des Weges sind und auch seine Bewältigung ermöglichen. Durch sie wird es möglich, die Gegensatzspannung auf allen Entwicklungsstufen mit neuer Sicht und erweitertem Bewußtsein zu erleben und anzugehen. Jeder erlebt auf dem Stufenweg auf andere Weise, macht eigene Erfahrungen, ist über einen Teil der Wegstrecke allein und kann sich dabei nicht austauschen. Dann sind die Traum- und anderweitig auftauchende Symbole wichtige Helfer. Der Mythos lehrt uns sehr behutsam, auf sie zu achten, sie ernst zu nehmen und ihnen zu folgen.

Gerade das letztere ist für die Helden nicht leicht. Sie drängen nach Aktion und haben Schwierigkeiten, sich introspektiv zu verhalten. Der Held sucht das Ereignis im Außen. Den Innenraum überläßt er den Frauen und Mönchen. D. h. aber lediglich, daß die Helden für die Lebensphase, in der sie nun mal Helden, also Kämpfer und Draufgänger sind, andere Prioritäten setzen müssen. Würden sie dem Innenraum die gleiche Wichtigkeit wie dem Außenraum geben, könnten sie sich nicht mehr mit der erforderlichen Kraft einbringen und durchsetzen. Einen gewissen Ausgleich finden die Helden in der Tafelrunde, die nicht nur elitär auszeichnet, sondern als Bruderschaft auf ein gemeinsames Ziel hin zentriert und schützt (erste Anzeichen einer Auflockerung der autoritären Führung durch den König; erinnert an eine demokratische Gruppe und Kabinettsrunde). Die Gruppe kann Funktionen übernehmen, die dem einzelnen nicht ohne weiteres zugänglich sind. Gerade die Tafelrunde ist als Symbol sehr bedeutsam, da sie das Sonnenhafte der Artusgestalt und seiner Zeit ebenso ausdrückt, wie das mütterlich Bergende und Schützende des „Großen Runden" (Erich Neumann). In dieser letzten Form kann es allerdings auch wieder „verschlingen" und bringt die Gefahr des wieder Unbewußtwerdens mit sich, die in allen Regressionsprozessen gegeben ist.

Vier Heldentypen begegnen uns: Parzival, Gawein, Artus und Lancelot. Es läßt sich annehmen, daß sie nur verschiedene Anteile von uns sind. Parzival macht die augenfälligste Entwicklung durch.

Gawein bleibt recht konstant in seinem Verhalten, erscheint verläßlich, integer, immer auf der Seite der Schwachen. Artus hat eine zentrierende Funktion. Ohne ihn wird die Tafelrunde bedeutungslos – er ist das Symbol der nationalen Einheit, sonnenhaft wie Jupiter persönlich. Sein Freund Lancelot ist mehr der von seinen Stimmungen und Sehnsüchten geplagte, eher einsame Mann, der die Spannbreite der psychischen Leidenschaften bewußter erleben muß.

Außer Gawein haben sie alle eine Kindheit mit Belastungen oder Störungen: Parzivals Vater verläßt die Mutter und fällt im Krieg; Artus muß bei Pflegeeltern aufwachsen und trägt im Unbewußten den Ehebruch der Eltern mit sich; bei Lancelot geht es um die Integration verschiedener Stammesanteile (Vater Bretagner, Mutter gehörte zum Geschlecht der britischen Priesterinnen, die Damen vom See), die von ihm Antwort verlangen, ihn heimatlos, unruhig suchend machen. So kommen für alle Helden die Frauen zu besonderer Bedeutung. Ganz entsprechend dem Brauch der Ritterzeit bleibt die Frau auf die Familie oder das Zuhause beschränkt, braucht Schutz und verdient Achtung. Da die Frauen auf den Burgen und Schlössern bleiben müssen, werden sie verlassen und sind gezwungen, mit dem Schmerz des Verlassenwerdens und -seins zurechtzukommen. So begegnen wir diesem Thema immer wieder. Jeschute, Blanchefleur, Sigune, Orgeluse usw. machen uns betroffen, zeigen uns aber wie schwer es ist, alleine mit Schmerz umzugehen. Besonders Orgeluse verkörpert das Schicksal der gekränkten und verletzten Frau, deren Rachsucht und Falschheit nur dazu dient, sich vor neuen Verletzungen und Kränkungen zu schützen. Nur die Treue Gaweins zu sich selbst und der verläßliche Einsatz, den er ihr gegenüber leistet, hilft ihr aus der neurotischen Verstrickung heraus. Eine spannende Geschichte der Heilung eines tief verletzten Menschen wird uns hier angedeutet, die auch heute tägliche Wirklichkeit ist: Menschen verletzen ihre Partner und wundern sich, wenn der / die Partner/in „böse", nachtragend, gemein usw. ist. Lange, mühsame und gefährliche Pfade müssen dann in der Beziehung gegangen werden, bis wieder Vertrauen und Liebe möglich sind.

Parzival und Gawein gelangen auf ihrem Weg – jeder zu einem anderen Zeitpunkt zu Einsiedlern. Durch sie können sie ihren eigenen ungelebten Anteilen begegnen und – was bisher nur unzureichend möglich war – introversiv werden, also ihren seelischen Innenraum entdecken. Dabei müssen sie zunächst natürlich der eigenen, bisher uneingestandenen Schuld gegenübertreten und sich selbst erkennen (siehe oben). Die Bedeutung dieser Einsiedler liegt jedoch noch tiefer. Die durch ihre asketische Lebenshaltung erworbene Kraft wird für spirituelle Bemühung genützt. Sie werden zu einem geistigen Zentrum, die anderen Orientierung und eine neue Ausrichtung auf das ins Dunkel geratene Ziel geben.

Der Gralsmythos ist zwar eine Darstellung des christlichen Weges, wie er um die Wende des ersten Jahrtausends gelehrt und gelebt wurde, er gibt aber auch noch heute wichtige Hinweise für die Individuation. Es lohnt, sich auf die erzählte Handlung, seine Gestalten und Symbole einzulassen. Wer sich die Mühe macht, in ihm psychologische Erkenntnisse zu finden, wird überrascht sein. Für fast alle Lebenslagen werden hilfreiche Wege angeboten und in bildhafter Form Parabeln gereicht, die auch heute noch Gültigkeit haben. Es braucht nur die Bereitschaft, den Bildern zu folgen und sie auf sich einwirken zu lassen.

Schon ein klein wenig mehr meditative Haltung würde unserer Welt und unserem Leben wohl anstehen und bekommen.

**Tafel I**
Stammbaum Artus und Gawein

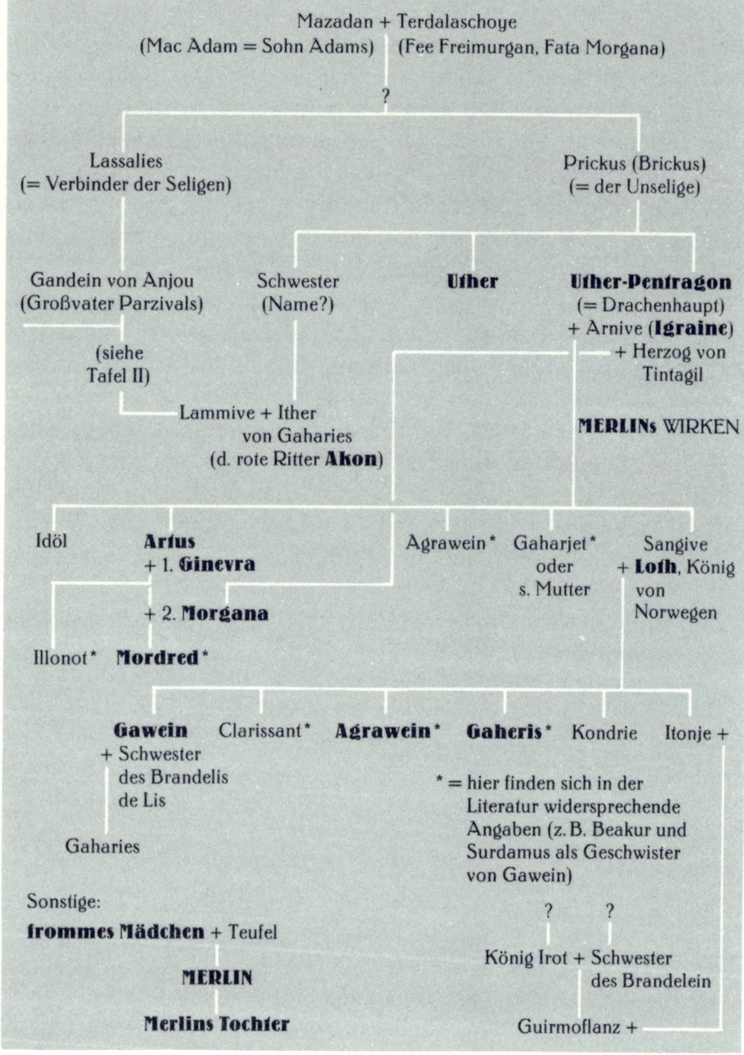

**Tafel II**
Stammbaum Parzival – Gahmuret

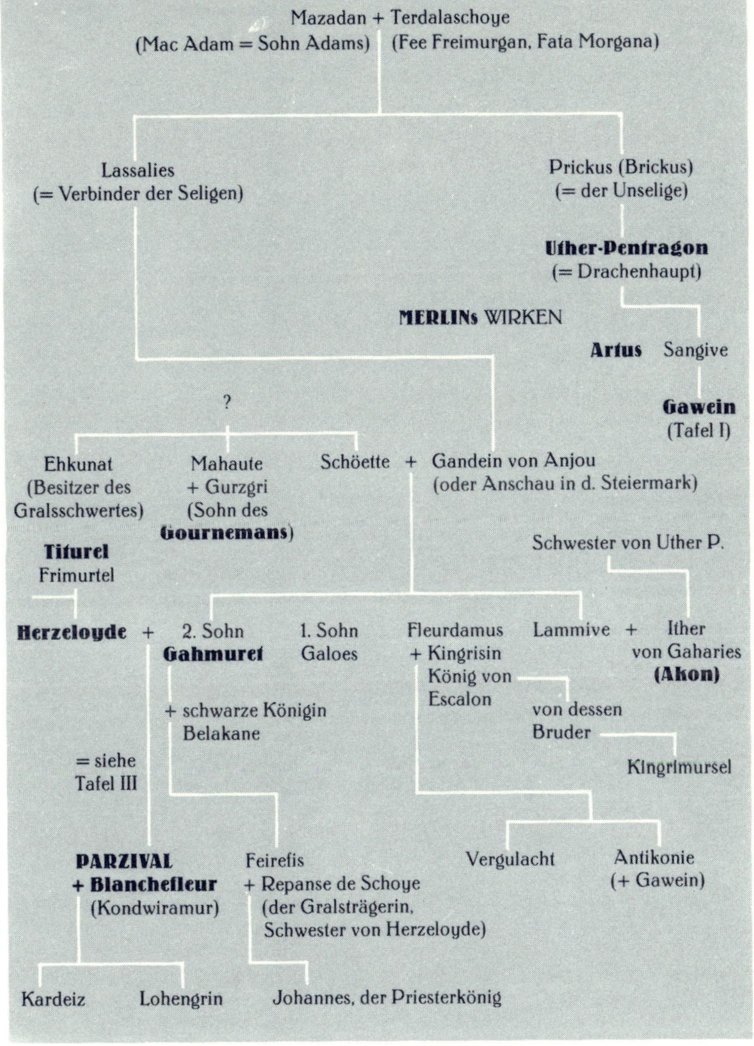

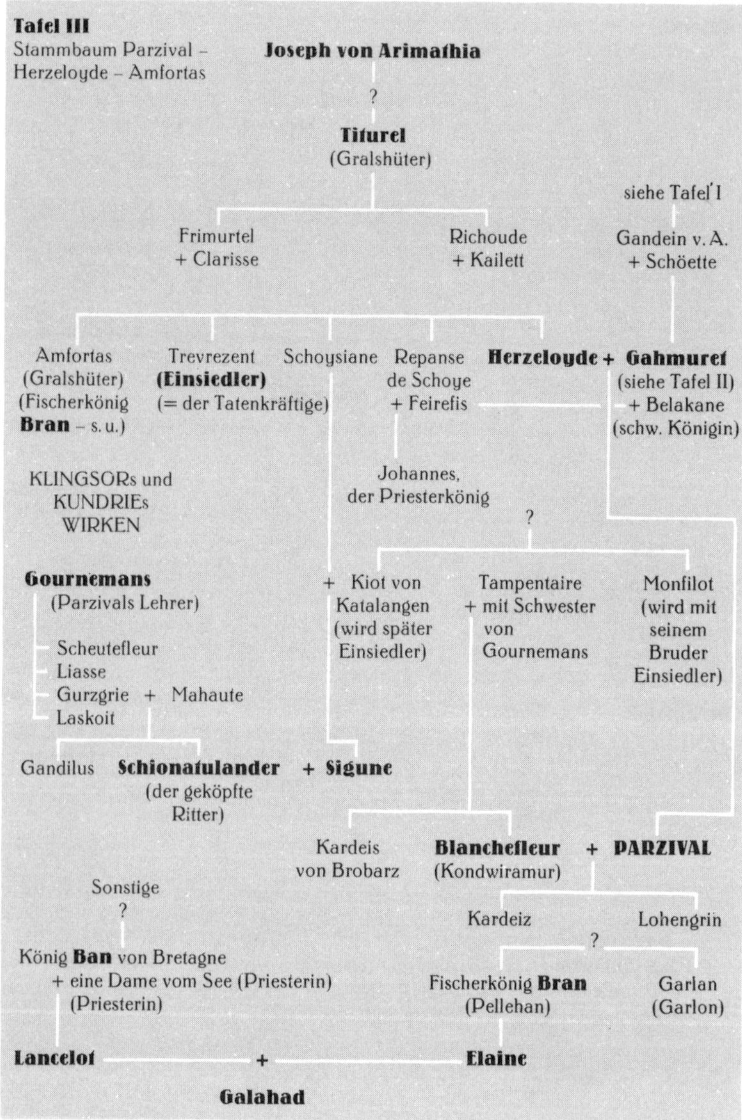
Tafel III
Stammbaum Parzival – Herzeloyde – Amfortas
Joseph von Arimathia
?
Titurel
(Gralshüter)
siehe Tafel I
Frimurtel
+ Clarisse
Richoude
+ Kailett
Gandein v. A.
+ Schöette
Amfortas
(Gralshüter)
(Fischerkönig
Bran – s. u.)
Trevrezent
(Einsiedler)
(= der Tatenkräftige)
Schoysiane
Repanse
de Schoye
+ Feirefis
Herzeloyde + Gahmuret
(siehe Tafel II)
+ Belakane
(schw. Königin)
KLINGSORs und
KUNDRIEs
WIRKEN
Johannes,
der Priesterkönig
?
Gournemans
(Parzivals Lehrer)
Scheutefleur
Liasse
Gurzgrie + Mahaute
Laskoit
+ Kiot von
Katalangen
(wird später
Einsiedler)
Tampentaire
+ mit Schwester
von
Gournemans
Monfilot
(wird mit
seinem
Bruder
Einsiedler)
Gandilus
Schionatulander + Sigune
(der geköpfte
Ritter)
Kardeis
von Brobarz
Blanchefleur + PARZIVAL
(Kondwiramur)
Sonstige
?
Kardeiz
Lohengrin
?
König Ban von Bretagne
+ eine Dame vom See (Priesterin)
(Priesterin)
Fischerkönig Bran
(Pellehan)
Garlan
(Garlon)
Lancelot + Elaine
Galahad

## Literatur zu Buch und Stammbaum:

Ashe, Geoffrey:
„König Arthur"; Econ Verlag, Düsseldorf, Wien 1986
Chrestien de Troyes:
„Perceval oder die Geschichte vom Gral"; Übersetzung von Konrad Sandkühler; Ogham Verlag, Stuttgart 1983
„Gauwein sucht den Gral"; Übersetzung von Konrad Sandkühler; Ogham Verlag, Stuttgart 1986
„Perceval der Gralskönig"; Übersetzung von Konrad Sandkühler; Ogham Verlag, Stuttgart 1983
„Irrfahrt und Prüfung des Ritters Perceval"; Übersetzung von Konrad Sandkühler; Verlag Freies Geistesleben, Stuttgart 1960
Boron, Robert de:
„Die Geschichte des Heiligen Gral"; Übersetzung von Konrad Sandkühler; Ogham Verlag, Stuttgart 1979
„Merlin, der Künder des Grals"; Übersetzung von Konrad Sandkühler; Ogham Verlag, Stuttgart 1980
✓Evola, Julius:
„Das Mysterium des Grals"; Ansata Verlag, Schwarzenburg 1978
Jung, Emma u. M.-L. von Franz:
„Die Gralslegende in psychologischer Sicht"; Walter-Verlag, Olten und Freiburg i. B. 1983
Hertz, Wilhelm:
„Parzival" – Wolfram von Eschenbach; Phaidon Verlag, Essen und Stuttgart 1985
Leyen, von der Friedrich:
„Deutsches Mittelalter"; Insel-Verlag, Frankfurt a. M. 1980; daraus: Wolfram von Eschenbach: „Parzival"; „Titurel"
Malory, Thomas:
„Die Geschichte von König Artus und den Rittern seiner Tafelrunde"; Band 1 und 2; Insel-Verlag, Frankfurt a. M. 1974
✓Meyer, Rudolf:
„Zum Raum wird hier die Zeit"; Urachhaus, Stuttgart 1980
Stein, Walter:
„Weltgeschichte im Lichte des Heiligen Gral"; J. Ch. Mellinger Verlag, Stuttgart 1986